Pearl S. Buck · Peony

XENOS

# PEONY

von

Pearl S. Buck

Roman

XENOS Verlagsgesellschaft m.b.H. & Co.

Titel des Originals „*Peony*“


Lizenzausgabe mit Genehmigung des Scherz Verlag,
Bern und München
Herausgeber: Xenos Verlagsgesellschaft m.b.H. & Co.,
Lottbekheide 17, 2000 Hamburg 65
Umschlaggestaltung: Klingenberg Werbeagentur GmbH,
Hamburg

# I

Spät zog der Frühling in die Stadt K'aifeng, in der nordchinesischen Provinz Honan. In den Höfen hinter den Stadtmauern blühten die Pfirsichbäume früher als draußen auf der Ebene; aber selbst an diesen geschützten Orten trugen sie zur Zeit des Passahfestes erst rosige Knospen.

In den Höfen des Hauses Ezra ben Israel hatte man die Pfirsichzweige schon vor einigen Tagen abgeschnitten und ihr Wachstum mit künstlicher Wärme beschleunigt, damit sie bis zum Festtag voll erblühten. Jeden Frühling sorgte Peony, die chinesische Leibeigene, auf diese Weise für den Blütenschmuck der großen Halle. Jedes Jahr auch würdigten Ezra, ihr Herr, und Madame Ezra, ihre Herrin, Peonys Werk. Da der Frühling in diesem Jahr so kalt gewesen war und die staubigen Nordwestwinde so lange geweht hatten, sprachen ihr beide ein besonderes Lob aus, als sie abends zur Passahfeier in die Halle traten.

„Sieh nur, was unsere kleine Peony gezaubert hat!" rief Ezra aus und deutete mit seiner schweren Hand auf die Blüten.

Madame Ezra blieb bewundernd stehen. Ihr strenger Blick wurde milde: „Sehr hübsch, mein Kind", sagte sie zu Peony.

Wie es sich gehörte, stand Peony schweigend mit gekreuzten Armen vor ihnen. Sie wich mit dem Blick aus, als sie Davids belustigten Augen begegnete, aber Leahs warmes Lächeln erwiderte sie dankbar mit einem leichten Zucken ihrer Lippen. Der alte Rabbi äußerte nichts, denn er war blind. Und zu seinem Sohn Aaron blickte Peony nicht hinüber.

Sie nahmen alle ihre Plätze am runden Tisch ein, den man in die Mitte der Halle gerückt hatte, und Peony begann in ihrer lautlosen und anmutigen Art das Auftragen der Speisen zu leiten. Vier Diener standen unter ihrer Aufsicht, und Wang Ma, die alte Dienerin, schenkte den Tee ein.

Seit sie sich nur erinnern konnte, hatte Peony im Frühling diesen Festabend im Hause Ezras miterlebt. Sie hatte überwacht, wie der Tisch gedeckt wurde, und die Dienstboten gehorchten ihr, weil sie genau wußte, wo alles zu finden war und wie es angeordnet werden mußte. Das ganze Jahr hindurch wurde das Geschirr unbenützt aufbewahrt und nur an diesem Vorabend des Passahfestes hervorgeholt. Die silbernen Löffel und Eßstäbchen, die großen siebenarmigen Leuchter, alles schimmerte im Licht der Laternen, die an den roten Deckenbalken hingen. Auf einem gewaltigen Silbertablett hatte sie selbst die symbolischen Dinge angeordnet, die sie jedes Jahr zubereitete, ohne deren Bedeutung zu kennen: ein hartgekochtes Ei, Bitterkraut, Äpfel, Nüsse und Wein. Das waren die seltsamen Gebräuche einer fremden Religion.

Den ganzen Tag herrschte eine seltsame Stimmung. Obwohl die Riten Peony geläufig waren, wunderte sie sich jeden Frühling von neuem. Dieses Suchen im ganzen Haus nach gesäuertem Brot! Wie üblich hatte der Hausherr heute morgen selbst gesucht und lachend gefragt, während er unachtsam umherging, ob das alles sei. Früher pflegte Madame Ezra die Stücke für ihn zu verstecken, aber seit einigen Jahren hatte sie es Peony übertragen, und Ezra hatte ihr die Stücke zu zählen befohlen, damit er wisse, wann er alle gefunden habe. Er machte einen Scherz daraus, als schämte er sich ein bißchen vor den Dienstboten. Als Kinder hatten Peony und David unbändig über das Suchen gelacht und ausgelassen daran teilgenommen, indem sie einander jedes Stückchen des verbotenen Brotes zeigten. Aber damals hatte sie noch nicht gewußt, daß sie nur eine Leibeigene war.

Jetzt wußte sie es. Während das Essen seinen Gang nahm, sah sie mit stiller Aufmerksamkeit zu. Jeden der am Tisch Sitzenden kannte sie in irgendeiner Weise. David war ihr am vertrautesten. Seinetwegen hatte man sie in einem Jahr der Hungersnot gekauft, als der Gelbe Fluß die Dämme durchbrochen und das flache Land überflutet hatte. Sie war damals noch zu klein gewesen, um sich selbst an diesen Verkauf erinnern zu können. So sehr sie sich auch bemühte, sie vermochte sich kein Gesicht zurückzurufen, das sie vor Davids Gesicht gesehen hätte. Er war ihre erste Erinnerung: ein übermütiger Knabe, der zwei Jahre älter und von jeher viel größer und stärker war als sie, so daß sie sich instinktiv ihm angeschlossen hatte und von ihm abhängig geworden war. Damals pflegte sie ihm alle ihre kleinen Gedanken und Sorgen anzuvertrauen, und es war nicht leicht für sie gewesen, sich das später abzugewöhnen. Ihre eigene Einsicht jedoch hatte sie diese Notwendigkeit erkennen lassen. Daß eine so enge Freundschaft über die Kindheit hinaus weiterbestehen konnte, war nicht gut möglich — jedenfalls nicht, wenn das eine der Kinder Herr war und das andere Leibeigene.

Sie bemitleidete sich nicht, sie war sich durchaus des Glückes bewußt, in diesem freundlichen jüdischen Haushalt leben zu dürfen. Ezra ben Israel, das Familienoberhaupt, war ein beleibter Kaufmann von heiterem Gemüt. Wenn er seinen Vollbart abnehmen ließe, dachte Peony oft, sähe er wie ein Chinese aus, denn er hatte eine chinesische Mutter. Das war Madame Ezras geheimer Kummer, von dem niemand sprach. Sie tröstete sich damit, daß ihr Sohn David in jeder Hinsicht ihrem eigenen Vater nachartete, dessen Namen sie ihm gegeben hatte.

Sämtliche Hausbewohner fürchteten Madame Ezra, obwohl jeder ihr irgend etwas zu verdanken hatte; denn ihre große Güte konnte unversehens in heftigen Zorn umschlagen. Sie war Ende vierzig, groß und stattlich, und auch hübsch zu nennen, falls man ihre etwas kräftige Nase und die rötliche Gesichtsfarbe nicht als Fehler empfand. Bei aller Warmherzigkeit war ihr eine gewisse Starrheit der Ansichten und Gewohnheiten eigen, die sich durch nichts erschüttern ließ. So hatte sie wie üblich zum Passahfest den Rabbiner mit seinen beiden Kindern Aaron und Leah eingeladen. Aaron war ein hinterhältiger junger Mann, den Peony wegen seines blassen, flekkigen Gesichtes und seiner Verdorbenheit verabscheute. Peony ahnte nicht, ob man in Ezras Haus oder in Aarons eigener Familie von seinen Missetaten wußte, und danach zu forschen wäre unter ihrer Würde gewesen. Vielleicht wußte keiner der Sieben Vornamen und Acht Familien, wie die Juden in K'aifeng genannt wurden, was der Sohn des Rabbiners sich zuschulden kommen ließ, und die Chinesen waren zu gutmütig, um sie davon zu unterrichten.

Leah aber war anders. Leah war gut. Sie gehörte zu jenen seltenen Menschen, denen Schönheit und Güte zugleich verliehen sind. Während Peony in der Nähe des Tisches stand, sah sie Leah mit einem traurigen Wohlgefallen an, das sie nicht zum Neid werden lassen wollte. In einem weinroten Gewand mit goldenem Gürtelband wirkte Leah an diesem Abend bezaubernd schön, sie war vielleicht nur etwas zu groß. Die Chinesen schätzen große Frauen nicht. Aber Leahs milchweiße Haut und ihre großen, dunklen Augen, die unter langen Wimpern glühten, wogen diesen Nachteil auf, und ihre Lippen waren voll und rot. Auch ihre Nase sprang für chinesische

Schönheitsbegriffe zu stark vor, obwohl sie nicht so groß wie Madame Ezras Nase war.

Leah war mehr als schön. Sie war von hohem Geist beseelt, einer Eigenschaft, die Peony bewunderte und nicht verstand. Die Chinesen sagten von ihr: „Sie ist himmelsgut." Damit meinten sie, daß ihre Güte eine natürliche Gabe sei und aus einer Quelle in ihr selbst entspringe. Während sie neben ihrem Vater saß, immer bereit, ihm auf das leiseste Zeichen hin behilflich zu sein, erhellte sie die ganze Tafelrunde mit Festfreude, obwohl sie nur selten etwas sagte.

Vielleicht trug auch ihr Vater dazu bei. Der hochgewachsene, hagere Rabbi hatte etwas von der Art eines Heiligen an sich, als trüge er ein Lichtgewand. Vor Jahren war er von einer Augenkrankheit befallen worden, an der viele Chinesen litten und gegen welche es kein Heilverfahren gab. Als Fremder hatte er geringere Widerstandskraft gehabt und war rasch völlig erblindet. Das Gesicht seiner Frau, die inzwischen gestorben war, hatte er seit ihrem dreißigsten Jahr nicht mehr sehen können. Damals waren Leah und Aaron noch kleine Kinder. Daß ihm der Anblick dieser Menschen versagt blieb, hatte ihn vielleicht gezwungen, ausschließlich zu Gott zu blicken. Vielleicht auch war es eine angeborene Güte, die ihn jetzt wie ein völlig vergeistigtes Wesen erscheinen ließ. Sein Haar, das bald nach seiner Erblindung schneeweiß geworden war, umrahmte sein bleiches, schönes Gesicht. Über seinem langen weißen Bart wirkten die tiefliegenden Augen und die schmale Nase stolz und ruhig.

So saßen sie an der festlichen Tafel, und Peony entging keine Bewegung und kein Lächeln. Sie sah, wie David hinüberschaute und den Blick wieder abwandte und fühlte einen Stich im Herzen. Er war ebenso groß wie Leah und in Peonys Augen noch schöner als sie. Mit seinen neunzehn Jahren näherte sich David ben Ezra der Blüte seiner jungen Männlichkeit. Die jüdischen Gewänder standen ihm gut, das mußte Peony zugeben, obwohl sie eine Abneigung dagegen fühlte, weil sie ihn fremd erscheinen ließen. Im Alltag ging er chinesisch gekleidet, was er bequemer fand. Heute aber trug er ein blaugoldenes Gewand, und auf seinen kurzgelockten schwarzen Haaren saß ein rundes Käppchen aus blauer Seide. Ihre Augen kehrten immer wieder zu ihm zurück. Einmal begegnete er ihrem Blick und lächelte ihr zu. Sie schlug sofort die Augen nieder, drehte sich um und bat Wang, den ältesten Diener, den Weinkrug zu holen.

„Bring ihn dem Herrn!" ordnete sie an.

„Ich weiß", zischte er. „Das brauchst du mir nach den Jahren nicht zu sagen. Du bist genauso schlimm wie meine Alte!"

Unterdessen trug Wang Ma, seine Frau, mit andern Bedienten Schalen, Wasserkrüge und Tücher für die Zeremonie des Händewaschens herein. Anstatt jedoch den Wein zu segnen, erhob sich Ezra von den auf seinem Stuhl aufgetürmten Kissen und füllte das Glas des Rabbis.

„Segne den Wein für uns, Vater", bat er.

Der Rabbi stand auf, hob sein Glas und segnete den Wein, worauf alle aufstanden und tranken. Als sie sich wieder gesetzt hatten, goß Wang Ma mit den Dienerinnen Wasser in die silbernen Schalen. Alle wuschen und trockneten sich die Hände, tauchten dann ein Bitterkraut in Salz und aßen es.

Diese Handlungen waren den chinesischen Dienstboten längst vertraut und blieben ihnen doch immer fremd. Sie standen schweigend in der Halle und sahen mit ihren dunklen Augen staunend und andächtig zu. Ezra war vor diesen Zuschauern etwas befangen, als er die Riten fortführte.

„David, mein Sohn, Leah ist jünger als du, so soll sie heute die vier Fragen stellen", sagte er.

Und Leah, in deren Wangen eine leichte Röte stieg, wiederholte viermal mit ihrer tiefen, seelenvollen, noch etwas kindlich klingenden Stimme die Frage:

„Worin unterscheidet sich diese Nacht von andern Nächten?"

Viermal fragte sie und viermal antworteten die andern, wobei die starke feierliche Stimme des Rabbi alle übertönte:

„In allen andern Nächten dürfen wir gesäuertes Brot essen, in dieser Nacht jedoch nur ungesäuertes."

„In allen andern Nächten dürfen wir andere Kräuter essen, in dieser Nacht jedoch nur Bitterkraut."

„In allen andern Nächten tauchen wir die Kräuter kein einziges Mal ein, in dieser Nacht jedoch zweimal."

„In allen andern Nächten sitzen wir aufrecht beim Essen, heute abend aber dürfen wir uns anlehnen."

Nachdem die Fragen gestellt und beantwortet waren, sagte Ezra:

„Erzähle uns nun die Geschichte aus der Haggadah, Vater."

An dieser Stelle jedoch warf Madame Ezra tadelnd ein: „Ezra, du selbst solltest doch als Familienoberhaupt die Geschichte erzählen! Ich glaube wirklich, daß du sie vergessen hast, jedes Jahr willst du dich dem entziehen. Wenn du nur Hebräisch lesen könntest, dann könntest du sie uns vorlesen."

„Dazu hätte ich vor dem Rabbi nicht den Mut", erwiderte Ezra lachend.

So begann also der greise Rabbi die alte Geschichte zu erzählen, wie einstmals ihr Volk in einem fremden Land in Leibeigenschaft gelebt hatte, wie einer unter ihnen, Moses genannt, sich zu ihrer Befreiung erhob, wie er seinem Volk befahl, augenblicklich ungesäuertes Brot zu backen, ein Lamm zu schlachten und die Türpfosten mit dessen Blute zu bezeichnen; wie nach vielen Leiden das letzte über ihre Herrscher hereinbrach, so daß in jeder Familie der erstgeborene Sohn sterben mußte, und wie endlich der König jenes Landes sie gehen hieß. Daher wurde dieser Tag des Jahres für immer zu ihrem Feiertag der Freiheit.

„Bis zu dem Tag", schloß der Rabbi mit hocherhobenem Haupt, „bis zu dem Tag, an dem wir in unser Land zurückkehren."

„Möge er bald kommen!" rief Madame Ezra und wischte sich die Augen.

„Möge er bald kommen", wiederholte Leah feierlich.

Doch Ezra und David schwiegen.

Während der langen Erzählung hatte Peony den Dienstboten viermal ein Zeichen gegeben, die Gläser neu zu füllen, und viermal tranken alle im Gedenken an etwas Unbekanntes. Sie wußte nur, daß der Wein eingeschenkt werden mußte. Selbst die Bedeutung des Wortes „Jude" kannte Peony nicht, so wenig wie die andern Chinesen. Sie alle erfaßten nur die Tatsache, daß diese Fremden, die in der reichen Stadt so wohl gediehen, vor langer Zeit aus einem fernen Land gekommen waren, aus Judäa oder dem Land der Juden, wie man es nannte. Durch Persien und Indien waren sie über Land und Meer nach China gezogen. Im Laufe der Geschichte hatte eine Generation nach der andern ständig eine gewisse Anzahl von Kaufleuten und Händlern nach China entsandt. Von Zeit zu Zeit aber kamen sie zu Hunderten, mit ihren Familien und Priestern. So waren vor langer Zeit auch Ezras Vorfahren mit siebzig andern Familien auf dem Weg durch Indien eingewandert und hatten Baumwollwaren mitgebracht, was für die Chinesen, die sich nur auf die Herstellung von Seide verstanden, eine große Kostbarkeit bedeutete. Mit diesem Geschenk gewannen sie die Gunst des damaligen Kaisers, er verlieh ihnen den chinesischen Familiennamen Chao, unter welchem Ezra in der Stadt K'aifeng bekannt war.

Die chinesischen Einwohner der Stadt nahmen diese kleinen Invasionen wohlwollend auf. Die Juden waren geschickte Leute, sie hatten Energie und Unternehmungsgeist, und mancher Chinese, der durch Wohlstand träge geworden war, betraute einen Juden mit der Leitung seines Geschäftes. Fast ebenso häufig gab er dann seine zweite oder dritte Tochter dem Juden zur Frau, aber niemals verheirateten die Juden ihre Töchter mit Chinesen.

„Schnell, Alter!" flüsterte Wang Ma jetzt Wang zu, als sich der Rabbi wieder setzte. „Bring die Eier!"

Früher, als Wang Ma noch jung und hübsch gewesen war, hatte auch sie in der Nähe des Tisches die Aufsicht geführt, so wie es Peony jetzt tat. Sie war zu gutmütig und zu alt, um auf Peony neidisch zu sein, aber manchmal machte sie ihr doch den Rang streitig.

Der alte Wang stürzte zur Türe und rief etwas, worauf zwei Dienstboten mit Schüsseln voller Eier hereinkamen, die in Salzwasser hartgekocht und geschält worden waren. Jeder Gast nahm sich ein Ei und aß es schweigend.

„Sinnbild unserer Tränen und unserer Hoffnung", murmelte der alte Rabbi mit seiner tiefen Stimme.

Als die Eier verzehrt waren, klatschte Ezra in die Hände. „So", rief er, „nun laßt uns feiern!"

Wang Ma und der alte Wang hatten unterdessen mit den andern Dienstboten die Halle verlassen. Auf Ezras Zeichen schlugen sie den Vorhang zurück und ließen eine Prozession von Bedienten eintreten, die Schüsseln mit allen Arten von Fisch, Geflügel und Fleisch, ausgenommen Schweinefleisch, hereintrugen und auf den Tisch stellten. Ezra ergriff seine Eßstäbchen und gab damit allen das Zeichen zum Beginn. Auf die Teller des

Rabbis und Leahs häufte er die Leckerbissen, die ihm die besten zu sein schienen.

So aßen alle, und Ezra selbst aß und trank, bis die Adern an seinem Hals hervortraten, während er unablässig in bester Laune plauderte und die andern zum Zugreifen ermunterte. Nur Aaron saß schweigend und bleich am Tisch. Das Essen verschlang er jedoch mit gieriger Hast, als habe er seit langem gedarbt. Leah sah ihn vorwurfsvoll an, aber er achtete nicht auf sie. Als er einmal ihren Blick auffing, schnitt er ihr eine Grimasse. David sah es mit schweigender Mißbilligung. Er suchte mit den Eßstäbchen ein Stück zartes Fleisch auf seinem Teller und legte es auf Leahs Teller. Peony entging die Aufmerksamkeit nicht.

Früh am nächsten Morgen erwachte Peony und sah sofort wieder Davids Gesicht vor sich, wie es sich am gestrigen Abend Leah zugewandt hatte. Wie töricht von mir! dachte sie unruhig. Sie stand auf, wusch sich, kleidete sich an und flocht ihr schwarzes Haar. Nachdem sie ihr Zimmer aufgeräumt hatte, ging sie in den Obstgarten. Die Stille des Frühlingsmorgens tat ihr wohl. Noch lag das große, niedrig gebaute Haus rings um den Garten in tiefem Schlaf. Auf dem Dach zwitscherten die Vögel, und eine Pekinesenhündin, die einer kleinen Löwin glich, schlief auf der Türschwelle. Beim Geräusch der sich öffnenden Schiebetüre hatte sie wachsam das Köpfchen gehoben, und als sie Peony erkannte, ging sie ihrer Herrin majestätisch einige Schritte entgegen. Dann wartete sie auf dem Gartenpfad, bis sich Peony bückte und sie mit zarten Fingern streichelte.

„Still kleiner Hund", flüsterte sie. „Sie schlafen noch alle."

Mit einer Baumschere begann sie einen Zweig abzuschneiden. Ihre Jacke und die seidenen Beinkleider hatten dieselbe Farbe wie die Pfirsichblüten, und in diesem Rahmen von Blaßrosa und zartem Grün hob sich ihr Gesicht mit den tiefschwarzen Haaren, den großen, dunklen Augen und der elfenbeinhellen Haut wie ein geschnitztes Bild ab. Sie war schlank und klein und auf ihrem runden Gesicht lag ein sittsamer Ausdruck. Die lebhaften Augen hatten ungewöhnlich große Pupillen, während das Weiß durch seine Klarheit auffiel. Ihr kleiner Mund war voll und rot. Mit geschickten Händen griff sie nach dem über ihr hängenden Zweig, wobei die rosa Ärmel zurückfielen und hübsche, runde Arme enthüllten.

Als sie den Zweig abgeschnitten hatte, rief jemand ihren Namen:

„Peony!"

Sie wandte sich um und sah David aus einem andern Teil des Gartens kommen und jede Spur von Traurigkeit entschwand bei seinem Anblick. Kannte sie ihn besser als jeder andere Mensch? Er war groß, schon fast ein Mann, aber dahinter sah sie doch immer das Kind, das ihr von klein auf vertraut war.

Seine Größe verriet seine fremde Abstammung, dachte sie, ebenso wie die tiefdunklen Augen, die schwarzen Locken und seine bräunliche Haut, auf der kein goldener Schimmer lag wie bei den Chinesen. Er trug chinesische Kleidung aus dünner, dunkelblauer Seide, mit einem weißen Seidengürtel, und während Peony ihn so betrachtete, empfand sie ihn als ihr Eigentum. Seine hübschen Lippen wirkten immer noch kindlich.

„Warum hast du nicht geantwortet, als ich dich rief?" fragte er.

Peony legte den Finger an die Lippen. „Oh — du hast mir doch versprochen, daß du mir nicht in den Garten folgen würdest!" hauchte sie. „Junger Herr", fügte sie hinzu.

Leise und zornig fragte er wieder: „Du hast mich bisher nie mit Herr angeredet — warum soll das seit gestern anders sein?"

Peony machte sich an den Pfirsichblüten zu schaffen. „Gestern sagte mir deine Mutter, daß ich dich ‚Junger Herr' nennen soll."

Ihre Stimme klang unsicher und scheu, aber die schwarzen Augen unter den langen Wimpern blitzten übermütig. „Wir sind jetzt erwachsen, hat deine Mutter gesagt."

Am gestrigen Tag hatte Madame Ezra tatsächlich Peony mitten in den Festvorbereitungen in einem Anfall schlechter Laune getadelt.

„Wo soll David sitzen?" hatte Peony harmlos gefragt.

„Unterstehe dich, meinen Sohn David zu nennen!" hatte Madame Ezra heftig geantwortet.

„Aber habe ich ihn nicht immer so genannt?"

„Jetzt gehört es sich nicht mehr", erwiderte Madame Ezra. „Du hättest als erste wissen sollen, daß ihr keine Kinder mehr seid."

Nach einer Pause hatte sie hinzugefügt: „Noch etwas, da wir gerade davon sprechen, du sollst nicht mehr in sein Zimmer gehen, wenn er dort ist — und er auch nicht in deines. Hast du mich verstanden?"

„Jawohl, Herrin." Peony hatte sich abgewandt, um ihre Tränen zu verbergen, und Madame Ezra war sanfter geworden.

„Kind, ich mache dir keinen Vorwurf daraus, daß du erwachsen wirst", erklärte sie. „Aber ich sage dir das eine, was auch geschieht, immer ist es die Schuld der Frau."

„Ja, Herrin", hatte Peony wiederholt.

„Ach, du kennst doch meine Mutter", knurrte David nun.

Peony warf ihm einen schlauen Blick zu. „Sie wird unzufrieden sein, daß du den Gürtel schlecht geknotet hast. Gestern noch sagte sie mir, ich müsse dafür sorgen, daß du ordentlich aussiehst — ,die Pflicht einer Dienerin', sagte sie."

Im Sprechen legte sie die Pfirsichblüten sorgfältig auf den Boden und trat auf ihn zu. Er lachte wie ein junger Mann, behaglich, verliebt und übermütig, während er vor ihr stand und sich ihren flinken Fingern überließ. Sein hoher Wuchs verdeckte sie gegen das Haus hin, aber er warf doch einen raschen Blick über die Schulter.

„Wessen Dienerin bist du?" fragte er.

Sie hob die langen Wimpern. „Deine", antwortete sie. Dann zuckte es wieder um ihre Lippen. „Das heißt allerdings nicht, daß ich viel wert bin! Du weißt, wieviel ich gekostet habe, als man mich für dich gekauft hat — hundert Dollar und ein neues Kleid."

„Damals warst du ein mageres kleines Ding von acht Jahren", neckte er. „Wieviel magst du jetzt wert sein — laß mich überlegen — siebzehn, hübsch, aber sehr ungehorsam und immer noch ein schmächtiges kleines Mädchen. Ungefähr zehnmal so viel bist du jetzt wohl wert!"

„Halte dich ruhig!" befahl sie. „Dieser Knopf ist lose. Komm mit, ich will ihn dir annähen."

„In dein Zimmer?"

Sie schüttelte den Kopf. „Deine Mutter hat gesagt, das müsse aufhören."

„Komm in mein Zimmer", drängte er.

Wieder schüttelte sie den Kopf und zögerte, aber in diesem Augenblick hörten sie eine sich öffnende Türe. Er verschwand sofort hinter einem hohen Felsblock auf dem gewundenen Pfad, und Peony bückte sich nach den Pfirsichblüten. Es war Wang Ma, die aus dem Haus getreten war, um die Schwelle zu kehren.

„Ich habe euch gesehen", sagte sie zu Peony.

„Und was ist dabei?" entgegnete Peony dreist. Sie ging in die große, schattige Halle und begann die Pfirsichblüten in zwei blaue Vasen zu ordnen, die auf dem Tisch an der Wand standen.

Peony trat einen Schritt zurück, um die Wirkung der Blüten zu prüfen. Sie hatte die Zweige mit der ihr eigenen Geschicklichkeit so hübsch in die Vasen geordnet, daß es wie ein entzückendes Stilleben aussah. Sie lächelte mit leicht zur Seite geneigtem Kopf, und auf ihrem kleinen Gesicht lag ein genießerischer Ausdruck.

„Wenn die Pfirsichbäume blühen, ist der Frühling da", sagte sie leise zu Wang Ma. „Was für ein Glück, daß nach ihrem trübseligen ausländischen Fest unsere Frühlingsfeier kommt!"

Sie zuckte mit den Achseln und setzte sich auf den Rand eines großen Armstuhles. „Wang Ma, du bist schon lange in diesem Haus: sag mir, warum sie so gerne traurig sind?"

Wang Ma warf ihre dicken Lippen auf. „Du wirst traurig sein, wenn unsere Herrin kommt und dich in ihrem Stuhl sitzen sieht", gab sie zurück. „So eine Frechheit! Mir ist es nie eingefallen, mich auf einen von diesen Stühlen zu setzen. Aber ich bin ja erst seit dreißig Jahren hier."

„Sei nicht böse, Wang Ma", sagte Peony schmeichelnd. Dann stand sie auf und öffnete die rotlackierte Dose auf dem quadratischen Tisch, die mit kleinen Sesamkuchen gefüllt war. Sie nahm sich einen und begann zu essen.

„Auch von ihrem Gebäck würde ich nie etwas nehmen", fuhr Wang Ma fort.

Peony aß unbeirrt weiter.

Sie schenkte eine zweite Schale Tee ein, aber Wang Ma schüttelte den Kopf. Peony hielt die Schale mit beiden Händen hin. „Trink, Gute Mutter", sagte sie. „Du hast es nach so vielen Jahren verdient. Außerdem erfahren sie nie etwas davon."

„Wer weiß, was du weitersagen wirst?" erwiderte Wang Ma streng.

„Ich sage nie weiter, was ich weiß", versicherte Peony tugendhaft.

Wang Ma setzte die Schale nieder. „Was weißt du?" fragte sie.

„Jetzt willst du mich zum Reden bringen", sagte Peony lächelnd.

„Ich weiß selbst allerlei", entgegnete Wang Ma.

„Was?" fragte Peony. Ihre Stimme und ihre großen schwarzen Augen verrieten ihre Unschuld.

„Du und unser junger Herr", sagte Wang Ma.

„Ich und unser junger Herr! Denke nur nicht, daß es mit uns so ist, wie es mit dir und dem alten Herrn war", erwiderte Peony.

Wang Ma starrte sie an und bekam einen roten Hals. „Untersteh dich, so etwas zu sagen!" rief sie. Peony zuckte die hübschen Achseln. „Ich bin nicht diejenige, die etwas sagt", gab sie zurück.

Wang Ma verzog unwillig die Lippen und schlug die Augen nieder. „P'ei! Du solltest sterben!" stammelte sie.

Peony legte ihre Hand auf Wang Mas Ärmel. „Wenn wir uns in diesem Hause nicht wohlwollen, wer sollte es dann?" Nach einer Pause fuhr sie fort: „Aber ich bin nur eine Leibeigene. Was ist daran zu ändern? Es war meine Pflicht, für ihn zu sorgen und mit ihm zu spielen, ihm vorzusingen, wenn er ruhelos war, ihm vorzulesen, wenn er nicht schlafen konnte, ihm Essen zu bringen, wenn er hungrig war — in allem seine Sklavin zu sein. Gestern —", sie zuckte wieder die Achseln.

Wang Ma trat dicht zu ihr. „Weißt du, was geschehen wird?"

Peony schüttelte den Kopf. Dann blickte sie traurig vor sich hin. „Nein, ich will nicht lügen. Natürlich weiß ich es. Aber er wird mit Leah nie glücklich sein."

„Er muß sie heiraten, so wie auch sein Vater eine Frau seines eigenen Volkes geheiratet hat“, beharrte Wang Ma. „Diese Heirat wurde bestimmt, als die Kinder noch in der Wiege lagen. Ich erinnere mich genau — damals warst du noch nicht auf der Welt.“

Peony erwiderte sanft: „Meinst du, man habe mir das nicht erzählt? Leah selbst hat es mir gesagt, als wir Kinder waren und zusammen spielten, David und sie und ich — ‚ich soll David heiraten‘, sagte sie. ‚Sprich nicht davon, Leah!‘ antwortete er immer.“

„Sie ist jetzt achtzehn und er neunzehn.“ Wang Ma seufzte. „Es ist an der Zeit —“

„Still!“ flüsterte Peony. Sie horchten. Jemand näherte sich mit festen, regelmäßigen Schritten. Rasch stellten die beiden die Teekanne an ihren Platz, klappten die rotlackierte Dose zu, fegten die Brosamen vom Tisch und wischten die Teeschalen aus. Einen Augenblick später kehrte Wang Ma wieder mit ihrem kurzstieligen Besen den Boden, während Peony mit einem Seidentuch, das sie aus ihrem Kleid gezogen hatte, Tisch und Stühle abstaubte.

Eine dunkelhäutige, kräftige, mit Ringen geschmückte Hand zog den roten Vorhang an einer der Türen beiseite, und Madame Ezra erschien. Sie trug ein chinesisches Gewand aus grauer Seide und einen jüdischen Kopfputz aus gestreiftem Taft. Die beiden Frauen begrüßten sie. „Alte Herrin“, murmelten die Stimmen der alten und der jungen Dienerin. Beide rechneten mit einer Neigung zu schlechter Laune nach dem gestrigen Fest und ließen besondere Vorsicht walten.

„Eilt euch mit euren Pflichten, ihr beiden“, erwiderte Madame Ezra energisch. „Der Vater meines Sohnes wird bald hier sein.“

Sie ging langsam durch die Halle, wobei ihr langer silbergrauer Rock hin und her schwang, und setzte sich mit dem Blick zum Garten an die linke Seite des quadratischen Tisches. „Eigentlich sollte er schon hier sein", fuhr sie fort. „Aber wann wäre er jemals pünktlich gewesen?"

Wang Ma goß Tee in ein Schälchen und reichte es Madame Ezra mit beiden Händen. „Unser Herr versäumt sich morgens gerne im Teehaus", sagte sie. Ihre Stimme klang ungezwungen und ihre Haltung war halb vertraulich, wie es sich eine ältere Dienerin erlauben durfte, die schon lange in der Familie lebte. „Außerdem, Herrin, hofft er jeden Tag von der Ankunft der Karawane zu hören."

„Diese Karawane!" rief Madame Ezra. „Damit versucht man alles zu entschuldigen."

„Wir alle warten auf ihre Ankunft, Herrin", erwiderte Wang Ma lachend. „Sie ist wie ein zweites Neujahr, mit all den Spielsachen aus fremden Ländern."

Die Karawane, von der sie sprach, schickte Ezra alljährlich unter der Leitung seines vertrauenswürdigen Geschäftsteilhabers Kao Lien aus. Der Seeweg von Afrika und Europa her war zwar kürzer als die Landroute in nördlicher Richtung, aber für den Warentransport war die Landroute mit Kamelen billiger und sicherer. In diesem Jahr hatte sich die Reise verzögert; Kao Lien hatte geschrieben, daß er die Gründe erst bei seiner Ankunft werde erklären können, und hatte den Winter im Ausland verbracht. Gleich nach Neujahr, als die Tage länger wurden, war er aufgebrochen. Nun hatte Ezra seit einem Monat nichts mehr von ihm gehört, was ihn annehmen ließ, daß Kao Lien bald eintreffen werde, und mit ihm die längste Karawane und die kostbarsten Waren, die Ezra je erhalten hatte. Diese Waren zu den vorteilhaftesten Bedingungen weiterzuverkaufen, war Ezras einziges Trachten, und er stand seit langem in Verhandlungen mit dem chinesischen Kaufmann Kung

Chen, der in jeder größeren Provinzstadt Geschäfte besaß und nun auch ein Geschäft in der nordchinesischen Hauptstadt zu eröffnen beabsichtigte.

Madame Ezra achtete nicht auf Wang Ma. Mit erhobenem Kopf schnupperte sie in der Luft. „Rieche ich da nicht — ja, tatsächlich." Energisch wandte sie sich um. „Wang Ma, öffne die rote Dose!"

Wang Ma aber ergriff die ganze Dose und überreichte sie Peony, die einen Schritt vortrat. „Alte Herrin", sagte Wang Ma entschlossen, „gerade vorhin habe ich Peony gesagt, daß mit diesem Backwerk etwas nicht in Ordnung ist. Wir haben es versucht — Peony und ich."

„Schweinefett!" rief Madame Ezra aus.

„Mein alter Mann ist schuld", fuhr Wang Ma eindringlich fort. „Er ist so faul — zu faul, um nur eine Straße weiter in das buddhistische Geschäft zu gehen! Aber du selbst, Herrin, hast mich mit ihm verheiratet, mit all seinen Fehlern. Was ich in diesen Jahren durchgemacht habe!"

„Aber die Kuchen in die Dose zu legen!" antwortete Madame Ezra vorwurfsvoll. „Nimm sie weg."

Peony nahm die Dose und ging in ihrer anmutigen, unauffälligen Art still zur Türe. Mit einem lieblichen, raschen Lächeln war sie verschwunden. Vor der Türe blieb sie im breiten Gang stehen und schaute hinter den Vorhang, wo der kleingewachsene, grauhaarige Wang an die Wand gedrückt stand. Er legte die Finger an die Lippen und folgte ihr auf Zehenspitzen bis in die Bibliothek. Dort händigte sie ihm die Dose aus.

„Hast du gehört?" fragte sie.

Er nickte. „Ich wollte gerade hineingehen und sagen, daß der Herr unterwegs ist, da hörte ich die Vorwürfe gegen mich und wartete."

„Da siehst du, in was für Schwierigkeiten du deine alte Frau und mich bringst", fuhr Peony sanft fort, während ihre großen Augen blitzten und ein Lächeln um ihre Lippen nuschte.

Er beantwortete ihren Übermut, indem er den Kopf wiegte. „Irgend jemand ißt das Gebäck immer auf. Beim Himmel, ist es wichtig, wer das ist, solang es ein menschliches Wesen ist?" Er hielt ihr die Dose hin, und sie streifte ihren seidenen Ärmel zurück und nahm sich ein Stück Gebäck.

„Iß du auch eins, alter Wang", befahl sie. „Du bist auch ein menschliches Wesen."

Sie aßen in feierlicher Gemeinsamkeit, und als Peony fertig gegessen hatte, zog sie ihr seidenes Tuch aus dem Ärmel und wischte sich die Finger ab. „Für unser Volk ist es ja keine Sünde, Backwerk mit Schweinefett zu essen", bemerkte sie. „Warum wollen diese Fremden das gute Fleisch und das gute Fett von einem Schwein nicht?"

„Wie soll ich das wissen?" erwiderte Wang. „Der Glaube an Götter schafft immer Verwirrung."

Eine Tür wurde geöffnet und sie wandten sich um.

„Alter Herr!" rief Wang.

Peony senkte anmutig den Kopf, als Ezra eintrat. Unter ihren lächelnden Wimpern hervor sah sie, daß er wohlgelaunt war. Sie verstand das gut. Jedes Jahr wurde er vor dem Fest mißgestimmt und bedrückt und brachte mürrisch alle die Riten hinter sich, auf denen Madame Ezra bestand. Sobald das Fest vorüber war, wurde er wieder vergnügt und freute sich über sein blühendes Geschäft.

„Ah, Peony", sagte er freundlich. Er strich sich den Bart. „Du siehst sehr hübsch aus, mein Kind. Hast du heute morgen frische Pfirsichblüten geschnitten?"

„Sie stehen schon in den Vasen, Herr", antwortete Peony sittsam. „Die anderen waren nach dem Fest verwelkt."

„Und wo ist mein Sohn?" fragte Ezra weiter.

„Ich habe ihn nicht gesehen, Herr", erwiderte Peony.

„Wenn du ihn siehst, dann laß ihn nicht hereinkommen", sagte Ezra. Er zog sich den Seidengürtel enger um seine stattliche Taille und rückte sich den Turban zurecht, als bereite er sich auf etwas vor. „Ich möchte nicht, daß David uns heute morgen zuhört", fügte er leise hinzu. „Seine Mutter will meine Zustimmung zu seiner Heirat. David hat aber keine Lust zu heiraten, nicht wahr?"

„Ich weiß nicht, Herr", hauchte Peony.

„Ja — wie solltest du es auch wissen? Wann hat er Leah vor dem Fest zuletzt gesehen?"

Peony schlug die Augen auf. „Er sieht sie in der Synagoge, Herr."

„Sprechen sie nicht allein zusammen?"

„Nicht mehr, seit sie sechzehn wurde."

„Das ist — hm —."

„Mehr als zwei Jahre, Herr" half sie nach.

„Spricht er manchmal von ihr?"

„Mit mir nicht, Herr."

„Schreiben sie sich keine Briefe?"

„Nein, Herr."

Ezras schweifender Blick fiel auf die Kuchendose, die der alte Wang in seinen Händen hielt, während er dem Gespräch zuhörte. „Was ist das? Gebäck?"

Peony gab die Erklärung. „Wang nimmt sie weg, weil Schweinefett darin ist."

„Schade", sagte Ezra geistesabwesend. „Schweinefett, so? Ich bin ja nicht orthodox —." Er nahm ein Stück Gebäck und aß es rasch. „Dabei ist es sehr gut! Schade! Nun, in diesem Haus geht das nicht."

Er ging eilig weiter. Peony und der alte Wang sahen sich an und brachen in Gelächter aus. Dann trennten sie sich, Wang ging in die Küche und Peony in die Halle zurück. Sie trat unmittelbar hinter Ezra ein und blieb unbemerkt.

„Ich warte auf dich, Ezra", begann Madame Ezra etwas gereizt.

„Ich habe auch schon auf dich gewartet", erwiderte Ezra gelassen. Er setzte sich in den großen Stuhl ihr gegenüber, trank den Tee, den Wang Ma ihm darbot, und ließ sich dann von ihr die Pfeife anzünden. In einem Gespräch wie dem bevorstehenden war eine Wasserpfeife eine große Hilfe. Man mußte fortwährend den winzigen Pfeifenkopf neu füllen, den Tabak anzünden, einige Züge rauchen, dann die Asche herausblasen und wieder von vorne anfangen. Das bot reichlich Entschuldigungen für verzögerte Antworten, Pausen und Wiederholungen.

„Wenn ich sage, daß ich zwischen der Morgen- und der Mittagsmahlzeit hier sein werde, bin ich hier", sagte Madame Ezra. „Sogar nach dem Fest", fügte sie hinzu.

„Daran zweifelt niemand", antwortete Ezra ruhig.

Er war ein beleibter Mann und füllte den breiten chinesischen Stuhl voll aus. An diesem Morgen fiel ein langes chinesisches Gewand bis auf seine Füße. Es war aus dunkelroter Seide, mit kreisförmigen Stickereien verziert, und darüber trug er eine ärmellose schwarze Samtjacke. Um den Kopf hatte er sich einen seidenen Turban von lebhafter Farbe geschlungen, dessen Fransen über sein mit einem schweren goldenen Ring geschmücktes rechtes Ohr fielen. Am linken Ohr trug er keinen Ring. Er hatte große Hände und Füße, wie es seinem breiten Wuchs und seinem Gesicht entsprach. Seine Bewegungen wirkten träge, doch war er nicht schlaff, sondern besaß eine im Grunde unbesiegbare Widerstandskraft.

Madame Ezra betrachtete ihn mit steigender Ungeduld. Sie liebte ihn von Herzen, aber er konnte sie heftiger ärgern als irgendein anderer Mensch.

„Hast du David gesehen?“ fragte sie daraufhin.

„Morgens sehe ich ihn selten“, antwortete Ezra. „Außerdem bin ich gleich nach dem Aufstehen ins Teehaus gegangen. Ich hatte Kung Chen versprochen, ihn dort zu treffen.“ Er hustete hinter seiner großen braunen Hand. „Was das für ein geschickter Kaufmann ist!“ sagte er bewundernd. „Er und ich passen gut zusammen. Wir schätzen uns gegenseitig. An einem Tag ist er im Vorteil und am nächsten ich. Aber jetzt sind wir sozusagen einig. Naomi, wenn ich diesen Vertrag zum Abschluß bringe, was mir sicherlich gelingt, sobald die Karawane angekommen ist, dann werde ich durch Kungs Geschäft alle meine Importwaren absetzen können, Elfenbein, Porzellan, Schmuck und Musikinstrumente — kurz und gut, alle ausländischen Waren.“

Wang Ma und Peony hatten ihre üblichen Plätze eingenommen. Wang Ma stand hinter Madame Ezra und Peony hinter Ezra. Sie wurden so wenig beachtet, als wären sie zwei Möbelstücke, und sie fanden diese Tatsache selbstverständlich. Ezra stützte sich auf den Tisch. „Naomi, ich muß dir einen Vorschlag machen. Hör mir geduldig zu —“

„Ja?“ Madame Ezras Stimme klang scharf vor Ungeduld.

„Kung Chen hat eine Tochter, sechzehnjährig, sehr hübsch —“

„Woher weißt du das?“ fragte Madame Ezra.

„Ach — hm — ich habe das Kind ganz zufällig vor ein paar Tagen gesehen. Kung hatte mich in sein Haus eingeladen — weil wir privat über den Vertrag sprechen wollten. Dort stand sie in der Halle. Natürlich zog sie sich sofort zurück. Aber Kung sagte, daß es seine Tochter sei.“

Madame Ezra beherrschte sich mühsam. Sie preßte die Lippen zusammen und blickte wütend auf ihren Gatten.

„Du willst mir vermutlich vorschlagen, daß ich dieses chinesische Mädchen als Schwiegertochter annehmen soll?" fragte sie bitter.

Ezra zuckte die Achseln und streckte seine großen Hände mit den Handflächen nach oben aus.

„Meine Liebe, du siehst doch sicher die Vorteile. Ich bin ein Importeur von ausländischen Waren, und er ist ein Kaufmann mit Geschäften in allen großen Städten, verstehst du. Schließlich leben wir ja in China."

„Ich sehe nur, daß du etwas Ungeheuerliches verlangst!" rief sie.

„Wie?" Ezra zog seine dichten Augenbrauen hoch.

„Du weißt doch, daß David Leah heiraten muß!" In Madame Ezras voller Stimme kündigten sich Tränen an.

„Aber Naomi", begann Ezra. „Du willst doch nicht weiter darauf bestehen, nach so vielen Jahren!"

„Allerdings bestehe ich darauf", gab Madame Ezra zurück. „Erst recht, nach so vielen Jahren!"

Ezra redete sanft auf sie ein. „Das war ja nur ein törichtes Versprechen, Naomi, das zwei sentimentale Frauen an der Wiege ihrer Kinder abgelegt haben!"

„Ein heiliges Versprechen", erklärte Madame Ezra, „das vor Jehova abgelegt wurde, um unser Volk rein zu erhalten."

„Aber Naomi —"

„Ich bestehe darauf!"

„Es ist schon etwas spät, um noch von Reinheit zu sprechen. Meine eigene Mutter war Chinesin", sagte Ezra.

„Erinnere mich nicht an sie!" schrie Madame Ezra.

Von einem Augenblick auf den anderen geriet Ezra in Zorn. Sein Gesicht wurde dunkelrot. Er stand auf. Aber Wang Ma war rascher als er. Sie trat vor ihn und schob ihn mit beiden Händen zu seinem Stuhl zurück.

„Herr, Herr", mahnte sie.

Er ließ sich in den Stuhl sinken. Wang Ma schenkte eine Schale Tee ein und reichte sie ihm, während sie auf Madame Ezra blickte. Ezra nahm die Schale und stellte sie schroff vor seine Frau.

„Trink Tee, Naomi", sagte er kurz.

Wang Ma füllte Ezras Teeschale und hielt sie ihm hin. Peony zog einen kleinen Seidenfächer aus ihrem weiten Ärmel und begann ihn sanft zu fächeln. Er seufzte und lehnte sich zurück; dann nahm er seinen Turban ab, wischte sich mit seinem seidenen Taschentuch Gesicht und Stirn ab und setzte den Turban wieder auf.

„Vielleicht sollten wir David rufen lassen", schlug er endlich vor.

„Es hat keinen Zweck, ihn rufen zu lassen, bevor du mit mir einig bist", sagte Madame Ezra.

„Aber vielleicht werden wir durch ihn einig", wandte Ezra ein.

„Ich will nicht, daß du dieses chinesische Mädchen vor ihm erwähnst", antwortete Madame Ezra.

„Nein, nein, das verspreche ich!" beschwichtigte er. „Aber wir könnten feststellen, wie er sich überhaupt zum Heiraten stellt. Das wenigstens —"

„Warum wenigstens?" unterbrach ihn Madame Ezra. „Das ist das wichtigste, nicht das wenigste."

Ezra schlug sich auf die Knie. „Peony!" rief er. „Geh und hole meinen Sohn!"

„Jawohl, Herr", flüsterte Peony. Sie entfernte sich lautlos und anmutig. Wang Ma schenkte neuen Tee ein.

Madame Ezra fuhr fort: „Ich erlaube nicht, daß David in dieser Sache selbst entscheidet."

„Du würdest aber doch nicht verlangen, daß er eine Frau heiratet, die er ablehnt, Naomi", sagte Ezra in etwas milderer Stimmung.

„Wer könnte Leah ablehnen?" beharrte Madame Ezra. „Sie ist ein schönes Mädchen — und so gut."

„Gewiß“, gab Ezra zu.

„Was unser alter Rabbi ohne sie angefangen hätte —“, sagte Madame Ezra.

„Sein Sohn taugt nicht viel“ bemerkte Ezra sarkastisch.

„Aaron ist noch ein Kind.“

„Nur ein Jahr jünger als Leah.“

„Sie wirkt viel älter.“

„Ja“, stimmte Ezra geistesabwesend zu. Er versank in Schweigen.

Tatsächlich hatte er seine Frau angelogen. Nicht er selbst hatte Kungs hübsche Tochter gesehen, sondern David. Aber wie hätte er seiner Frau erklären können, daß er David absichtlich in Kungs Haus geschickt hatte? Zu der Tageszeit, in der die Damen des Hauses hübsch angezogen in den Höfen wandeln, um sich Abwechslung und Bewegung zu verschaffen, hatte er David eine Botschaft für Kung Chen aufgetragen. Als David zurückkam, hatte er ihn scherzhaft gefragt: „Warum hast du so leuchtende Augen, mein Sohn? Was hast du gesehen?“

David war errötet, wie es sich für einen jungen Mann geziemt, und hatte den Kopf geschüttelt. „Hier ist die Antwort, Vater“, hatte er kurz erwidert und Kung Chens Brief auf den Tisch gelegt.

Ezra schloß die Augen, lehnte sich wieder zurück und drehte langsam die Daumen, während sein scharfer, emsiger Verstand lebhaft damit beschäftigt war, die Fäden seiner Gefühle zu ordnen. In seinen Adern pulste zweierlei Blut. Sein Vater hatte als zweite Frau eine außerordentlich schöne junge Chinesin geheiratet, deren Sohn Ezra war. Äußerlich hatte seine Mutter aber scheinbar alle Bräuche des väterlichen Hauses angenommen, aber ihr Sohne wußte, wie unberührt ihr Herz blieb. In ihren eigenen Zimmern hatte sie heimlich über die Fremden, deren Leben sie teilte, gelacht. Während sie die Annehmlichkeiten an der Seite eines reichen Mannes genoß und so üppig aß, daß sie im Alter unmäßig dick wurde und ihre hübschen Züge in rosigem Fett verschwammen, bewahrte sie ihre eigene Art und beeinflußte sogar ihren Mann. Der alte Israel ben Abram begann im Laufe der Jahre die Feiertage, die früher in seinem Hause sorgsam eingehalten worden waren, zu vernachlässigen und sich Kompromisse zur Gewohnheit zu machen. Als aber seine chinesische Frau starb und den fünfzehnjährigen Sohn Ezra hinterließ, verlobte er ihn in Reue und Zerknirschung mit Naomi, der Tochter eines Oberhauptes der kleinen jüdischen Kolonie.

Ezra war damals willenlos und romantisch gewesen und hatte nachgegeben. Naomi sah hübsch aus, in ihrer kühlen jungen Kraft lag etwas Faszinierendes. Nach der Heirat entdeckte Ezra eine praktische Waffe im Kompromiß, den ihn seine chinesische Mutter gelehrt hatte. Naomi war zu stark. Auch jetzt wieder suchten seine Gedanken eine Kompromißlösung. Madame Ezra begann unvermittelt zu sprechen. „Ezra, mach die Augen auf — du siehst dumm aus."

„Gern, meine Liebe." Er öffnete die Augen.

„Nicht so weit!" tadelte Madame Ezra gereizt.

Er senkte die Lider, und um seine Lippen zuckte ein verstecktes Lachen. Sie warf ihm einen scharfen Blick zu, den er wie eine Glaskugel auffing und zurückwarf. Sie wendete die Augen ab.

„David läßt sich Zeit", bemerkte sie.

„Vielleicht war er irgendwo auf der Straße, Herrin", beeilte sich Wang Ma einzuwerfen. Sämtliche Dienstboten des Hauses hielten in der Verteidigung des jungen Herrn zusammen.

Ehe eine Antwort möglich war, erklangen seine Schritte. Peony ging ihm voraus und zog den scharlachroten Vorhang mit zarten Fingern beiseite. Da stand er, hochgewachsen und dunkel, und prüfte mit ungestümen Blicken die beiden ihm zugewandten Gesichter.

„Ihr habt mich rufen lassen, Vater — Mutter —"

„Komm, setz dich, mein Sohn", sagte Ezra freundlich.

„Wo bist du gewesen?" fragte gleichzeitig die Mutter.

Er antwortete keinem von beiden. Er setzte sich neben seinen Vater, während Peony ihm eine Schale Tee einschenkte und sie still neben ihn auf den Tisch stellte. Dann nahm sie ihren gewohnten Platz hinter Ezra ein, zog wieder den Fächer aus dem Ärmel und bewegte ihn langsam hin und her. Ihre Augen waren hinter den gesenkten Lidern halb verborgen. David schaute sie einen Augenblick an. Es war nicht möglich, auf dieser elfenbeinglatten Oberfläche zu erkennen, welche Gedanken sich darunter bewegten.

„David, es ist Zeit —", begann Madame Ezra.

Der junge Mann fuhr auf. „Zeit wofür?" fragte er.

„Du weißt es selbst, mein Sohn", antwortete Madame Ezra. Sie demütigte sich und sprach in bittendem Ton, denn sie wußte nur zu gut, wie leicht sich dieses geliebte einzige Kind verhärten konnte.

„Ich weiß nichts, Mutter."

Madame Ezra flehte: „Leah ist achtzehn, David. Und du bist ein Mann. Und ich habe es ihrer Mutter versprochen."

„Deine Versprechen gehen mich nichts an", erwiderte er schroff.

„Aber du hast doch immer gewußt —"

„Jetzt weiß ich von nichts", fiel er ihr ins Wort. „Außerdem liebe ich Leah nicht."

„Schäme dich!" rief Madame Ezra. „Gestern abend warst du freundlich genug mit ihr."

„Heute morgen erinnere ich mich nur daran, daß sie eine zu lange Nase hat", sagte David.

Madame Ezra streckte die Hände aus und blickte mit

rollenden Augen von einem zum andern. „Sie ist ein wertvolles Mädchen — hübsch ist sie auch — und in unserem Glauben erzogen. Sie wird ein Licht in diesem Haus sein, wenn ich einmal nicht mehr da bin."

„Trotzdem ist ihre Nase zu lang", knurrte David.

Es war ihm zur Gewohnheit geworden, seiner Mutter zu widersprechen, und jetzt tat er es in sinnloser Weise. Er wußte ganz genau, daß Leahs Nase hübsch war, und wenn seine Mutter geschwiegen hätte, wäre ihm vielleicht nur Leahs Schönheit eingefallen. Aber er war noch ein Kind und wollte um jeden Preis frei sein. Er sah seine Mutter eigensinnig an und lachte dann.

„Verheirate mich nicht so jung, Mutter!" rief er übermütig.

Ezra lachte laut auf. Peony gestattete sich den Anfang eines Lächelns. Wang Mas Gesicht blieb ausdruckslos. Madame Ezra fühlte keine Unterstützung. Sie biß sich seufzend auf die Lippen und besann sich auf alle Anbetung, die sie für ihren Sohn empfand. Als sie sich wieder an ihn wendete, waren ihre großen dunklen Augen feucht und ihre Lippen zitterten.

„David, mein Sohn", begann sie mit ihrer weichsten Stimme, „brich deiner Mutter nicht das Herz. Nein, sei ruhig, ich verlange nicht von dir, daß du an mich denkst, David. Denke an unser Volk! Du und Leah — ihr beide zusammen — eure Kinder — in ihren Adern würde jüdisches Blut fließen — in diesem heidnischen Land! Sie ist ein so gutes Mädchen, David — sie wird eine gute Frau sein, die dich und das Heim immer liebt und den Kindern beibringt, Gott zu ehren! Wenn die Zeit kommt, in der wir in unsre Heimat zurückkehren können, in das verheißene Land —"

David unterbrach sie: „Ich will aber nicht fortgehen. Hier bin ich auf die Welt gekommen, Mutter — hier, in diesem Haus."

Madame Ezra ließ ihre Überredungsversuche fallen. Ehrlicher Zorn flammte in ihrem vollen Gesicht auf. „Untersteh dich, mit deiner Mutter so zu sprechen!“ schrie sie. „Gott erweise uns die Gnade, daß wir in das Land unserer Väter zurückkehren dürfen, bevor wir sterben — du und ich und dein Vater und unser ganzes Haus!“

Ezra hustete hinter seiner Hand. „Ich könnte mein Geschäft nicht im Stich lassen, Naomi!“

„Ich spreche nicht von morgen!“ rief Madame Ezra. „Ich spreche von der gesegneten Zeit, wenn die Propheten uns führen werden.“

„Ich kann es ebensogut sagen“, sagte David plötzlich. „Mutter, ich möchte dir etwas mitteilen.“ Er erhob sich, und sie schauten ihn an, wie er groß und schön vor ihnen stand. „Mutter, ich will Leah nicht heiraten, weil ich ein anderes Mädchen liebe.“

Madame Ezras Unterkiefer sank herab. Ezra griff nach seiner Teeschale. Peony blickte auf David — und der kleine Seidenfächer bewegte sich nicht mehr. Wang Ma wandte die Augen ab.

„Wer ist es?“ fragte Madame Ezra.

David schaute seine Mutter fest an, während tiefe Röte in seine Wangen stieg. „Ich habe jemand gesehen — in Kungs Haus —.“

„Wann?“ fragte Madame Ezra leidenschaftlich. Ihre Kraft kehrte zurück.

„Vor zwei Tagen“, antwortete David einfach.

Madame Ezra wandte sich zu ihrem Gatten. Ihre schwarzen Augen funkelten ihn an. „Du hast gesagt, daß du selbst —“

Ezra stöhnte. „Meine Liebe, du zwingst uns alle, dich anzulügen“, stellte er traurig fest. „Sprich weiter“, befahl er dann seinem Sohn. „Wenn du schon angefangen hast, erzähle auch zu Ende! Du hast also ein hübsches Mädchen gesehen. Hast du mit ihr gesprochen?“

„Natürlich nicht!" rief David. „Sie — sie sagte — ‚oh, oh' — oder etwas Ähnliches — und dann lief sie fort, so flink wie — wie ein —"

„Wie ein Reh?" schlug Ezra trocken vor.

David schien überrascht zu sein. „Woher weißt du das, Vater? Hast du sie auch gesehen?"

„Nein", erwiderte Ezra. „Nicht dieses Mädchen. Aber ‚Reh' ist, glaube ich, der übliche Ausdruck."

„Was für ein Unsinn!" sagte Madame Ezra laut. „Ezra, ich bin entsetzt!"

Ezra stand plötzlich auf. „Entschuldige mich, Naomi. Ich kann wirklich nicht bleiben — Kung Chen erwartet mich, und er wartet nicht gerne."

„Setzt euch beide", befahl Madame Ezra herrisch. „David, du wirst am zehnten Tag des achten Monats verlobt. Das ist der Tag, an dem Leahs Mutter und ich unser Versprechen ablegten."

Madame Ezra und David sahen sich voll in die Augen. Er senkte den Blick. „Ich will nicht — ich will nicht", stammelte er. „Ich nehme mir vorher das Leben." Damit drehte er sich um und stürzte aus dem Zimmer.

„Geh ihm nach, Peony", befahl Ezra.

Peony bedurfte keines Befehls. Sie war schon auf halbem Weg zur Türe und verschwand hinter dem Seidenvorhang.

Davids Eröffnungen hatte sie mit größtem Erstaunen vernommen. Und sie hatte sein ganzes Herz zu kennen geglaubt! Einen tieferen Kummer als sie ihn am vergangenen Abend Leah wegen empfunden hatte, fühlte sie nun darüber, daß David ihr dies verheimlicht hatte. Sie lief auf den Gang und auf die langen Veranden hinaus, mit denen die Höfe umrahmt waren. Wohin war er gegangen? Sie blieb mit geschlossenen Augen stehen und legte einen Finger an die Lippen. Er würde versuchen zu fliehen, und wohin konnte er fliehen, als auf die

Straße? Sie drehte sich um und rannte leichtfüßig zum Gartentor.

Die beiden Eltern saßen in der stillen Halle. Wang Ma seufzte und füllte abermals die Teeschalen. Ezra blickte ernst vor sich hin und seine Frau tupfte sich mit dem Taschentuch die Augen. Nach einer Weile sagte Ezra sanft: „Naomi, wir haben lange auf dieses Kind gewartet."

Aber sie ließ sich nicht erweichen. „Ich wollte lieber, daß er nicht geboren wäre, als daß er unserem Volk verlorenginge", erwiderte sie starr.

Ezra stand seufzend auf. Aber er konnte sie nicht so leicht allein lassen. Nach all diesen Jahren kannte er ihr Herz, das starke, eigensinnige, leidenschaftliche Herz einer jüdischen Frau und Mutter. „Ach Naomi", redete er ihr bedrückt zu. „Wenn ihr Frauen uns nur so lassen wolltet, wie wir sind!"

Sie gab keine Antwort, sondern wandte sich ab und drückte ihr Taschentuch an die Augen. Er gab Wang Ma ein Zeichen. „Kümmere dich um sie", murmelte er und ging fort.

Nachdem er die Halle verlassen hatte, brach Madame Ezra in lautes Schluchzen aus, als wäre sie allein. Und als wäre dies eine langjährige Gewohnheit, trat Wang Ma neben sie, nahm ihre Hand und tätschelte sie behutsam, streichelte die Finger und das Handgelenk und kniff sanft in das feste Fleisch. Dann drückte sie ihre Handflächen an Madame Ezras Schläfen, bis sie sich beruhigt zurücklehnte und die Augen schloß.

Aber unter ihren Fingern fühlte Wang Ma immer noch, wie die eigensinnigen Gedanken arbeiteten. „Ach Herrin", murmelte sie. „Laß den Männern ihre Art! Was macht uns Frauen denn das aus? Schlafen — essen — unser Leben genießen — das ist das beste."

Sie hatte nicht die richtigen Worte gewählt und bereute es sofort. Madame Ezras feurige, schwarze Augen öffneten sich heftig. Sie richtete sich auf und wandte sich gegen ihre Dienerin. „Ihr Chinesen!" sagte sie mit bitterer Verachtung. „Ihr Chinesen!" Dabei erhob sie sich, schob Wang Mas Hände fort und verließ den Raum in herrischer Eile.

## II

Peony erblickte David. — „Du!" rief sie mit zärtlicher Wildheit. „Mir nichts zu sagen!" Er war schnellfüßiger als sie, so daß sie nur mit Schlauheit als erste das Tor erreichen konnte.

Einmal hatte er sie im Zurückschauen gesehen, worauf sie sofort so tat, als gebe sie die Verfolgung auf, und in einen Seitenweg des großen Hofes schlüpfte. Als er sich wieder umschaute und sie nicht mehr sah, lächelte er triumphierend und lief langsamer. Dann aber tauchte sie plötzlich in einem Durchgang vor ihm auf, und er wußte, daß er besiegt war. Sie stand mit ausgestreckten Händen da, um ihn zu fangen und festzuhalten. Er blieb dicht vor ihr stehen, verschränkte die Arme und blickte in ihre vorwurfsvollen Augen.

„Ich bin nicht an dich gebunden!" erklärte er.

Ihr liebliches Gesichtchen zuckte, errötete und verwelkte unter seinem Blick wie eine geknickte Blume. „Nein", sagte sie leise. „Nur ich bin an dich gebunden. Und — und — du hast auch ganz recht. Du brauchst mir nichts zu sagen."

Sofort empfand er Reue. „Hör, Peony", begann er. „Ich will es dir sagen — aber nur, wenn du mich nicht dazu zwingen willst."

„Es war falsch von mir", gab sie zu. „Ich will es nie mehr tun. Da siehst du — du bist frei!"

Sie versteckte die Hände hinter ihrem Rücken. Er breitete die Arme aus, aber sie entzog sich und wich zur Seite. Dann drehte sie sich plötzlich um und lief davon. Nun war er der Verfolger und sie auf der Flucht. Das Laufen machte ihr großes Vergnügen. Zu ihrem Glück war sie als Leibeigene zu diesen Fremden gekommen. In einem chinesischen Haus hätte man ihre Füße am Wachstum behindert, sobald es sich gezeigt hätte, daß sie hübsch wurde, damit sie, falls ein Sohn des Hauses sie zur Konkubine haben wollte, der Familie nicht durch ihre ungewickelten Füße, wie sie nur Sklaven haben, Schande brächte. Sie lief lachend weiter, und auch er lachte hinter ihr. Schließlich aber fing er sie ein, und sie wehrte sich und wand sich los — aber nicht ganz. Er hatte starke Arme. In diesem Augenblick hörte ihr scharfes Ohr, das auf Schritte und Stimmen zu horchen gewöhnt war, daß jemand in die Nähe kam.

„Junger Herr!" rief sie laut. „Du darfst dir nicht das Leben nehmen!"

Er ließ seine Arme sinken, aber es war schon zu spät. Madame Ezra hatte zugesehen.

„Peony!" sagte sie streng. „Du vergißt dich!"

„Ich habe ihn festgehalten, damit er sich nicht in den Teich stürzt", stammelte sie.

„Unsinn!" grollte Madame Ezra. Sie schwankte jedoch: log das Mädchen, oder hatte es ihn wirklich zurückgehalten?

David lachte. „Sie lügt, Mutter", sagte er offenherzig. ‚Wir haben nur gespielt."

Madame Ezra war ungehalten. „Es ist an der Zeit, daß du aufhörst, mit Peony zu spielen", tadelte sie kalt. Das Bewußtsein, wie schön ihr Sohn in diesem Augenblick aussah, bereitete ihr weniger Freude als sonst. Seine lebhaften Farben und seine stolze Haltung, worüber sie heimliches Entzücken zu fühlen pflegte, beunruhigten sie heute. Und auch Peony wurde gefährlich hübsch.

„Mach dich bereit", befahl sie dem Mädchen kurz. „Du sollst mich zum Rabbiner begleiten. Und du, David, solltest an deinen Büchern sitzen."

Mit energischen Schritten ging sie zum Haus zurück. David schnitt eine Grimasse und zuckte die Achseln, was Peony mit hochgezogenen Augenbrauen und einem Seufzer beantwortete. Dann erschien ein Ausdruck lieblichster Schmeichelei auf ihrem Gesicht. Sie warf einen Blick auf Madame Ezras Rücken und blieb noch eine Sekunde stehen, um ihre kleine Hand, die so leicht wie eine Blume war, auf Davids Arm zu legen.

„Wirst du mir alles von ihr erzählen?"

Er lächelte wie ein Sieger, und antwortete mit dem zärtlichen Lächeln, das er so oft schon auf ihrem Gesicht zu sehen geglaubt hatte, wenn sie zu ihm aufblickte.

„Alles", versprach er.

Sie trennten sich, und Peony ging in ihr Zimmer, um sich für ihren Ausgang mit Madame Ezra vorzubereiten.

Dann eilte sie durch die Gänge in Madame Ezras Hof.

An der Tür hielt Peony inne, hüstelte und bereitete ihr Lächeln vor. Madame Ezra drehte sich nicht nach ihr um. Im allgemeinen war sie mit ihren Dienerinnen gesprächig und freundlich, aber in den letzten Tagen, während sie sich mit dem Passahfest beschäftigte und mit ihrem ganzen Wesen im Glauben ihrer Vorfahren aufging, hatte sie mißbilligend die Vertraulichkeiten zwischen Peony und David wahrgenommen. Wohl war das Mädchen damals nicht nur als Dienerin, sondern auch als Kameradin für den einsamen kleinen Knaben gekauft worden, aber die Jahre waren zu rasch vergangen. Sie machte sich Vorwürfe, weil sie nicht früher beachtet hatte, daß die beiden erwachsen waren, ihr Sohn war nun ein Mann und Peony eine junge Frau. Im Augenblick fühlte sie eine Art Kränkung und war Peony gegenüber, die instinktiv die Veränderung hätte verstehen sollen, zur Strenge geneigt.

Das alles erfaßte Peony vollkommen und wartete schweigend mit geduldiger Anmut, bis Madame Ezra zu sprechen wünschte. Als Wang Ma eine goldene Haarnadel fallen ließ, sprang sie behende wie ein Kätzchen hinzu, hob sie auf und steckte sie selbst in Madame Ezras Haar. Dabei begegnete sie im Spiegel dem Blick ihrer Herrin und lächelte. Madame Ezra schaute streng in die großen schwarzen Augen der kleinen Leibeigenen, ließ sich aber nach einigen Sekunden selbst zu einem Lächeln bewegen.

„Du bist ein ungezogenes Kind", sagte sie. „Ich bin sehr unzufrieden mit dir."

„Warum, Herrin?" fragte Peony traurig. Dann fuhr sie mit der ihr eigenen Offenherzigkeit fort: „Nein, sage es mir nicht — ich weiß es! Aber du täuschst dich, Alte Herrin. Ich kenne meine Stellung in diesem Hause. Ich möchte dir nur dienen, Herrin. Was du mir befiehlst, will ich tun. Wo hätte ich ein Heim, außer in diesem Haus? Dürfte ich wagen, dir ungehorsam zu sein?"

Sie war so hübsch und sprach so bittend und unterwürfig, daß Madame Ezra sich besänftigt fühlen mußte. Peony hing tatsächlich ganz von ihr ab, und obwohl Madame Ezra genau wußte, daß sich unter all der Sanftheit und Fügsamkeit etwas Hartes und Schlaues verbarg, konnte doch Peony nicht ihr eigenes Glück zerstören wollen. Falls wirklich eine jugendliche Zuneigung zwischen der Leibeigenen und David bestand, würde Peony diesem Gefühl doch nicht nachgeben, wenn es den Verlust ihrer Stellung bedeutete — und das mußte es bedeuten, sagte sich Madame Ezra mit aller Entschiedenheit. Sollte sie jemals auf einen Beweis stoßen, daß zwischen

David und Peony etwas anderes vorging, als es sich für einen jungen Mann und eine Sklavin gehörte, so würde sie Peony noch an demselben Tage mit einem Bauern verheiraten.

Peony erfaßte die Gedanken in Madame Ezras Kopf so deutlich, als hätte sie laut gesprochen. Sie beherrschte die Kunst des Gedankenlesens und brauchte nur still zu sein, ihr eigenes Denken auszuschalten, zu warten und aufzunehmen, dann kamen alsbald wie mit kleinen Mäusepfoten die Gedanken der andern in ihr Gehirn. Mit einem Bauern verheiratet zu werden, war das übliche Schicksal der Leibeigenen, die ihre Grenzen übertreten hatten. In diesem Hause bestand sogar noch weniger Hoffnung für sie als in einem chinesischen Haushalt. Die Juden nahmen sich keine Konkubinen, das hatte Ezra oft erklärt — wenigstens nicht die guten Juden. Ihr Gott Jehova verbot es.

Als Madame Ezra ihr nicht antwortete, trat Peony schnell zurück und folgte dann ihrer Herrin zum Gartentor. Wenige Minuten später saß sie in ihrer einfachen Sänfte, die hinter der mit seidenen Vorhängen versehenen Sänfte Madame Ezras hergetragen wurde. Sie blickte durch das Fensterchen und sah einen kleinen quadratischen Ausschnitt der Straße vor sich.

Während ihre Augen die wohlbekannten Szenen verfolgten, dachte sie über sich selbst nach. Auch für sie waren die Jahre zu rasch vergangen. Es waren glückliche und gute Jahre gewesen, und sie hatte sich vor dem Erwachsensein und der Veränderung gefürchtet. Sie hatte sich beinahe als Tochter des Hauses gefühlt, aber doch nicht ganz, und in den letzten Tagen, während das sonderbare Fest vor sich ging, war ihr bewußt geworden, daß sie in dieser Familie, die sie gekauft hatte, eine Fremde blieb. Wie sehr sie sich auch bemühte, sie vermochte sich nicht an das Gesicht ihrer Mutter oder an die Stimme ihres Vaters zu erinnern. Als ausgesetztes Kind, das man vielleicht den Eltern gestohlen hatte, war sie weiterverkauft worden.

„Wer hat mich dir verkauft, Herrin?" hatte sie einmal Madame Ezra gefragt.

„Ein Kinderhändler", hatte Madame Ezra erwidert.

„Hatte er viele solche Kinder?"

„Er hatte zwanzig kleine Mädchen und zwei Knaben", hatte Wang Ma eingeworfen.

„Es wundert mich, Herrin, daß du für den jungen Herrn nicht einen Knaben gekauft hast."

„Der Vater meines Sohnes wollte das Mädchen", hatte Madame Ezra erklärt.

Während sie so durch die belebte Straße getragen wurde, sann Peony über ihr Schicksal nach. Außerhalb von Ezras Haus kannte sie niemand, sie hatte keine Freundin. Alle Menschen waren Fremde für sie, wie die Vorübergehenden auf der Straße. Ihre Augen füllten sich mit Tränen. Wohin konnte sie jemals gehen, um Freunde oder eine Familie zu finden? Deshalb mußte sie dort bleiben, wo sie war.

Ich habe niemand, dachte sie traurig.

Dann aber widersprach sie sich mit der harten Wahrhaftigkeit, die ihrem innersten Wesen eigen war. Sie belog sich selbst. Sie wollte in Ezras Haus bleiben, weil sie die Trennung von David niemals würde ertragen können. „David" nannte sie ihn in ihrem Herzen, und so würde sie ihn immer nennen, auch wenn sie ihre Lippen zu der Anrede „Herr" zwang.

Ich liebe ihn, dachte sie. Ich würde nicht fortgehen, was immer man mir dafür gäbe.

So bekannte sie sich zu ihrem Herzen. Mit der Wahrheit kam ein klarer Friede über sie. Sie wußte nun, was sie wollte und haben würde. Es blieb nur die Frage, wie sie es erreichen und festhalten konnte.

Das Haus des Rabbiners stand neben der Synagoge in der Straße der Ausgezogenen Sehne. Vor langer Zeit war die Straße so benannt worden, weil für die Juden die geheimnisvolle Vorschrift bestand, die Sehnen aus dem Fleisch zu entfernen, bevor es gegessen werden durfte. Die Chinesen nannten die Synagoge „Tempel des fremden Gottes". Aber die Juden sagten „Gottes Tempel". Einstmals hatten sich die Vorübergehenden über das Weinen gewundert, das aus der Synagoge auf die Straße drang. Im Lauf der Zeit war das Weinen fast gänzlich verstummt und man hörte nur noch am siebenten Tag die langen, gedehnten Klagelieder. Auch diese Klänge waren mit den Jahren schwächer geworden, und wer nun vorbeiging, mußte stehenbleiben und horchen, wenn er hinter den schweren, geschlossenen Türen Stimmen hören wollte. Das ganze Gebäude verfiel allmählich. Jeden Sommer riß der Taifun an Gesimsen und Dach, und wenn Steine herausfielen, wurden sie nicht ersetzt.

Derselbe Verfall schlich sich im Haus des Rabbiners ein. Im Hof, den Madame Ezra und Peony nun durchquerten, während ihre Sänften am Tor warteten, wuchs Moos zwischen den Steinen. Der alte Wang war vorausgeschickt worden, um Madame Ezras Besuch anzukündigen, und empfing sie nun am Eingang der für Besucher bestimmten Halle.

„Der Lehrer schlief, Herrin", erklärte er. „Die junge Dame, seine Tochter, war allein in der Küche und ist nun weggegangen, um sich zu kämmen und ihre Kleider zu wechseln. Sie sagte, ich solle dich bitten, Platz zu nehmen. Sie wird gleich mit ihrem Vater kommen."

Madame Ezra neigte zustimmend den Kopf und trat über die verfallene Schwelle in die Halle. Der Raum wurde Halle genannt, obwohl es nur ein kleines, bescheiden eingerichtetes Zimmer war. Aber es war sauber, und Leah hatte weiße Lilien in einem braunen Krug auf den Tisch gestellt. Tee gab es in diesem Hause nicht, da dies ein chinesischer Brauch war. Madame Ezra setzte sich und deutete für Peony auf einen Schemel.

„Setz dich, Kind", sagte sie. „Du brauchst nicht zu stehen, solang wir allein sind. Und du, Wang, kannst nach Hause an deine Arbeit gehen."

Wang verbeugte sich und ging fort, und Madame Ezra wartete in dem stillen kleinen Raum. Da sie nichts sagte, schwieg auch Peony. Mit auf dem Schoß verschränkten Händen saß das junge Mädchen anmutig aufrecht auf dem Holzschemel. Ihre Haltung verriet keinerlei Ungeduld oder Drängen. Als sich nach einigen Minuten schlurfende Schritte näherten, stand sie auf und nahm ihren Platz hinter Madame Ezras Stuhl ein.

Der verblichene blaue Leinenvorhang wurde beiseite geschoben, und der alte Rabbi trat, von Leah geführt, ein. In der rechten Hand hielt er einen langen Stab, während er den linken Arm auf Leahs Schulter stützte. In seiner Jugend war der Rabbi ungewöhnlich groß gewesen, und auch jetzt noch wirkte er trotz seiner vom Alter gebeugten Haltung hochgewachsen. Wie immer trug er jüdische Kleidung, die zwar stark geflickt, aber ordentlich war. Auch sein langer Bart war schneeweiß.

„Meine Tochter", begrüßte er Madame Ezra.

„Ich habe dich geweckt, Vater", antwortete sie. Dabei erhob sie sich und trat auf den alten Mann zu, der mit einer raschen, zarten Bewegung erst ihre Hand und dann segnend ihren Kopf berührte. Leah führte ihn zu einem Stuhl und sagte zu Madame Ezra: „Bitte setze dich, Tante." Als Madame Ezra dem Rabbi gegenüber Platz genommen hatte, zog Leah für sich selbst einen hochbeinigen Hocker neben ihren Vater. Dabei blickte sie zögernd auf Peony. „Und du — willst du dich auch setzen?" fragte sie.

Peony verneigte sich liebenswürdig. „Danke, ich muß bereit sein, meiner Herrin zu dienen", erwiderte sie sanft.

„Ich hätte schon lange aufwachen sollen", begann der Rabbi mit einer für sein Alter erstaunlich kräftigen Stimme. „Aber um die Wahrheit zu sagen, Tochter, unser Passahfest weckt traurige Erinnerungen in mir, so daß ich nachts mit Sorgen wach liege. Diese armen Augen —", er berührte seine blinden Augen, „können immer noch weinen, obwohl sie nichts mehr zu sehen vermögen."

Madame Ezra seufzte. „Weinen wir nicht alle in unserem Exil?"

„Ich werde alt", fuhr der Rabbi fort, „und mein Sohn ist noch zu jung, um meinen Platz einzunehmen. Wo ist Aaron, Leah?"

„Er ist frühmorgens ausgegangen, Vater, und ist noch nicht zurückgekommen", antwortete Leah.

„Hat er gesagt, wohin er geht?"

„Nein, Vater."

„Du hättest ihn aber fragen sollen."

„Er wollte es mir nicht sagen, Vater", erklärte Leah sanft.

Neben der greisen Gestalt des Rabbis trat Leahs Schönheit ergreifend hervor. Sie war trotz ihrer kräftigen Formen schlank, hatte ausgeprägte Züge und lebhafte Farben, und doch verlieh eine unbestimmte Schüchternheit ihrer Haltung etwas fast kindlich Bescheidenes. Ihre Lippen waren voll und rot, die schöngeschnittenen, tiefbraunen Augen lagen unter langen gebogenen Wimpern und dunklen Brauen. Ein rotes Seidenband hielt die lockigen Haare im Nacken fest. Sie trug ein schlichtes Kleid aus grobem weißem Leinen, das bis zu den Füßen reichte. Um ihre schlanke Taille hatte sie einen breiten Gürtel aus derselben roten Seide geschlungen, aus der ihr Haarband gemacht war. Die Ärmel waren kurz, so daß sie ihre milchweißen Arme freiließen.

Unter dem Schutz ihrer dichten Wimpern betrachtete Peony diese Schönheit mit Staunen und Bewunderung. Ihre Gedanken kreisten nun fragend um das schöne Mädchen dieses fremden Volkes. Würde Leah, falls sie als Davids Frau in Ezras Haus kam, alles bemerken, was unter diesem Dach vor sich ging? Würde sie Einspruch erheben, würde sie David wieder in die Träume seines Volkes hineinziehen?

„Aaron sollte das Haus nicht verlassen, ohne zu sagen, wohin er geht, Vater", sagte Madame Ezra.

„Er ist jung", seufzte der Rabbi.

„Nicht zu jung, um sich seiner Pflicht bewußt zu sein", beharrte Madame Ezra. „Er ist der einzige, der deine Nachfolge übernehmen kann, Vater, und dieser Verantwortung muß er eingedenk sein. Falls er versagt, ist niemand mehr da, der uns in die Heimat führen kann, wenn die Zeit kommt."

„Ach, käme sie nur zu meinen Lebzeiten!" klagte der alte Mann.

„Aber wir müssen bereit bleiben, auch wenn es nicht so ist", mahnte Madame Ezra eindringlich. „Die Synagoge müßte instand gesetzt werden, Vater, und wir sollten die Reste unseres Volkes anspornen. Gegenwärtig vergessen die Männer ihre Pflicht und die Kinder wissen nichts mehr von unserem Erbe. Aaron sollte beauftragt werden, die Mittel zur Instandsetzung zu sammeln. Das ist eine gute Idee, Vater — und ich verspreche, mit fünfhundert Silbermünzen den Anfang zu machen."

„Ach, wären nur alle unsere Leute so wie du", antwortete der Rabbi. „Aber es ist wirklich eine gute Idee, nicht wahr, Leah? Aaron könnte sich damit beschäftigen, dann hätte er etwas zu tun."

„Ja, Vater", bestätigte Leah zweifelnd. Sie schaute auf das helle Quadrat, das die Frühlingssonne auf den Fußboden warf.

Diese seltsamen Fremden, dachte Peony, der schöne alte Mann, das schöne Mädchen und die hübsche, stattliche Madame Ezra — in allen brennt ein inneres Feuer! Und warum glühten ihre Augen, warum lag ein hingerissener Ausdruck auf ihren Gesichtern, während sie mit so ernsten Stimmen sprachen? Irgendein Geist ging von ihnen aus, vereinigte sie auf geheimnisvolle Weise und schloß Peony selbst aus. Ihr gesenkter Blick fiel auf Leahs Hände, die sie lose um die Knie geschlungen hielt. Sie waren stark und rauh, hatten breite Fingerenden und wirkten knabenhaft. Peony schaute auf ihre eigenen kleinen Hände, die auf der Rückenlehne von Madame Ezras Stuhl lagen — weiche, schmale Händchen, deren Finger spitz zuliefen, so wie es sich für ein Mädchen gehörte. Madame Ezra hatte die gleichen Hände wie Leah, nur trugen sie keine Arbeitsspuren. Sie waren glatt und plump, und beide Daumen und Zeigefinger waren mit Ringen geschmückt. Leah trug keine Ringe.

„Aber ich bin nicht gekommen, um über die Synagoge zu sprechen", sagte Madame Ezra.

Der Rabbi neigte sein silbernes Haupt, dessen Locken mit einem schwarzen Käppchen bedeckt waren.

„Worüber wolltest du sprechen, meine Tochter?" fragte er freundlich.

„Ich weiß nicht, ob Leah fortgehen oder dableiben sollte, wenn ich davon spreche", antwortete Madame Ezra, während sie das Mädchen wohlwollend ansah.

Leah erhob sich. „Ich gehe."

„Nein", entschied Madame Ezra plötzlich. „Warum solltest du? Du bist kein Kind mehr, und wir sind nicht Chinesen. Es ist nicht unpassend, vor dir von deiner Heirat zu sprechen."

Leah setzte sich zögernd. Unter gesenkten Lidern beobachtete Peony sie von der Seite. Das Wort „Heirat" ließ eine tiefe Röte von Leahs Hals über die Wangen bis zum Haaransatz aufsteigen. Bei diesem Anblick fühlte Peony, wie alles Blut aus ihrem Gesicht entwich und ihr Herz langsam und dumpf zu pochen begann. Es war selbstverständlich, daß dieses Gespräch in ihrem Beisein geführt wurde, denn wem wäre es eingefallen, daran zu denken, ob eine Leibeigene ein Herz habe? Vielleicht hielt die kluge Madame Ezra es für gut, daß sie von Davids Heirat hörte. Peony stand mit tiefgesenktem Kopf wie eine kleine Marmorstatue hinter Madame Ezras Stuhl, auf dessen Lehne ihre gefalteten Hände lagen.

„Von der Heirat", wiederholte Madame Ezra. „Es ist an der Zeit, daß wir über unsere Kinder sprechen. Mein Sohn ist kein Kind mehr."

„Leah ist achtzehn", wandte der Rabbiner zweifelnd ein. „Und was sollte ich ohne sie anfangen?"

„Mit achtzehn ist ein Mädchen erwachsen", entgegnete Madame Ezra, „und du kannst sie nicht für immer bei dir behalten. Wir können eine gute Jüdin suchen, die ihre Pflichten übernimmt. Ich werde dafür sorgen. Ich weiß gerade eine sehr geeignete — Rahel, die Tochter von Eli und der Frau, die er geheiratet hat —"

„Einer Chinesin", ergänzte der Rabbiner noch zweifelnder.

„Nur teilweise", sagte Madame Ezra energisch. „Es ist schwierig, reinrassige jüdische Dienstboten zu finden. Ich selbst habe nur Chinesen. Es ist besser, wenn man sie nicht mischt. Aber hier, als Leahs Stellvertreterin, müssen wir natürlich eine Frau haben, die dir helfen kann und die Riten kennt. Rahel hat ausreichende Kenntnisse dafür. Und ihr Mann ist gestorben."

„Er war ein Chinese", sagte der Rabbi klagend.

„Das Beste, was wir tun können, ist, unsere Söhne mit Frauen unseres Volkes zu verheiraten", erwiderte Madame Ezra. „Deshalb möchte ich, daß mein Sohn jetzt heiratet. Leah, du mußt mir helfen!"

Leahs tiefliegende Augen blickten unsicher. „Wie kann ich dir helfen?" murmelte sie.

„Du mußt zu mir zu Besuch kommen", sagte Madame Ezra. „Es ist nur natürlich und richtig, daß du in deinem Alter bei mir, der Freundin deiner Mutter, zu Gast bist. Wir waren wie Schwestern, und ich wollte dich schon lange einladen."

Ein Geräusch an der Türe unterbrach sie. Aaron trat ungestüm ein, blieb beim Anblick der unerwarteten Gäste verwirrt stehen und kicherte verlegen.

„Aaron!" flüsterte Leah verzweifelt.

„Mein Sohn!" rief der Rabbi. „Wie gut! So können wir mit dir sprechen. Aaron, setz dich zu mir, mein Sohn."

Der Rabbi tastete nach seinem Stuhl, aber Aaron ging nicht zu ihm. Er nahm seinen Turban ab und trocknete sich die heiße Stirn. Leah stand auf, schob einen Stuhl neben den Vater und gab ihrem Bruder einen Wink. Er setzte sich und suchte seinen raschen Atem zu beherrschen.

„Warum bist du gerannt?" fragte der Rabbi.

„Weil ich rennen wollte", erwiderte Aaron mürrisch. Er war ein schmächtiger, blasser junger Mann, seine kleinen schwarzen Augen lagen dicht beieinander über der dünnen Hakennase. Die lockigen schwarzen Haare hingen unordentlich unter dem Turban heraus.

Madame Ezra betrachtete ihn mißbilligend. „Du siehst nicht so aus, wie es sich für den Sohn eines Rabbiners geziemt", sagte sie majestätisch.

Aaron schwieg und warf ihr nur einen verschlagenen, feindseligen Blick zu.

„Aaron!“ flüsterte Leah wieder.

„Schweig!“ zischte er wütend.

„Mein Sohn, begrüßt du unsere Gäste nicht?“ fragte der Rabbi.

„Wir wollen unser Gespräch fortsetzen“, bestimmte Madame Ezra.

„Ja, ja“, murmelte der Rabbi. „Aaron, Madame Ezra möchte, daß Leah eine Weile zu ihr kommt.“

„Wer soll dann für uns sorgen?“ fragte Aaron schroff.

„Rahel wird kommen“, erwiderte Madame Ezra.

„Hast du etwas dagegen, wenn ich fortgehe?“ fragte Leah halb ängstlich.

„Warum sollte ich etwas dagegen haben? Tu, was du willst“, antwortete er. Seine umherschweifenden Augen fielen auf die stille Peony und saugten sich an ihr fest. Sie fühlte seinen unverschämten Blick und hob die Lider nicht.

Madame Ezra jedoch bemerkte es und geriet in Zorn. Sie stand auf und sagte, indem sie sich zwischen die beiden stellte: „Wir wollen es so abmachen, Vater. Leah kann morgen zu mir kommen. Ich werde eine Sänfte schicken, und vorher wird Rahel kommen. Leah, du kannst ihr alles sagen, was zu tun ist. Und setze den Tag deiner Rückkehr noch nicht fest — ich behalte dich vielleicht lange bei mir.“

Madame Ezra nickte Leah, die sich gleichzeitig mit ihr erhoben hatte, lächelnd zu. Mit einem Neigen des Kopfes nahm sie dann vom Rabbi Abschied und verließ das Zimmer, ohne Aaron Beachtung zu schenken.

So kehrte Madame Ezra nach Hause zurück. Sie hing unerfreulichen Gedanken nach, das konnte Peony leicht erkennen. Sie war schweigsam, und als sie in ihren Gemächern ankam, gab sie kurze Anweisungen für die Vorbereitung des kleinen Ostflügels, worin Leah wohnen sollte. Peony nahm die Befehle entgegen und entfernte sich dann, um sie auszuführen; an der äußersten Türe hörte sie jedoch, daß Madame Ezra sie wieder zurückrief.

„Junge Mädchen haben natürliche Instinkte", sagte sie. „Richte die beiden Zimmer so her, wie du dir vorstellst, daß es Leah Freude machen wird, mit den Schriftrollen und Vasen und Blumen und Wohlgerüchen, die ihr am besten gefallen werden."

„Aber wie kann ich wissen, Herrin, was einer ausländischen jungen Dame am besten gefällt?" fragte Peony, indem sie Madame Ezras starrem Blick mit großen, unschuldigen Augen begegnete.

„Versuche es dir vorzustellen", erwiderte Madame Ezra trocken, und der unschuldige Blick flackerte und senkte sich.

Draußen blieb Peony eine Minute lang im moosbewachsenen Durchgang stehen. Ihre Augen schwammen in Tränen. Sie mußte sofort zu David gehen. Die Angst verlieh ihr sogar den Mut zum Ungehorsam gegen Madame Ezra. Hastig lief sie auf ihren lautlosen Seidenschuhen in die Bibliothek, wo David um diese Zeit bei seinen Büchern sitzen mußte.

Von der Türschwelle aus sah sie ihn an seinem Schreibtisch über einem Blatt Papier brüten, während er mit den Lippen seinen Pinsel spitzte. Lächelnd und lieblich wartete sie, daß er aufschaue. Als er kein Zeichen gab, lachte sie leise, da endlich blickte er nachdenklich und abwesend auf. Sie trat zu ihm, beugte sich vor, indem sie ihr weißseidenes Taschentuch aus dem Ärmel zog, und wischte seine mit Tusche beschmierten Lippen ab.

„Was für Lippen!" murmelte sie. „Schau!"

Sie zeigte ihm den Fleck auf dem Taschentuch, aber er blieb in Gedanken versunken, obwohl er wenigstens den Pinsel hinlegte.

„Was schreibst du?" fragte sie.

„Ein Gedicht."

Sie zögerte und sagte dann entschlossen: „Leah kommt."

„Hierher?"

Sie freute sich über das Entsetzen in seinen Augen und nickte. „Morgen kommt sie — und sie ist wirklich sehr schön. Ich habe früher nie gesehen, wie schön sie ist."

„Warum kommt sie?" fragte er und biß sich auf die Lippen.

„Du weißt es ganz gut", antwortete sie. „Um dich zu heiraten!"

„Hör mit dem Unfug auf", befahl er. Er stand auf und hielt sie an beiden Handgelenken fest. „Sag — hat meine Mutter das gesagt — zu ihr?"

Peony nickte. „Ich habe deine Mutter zum Rabbi begleitet und jedes Wort gehört. Sie wollen den Tempel wieder instand setzen — den Tempel von eurem fremden Gott — und Leah soll hier wohnen."

„Wenn meine Mutter meint —" begann David.

„Ach, sie wird tun, was sie will", unterbrach ihn Peony. „Sie ist stärker als du. Sie wird dich zwingen, Leah zu heiraten."

„Das kann sie nicht — ich will nicht—, mein Vater wird mir helfen —"

„Dein Vater ist nicht so stark wie sie."

„Wir beide zusammen!"

„Aber sie sind auch zu zweit!" erwiderte sie triumphierend. „Leah und deine Mutter sind stärker als du und dein Vater."

Sie verspürte einen seltsamen Wunsch, ihm weh zu tun, damit er sie um Hilfe bitten müsse. Als sie in seine Augen schaute, sah sie Zweifel darin aufsteigen.

„Peony, du mußt mir helfen!" flüsterte er.

„Leah ist schön", wiederholte sie hartnäckig.

„Peony", flehte er, „ich liebe eine andere. Du weißt es ja!"

„Die Tochter von Kung Chen. Wie heißt sie?"

„Das weiß ich nicht einmal!" stöhnte er.

„Aber ich", sagte Peony.

Nun hatte sie ihn in ihrer Gewalt. Er ließ ihre Handgelenke los. „Wie heißt sie?"

„Sie heißt Kueilan", sagte sie fügsam.

„Kostbare Orchidee", wiederholte er.

„Und wenn du willst, bringe ich ihr selbst dein Gedicht — sobald es fertig ist", fuhr Peony sanft fort. Er zog die Schublade auf und nahm ein neues Blatt Papier.

„Hilf mir schnell mit der letzten Zeile", befahl er.

„Wir wollen nicht von Blumen schreiben", schlug sie vor. „Blumen sind so gewöhnlich."

„Nicht von Blumen", stimmte er eifrig zu. „Was könnte ihr sonst gefallen?"

„An deiner Stelle", sagte Peony, „würde ich jemandem — den ich liebte — von — vom Duft schreiben — wie ihn die Nachtwinde bringen — oder vom Tau bei Sonnenaufgang —."

„Tau bei Sonnenaufgang", entschied er.

Er beugte sich über das Papier, und sie legte ihre Hand auf seine Wange.

„Während du schreibst", sagte sie zärtlich, „will ich etwas tun, was deine Mutter mir aufgetragen hat."

Er hörte ihr nicht zu und bemerkte auch nicht, daß sie ihn allein ließ. An der Tür schaute sie zurück. Als sie ihn so versunken sitzen sah, preßte sie ihre roten Lippen zusammen und ihre Augen funkelten wie schwarze Brillanten. Dann ging sie an ihre Aufgabe, Leahs Zimmer vorzubereiten.

Als sie alles geordnet hatte, blieb sie prüfend stehen und entfernte sich dann mit dem Gefühl erfüllter Pflicht.

Im Hof hielt sie inne. David hatte jetzt sicher sein Gedicht beendet. Sollte sie zu ihm gehen, um nach seinen Wünschen zu fragen? Auf leisen Sohlen eilte sie abermals durch die Gänge zu Davids Schulzimmer und schaute hinein. Er war nicht dort.

„David?" rief sie sanft, aber es kam keine Antwort. Sie ging auf den Zehen zu seinem Schreibtisch. Er hatte nur eine einzige Zeile auf das Blatt geschrieben.

„In der Lotosknospe wartete ein Tropfen Tau."

Dann hatte er den Pinsel hingeworfen. Sie befühlte die Spitze — die Pinselhaare waren trocken! Wohin war er gegangen, und was hatte er in diesen Stunden getan?

Sie schaute sich in dem leeren Zimmer um, während alle ihre feinen Sinne die Luft durchforschten. Was für eine Verwirrung hatte sich seiner bemächtigt? Sie wäre gerne ins Freie gelaufen, um ihn zu suchen. Aber ihr Leben hatte sie Geduld gelehrt. Beherrscht und reglos blieb sie stehen. Dann nahm sie den Pinsel, steckte ihn in die metallene Hülse und legte ihn in seine Schachtel, auch die getrocknete Tuschescheibe legte sie an ihren Platz zurück. Nachdem sie auf diese Weise Ordnung gemacht hatte, blieb sie nochmals eine Sekunde lang stehen, bevor sie das Blatt mit dem unvollendeten Gedicht sorgsam faltete und es in den Ausschnitt ihres Kleides steckte.

## III

Als Madame Ezra gegangen war, blieb der Rabbi mit seinen Kindern in dem kahlen kleinen Hof stehen. Leah wandte sich mit einem flehenden Blick zu ihrem Vater.

Aber er war blind und konnte sie nicht sehen. Sie drehte sich zu ihrem Bruder.

„Aaron", sagte sie bebend.

Aber er starrte auf die zersprungenen Steinplatten unter seinen Füßen. „Was du für ein Glück hast", murmelte er. „Von hier wegzukommen!"

Der Rabbi hörte angespannt hin, konnte aber mit seinem schwachen Gehör die Worte nicht verstehen. „Was hast du gesagt, mein Sohn?" fragte er besorgt.

„Ich sagte, daß uns Leah fehlen wird", erwiderte Aaron laut.

„Ach, wie sollen wir ohne sie leben?" sagte der Rabbi. Er schaute mit seinen blinden Augen in die Sonne, die den Hof warm durchflutete. „Nur, indem wir Gottes Willen gehorsam sind", fuhr er fort. Er streckte die Hand nach Leah aus, die sie mit beiden Händen ergriff. „So wie die Königin Esther auszog, um ihrem Volk zu dienen, so sollst du, meine Tochter, Ezras Haus betreten."

„Aber sie gehören unserem Volk an, Vater, während Esther zu den Heiden ging", sagte Leah.

„Nur hier bei der Synagoge fühle ich mich auf heiligem Boden", antwortete der Rabbi. Er hob sein Gesicht seufzend der Sonne entgegen. „Ach, wenn ich doch sehen könnte", klagte er.

„Laß mich bei euch bleiben!" rief Leah, indem sie seinen Arm nahm und ihn um ihre Schultern legte.

„Nein, nein", widersprach der Rabbi rasch. „Ich beklage mich nicht. Gott führt uns. Sein Wille soll in Ezras Haus ausgeführt werden, und dich, meine Tochter, hat er zu seinem Werkzeug erwählt. Komm, bring mich in mein Zimmer und laß mich beten, bis seine Absichten sich mir offenbaren."

Im Gehen zog der Rabbi sie mit sich fort. Sie lehnte den Kopf an seine Schulter. Aaron blieb stehen und sah ihnen nach, dann eilte er zum Tor hinaus. Der Rabbi tastete nach der hohen Schwelle und hob den Fuß darüber.

„Meine Kinder", begann er. Leah drehte sich um und sah, daß sich Aaron entfernt hatte.

„Aaron ist nicht mehr da, Vater", sagte sie sanft. Sie pflegte Aaron sonst nicht zu verraten, sondern sorgte immer für den Frieden zwischen den beiden und bat den alten Vater zu bedenken, daß sein Sohn noch jung sei. Jetzt aber mußte sie die Wahrheit sagen.

„Fort!" rief der Greis. „Er war doch vor einem Augenblick noch da!"

„Verstehst du, warum ich dich nicht verlassen sollte", sagte Leah. „Wenn ich nicht hier bin, wird er immer fort sein und du bleibst mit einer Haushälterin allein. Vater, laß mich bei dir bleiben — um für euch beide zu sorgen", flehte sie.

Der Rabbi aber schüttelte ihre Hände ab. Er stand in der Mitte des Zimmers und klopfte mit seinem Stab auf den Steinboden. „Ich selbst habe dir die Wahrheit verheimlicht, mein Kind", klagte er. „Ich bin zu schwach gewesen. Ich weiß, wie mein Sohn ist. Nein, du mußt gehen. Ich will meine Pflicht tun."

„Vater, Aaron ist jung — was kannst du tun?"

„Ich kann meinen Sohn verfluchen, so wie Isaak Esau verfluchte!" erwiderte der Rabbi mit eigentümlicher Entschlossenheit. „Ich kann ihn für immer aus Gottes Haus weisen!"

Leah schlang die Arme um ihn. „Ach, wie kann ich denn fortgehen?" wehklagte sie.

Der Vater zwang sich zur Ruhe. Er tastete nach seinem Stuhl und setzte sich zitternd, während auf seiner hohen blassen Stirne feine Schweißperlen erschienen. „Höre mich an", sagte er. „Es ist nicht dein irdischer Vater, der diese Worte spricht. Ich bin der Rabbi. Ich befehle dir!"

Leah stand zögernd und wartend vor ihm und biß sich auf die roten Lippen. Nach einem Augenblick der Stille erhob sich der Rabbi, stützte sich auf seinen Stock und sprach mit tiefer, überirdischer Stimme: „Also sprach der Herr zu Seiner Dienerin Leah: Geh deines Weges, sei eingedenk, wer du bist, oh Leah! Bekehre Ezras Haus! Erwecke die Erinnerung in Vater und Sohn, daß sie Mein sind, die Abkommen derer, die Ich durch Meinen Diener Moses aus Ägypten in das verheißene Land führte. Dort sündigten die Angehörigen Meines Volkes. Sie nahmen sich heidnische Frauen und beteten zu falschen Göttern, und Ich wies sie aus, bis sie bereut hätten. Aber Ich habe sie nicht vergessen. Sie werden zu Mir kommen, und Ich werde sie erretten und in ihr Land zurückkehren lassen. Und wie sollte dies geschehen als durch die Hände derer, die Mich nicht vergessen haben?"

Sein Gesicht leuchtete während dieser Worte in Verklärung. Sein Stock fiel zu Boden, und er breitete die Arme aus. Leah hörte hoch aufgerichtet zu. Als er geendet hatte, beugte sie den Kopf.

„Ich will dir gehorchen", flüsterte sie. „Ich will mein Bestes tun, Vater."

Er wankte. Die Kraft verließ ihn, und er sank auf seinen Stuhl zurück. „Gottes Wille geschehe", sagte er feierlich. „Geh, mein Kind, und bereite dich vor."

Sie verließ schweigend das Zimmer und arbeitete still den ganzen Tag hindurch. Das kleine Haus neben der Synagoge war immer so sauber und ordentlich, wie es nur sein konnte. Aber sie putzte es noch einmal und bereitete die Mittagsmahlzeit. Aaron kam nicht nach Hause. Der Rabbi und sie sprachen während des Essens kaum ein Wort. Er seufzte, als er erfuhr, daß sein Sohn nicht da sei, und befahl ihr dann, Aaron sofort zu ihm zu schicken, sobald er heimkäme. Nach dem Essen schlief er, während Leah ihre wenigen Kleider in einen kleinen Lederkoffer packte. Dann badete sie und wusch ihr dichtes, lockiges Haar. Unmittelbar darauf hörte sie ein Klopfen und öffnete die Türe. Rahel, die neue Haushälterin, stand davor und neben ihr ein Mann mit einer Holzkiste, in der sich ihre Habseligkeiten befanden.

„Madame Ezra bat mich zu kommen", sagte sie schlicht.

„Wir haben dich erwartet, Rahel", erwiderte Leah. Sie führte die Frau in ihr Zimmer. „Hier wohnst du", fuhr sie fort. „Mein Vater ist daneben. Hast du schon gegessen?"

„Ja", sagte Rahel. „Ich wollte früh genug kommen, damit du mir alles zeigen kannst, bevor ich die Abendmahlzeit koche, denn Madame Ezra sagte, daß du heute abend früh zu Bett gehen solltest, um morgen kurz nach Sonnenaufgang bereit zu sein. Du mußt in dieser letzten Nacht in deinem eigenen Bett schlafen, und ich schlafe in der Küche."

Es ging etwas sehr Beruhigendes von dieser starken, untersetzten Frau aus, und Leah zog sie neben sich auf den Bettrand und sagte ihr alles, was ihr einfiel: was ihr Vater esse und nicht esse, daß er es lieber habe, wenn man die Sachen auf seinem Tisch nicht berühre, wie oft er heißes Wasser brauche und wie sein Bart und seine Haare gepflegt werden müßten. Dann unterrichtete sie Rahel über die Reinigung der Synagoge, das Abstauben der Tafeln, der Bundeslade und der alten Samtvorhänge, mit denen man sehr vorsichtig umgehen mußte. Zuletzt erwähnte sie Aaron.

„Er ist kein guter Sohn", sagte sie bekümmert. „Es ist besser, wenn ich dir das sage, damit du nicht mit seiner Hilfe rechnest."

„Überlaß ihn mir nur!" antwortete Rahel energisch.

„Du wirst besser für ihn sein als ich", sagte Leah.

„Ich bin älter", erwiderte Rahel. Dann beugte sie sich vor, indem sie ihre groben Hände auf die Knie stützte. „Du armes Lamm", sagte sie, „auf dem Weg zur Schlachtbank." Sie schüttelte den Kopf.

Leah starrte sie verständnislos an. „Es ist aber ein angenehmes Haus", wandte sie ein. „Ich war sehr oft dort, als wir noch Kinder waren." Ihre helle Haut errötete dabei und sie lachte. „Ich kann nichts anderes tun, da mein Vater und Madame Ezra es mir gemeinsam befehlen."

„Sie spricht für die Menschen und er für Gott", scherzte Rahel. Dann fuhr sie ernster fort: „Aber heirate niemals einen Mann, den du nicht lieben kannst. Das ist zu hart in einem solchen Haus, wo Konkubinen nicht erlaubt sind. In einem chinesischen Haus ist das Verheiratetsein keine so große Last — wenn eine Frau ihren Mann nicht liebt, kann sie eine Konkubine für ihn suchen, ohne ihren Platz in der Familie zu verlieren. Aber wenn man mit einem Mann leben muß, den man haßt — das ist schrecklich!"

„Niemand könnte David hassen", sagte Leah sanft. Die Röte auf ihren Wangen wurde dunkler.

Rahel betrachtete sie und lächelte. „Ach, wenn es so steht —", sagte sie. „Ich sollte jetzt lieber nachsehen, was für das Abendessen im Haus ist."

In dieser letzten Nacht fand Leah in ihrem kleinen Zimmer keinen Schlaf. Gegenüber lag Aarons Zimmer. Zum Abendessen war er nicht heimgekommen, erst nach Mitternacht sah sie den flackernden Schein einer Kerze. An jedem andern Tag wäre sie zu ihm gegangen, um ihn zu fragen, ob er Hunger habe und wo er gewesen sei. Heute aber fühlte sie sich schon von ihm getrennt. Ihr Leben in diesem Haus war abgeschlossen, morgen sollte es in einem andern Haus beginnen. So verschränkte sie die Hände unter ihrem Kopf und blieb ruhig liegen.

Eine Weile versuchte sie daran zu denken, was ihr Vater gesagt hatte: daß sie Gottes Werkzeug sein müsse. Sie bezweifelte jedoch, daß sich dies verwirklichen könnte, so gerne sie es geglaubt hätte. Seit dem Tod ihrer Mutter war sie zu beschäftigt gewesen, um so oft, wie sie das hätte tun sollen, in der Thora zu lesen. Sie war schon so lange allein, daß sie sich das Gesicht ihrer Mutter nicht zurückzurufen vermochte — nur wenn sie alle anderen Gedanken ausschloß. Dann vermeinte sie vor dem grauen Vorhang der Vergangenheit ein schmales, blasses Gesicht mit übergroßen schwarzen Augen zu sehen, dessen dünne Lippen traurig wirkten. Aber an die Worte, die ihre Mutter in ihrer letzten Nacht gesprochen hatte, erinnerte sie sich sehr deutlich.

„Sorge für deinen Vater, Leah — und für Aaron."

„Ja, Mutter", hatte sie geschluchzt.

„Kind", hatte ihre Mutter plötzlich hervorgestoßen, „denke an dich selbst — denn niemand sonst wird es tun."

Das waren ihre letzten Worte gewesen, und Leah verstand ihren Sinn weder damals noch jetzt. Wie konnte sie für andere sorgen, wenn sie an sich selbst dachte? Seufzend schob sie diese Frage, die sie noch nie hatte beantworten können, beiseite und begann statt dessen an David zu denken.

Ihre Gedanken schweiften zurück bis in die Zeit ihrer frühesten Erinnerungen, als Wang Ma ungefähr einmal im Monat gekommen war, um sie zu Madame Ezra zu bringen, wo man sie betrachtete und ausfragte, ihr dann Süßigkeiten und Früchte gab und sie schließlich in den Höfen mit David spielen ließ, dem schönen kleinen Knaben, der immer so prächtige Kleider trug und so fröhlich und liebenswürdig war. Sein ganzes Wesen schien ihr aus unablässigem Lachen zu bestehen, so daß durch seine bloße Anwesenheit die ganze Luft hell wurde. Bei ihr zu Hause ging es immer niederdrückend zu, ihr Vater war in Schriften und Gebete vertieft, und Aaron jammerte und kränkelte, abhängig und grausam zugleich. Und sie waren arm, immer arm, und sie mußte flicken, stopfen und sparen, und kochen und putzen lernen, so gut es ihr möglich war. In der ersten Zeit hatte eine Dienerin geholfen, die aber dann das Haus verließ, als Leah zwölf Jahre alt war. Seither besorgte nur ein alter Chinese die Einkäufe auf dem Markt, pflegte auch den Gemüsegarten und entfernte den Kehricht. Er war taubstumm und lebte schweigend dahin.

So war Ezras Haus der einzige glückliche Ort in der Kindheit, und sie konnte nur froh sein, daß sie nach Gottes und ihres Vaters Willen jetzt dorthin zurückkehren sollte. Aber ich werde oft nach Hause gehen, dachte sie, und werde hier alles viel besser machen, als es jemals war. Und falls ich wirklich David heirate —.

An diesem Punkt wurden ihre Gedanken befangen und demütig. Falls es dazu kam, falls eine solche Seligkeit ihr beschieden war, wollte sei ihr ganzes Leben lang Gott danken und so gut sein, daß Er es nie bereuen würde. Sie wollte Davids Herz bewegen, die Synagoge wieder herzurichten und die Träume ihres Vaters zu verwirklichen. Die zerstreuten Reste ihres Volkes würden sich in der neuen Synagoge wieder zusammenfinden, und David würde das Oberhaupt sein, und sie wollten gemeinsam für Aaron sorgen, und vielleicht würde es besser mit ihm gehen, als sie befürchtete, und alles würde gut sein — für alle, dachte sie mit Inbrunst.

Irgendwo am Rand ihrer Träume stand der Schatten eines chinesischen Mädchens, das mit David gespielt hatte — ein hübsches Kind mit großen, mandelförmigen

Augen und einem kleinen roten Mund. Dieses Kind wuchs allmählich zu einem noch hübscheren jungen Mädchen heran, das David und sie mit Tee und Kuchen bediente und ständig in der Nähe war. Peony — Peony! Aber Peony war ja nur eine Leibeigene, sagte sich Leah.

Kurz vor dem Morgengrauen schlief sie ein, und als Rahel lautlos ins Zimmer schaute, brachte sie es nicht über sich, Leah zu wecken. Die gute Frau ging in die Küche zurück, heizte den Kohlenherd, stellte Wasser auf, kochte Reis für das Frühstück und schlug drei Eier in eine Schüssel.

Nach einiger Zeit hörte sie jemand ans Tor klopfen und als sie öffnete, stand Wang Ma davor. Hinter ihr warteten Träger mit einer leeren Sänfte. „Komm herein, Ältere Schwester", sagte Rahel. „Es ist noch niemand wach."

Wang Ma, die fast wie eine Haushälterin aussah, trat ein. Ihre Jacke und Beinkleider waren aus dunkelbrauner, handgesponnener Seide, ihre Ohren und Mittelfinger mit goldenen Ringen geschmückt. Das geölte schwarze Haar hatte sie in einen runden Nackenknoten zurückgekämmt, der von einem feinen schwarzen Seidennetz gehalten wurde. Ihre Augenbrauen waren ausgezupft und nachgefärbt, und die Wangen hatte sie so sauber gewaschen, daß sie noch stark gerötet waren.

„Noch niemand wach!" echote sie. Sie wußte, daß Rahel und sie gute Freundinnen waren, beide gehorchten in erster Linie Madame Ezra, Rahel deshalb, weil Madame Ezra ihr manchmal Geld gegeben hatte, wenn ihr Mann krank oder untätig war, und Wang Ma, weil sie wußte, daß Madame Ezra ihren Haushalt befehligte.

„Der Rabbi ist alt", sagte Rahel, „und der junge Mann ist erst nach Mitternacht heimgekommen, und Leah, das arme junge Ding —"

Wang Ma hob ihre schwarzen Brauen. „Warum ‚das arme junge Ding'?" fragte sie. „Es ist ein Glück für sie, in unser Haus zu kommen."

„Natürlich – natürlich", antwortete Rahel friedfertig. „Komm herein und trinke Tee. Ich will sie wecken."

„Ich wecke sie selbst", entgegnete Wang Ma entschlossen. „Sorge du für die beiden Männer. Wir sollten uns beeilen für den Fall, daß heute die Karawane kommt. Der Türhüter sagte mir, als ich wegging, in der zweiten Stunde nach Mitternacht sei ein Läufer angekommen und habe mitgeteilt, daß die Karawane im Dorf der Drei Glocken angelangt sei. Sage aber der jungen Dame nichts davon. Unsere Herrin wünscht, daß sie nicht abgelenkt wird."

„Ist die Karawane wirklich gekommen?" rief Rahel. „Du kannst glücklich sein, Ältere Schwester, daß du in diesem Haus bist!"

„Das bin ich auch, zum Teil", antwortete Wang Ma. „Andererseits – ach, wir wollen unsere Pflicht tun!" Sie zuckte die Achseln. Rahel nickte und führte sie zu Leahs Zimmer.

Als Leah die Augen aufschlug, fiel daher ihr Blick zuerst auf Wang Mas rosiges Gesicht. Sie war noch traumbefangen und fand sich nicht zurecht.

„Aber – aber ich bin doch noch zu Hause –"

„Es ist Zeit zum Aufstehen", sagte Wang Ma energisch. „Man hat mich geschickt, um dich zu holen."

Leah setzte sich auf und strich sich die langen Haare zurück. „Ach", flüsterte sie verzweifelt, „daß ich ausgerechnet heute verschlafen mußte!"

„Das macht nichts", beruhigte Wang Ma. „Zieh irgend etwas an und komme mit. Unsere Herrin hat neue Kleider für dich bereit. Du brauchst nichts mitzunehmen."

„Mein Koffer ist aber gepackt – ich bin bereit!" rief Leah, indem sie rasch aufstand. Dann blickte sie schüchtern auf Wang Ma. Noch nie in ihrem Leben hatte sie sich vor jemand ausgezogen und konnte sich auch jetzt nicht dazu überwinden. Wang Ma aber wollte keine Befangenheit dulden.

„Nur vorwärts", sagte sie, „keine Torheiten! In unserem Haus wasche ich dich ohnedies und ziehe dich an, wenigstens bis unsere Peony es gelernt hat, und es ist nichts an dir, was eine alte Frau wie ich nicht sehen dürfte."

So drehte Leah Wang Ma den Rücken zu, zog sich aus und wusch sich an ihrem Waschbecken, während Wang Ma sie unablässig zur Eile antrieb.

„Du brauchst nicht gründlich zu sein", drängte sie. „Ich werde dich noch einmal waschen und parfümieren, bevor wir dir die neuen Kleider anziehen."

Dann brachte Rahel eine Schale mit heißer Reissuppe, und endlich war Leah bereit. Aber es mußte noch Abschied genommen werden. Dabei konnte ihr niemand helfen. Auf den Zehenspitzen ging sie zu Aaron, der noch in tiefem Schlaf lag. Sie blieb an seinem Bett stehen und schaute ihn an, während sich unter ihren gesenkten Lidern Tränen sammelten. Seine Schwachheit, sein schmächtiger junger Körper und sein häßliches bleiches Gesicht griffen ihr ans Herz. Wer würde ihren Bruder lieben? Er hatte nichts, was Liebe wecken konnte. Ihre eigene große Liebesfähigkeit, die beim Anblick irgendeines hilfsbedürftigen, schwachen Wesens immer überströmend bereit war, wurde in ihr wach, so daß sie sich zu ihm beugte und seine Backe küßte. Sein Atem roch schlecht und seine Haare ungewaschen.

„Ach Aaron", murmelte sie, „was soll ich für dich tun?"

Er öffnete seine kleinen schwarzen Augen, erkannte sie und schnitt eine Grimasse. „Laß mich schlafen", knurrte er.

„Aber ich gehe ja fort, Lieber!" sagte sie.

Er schaute sie verständnislos an.

„Sorge für unseren Vater, Aaron", bat sie. „Sei gut, lieber Aaron, ja?"

„Du kommst ja wieder", antwortete er mürrisch.

„Alle paar Tage, wenn ich kann", versprach sie. „Und Rahel bleibt hier."

„Also schön", brummte er, drehte sich auf die andere Seite und vergrub den Kopf in die Kissen.

Leah schloß leise die Tür hinter sich und ging in das Zimmer ihres Vaters. Der Rabbi war aufgestanden, hatte sich angezogen und war jetzt in seine Gebete vertieft.

„Vater", sagte sie. Er wandte sich um. „Sie sind gekommen, um mich zu holen, Vater."

„So früh?" antwortete er. „Nun, Kind, es sei. Bist du bereit?"

Sie war zu ihm getreten, und er berührte ihren Kopf und ihr Gesicht, Schultern, Haare und Kleid. Seine feinfühligen Finger verrieten ihm alles. „Ja, du bist bereit. Und hast du schon gegessen?"

„Ja, Vater, und Rahel hat auch dein Essen bereitgemacht."

Sie zögerte und legte dann die Stirn an seine Brust. „Oh, Vater", flüsterte sie. Er strich ihr über die Haare. „Du wirst ja nicht weit weg sein, Kind – du wirst fast jeden Tag zu uns kommen, und denk daran, wieviel besser alles für uns werden wird."

Auf diese Weise tröstete er sie, bis sie den Kopf hob, die Tränen aus den Augen schüttelte und ihn anlächelte.

„Komm nicht mit mir zum Tor, Vater. Laß mich hier Abschied nehmen, und dann kommt Rahel und holt dich."

So verließ sie das Zimmer. Sie schaute nicht zurück und ging mit einem letzten Wort an Rahel durch das Gartentor. Aber als die Vorhänge der Sänfte zugezogen wurden, hatte sie das Gefühl, eine weite Reise anzutreten, von der sie vielleicht nicht zurückkehren würde.

In Ezras Haus wartete Peony im vorderen Hof, wie Madame Ezra es durch Wang Ma hatte anordnen lassen.

„Soll ich die Dienerin dieser Fremden sein?" hatte Peony gefragt, als ihr am frühen Morgen dieser Befehl überbracht wurde. Sie schaute Wang Ma mit großen Augen an.

Wang Ma war dicht zu ihr getreten und hatte mit Daumen und Zeigefinger gegen Peonys Wange geschnippt, so daß ihre scharfen Nägel einen winzigen Fleck hinterließen.

„Wenn eine Spur von Vernunft in deinem Kopf ist, wirst du nicht danach fragen, was du zu tun hast und was du nicht zu tun hast", riet sie. „Wenn ich solche Fragen gestellt hätte, wäre ich heute nicht mehr in diesem Haus. Gehorche — gehorche — und tu, was dir gefällt. Das geht beides zusammen — wenn man schlau ist. Und jetzt eil dich! Die Karawane ist im Anzug. Unser Herr ist ihr schon vor Tagesanbruch entgegengegangen."

„Die Karawane?" rief Peony.

„Jawohl, jawohl", nickte Wang Ma ungeduldig. „Aber Leah soll nichts davon wissen—unsere Herrin will es so."

Peony hatte während dieses Gesprächs ihr Haar geflochten. Nachdem Wang Ma sich entfernt hatte, war sie einen Augenblick lang von der Aufregung über die Karawane erfüllt. Dann vergaß sie dieses Ereignis plötzlich. Was hatte Wang Ma gesagt? „Gehorche — gehorche — und tu, was dir gefällt. Das geht beides zusammen — wenn man schlau ist." Seltsame, bedeutungsvolle Worte! Sie dachte darüber nach, und der Sinn begann wie edles Metall in die tiefen Gewässer ihrer Seele zu sinken. Auf einmal lächelte sie vor sich hin, bis die beiden Grübchen auf ihren Backen tanzten.

Anstatt ihren Zopf über dem linken Ohr aufzurollen, ließ sie ihn lang herunterhängen. In das rote Band aber, das die Haare im Nacken zusammenhielt, steckte sie eine weiße Gardenie aus dem Hof. Dort wuchs ein alter Busch, der in dieser Jahreszeit jeden Morgen viele Blüten trug. Peonys Jacke und Beinkleider waren aus blaßblauer Seide, und als sie nun wartend dastand, sah sie zart und bescheiden aus. Ihr Gesicht war das erste, worauf Leahs Blick fiel, als die Vorhänge der Sänfte zurückgezogen wurden. Peony selbst öffnete die Vorhänge und lächelte in Leahs Augen.

„Willkommen", sagte sie. „Willst du aussteigen?" Sie streckte den Arm aus um Leah zu stützen, aber Leah stieg ohne ihre Hilfe aus. Sie war einen Kopf größer als Peony. Sie beantwortete Peonys Lächeln, aber sie schwieg dabei.

„Hast du schon gegessen, Herrin?" fragte Peony, indem sie hinter Leah herging.

„Ich habe schon gegessen", erwiderte Leah offen, „aber ich bin schon wieder hungrig."

„Das kommt von der frühen Stunde", sagte Peony. „Die Luft ist heute trocken und gut. Ich werde dir etwas zu essen bringen, Herrin, sobald du in deinem Zimmer bist. Ich bringe dir auch frische Gardenien, die ich gestern für dich geschnitten habe. Man darf sie nicht am Morgen schneiden, sonst werden die Ränder braun."

So gingen die beiden Frauen zusammen ins Haus. Beide waren sich der neuen Beziehung, in der sie nun zueinander standen, vollauf bewußt und suchten sich danach zu verhalten. Wang Ma war vorausgegangen, um Madame Ezra Leahs Ankunft mitzuteilen. Peony führte Leah in ihre Gemächer.

„Soll dieser ganze Hof für mich sein?" fragte Leah

erstaunt, als Peony stehenblieb. Die Zimmer waren viel schöner als alle, die sie je bewohnt hatte. Sie erinnerte sich daran, daß sie als Kind gesehen hatte, wie Davids Großmutter, eine vornehme alte Dame, nach Sonnenuntergang hier Kerzen anzündete.

„Es sind nur zwei Zimmer", sagte Peony. „In einem wirst du schlafen, und im andern kannst du sitzen, wenn du allein bist."

Sie führte Leah hinein, während ein Diener mit dem Koffer nachfolgte. Als er sich entfernt hatte, zeigte Peony ihr die Kleider, die Madame Ezra in ihrer Jugend getragen hatte. Es waren lange und prächtige jüdische Gewänder, eines war scharlachrot mit goldenen Borten, eines tiefblau mit silbernen Verzierungen und eines gelb mit Smaragdgrün.

„Heute sollst du das rote tragen", erklärte Peony. Zuerst aber mußt du essen und dann baden, und hier ist der Schmuck für Brust und Ohren. Und meine Herrin läßt sagen, daß du dich hier nicht für dich allein verbergen sollst, sondern du sollst durch die Höfe gehen und mit der Familie beisammen sein und das ganze Haus genießen."

„Wie freundlich von ihr!" sagte Leah. Dann wurde sie befangen. „Ich weiß nicht, ob ich mich schon am ersten Tag so frei fühlen kann", sagte sie zu Peony.

„Warum nicht?" erwiderte Peony ungezwungen. „Niemand hier wird dir weh tun." Dabei öffnete sie eine rotlackierte Schachtel auf dem Frisiertisch, die mit goldenen und silbernen, juwelenbesetzten Schmuckstücken angefüllt war.

Leah, die neben dem Tisch saß, schaute auf und begegnete Peonys lächelndem, verstecktem Blick.

„Es soll eine Heirat werden, nicht wahr?" fragte Peony mit leichter und klarer Stimme. „Ich glaube, unsere Herrin hat beschlossen, daß du unseren jungen Herrn heiraten sollst."

Leahs Gesicht zuckte. „Eine Heirat kann man nicht beschließen", erwiderte sie rasch.

„Was sonst?" fragte Peony dreist. „Wird denn nicht jede Heirat beschlossen?"

„Nicht in unserem Volk", erklärte Leah stolz.

Sie blickte zur Seite und sagte sich wieder, daß diese hübsche Chinesin nur eine Leibeigene sei. Es geziemte sich keineswegs, daß sie mit Peony ihre Heirat besprach. Das war sogar für ihre eigenen Gedanken eine zu heilige Angelegenheit — etwas so Hohes und Fernes, wie Gottes Wille. „Ich möchte jetzt etwas essen", sagte sie kühl und bestimmt. „Danach kann ich mich anziehen — ich bin daran gewöhnt, es selbst zu tun. Bitte, sage Wang Ma, daß ich ihre Hilfe nicht brauche — und deine auch nicht."

Peony erfaßte sofort, was in Leah vorging. Sie neigte den Kopf und lächelte. „Gerne", antwortete sie in ihrer lieblichen, gefügigen Art und verließ das Zimmer.

Kurz darauf brachte eine Dienerin den Imbiß. Als Leah gegessen hatte, trug die Dienerin die Schüsseln wieder hinaus, und Leah bürstete sich die Haare, wusch sich noch einmal und zog das scharlachrote Kleid an. Aber sie parfümierte sich nicht und nahm keinen Schmuck aus der Schachtel. Dann setzte sie sich in das vordere Zimmer und wartete.

Peony war unterdessen in ihr Zimmer gegangen, wo sie einige Minuten lang bitter weinte, weil Leah so schön war. Sie betrachtete sich im Spiegel auf ihrem Frisiertisch und fand alle ihre eigenen Reize klein und gewöhnlich. Sie war ein schmächtiges, federleichtes Ding, und trotz ihres runden Gesichts war sie nicht kräftig gebaut. Leah wirkte wie eine Prinzessin und sie wie ein Kind. Aber sie konnte keinen Haß gegen Leah fühlen. Diese junge Jüdin hatte etwas Edles und Gutes, und Peony wußte, daß sie selbst weder edel noch besonders gut war. Wie sollte sie auch gut sein, wenn sie doch alles, was sie hatte, mit Schlauheit und Ränken erreichen mußte?

Ich habe nichts und niemand als mich selbst, dachte die kleine Chinesin traurig.

Sie klappte den Spiegel in die Tischplatte hinunter, legte den Kopf darauf und weinte noch bitterlicher, bis sie keine Tränen mehr hatte. Dann waren ihre Gedanken durch die Tränen erfrischt und reingewaschen und begannen rasch zu arbeiten.

Eine Gattin kannst du in diesem Haus nie werden, sagte ihr hartes kleines Gehirn. Halte dich nicht mehr mit Träumen und Einbildungen zum Narren. Nicht einmal eine Konkubine kannst du sein — das verbietet ihr Gott. Aber niemand kennt David so gut wie du. Du gehörst ihm. Laß ihn das nie vergessen. Sei sein Trost — seine innere Stütze, seine Erquickung, seine heimliche Freude.

Sie lauschte auf diese ungesprochenen Worte und hob den Kopf, während ein Lächeln um ihre Lippen spielte. Sie klappte den Spiegel wieder auf, rollte ihren Zopf über das linke Ohr und betrachtete sorgfältig ihre Augen und jeden Zug ihres Gesichtes. Nach dieser eingehenden Prüfung zog sie die pfirsichfarbene Jacke und Hose an und steckte sich eine frische Gardenie ins Haar. Dann ging sie mit einem Strauß Gardenien zu Leah zurück. Sie bedurfte ihrer ganzen Kraft, um sich von Leahs Anblick nicht entmutigen zu lassen. Das scharlachrote Kleid stand ihr vorzüglich und wurde mit dem goldenen Gürtel um ihre geschmeidige, volle Taille zusammengehalten.

„Wie schön du aussiehst“, sagte Peony, indem sie Leah mit scheinbarem Entzücken anlächelte und ihr die Blumen überreichte. „Das ist für dich. Ich will unserer Herrin sagen, daß du bereit bist.“

Sie lief auf ihren kleinen Füßen so beschwingt fort, als ob alles, was sie für Leah tat, ein reines Vergnügen sei. Vor Madame Ezras Türe blieb sie stehen und machte sich mit ihrem zarten Hüsteln bemerkbar, während sie gegen die Tränen kämpfte.

„Herein“, rief Madame Ezras Stimme.

Sie hatte ihr Frühstück beendet und machte sich nun bereit, um überall im Haus und vor allem in der Küche nachzusehen, ob die Dienstboten ihre Pflicht täten und für den morgigen Sabbath, den Ruhetag, nichts unterließen.

Wang Ma hatte sie mit der Nachricht geweckt, daß die Karawane in nächster Nähe sei und vielleicht noch vor dem Abend eintreffen werde.

„Am Tag vor dem Sabbath!“ hatte Madame Ezra ausgerufen. Dann hatte sie hinzugefügt: „Sagt Leah nichts davon — sie soll von dem, was ich ihr zu sagen habe, nicht abgelenkt werden.“

„Jawohl, Herrin“, hatte Wang Ma gemurmelt.

Nun war Madame Ezra im Begriff, ihre Gemächer zu verlassen, als Peony, die ihre Tränen geschluckt und ein glattes, ausdrucksloses Gesicht aufgesetzt hatte, vor ihr stand. „Komm herein, Kind, komm“, sagte sie ungeduldig.

Peony trat in das Wohnzimmer, das Madame Ezra nach ihrem eigenen Geschmack eingerichtet hatte. An den Wänden hingen gestreifte Stoffe aus fremden Ländern und seidene Spruchbänder. Auch die schweren geschnitzten Möbel waren fremdländisch. Die Kahlheit, deren eine Chinesin für ihren Seelenfrieden und für die Klarheit ihrer Gedanken bedurft hätte, war in diesem Zimmer nicht vorhanden. Inmitten ihrer Sachen fühlte Madame Ezra sich wohl, und obwohl Peony dieses Zimmer nicht leiden konnte, mußte sie anerkennen, daß es in seiner Art schön war. Wenn es kleiner gewesen wäre, hätte es unerträglich gewirkt. Aber es war sehr geräumig, denn Madame Ezra hatte zwei Wände herausnehmen lassen und so aus drei Zimmern einen einzigen langen Raum gemacht, als sie in Ezras Haus einzog.

„Herrin, die junge Dame ist bereit", sagte Peony.

„Wo ist mein Sohn?" erkundigte sich Madame Ezra.

„Er schlief noch, als ich zuletzt bei ihm hineinschaute", antwortete Peony.

Sie hatte David am vergangenen Abend nicht gesehen. Daran war sie selbst schuld, denn entgegen ihrer sonstigen Gewohnheit war sie abends nicht in sein Zimmer gegangen, um ihm Tee zu bringen und sein Bett zu richten. Halb wollte sie damit Madame Ezras neuem Befehl Folge leisten, halb gedachte sie David auf die Probe zu stellen. Ach, aber er hatte sie nicht rufen lassen, und als sie zu Bett gegangen war, weinte sie eine Weile. Morgens wachte sie mit Selbstvorwürfen auf und ging früh in sein Zimmer, um ihm Tee zu bringen und ihn zu fragen, wo er gewesen sei und warum er das begonnene Gedicht nicht fertig gemacht habe. Aber er schlief und wachte auch nicht auf, als sie zwischen den Bettvorhängen durchschaute. Sie betrachtete ihn lange, wie er in tiefem Schlaf dalag, und fühlte tiefe Zärtlichkeit. Dann hatte sie sein Zimmer wieder verlassen.

„Sage Wang Ma, daß sie ihn wecken soll", befahl Madame Ezra. „Und wo ist der Vater meines Sohnes?"

„Ich habe ihn nicht gesehen, Herrin", erwiderte Peony, „aber Wang Ma sagte, daß er heute mit der Karawane rechne und deshalb frühmorgens zu den Stadttoren gegangen sei, um sie zu erwarten."

„Ausgerechnet heute muß die Karawane ankommen!" rief Madame Ezra. „Jetzt wird David an nichts anderes mehr denken können."

Madame Ezra zuliebe machte Peony ein bekümmertes

Gesicht. „Soll ich Wang Ma bitten, ihn zu dir zu schikken, bevor die Karawane kommt?" fragte sie.

„Ja, tu das", entschied Madame Ezra. „Ich will meinen Gang in die Küche verschieben, und rufe du inzwischen Leah."

Sie öffnete eine eingelegte Holztruhe und entnahm ihr einige Stickereien, während Peony sich entfernte. Vor der Türe begegnete Peony Wang Ma und teilte ihr mit, als sei dies Madame Ezras Befehl: „Du sollst die junge Dame zu unserer Herrin führen, und ich soll den jungen Herrn wecken. Eile dich, Ältere Schwester!"

Dabei lief sie schon weiter, aber nicht in Davids Zimmer, sondern in das leere Schulzimmer, wo sie hastig den Pinsel aus seiner Hülse nahm und etwas Tusche anrieb. Dann zog sie das unvollendete Gedicht aus ihrem Halsausschnitt, dachte mit zusammengezogenen Brauen angestrengt nach und fügte rasch drei weitere Zeilen hinzu.

„Verzeih mir, David", flüsterte sie, legte Pinsel und Tusche an ihren Platz zurück und eilte wieder in ihr Zimmer. Aus ihrer Geheimschublade in ihrem Tisch nahm sie einen Geldbeutel, worin sie die Trinkgelder der Gäste und die Münzen aufbewahrte, die Ezra ihr manchmal zuwarf, wenn er mit ihr zufrieden war. Auch diese Börse schob sie in ihren Halsausschnitt und huschte dann durch die Gänge zur Pforte der Friedlichen Flucht, dem kleinen Geheimausgang, den alle großen Häuser haben, damit die Familie sich in Sicherheit bringen kann, wenn die Menge in Zeiten der Volkswut durch die Haupteingänge eindringt.

Durch dieses Türchen nun gelangte Peony auf stille Seitenstraßen und endlich zu einer ähnlichen Geheimtüre wie der ihres eigenen Hauses. Es war der Eingang zum Hause der Familie Kung. Auf ihr Klopfen zog ein Gärtner den Riegel zurück. Sie sagte: „Ich habe eine Botschaft für die Familie."

Er nickte und deutete mit einem schmutzigen Finger über seine Schulter, worauf sie eintrat.

In Kungs Haus führte man ein müßiges, bequemes Leben, niemand stand vor Mittag auf. Chu Ma, die Kinderfrau, hatte sich soeben erst erhoben und kratzte sich gähnend mit einer silbernen Haarnadel auf dem Kopf, als Peony die Türe einen Spalt öffnete.

„Ach, du bist es, Ältere Schwester!" flüsterte Peony.

Chu Ma machte die Türe weit auf. „Du?" sagte sie. „Warum bist du hier?"

„Ich hab es eilig", antwortete Peony. „Niemand weiß zu Hause, daß ich fortgelaufen bin, nur der junge Herr. Er hat mich gebeten, deiner jungen Herrin schnell dieses Blatt zu bringen — sag mir, ob sie ihm etwas antworten will."

Früher einmal hatte Ezra sie mit einer Kostbarkeit für Kung Chen, die er keinem Diener anzuvertrauen wagte, in dieses Haus geschickt, und damals schon hatte sie Chu Ma, die älteste der weiblichen Dienstboten, kennengelernt. Am Neujahrstag war Chu Ma mit Glückwünschen zu ihr gekommen, und Peony hatte ihren Besuch in der ungezwungenen Art erwidert, in der zwei Häuser, deren Oberhäupter gemeinsame Geschäfte pflegen, miteinander verkehren. Madame Ezra hatte keine Beziehungen zu dieser Familie, aber Ezra und Kung Chen waren nahe Geschäftsfreunde.

„Was steht darauf?" fragte Chu Ma, indem sie auf das Papier starrte.

Peony las das kleine Gedicht vor, das sie verfaßt hatte.

„Tau bei Sonnenaufgang", wiederholte Chu Ma seufzend. „Wie hübsch!"

Sie war eine große, dicke Chinesin, die als junges schlankes Ding in Kungs Haus gekommen war, um das dritte Töchterchen von seiner Geburt an zu pflegen, als dessen Dienerin sie dann dort blieb. Sie hatte ein weiches Herz, war immer zum Lachen oder Weinen bereit und widmete sich ausschließlich dem lieblichen Mädchen, das ihrer Obhut anvertraut war.

„Ich will ihr das Gedicht geben“, sagte sie. „Dein junger Herr ist so hübsch, daß ich es tun muß, obwohl es nicht recht ist. Ich kann nicht anders. Ich habe den jungen Mann selbst gesehen — nachdem meine Kleine zu mir gerannt kam und sagte, daß sie ihn gesehen habe. Ich lief zum Tor und sah ihn — er ist ein Fremder, das ist schade, aber schließlich sind auch die Fremden Menschen wie wir, und er ist so hübsch wie ein Prinz, sagte ich meiner Kleinen — so stark und aufrecht! Und was seine Abstammung betrifft — sie kann ihn ja dazu bringen, chinesisch zu werden. Liebt er sie sehr?“

Peony nickte. „Er hat mich gebeten, dir das zu geben“, sagte sie, während sie den Geldbeutel herauszog und ihn Chu Ma überreichte.

„Ach du meine Güte“, sagte Chu Ma widerstrebend und wies den Beutel scheinbar zurück. „Das ist nicht recht. Ich würde mich schämen, ihn anzunehmen. Was ich tue, das tue ich für —“ Aber sie nahm den Beutel doch, als Peony ihn wieder in ihre Hand drückte, und begann sich eifrig anzuziehen. „Ich werde ihr das Blatt selbst geben und dir dann mitteilen, was sie dazu sagt. Komm später wieder“, sagte sie.

Peony eilte abermals durch die Seitengassen und ging zu Hause sofort in Davids Zimmer. Noch immer lag er in tiefem, friedlichem Schlaf. Sie berührte seine Wangen mit den Handflächen, um ihn behutsam zu wecken. Sie wußte, daß die Seele im Schlaf über die Erde wandert, und wenn der Körper zu plötzlich geweckt wird, ist sie verwirrt und kann den Rückweg in ihre Wohnstätte nicht finden.

„Wach auf, mein kleiner Gebieter, wach auf, mein lieber Gebieter“, murmelte Peony mit singender Stimme, worauf David bald die Augen aufschlug. Dann setzte er sich auf, dehnte seine starken Arme und gähnte tief. Peony schaute mit ruhigem Lächeln in seine Augen, in denen das Licht seiner Seele wieder zu leuchten begann.

Er sah sie traumverloren an und sie wagte nicht zu fragen, welche Träume ihn erfüllten.

„Komm, Junger Herr", drängte sie sanft, „deine Mutter läßt dich rufen."

„Warum?" fragte er, während er aus dem Bett stieg und sich die seidenen Pantoffeln anziehen ließ. Er schien nicht zu bemerken, daß Peony ihn ‚Junger Herr' genannt hatte, und erinnerte sich auch nicht daran, daß sie sein Zimmer nicht betreten sollte.

„Leah ist schon da", erwiderte sie einfach

„Nein!" rief er.

„Es ist so", antwortete sie, indem sie durch das Zimmer ging, aus einem Messingeimer Wasser in eine große Messingschüssel goß und ein Handtuch und parfümierte Seife bereitlegte.

„Ich werde meiner Mutter trotzdem nicht gehorchen!" rief er wieder.

Peony drehte sich um, stützte die hübschen Hände auf ihre schmalen Hüften und betrachtete ihn. Aber sie widerstand der Versuchung und redete ihm sanft zu: „Du kannst nicht sagen, daß du nicht gehorchen willst. Vielleicht kannst du sagen, dein Vater habe dich gebeten, sofort zu ihm zu kommen und die Karawane zu erwarten — und du würdest so schnell wie möglich heimkommen."

„Die Karawane! Peony, sagst du die Wahrheit? Hat mein Vater dir das gesagt?"

„Der Türhüter sagte zu Wang Ma, daß unser Herr kurz nach Mitternacht gerufen worden sei, und sie sagte es mir", erklärte Peony. „Wasche dich jetzt, bevor du dich anziehst. Ich lasse dir das Frühstück bringen. Und ich richte deiner Mutter die Nachricht aus."

Mit demütig gesenktem Kopf verließ sie das Zimmer und begab sich abermals zu Madame Ezra.

„Herrin, es war leider schon zu spät", sagte sie bedauernd. „Als Wang Ma in das Zimmer unseres jungen Herrn kam, war er schon fortgegangen. Ich habe ihn suchen lassen, aber er war auch im Teehaus nicht zu finden. Der Wächter am Stadttor sagte, er sei vor einer Stunde vorbeigekommen, um im Dorf der Drei Glocken auf die Karawane zu warten."

„Wie ungeschickt, gerade am Tag vor dem Sabbath!" rief Madame Ezra. „Und Leah?"

„Sie kommt gleich", erwiderte Peony. Nach einer kurzen Pause fügte sie hinzu: „Hat meine Gebieterin noch andere Befehle für mich?"

„Nein", sagte Madame Ezra, „geh deiner üblichen Arbeit nach. Ich warte auf Leah."

„Ich werde die große Halle für den Sabbath mit frischen Blumen schmücken", sagte Peony mit ihrem wohlklingenden Stimmchen, „und das Tor im Auge behalten, damit ich unserem jungen Herrn deinen Wunsch ausrichten kann, sobald er heimkommt." Damit trippelte sie in ihren Seidenschuhen geräuschlos hinaus.

Als Wang Ma bei Leah eintrat, saß das junge Mädchen vor seinem Frühstück.

„Eile dich nicht", sagte sie und setzte sich auf einen Hocker neben der Türe.

Leah legte den Löffel hin und schaute sie beunruhigt an.

„Soll ich kommen, Gute Mutter?" fragte sie.

„Erst wenn du gegessen hast", antwortete Wang Ma friedlich.

„Dann sollst du zu unserer Herrin gehen, wenn du willst."

Leah nahm den Löffel wieder in die Hand, konnte aber nicht mehr so herzhaft zugreifen wie vorher.

Wang Ma sah ihr zu. Obwohl sie für die Form der fremdrassigen Nase nichts übrig hatte und obwohl das Mädchen größer war, als es sich für eine Frau gehörte, fand sie Leah doch überaus schön.

„Du siehst wie unsere alte Herrin aus, als sie in dieses Haus einzog", sagte Wang Ma.

Sie erinnerte sich noch deutlich genug an diesen Tag. Wie hatte sie in der vorhergehenden Nacht geweint, weil sie ihrem jungen Gebieter nun nie mehr dienen sollte. Auch Ezra war in seiner halb fremdrassigen Art hübsch gewesen, aber nicht so hübsch wie David, und Wang Ma hatte sich als junges Mädchen damals damit getröstet, daß die neue Braut einen halben Kopf größer war als sie selbst. Eine so große Frau wird er niemals lieben, hatte sie im geheimen gedacht. Aus diesem Grund hatte sie sich darein gefügt, im Hause zu bleiben und den alten Wang, den Türhüter, zu heiraten. Madame Ezra jedoch, obwohl sie erst siebzehnjährig war, hatte dafür gesorgt, daß der junge Ezra abends in seine Gemächer ging und sich nicht in den Höfen aufhielt. Erst als sie selbst vierzig und sein Sohn zwölf Jahre alt war, erlaubte sie ihm, einen eigenen Hof zu beziehen. Unterdessen war Wang Ma dick geworden und wurde von jedermann nur als Dienerin betrachtet. Der alte Wang und sie hatten vier Kinder gehabt, die auf dem Land untergebracht wurden, sobald sie zur Feldarbeit taugten, während Wang Ma selbst in Ezras Haus blieb. Seit langem schon hatte Wang Ma erfaßt, daß Madame Ezra die Herrschaft führte und daß Madame Ezra wußte, daß Wang Ma es wußte. Während des jahrelangen heimlichen Kampfes hatten die beiden Frauen nie ein Wort darüber verloren. Nun war der Kampf vorbei. Madame Ezra hatte gesiegt.

So dachte Wang Ma an die Vergangenheit, während

sie Leah betrachtete. „Aber du bist sanfter, als unsere Herrin damals war“, sagte sie nachdenklich. „Du hast weichere Lippen und dein Haar fällt freier.“

„Ach, meine Haare!“ seufzte Leah. Sie hatte das rotseidene Band darum gebunden. „Ich kann es nie fest genug binden.“

Wang Ma schaute sie an. „Das Band sollte golden sein“, sagte sie. „Ich erinnere mich, daß ein goldenes zu diesem Kleid gehört.“

Sie durchsuchte die Schachtel, die Madame Ezra hatte ins Zimmer stellen lassen, und fand ein prächtiges Goldband.

„Wenn du mit dem Essen fertig bist . . .“, begann sie.

„Ich kann nichts mehr essen“, erwiderte Leah rasch.

„Dann laß dir dieses Band umbinden.“

Mit geübten Fingern befestigte sie es in Leahs Haaren.

„Auch das gehört zu diesem Kleid“, erklärte sie, indem sie das Schmuckkästchen öffnete und ihm eine goldene Halskette und dazu passende Ohrringe entnahm.

Leah fügte sich.

„Jetzt komm mit mir zu unserer Herrin“, befahl Wang Ma. Sie griff nach Leahs Hand, war über ihre kräftige Form erstaunt und hob sie in die Höhe, um sie näher zu betrachten. „Das ist ja eine Knabenhand!“ rief sie aus.

„Ich habe viel arbeiten müssen“, sagte Leah beschämt.

Wang Ma drehte die Hand um. „Die Innenseite ist weich“, fuhr sie fort. „Die Finger sind gepolstert, und die Haut ist immer noch zart. Ich werde sie abends mit Öl einreiben. Nach ein paar Wochen in diesem Haus werden die Hände schön sein.“

Behutsam zog sie Leah mit sich fort zu Madame Ezras Zimmer.

„Tritt ein, meine Tochter“, sagte Madame Ezra. „Komm, setze dich zu mir.“

Leah trat näher und setzte sich, während Madame Ezra sie aufmerksam musterte. „Du siehst sehr hübsch aus", sagte sie.

„Wang Ma hat mich geschmückt", erwiderte Leah. „Ich hatte zwar das Kleid angezogen, aber das hier nicht." Dabei berührte sie den Goldschmuck.

„Ich fand sie zu schlicht gekleidet", erklärte Wang Ma. „Sie ist so groß, daß sie viel Gold tragen kann."

„Sie ist nicht so groß wie David", entgegnete Madame Ezra rasch.

„David ist sehr groß", warf Leah schüchtern ein.

„Er wird bald kommen, um dich zu begrüßen", antwortete Madame Ezra. Sie beugte sich wieder über ihre Stickerei, während Wang Ma das Zimmer verließ.

Als Leah nun allein mit unbeschäftigten Händen bei Madame Ezra saß, fühlte sie sich seltsam unbehaglich. Sie liebte diese Freundin ihrer Mutter, die ihr in mancher Hinsicht näherstand als alle andern Menschen. Sie kannte auch Madame Ezras Wunsch, sie zu ihrer Tochter zu machen. Aber sie wußte nicht, was Madame Ezra von ihr erwartete, und konnte deshalb nur schweigen.

Plötzlich schaute Madame Ezra auf, als erriete sie diese Gedanken. Es war sehr still im Zimmer. Im Nebenraum bewegte sich Wang Ma. Sonst war im ganzen Hause kein Laut zu hören.

„Du weißt, weshalb du hier bist, Leah", begann Madame Ezra.

„Nicht ganz, liebe Tante", antwortete Leah.

„Erinnerst du dich an das Versprechen, das deine Mutter und ich an deiner Wiege ablegten?"

Leah senkte schweigend die Lider und faltete ihre starken jungen Hände fest in ihrem Schoß.

„Ich möchte, daß David und du ein Paar werdet", fuhr Madame Ezra fort, während sich ihre Augen mit Tränen füllten. Sie nahm den Saum ihres weiten Ärmels und wischte sich die Augen mit dem Seidenfutter ab, wobei sie Leahs errötendes Gesicht beobachtete. Das junge Mädchen erwiderte ihren Blick mit unglücklichen Augen. „Warum sollte ich dir nicht deutlich sagen, was ich möchte?" fragte Madame Ezra erregt. „Es ist meine einzige Hoffnung. Aber nicht nur meine, Leah!"

Sie rückte ihren Stuhl näher zu Leah. „Kind, du weißt — besser als irgend jemand — was mit unserem Volk in dieser chinesischen Stadt geschieht —, wie wenige noch treu sind! Leah, wir sind im Begriff unterzugehen!"

„Die Chinesen behandeln uns gut", wandte Leah ein.

Madame Ezra machte mit der rechten Hand eine ungeduldige Bewegung. „Das sagt auch Ezra immer!" rief sie. „Güte — das habe ich satt! Weil die Chinesen uns nicht umgebracht haben — heißt das denn, daß sie uns nicht vernichten? Leah, ich versichere dir, als ich so alt war wie du, war die Synagoge an jedem siebenten Tag voll. Du weißt, wie klein der Rest ist, der heute noch hingeht."

„Aber daran sind nicht die Chinesen schuld", beharrte Leah unsicher.

„Doch, doch!" rief Madame Ezra. „Sie behaupten, uns gern zu sehen — sie sind immer bereit zu lachen, uns zu ihren Festen einzuladen und mit uns Geschäfte abzuschließen. Sie betonen fortwährend, daß zwischen ihnen und uns kein Unterschied bestehe. Aber du weißt doch, Leah, daß es einen unüberbrückbaren Unterschied gibt. Wir sind die Kinder des wahren Gottes, und sie sind Heiden! Sie beten tönerne Götzenbilder an. Bist du einmal in einem chinesischen Tempel gewesen?"

„Ja", gab Leah zögernd zu. „Als Kinder sind Aaron und ich manchmal — nur um zu sehen —" „Also, dann weißt du Bescheid", unterbrach sie Madame Ezra.

„Können wir ihnen vorwerfen", sagte Leah mit sanftem Eigensinn, „daß sie gut zu uns sind?"

„Sie sind nicht um der Güte willen gut. Nein, nein, glaube mir, die Freundlichkeit gehört zu ihren Schlichen. Sie gewinnen uns durch Schlauheit. Sie veranlassen ihre Frauen, um unsere Männer einzufangen. Und sie heucheln Toleranz — ja, sie behaupten sogar, bereit zu sein, neben ihren Götzen auch unseren Jehova anzubeten!"

Leah hörte ihr zu. „Was erwartest du von mir, Tante?" fragte sie schließlich.

„Du sollst — du sollst David überreden", erklärte Madame Ezra. „Wenn ihr beide zusammen seid — denke nur, Leah, wie du ihn dann beeinflussen könntest!"

„Aber David kennt mich genau", wandte Leah in ihrer offenen Art ein. „Es würde ihm sehr sonderbar vorkommen, wenn ich anders wäre als bisher."

„Ihr seid jetzt beide erwachsen", drängte Madame Ezra.

„Wir waren immer wie Bruder und Schwester", sagte Leah einfach. Madame Ezra legte die Stickerei weg, stand auf und begann im Zimmer auf und ab zu gehen. „Gerade das sollt ihr beide eben vergessen!" rief sie. „Als ihr Kinder wart, war es gut so, Leah —"

Sie hielt inne, auch Leah stand nun auf.

„Ja, Tante?"

„Du weißt, was ich meine", sagte Madame Ezra streng.

„Ja, aber ich weiß nicht, wie ich es machen soll." Ihre schönen, großen Augen schimmerten in Tränen. „Du meinst, ich soll ihn — ihn —"

„Ihn erobern, ihn erobern", sagte Madame Ezra energisch.

„Das kann ich nicht", erwiderte Leah fest. „Er würde mich nur auslachen. Und ich selbst müßte über mich lachen. Ich wäre dann nicht — ich selbst."

Sie nahm Madame Ezras Hand zwischen ihre beiden

Hände. „Ich muß doch ich selbst bleiben, liebe Tante, nicht wahr? Ich weiß ja auch, wie David ist." Beim Gedanken an David fühlte sie, wie ihr Herz sich erwärmte, und sie wurde tapfer gegenüber dieser Frau, die sie liebte und zugleich fürchtete. „Vielleicht kenne ich ihn sogar besser als du. Verzeih, Tante! Verstehst du, wir sind fast gleich alt. Und ich fühle in ihm etwas — etwas Großes und — und Gutes. Wenn ich offen diesen Teil von ihm erreichen kann — den ich auch in mir habe —"

Während sie sprach, sahen sie sich in die Augen. Madame Ezra hörte mit klopfendem Herzen zu. Ja, das konnte Leah gelingen!

In diesem Augenblick, noch ehe Madame Ezra antworten konnte, hörten sie von den vorderen Höfen her lauten Lärm, rufende Stimmen, Gongschläge, und Wang Ma stürzte aus dem Schlafzimmer.

„Herrin, das muß die Karawane sein!" rief sie und eilte hinaus. An der äußeren Türe von Madame Ezras Hof prallte sie auf den alten Wang.

„Die Karawane — die Karawane!" schrie er. „Alte Herrin — der Herr läßt sagen — bitte komm — die Karawane ist da!"

Madame Ezra zog ihre Hand aus Leahs Händen. „Wir müssen hingehen", sagte sie. „Besser heute als morgen am Sabbath."

Leah bewegte sich nicht. „Tante — laß mich hier warten —, laß mich darüber nachdenken — was du mir aufgetragen hast."

„Schön, Kind", willigte Madame Ezra ein. „Denke darüber nach — aber komm nur, wann du willst."

„Ja", seufzte Leah. Gleich darauf war sie allein. Sie verschränkte die Arme auf dem neben ihr stehenden Tisch und legte den Kopf darauf. Nach einigen Sekunden stand sie auf und ging in eine Ecke des Zimmers, wo sie sich mit dem Gesicht zur Wand stellte und mit leiser, schluchzender Stimme zu beten begann.

Die Ankunft der Karawane war alljährlich ein Ereignis für die ganze Stadt. Die Nachricht ging von Mund zu Mund, und als die lange Reihe Kamele auf dem staubigen Pfad neben den gepflasterten Straßen einhergeschritten kam, drängten sich in allen Häusern und Läden die Menschen in den offenstehenden Türen.

Seit Tagen hatte Ezra auf der letzten Strecke der Route Posten aufgestellt, damit ihm das Herannahen der Karawane sofort gemeldet würde. Als der Läufer in den ersten Morgenstunden ankam, war Ezra augenblicklich aufgebrochen. Ungefähr zehn Meilen vor der Stadt hatte er die Karawane in einem Dorf getroffen und Kao Lien mit herzlichen Umarmungen begrüßt, worauf die beiden ein hastiges Frühstück einnahmen und den Weg zur Stadt fortsetzten, Kao Lien an der Spitze und Ezra in seinem Wagen. Die blauen Vorhänge hatte er zurückziehen lassen und fuhr nun lächelnd winkend durch die Menschenmenge.

Kurz bevor sie an seinem Haus anlangten, sah er seinen Sohn David, der geschmeidig über die Mauer sprang und neben dem vordersten Kamel herlief, indem er den rechten Arm zur Begrüßung Kao Liens schwenkte. Dann rannte er voraus.

Ezra lachte stolz. Sie waren nun am Tor angekommen, und obwohl Ezra die Maultierlenker schon bezahlt hatte, griff er in seinen weiten Gürtel, wo sich seine Börse befand, und zog einen Extralohn heraus.

„Trinkgeld — Trinkgeld", sagte er mit seiner lauten, vergnügten Stimme.

Sie lächelten, und die Sonne glänzte auf ihren braunen Gesichtern. „Wir danken", erwiderten sie und zogen den leeren Wagen fort.

Die Kamele knieten der Reihe nach vor den Toren nieder, schnaubend und seufzend und die lockeren Lippen aufblasend, während ihre Lasten rasch abgeladen und ins Haus getragen wurden. Dann führten die Kameltreiber die Tiere in die Ställe, und die Tore wurden verschlossen. Die Neugier der Menschenmenge auf der Straße war so groß, daß sich viele Zuschauer zur Besichtigung der ausländischen Waren gerne in den Hof gedrängt hätten, aber der Türhüter verwehrte es ihnen. „Zurück!" brüllte er. „Seid ihr Räuber und Diebe?"

Innerhalb seiner eigenen Mauern führte Ezra Kao Lien zur großen Halle. Auf Kao Liens anderer Seite hing David glücklich an seinem Arm.

Madame Ezra stand an der Türe zur großen Halle. Bei ihrem Anblick neigte Kao Lien grüßend den Kopf.

„Wir heißen dich zu Hause willkommen", rief sie.

„Gott ist gut!" antwortete Kao Lien.

„Wo sollen wir die Waren ausbreiten?" fragte er dann. In ihrer Anwesenheit fragte er immer nach ihren Wünschen, obwohl er wußte, daß in Wahrheit der Mann das Oberhaupt des Hauses war und daß auch Ezra dies wußte.

„Ich setze mich hier in meinen Stuhl, und du kannst die Waren vor mir zeigen", ordnete Madame Ezra an.

Sie setzte sich und Ezra nahm ihr gegenüber Platz. Wang Ma schenkte Tee ein, während ein Diener auf einem Porzellantablett Süßigkeiten anbot. Nach und nach drängten sich sämtliche Dienstboten lautlos in die Halle und blieben die Wände entlang stehen. David zerrte ungeduldig an den Stricken des ersten Paketes.

„Sachte, Junger Herr", mahnte Kao Lien. „Es ist etwas Kostbares darin."

Unter der groben Tuchhülle kam eine metallene Kiste zum Vorschein. Er hob den Deckel und entnahm der inneren Verpackung einen großen goldenen Gegenstand.

„Eine Uhr!“ rief David. „Wer hat wohl jemals eine solche Uhr gesehen?“

„Es ist eine ungewöhnliche Uhr“, sagte Kao Lien stolz.

Ezra betrachtete zweifelnd die Figuren nackter Kinder, deren Hände die Uhr hielten. „Sehr hübsch“, bemerkte er. „Diese goldenen Kinder sind fett und wohlgebaut. Aber wer wird sie haben wollen?“

Kao Lien lächelte siegesgewiß. „Erinnerst du dich, daß Kung Chen mich bat, ein Geschenk für den kaiserlichen Palast mitzubringen? Er will es überreichen, wenn er die neuen Läden in der nördlichen Hauptstadt eröffnet. Ich kaufte die Uhr als Geschenk.“

Ezra war überwältigt. „Genau das Richtige!“ rief er. „Ein gewöhnlicher Bürger hätte keine Verwendung dafür. Aber der Kaiserliche Palast — wahrhaftig!“ Er strich sich den Bart und blickte zufrieden auf die große Uhr. „Das sollte den Vertrag zwischen Kung Chen und mir leicht machen, was, Bruder?“

„Wenn ich sie nur von hinten öffnen könnte!“ sagte David. „Ich möchte wissen, wie das Werk geht.“

„Nein, nein“, widersprach Ezra hastig. „Stell sie weg, Kao Lien — sie ist zu kostbar. Sage mir nur nicht, was sie gekostet hat!“

Alle lachten, und die Dienstboten, die bewundernd auf die goldenen Kinder gestarrt hatten, sahen mit ehrfürchtigen Augen zu, wie die Uhr in ihrem Behälter verschwand. Nur David war nicht einverstanden.

„Ich möchte das nächste Mal mit Kao Lien in den Westen reisen, Vater“, bat er. „In den andern Ländern muß es viele Wunder geben, die wir hier nicht haben.“

„Junger Herr, verlaß uns nicht!“ rief Wang Ma. „Ein einziger Sohn darf seine Eltern nicht verlassen, bevor ein Enkel da ist.“

Madame Ezra nahm diese Einmischung mit majestätischem Gesicht auf. „Eines Tages werden wir alle fortgehen", sagte sie. „Hier ist nicht unsere Heimat, mein Sohn. Wir haben eine andere."

Über diese Bemerkung war Ezra seinerseits ungehalten. Er gab Kao Lien ein Zeichen und sagte: „Weiter, weiter, zeig uns, was du sonst noch hast."

David ging unterdessen traumwandelnd von einer Herrlichkeit zur andern und war sprachlos vor Freude. Je mehr er sah, desto mehr wünschte er die Länder kennenzulernen, aus welchen diese wunderbaren Dinge stammten, und die Menschen, die sie herstellten. Diese Leute, schien ihm, mußten die besten Menschen auf der Welt sein. Nur tapfere und edle Menschen, große Nationen, mächtige Kulturvölker konnten solche Pracht, solche Farben und Formen erfinden, der Schönheit Gestalt geben und sie in schimmernden Stoffen und kostbarem Material festhalten. Mehr denn je sehnte er sich danach, in den Westen zu reisen und mit eigenen Augen diese Leute zu sehen, die so hochfliegende Träume haben und eine solche Wirklichkeit erschaffen konnten. Vielleicht gehörte er selbst mehr zu jenen Menschen als in dieses Land. Waren nicht seine eigenen Vorfahren aus dem westlichen Indien eingewandert?

Ezra beobachtete seinen Sohn mit leiser Besorgnis. David war in dem Alter, in dem seine natürliche Wißbegierde erwachte und sein Herz von ungeduldigen Wünschen erfüllt war. Wenn seine Mutter ihn mit ihrer ständigen Sehnsucht beeinflußte, dieses Land zu verlassen, das sie unentwegt als Exil bezeichnete, wie sollte dann Ezra allein den beiden entgegenwirken? David liebte das Vergnügen und Ezra ermutigte ihn darin, sich mit den jungen Männern der Stadt zu befreunden. Wie aber, wenn er diese Vergnügungen eines Tages abgegriffen und reizlos fände? Während Ezra seinen Sohn beobachtete, schien er ihm anders zu sein als in früheren

Jahren. Er geriet nicht über jedes Spielzeug und jede Kostbarkeit in lautes Entzücken, sein Blick, seine Züge und sein ganzes Verhalten drückten tiefere Gedanken aus.

„Mein Sohn!" rief Ezra.

„Ja, Vater?" antwortete David geistesabwesend.

„Wähle dir etwas für dich selbst aus, mein Sohn!" rief Ezra laut, um David wieder in dieses Haus zurückzuziehen.

„Wie soll ich denn wählen?" murmelte David. „Ich möchte alles haben."

Ezra zwang sich zu herzhaftem Lachen. „So etwas!" rief er mit derselben lauten Stimme. „Dann wäre mein Geschäft ruiniert!"

Alle warteten, was David aussuchen würde, aber er ließ sich nicht drängen.

„Nimm den feinen blauen Stoff", riet Madame Ezra. „Davon kannst du dir eine gute Jacke machen lassen."

„Das mag ich nicht", sagte David und ging weiter herum, indem er dies und das betrachtete und berührte.

„Die kleine goldene Lampe, Junger Herr", schlug Wang Ma vor. „Ich kann sie mit Öl füllen und auf deinen Tisch stellen."

„Ich habe schon eine Lampe", antwortete David und suchte weiter nach etwas, das sein Herz beglücken könnte.

„Vorwärts, vorwärts!" rief Ezra.

„Laß ihm Zeit", bat Kao Lien.

So warteten alle weiter, und die Dienstboten lachten halb vor Spannung, was sich der Liebling des Hauses aussuchen werde.

Plötzlich fand David etwas, das er bisher nicht gesehen hatte. Es war ein langes, schmales Schwert in einer silbernen Scheide. Er zog es unter einigen Seidenballen heraus und schaute es an.

„Das —", begann er.

„Um Gottes Willen!" rief Kao Lien.

„Ist es nicht recht, wenn ich das wähle?" fragte David verwundert.

„Es ist meine Schuld", erklärte Kao Lien. Er trat zu ihm und versuchte, David das Schwert wegzunehmen. Der junge Mann widerstrebte, aber Kao Lien ließ nicht nach, bis er das Schwert in der Hand hielt. „Ich hätte es nicht ins Haus bringen sollen", sagte er. Dann wandte er sich an Ezra. „Und doch ist es mein Beweis. Ich sagte mir, wenn du dieses Schwert sähest, Älterer Bruder, würdest du mir glauben —" Aber David hatte die Hand ausgestreckt und zog das Schwert wieder an sich. Nun hielt er es in beiden Händen und begeisterte sich an seinem Anblick. Noch nie hatte er eine so starke, feine, vollkommene Waffe gesehen.

„Es ist wunderbar", murmelte er.

„Lege es weg", befahl seine Mutter plötzlich. Doch David achtete nicht auf sie.

Auf Kao Liens feinem Gesicht malte sich zunehmendes Entsetzen. „Junger Herr", sagte er, und in seiner sonst so gedämpften Stimme schwang ein so bedeutungsvoller Ton, daß alle sich nach ihm umdrehten.

„Was ist, Bruder?" fragte Ezra. Davids Wahl überraschte ihn. Wozu brauchte sein Sohn eine Waffe?

„Dieses Schwert, Junger Herr", sagte Kao Lien, „ist nicht für dich. Ich habe es mitgebracht als Beweis dafür, was ich gesehen habe. Wenn ich von seiner unheilvollen Bedeutung erzählt habe, werde ich es vernichten."

„Unheilvoll?" wiederholte David, indem er keinen Blick von dem Schwert wandte. Seine Eltern schwiegen. Wenn er sie angeschaut hätte, wären ihm ihre auf einmal gespannten und angsterfüllten Gesichter aufgefallen. Aber er sah nur auf das prachtvolle Schwert.

Kao Lien beobachtete sie und verstand genau, was sie

dachten. „Bevor ich die westliche Grenze überschritt, wurde ich durch Gerüchte gewarnt“, begann er. „Man tötet wieder unsere Leute.“

Madame Ezra stieß einen lauten Schrei aus und verbarg ihr Gesicht in den Händen. Ezra sagte kein Wort. Beim Schrei seiner Mutter blickte David auf.

„Man tötet sie?“ wiederholte er verständnislos.

Kao Lien nickte feierlich. „Mögest du nie erfahren, was das bedeutet, Junger Herr! Ich setzte meine Reise fort, weil ich dachte, daß die Leute im Westen mich für einen Chinesen halten würden. Aber wenn ich geahnt hätte, was ich sehen würde — dann hätte ich lieber einen Umweg von tausend Meilen gemacht!“

Er hielt inne. Niemand fragte ihn, was er gesehen habe. Ezras Gesicht war weiß. Er legte die Hand über die Augen. Madame Ezra bewegte sich nicht. David blickte unverwandt auf Kao Lien und wartete, während ihm ein nie gefühltes Entsetzen das Rückgrat entlanglief. Die Dienstboten standen mit starren Blicken und hängenden Unterkiefern da.

„Und doch müßt ihr erfahren, was ich gesehen habe“, fuhr Kao Lien fort, indem er den Blick auf David heftete. „Ihr wißt nicht, daß unsere Leute im Westen nicht frei wählen können, wo sie in einer Stadt leben wollen. Sie dürfen nur dort wohnen, wo man es ihnen erlaubt, und das ist immer in den äußeren Stadtteilen. Aber sogar von dort sind sie vertrieben worden. Ich habe ihre zertrümmerten Wohnstätten gesehen, die Türen waren aus den Angeln gehoben, die Fenster eingeschlagen, die Geschäfte geplündert und zerstört. Das ist noch nicht alles. Ich sah, wie unsere Leute auf den Straßen flohen — Männer und Frauen und Kinder. Und auch das war noch nicht alles.“ Kao Lien machte eine Pause und fuhr dann fort: „Ich sah Hunderte von Toten — Greise, Frauen, Kinder, junge Männer, die lieber hätten kämpfen wollen als die Flucht zu ergreifen — unser Volk! Sie waren mit Schwertern und Messern und Gewehren und Gift und Feuer getötet worden. Ich hob dieses Schwert in einer Seitenstraße auf. Es war blutbedeckt."

David ließ das Schwert los, so daß es klirrend zu Boden fiel. Er schaute mit zugeschnürter Kehle darauf und fühlte sich schwindlig. In jenen Ländern, von deren Schönheit er geträumt hatte — und sogar dieses Schwert war schön —, dort hatte Kao Lien das erlebt!

„Aber warum?" fragte er.

„Wer weiß das?" seufzte Kao Lien. Wie konnte er es diesem jungen David begreiflich machen, der sein ganzes Leben in Sicherheit und Frieden verbracht hatte?

„Was hatten sie denn getan?" Davids Stimme hallte durch den großen Raum. Er blickte auf seine Eltern und dann wieder auf Kao Lien.

„Nichts!" rief Madame Ezra, indem sie das Gesicht aus ihren Händen erhob.

„Selbst wenn wir gesündigt haben", sagte Kao Lien, „soll denn nur uns unter allen Menschen nie verziehen werden?"

Ezra schwieg.

Die Dienstboten fühlten die Verzweiflung und traten näher, um Tee einzuschenken und die Waren wegzuräumen. Jetzt erst kam Ezra zu sich. Er trank seinen Tee, und als Wang Ma ihm wieder eingeschenkt hatte, nahm er die Schale in beide Hände, als wolle er sich wärmen.

„Solange wir hier leben, sind wir in Sicherheit", sagte er endlich. „Kao Lien, nimm das Schwert, und laß es einschmelzen. Wir wollen vergessen, daß wir es gesehen haben."

Noch ehe Kao Lien dem Befehl nachkommen konnte, bückte sich David und ergriff das Schwert abermals. „Ich habe das Schwert gewählt!" erklärte er.

Ezra stöhnte, aber Madame Ezra sagte: „Laß es ihm! Er soll sich daran erinnern, daß unsere Leute damit getötet worden sind."

Ezra stellte die Teeschale ab, rieb sich die Stirn und seufzte wieder. „Naomi, gerade daran sollte er nicht denken!" rief er. „Warum sollte unser Sohn in Furcht leben, wenn ihn doch niemand verfolgt?"

„Vater — ich will mich daran erinnern — für immer!" rief David. Er richtete sich mit dem Schwert in der Hand hoch auf und blickte leidenschaftlich um sich.

In diesem Augenblick erschien Leah in der Türe. David sah sie in ihrem scharlachroten Kleid dastehen, ihre großen schwarzen Augen glühten, ihre roten Lippen waren halb geöffnet.

„Leah!" rief er aus.

„Ich habe gehört, was Kao Lien erzählt hat." Ihre Stimme klang sanft und klar. „Ich habe alles über unser Volk gehört. Ich habe hinter dem Vorhang gestanden."

„Komm herein, Kind", sagte Madame Ezra. „Ich wollte dich gerade rufen lassen."

„Ich wußte, daß ich kommen soll", erwiderte sie mit derselben sanften Stimme. „Ich fühlte es — hier."

Sie faltete die Hände auf der Brust und schaute auf David. Er starrte sie überwältigt an, als habe er sie noch nie gesehen. In diesem Augenblick trat sie als Frau vor ihn.

Madame Ezra beobachtete die beiden, indem sie sich in ihrem Stuhl vorbeugte, und alle Anwesenden blickten auf sie. Sie lächelte sehnsüchtig. Unter seinen dichten Augenbrauen betrachtete Ezra sie schweigend. Kao Lien lächelte traurig, und um Wang Mas Lippen lag ein bitterer Ausdruck.

Leah jedoch sah nur David, der so hochgewachsen dastand und mit seiner rechten Hand das silberne Schwert umklammerte, schöner und erstrebenswerter als das Leben selbst. Sie fühlte dasselbe Blut durch ihrer beider Adern fließen und vergaß alles um sich, außer daß er da war und mit warmem Blick auf sie schaute.

Madame Ezra wandte sich an die chinesischen Dienstboten. „Geht alle hinaus", befahl sie leise. „Laßt uns allein."

Leah lächelte David an. „Ein zweiter David mit Goliaths Schwert in der Hand", sagte sie. Auf einmal standen ihre Augen voll Tränen. Sie trat einen Schritt vor, bückte sich und küßte die silberne Scheide des Schwertes. Er sah, wie sie sich vor ihm niederbeugte und wie ihre weichen, dunklen Locken sich auf ihrem weißen Nacken ringelten. Seine Eltern und Kao Lien betrachteten sie.

Auch Peony sah ihnen unbemerkt zu. Wang Ma war zu der Tür ihres Zimmers gelaufen, hatte sie verschlossen gefunden und heftig geklopft. „Peony, du Närrin!" rief sie. „Mach die Tür auf! Schläfst du?"

Beim seltsamen Klang von Wang Mas Stimme hatte Peony die Türe erschreckt geöffnet.

„Schnell!" hatte Wang Ma zwischen den Zähnen hervorgestoßen. „Geh in die große Halle — platze hinein, als ob du von nichts wüßtest — treib sie lachend auseinander."

Ohne ein Wort zu erwidern, war Peony auf leisen Sohlen fortgeeilt. Lautlos hatte sie den Vorhang zur Seite geschoben und in die Halle gespäht. Da stand David mit einem Schwert in der Hand, während die andern zusahen, und Leah drückte ihre Lippen auf das Schwert. Was bedeutete das? War es eine ausländische Art, eine Verlobung zu begehen? Nein, nein, sie vermochte nichts zu sagen, sie konnte nicht lachen! Sie wagte die Szene nicht zu stören. Was bedeutet das alles? Sie ließ den Vorhang fallen und floh mit schreckensdunklen Augen in ihr Zimmer zurück.

## IV

Peony weinte nicht in ihrem Zimmer. Sie setzte sich und wischte sich aus Gewohnheit mit dem Ärmel die Augen, obwohl sie trocken waren, und fühlte nichts, als daß sie in einem fremden Haus lebte, von dessen geheimem Leben sie ausgeschlossen war. Während sie so dasaß, trat Wang Ma ein.

Das Verhältnis dieser beiden hatte verschiedene Seiten. Als Chinesinnen waren sie unter allen Nicht-Chinesen miteinander verbunden, und als Frauen fühlten sie sich unter Männern verwandt. Doch war die eine alt und nicht mehr schön, während die andere jung und außerordentlich hübsch war. Jede kannte das Leben der andern, aber beide hielten es nicht für nötig, darüber zu sprechen. Peony wußte, daß Wang Ma früher die junge Sklavin im Haus gewesen war, so wie sie selbst jetzt, aber inwieweit sie nur Sklavin gewesen war und inwieweit etwas anderes, das hatte Wang Ma vorsichtigerweise nie verraten und gedachte es auch zweifellos nie zu tun. Außerdem wollte Peony sich nicht als mit Wang Ma gleichgestellt betrachten. Wang Ma konnte weder lesen noch schreiben, und so gescheit und gutherzig sie auch sein mochte, sie war doch ein gewöhnlicher Mensch. Das war Peony nicht. Sie hatte viele Bücher gelesen, oft auch hatte sie sich mit Ezra unterhalten dürfen und hatte dem alten chinesischen Lehrer stundenlang zugehört, während er David unterrichtete. Vor allem hatte sie bisher an Davids Beschäftigungen und Gedanken in einer Weise teilgenommen, wie Wang Ma es früher mit seinem Vater niemals hätte tun können. Peony hatte David in seiner Liebe zu Musik und Dichtung begleitet, heimlich hatten sie zusammen Bücher wie „Der Traum des roten Zimmers" gelesen, und wenn sie über die traurige junge Heldin Tränen vergoß, hatte David seinen Arm um sie gelegt, damit sie an seiner Schulter weine.

Bisher hatte er ihr alles erzählt, das wußte sie, und für jede seiner Stimmungen war sie mit zartfühlender Lebhaftigkeit bereit gewesen. Eines nur wußte sie nicht — sie hatte ihn nicht gefragt, warum er das begonnene Gedicht nicht beendigt habe. Hatte er es überhaupt vermißt, nachdem sie das Blatt an sich genommen hatte? Sie hatte nicht gewagt, ihn danach zu fragen, denn sie fürchtete, er würde sie zwingen, die Wahrheit zu gestehen, daß sie es gestohlen und fertiggeschrieben und der dritten Tochter in Kungs Haus gebracht habe. Sie hatte Angst vor seiner zornigen Frage: „Und warum hast du das getan?"

Ja, warum eigentlich? Das konnte sie ihm nicht sagen. Von jeher war sie zu weise gewesen, um ihm alles, was sie dachte und fühlte, mitzuteilen, denn ihr weiblicher Instinkt ließ sie ahnen, daß kein Mann alles von einer Frau zu wissen begehrte. Sein Herz beruhte in ihm selbst, so wie ihres in ihm beruhen mußte.

Eine Weile verharrten die beiden in nachdenklichem Schweigen. Dann sagte Wang Ma freundlich: „Du mußt an dich selbst denken, Peony. Wenn du dein Leben in diesem Haus verbringen willst, dann frage dich, was für eine Frau die Gattin deines jungen Herrn werden soll. Die Frau lenkt ihren Mann, ob er will oder nicht. Wähle also seine Frau aus."

„Ich?" fragte Peony. Wang Ma nickte.

Wang Ma wiegte den Kopf auf ihrem kurzen Hals.

„Hast du denn unsere Herrin gewählt?" fragte Peony.

„Ich hatte die Wahl, ob ich gehen wollte — oder hierbleiben", erklärte sie schließlich.

„Und du bist geblieben", sagte Peony sanft.

Wang Ma stand auf. „Ich muß unserer Herrin jetzt das zweite Frühstück bringen", sagte sie unvermittelt.

Damit verließ sie das Zimmer, während Peony in Gedanken versunken sitzen blieb.

Während sie still dasaß, verstrich die Zeit, und allmählich begannen sich die kleinen Lebewesen zu rühren, die sich hinter den Vorhängen und Möbeln versteckt hielten. Aus einer Dachritze zirpte ein Heimchen, und in der Abendsonne, die ihre letzten Strahlen über die Steinfliesen warf, kroch eine Maus aus ihrem Loch, stellte sich auf die Hinterbeine und fing einen einsamen kleinen Tanz an. Peony beobachtete sie und lachte in plötzlichem Entzücken laut auf. Die Maus huschte in ihr Versteck zurück, Peony blieb weiter sitzen, aber nun hatte sich ihr trauriger Ernst in Lächeln verwandelt. Das waren die kleinen Freuden, die man erleben konnte! Auch in diesem Haus spielten sich viele kleine Schicksale ab, unsichtbar für die größeren. Eines davon wollte sie sein. Eine belebtere Stimmung kam über sie, zu sanft, um Kraft zu sein, zu ruhig, um als Energie zu wirken.

Aber sie schöpfte neuen Mut. Sie stand auf, strich sich die Haare zurück und schaute in den Spiegel, und als sie ihre Blässe bemerkte, färbte sie sich die Lippen. Dann rollte sie nach einem Augenblick des Nachsinnens wieder ihren Zopf über das linke Ohr und steckte ihn mit einer Haarnadel aus Jade fest. Nach einer Weile nahm sie Pinsel und Tusche und ein Blatt weißes Reispapier aus der Schublade und schrieb rasch vier Zeilen eines Gedichtes. Der Inhalt hatte nichts mit ihr selbst zu tun. Es war die Antwort auf das Gedicht, das sie in Kungs Haus gebracht hatte, und handelte von der verzehrenden Sonnenwärme, die bei Tagesanbruch den Tau auf den Blumen trank.

Als sie das Gedicht beendet hatte, steckte sie es in ihren Halsausschnitt. Dann erst begab sie sich an ihre Arbeit.

Niemand in der großen Halle hatte Peony bemerkt. Madame Ezra, Ezra und Kao Lien hatten mit geteilten Empfindungen auf das junge Paar geschaut, als sich das schöne Mädchen über die schimmernde Schwertscheide beugte. Für Madame Ezra bedeutete diese Bewegung, daß Leah sich der ihr aufgetragenen Pflicht widmen wollte. Kao Lien, der seine schmalen Augen auf Madame Ezras Gesicht heftete, erriet an ihrem freudig-sehnsüchtigen Ausdruck, daß ein geheimer Herzenswunsch sich seiner Erfüllung näherte, und sorgte sich um David, den er liebte. Daß Leah einen hübschen Anblick bot, konnte er ebensogut sehen wie jeder Mann, aber er fühlte die Geistesart in ihr, die ihm oft schon in jüdischen Frauen begegnet war und die seiner Ansicht nach ihre Männer in die Absonderung getrieben hatte, die er fürchtete und bedauerte. Es war nicht gut, wenn eine Frau Gott zu sehr liebte, sagte er sich. Sie durfte Gott nicht mehr lieben als den Mann, denn sie wurde das Gewissen des Mannes, und er war der Verfolgte.

Am meisten verstört war Ezra. Mehr denn je sehnte er sich jetzt danach, sich und alles, was er darstellte, in diesem reichen und duldsamen Land zu verbergen, in das seine Vorfahren eingewandert waren. Er fürchtete Leah und ihre Schönheit und die Gefahr, daß David unter ihren Einfluß geraten könnte. Daß David überwiegend der Sohn seiner Mutter war, wußte Ezra wohl. David hatte nicht wie einstmals Ezra selbst den Trost einer kleinen, rosigen, warmherzigen chinesischen Mutter genossen, die immer bereit war, über Gott und die Menschen zu lachen, und das gesamte Leben mit ihrem Sinn für Angenehmes beurteilte. Nein, obwohl auch jene kleine Frau in Davids Blut wirkte, rührte doch der Hauptzug seines Wesens von seiner eigenen Mutter her, deren Augen von klein auf mit strenger Liebe über ihm gewacht hatten.

Ezra bewegte sich in seinem Stuhl, hustete, zupfte sich am Bart und drückte in jeder Weise Mißbilligung aus. „Genug jetzt!“ rief er laut. „Meine liebe Leah – dieses schmutzige alte Schwert! Es ist in den Händen von Soldaten gewesen, die der Abschaum des Volkes sind.“

Seine ungehaltene, nüchterne Stimme erschreckte Leah. Schüchtern trat sie zurück und legte die Hände an die Wangen. „Oh – ich habe mir nichts dabei gedacht“, stammelte sie.

„Leah hat recht getan, das Schwert zu küssen“, verkündete Madame Ezra. „Gott hieß es sie tun.“

Auch David, der sich immer von seiner Mutter abgestoßen fühlte und hinter der Auflehnung seine widerstrebende und instinktive Sympathie für sie verbarg, fand nun Worte. „Ich werde das Schwert hinter meinem Schreibtisch an die Wand hängen“, erklärte er scheinbar gleichgültig. „Es wird mein Zimmer schmücken.“

„Das ist ein guter Einfall“, stimmte Kao Lien bei. „Möge es nie wieder gegen Menschen erhoben werden!“

Ezra stand auf. „Laß die Sachen zusammenräumen und fortschaffen“, befahl er Kao Lien. Er nahm den Kamm, den er für Peony beiseite gelegt hatte, übersah Leah absichtlich und wandte sich zu Madame Ezra. „Frau, ich habe Hunger. Laß uns früh zu Abend essen.“ Damit entfernte er sich schroff.

Leah blieb halb betroffen, halb schüchtern stehen. Selbst David schien sie vergessen zu haben. Er prüfte die Schärfe des Schwertes an den groben Umhüllungen der Stoffballen. Die Schneide war so scharf, daß die Sackleinwand unter ihr zu schmelzen schien.

„Schau dir das an, Kao Lien!“ rief er entzückt.

Kao Lien unterbrach seine Anordnungen an die Träger einen Augenblick und schaute zu ihm herüber.

„Erprobe es nie an deiner Hand, bitte“, sagte er ruhig. „Mit einem halb so starken Druck kann es einen menschlichen Körper durchschneiden. Ich habe das selbst erlebt."

Er verließ den Raum, während Leah unentschlossen stehen blieb und bald auf Madame Ezra, bald auf David blickte. Madame Ezra jedoch sah nur schweigend ihren Sohn an, der ihren tiefen, feierlichen Blick fühlte und eigenwillig fortfuhr, die Sackleinwand zu zerschneiden.

„Leah", sagte Madame Ezra endlich, indem sie David im Auge behielt, „du kannst in dein Zimmer gehen."

Noch ehe sie einen Schritt tun konnte, hob David den Kopf. „Ich will auch gehen, Mutter, und mein Schwert aufhängen", sagte er und ging rasch durch die nächste Türe hinaus.

„Soll ich immer noch gehen, Tante?" fragte Leah zaghaft. Sie hätte gern laut gerufen, was sie denn Unrechtes getan habe, aber sie wagte es nicht und vermochte nur mit hängenden Armen auf Madame Ezras Befehl zu warten.

„Geh—geh!" sagte Madame Ezra, nicht unfreundlich, aber als wollte sie allein sein.

Was konnte Leah anderes tun?

Am Sabbathmorgen saß David allein in seinem Zimmer. Nach den gestrigen Ereignissen war er spät und seltsam erschöpft aufgewacht.

Zum erstenmal in seinem Leben glaubte er seine Mutter und alles zu verstehen, was sie ihm beizubringen versucht hatte. Nun lag er im Dämmerlicht, das durch die seidenen Vorhänge fiel, auf seinem Bett, und in der Einsamkeit kam ihm der Gedanke, daß er nicht das sei, was er zu sein geglaubt hatte, ein freier junger Mann, der so leben konnte, wie er wollte, der seinen Vergnügungen nachgehen und nur der Sohn seines Vaters sein durfte. Er war der Teil eines Ganzen, eines Volkes, das über die Erde zerstreut war und doch ewig und untrennbar eins blieb. Wo immer ein Jude lebte, mochte es in noch so großer Sicherheit und Abgeschlossenheit sein, er gehörte doch zu seinem Volk.

Was seine Mutter ihn seit seiner Geburt gelehrt hatte, wofür er bisher so unempfindlich gewesen war wie ein Stein im Regen, das erfaßte er jetzt — nicht mit seinem Verstand, sondern mit seinem Blut. Warum wurde sein Volk getötet? Eine blinde Wut stieg in ihm auf. Wenn die Welt danach trachtete, seine Rasse zu vernichten, dann wollte er hier, in der Sicherheit dieses Landes, in dem er geboren worden war, alles in seiner Macht liegende daransetzen, um sein Volk am Leben zu erhalten. Er wollte ernsthaft beginnen, alles über sein Volk zu lernen. Dem Wunsch seiner Mutter, ihn beim Rabbi Religionsstunden nehmen zu lassen, hatte er sich seit zwei Jahren widersetzt. Er habe keine Zeit, hatte er ihr erklärt. Es gab viele Bücher, die er lesen wollte, und sein Vater drängte ihn, im Geschäft zu arbeiten, und er wollte reisen. Seine Mutter erlaubte ihm nicht zu reisen, das wußte er, bevor er verheiratet war und einen Sohn hatte. Einen Sohn! Bisher war dieses Kind nur ein Wunsch seiner Mutter gewesen. Jetzt aber fühlte er tief in sich, weit entfernt von Gedanken und Vernunft, daß er Söhne haben sollte. Wenn sein Volk getötet wurde, mußten mehr Kinder geboren werden. Das war die Antwort auf die Vernichtung.

So begann David zum erstenmal in seinem von Vergnügungen ausgefüllten Leben über sich selbst hinaus zu denken. Er fühlte seine verborgenen Wurzeln durch beide Eltern, aber am stärksten durch seine Mutter. Er erfaßte nun, wie sie, während er gemeint hatte, daß sie ihn überwachen und ihm seine Unabhängigkeit nehmen wollte, in Wahrheit versucht hatte, ihn zu erhalten und zu retten.

Von seiner Mutter wanderten seine Gedanken zu Leah.

Wie schön hatte sie gestern ausgesehen! Sie waren nicht miteinander allein geblieben, aber sie waren sich nah gewesen, durch Bande des Blutes, des Herzens und des Geistes. Das war die Wahrheit — sie gehörten einem Volk an, das für sich abgeschlossen war, das ein von Jehova, dem einzigen wahren Gott, bestimmtes Schicksal hatte. Mit einem seltsamen, tiefen Schuldgefühl erkannte er nun, daß er durch sein sorgloses, fröhliches Leben in einem heidnischen Land Gott verleugnet hatte. Während sein Volk durch Leiden und Tod ging, hatte er gelacht und gespielt und die Zeit vergeudet. Es fiel ihm alles ein, was er am liebsten gehabt hatte, das Spielen in chinesischen Teehäusern, die müßigen Sommernachmittage auf dem See, die er mit seinen jungen chinesischen Freunden in Booten verbracht hatte, der Duft der Lotosblumen, der Klang von Geigen und Flöten in einem mondbeschienen Hof. Dann dachte er an den Freund seines Vaters, Kung Chen, und damit kehrte Kueilan in ihrer ganzen unschuldigen Blüte zurück. Er kannte ihr kleines Gesicht, als hätte er es schon hundertmal gesehen: die zart geschwungenen Augenbrauen, die schöne blasse Haut, die zerbrechliche Schlankheit ihrer zierlichen Glieder. Aber er kannte sie, weil auch Peony zierlich war und einen ebenso roten Mund hatte und in ihren Augen helles Lachen blitzte. Wie oft hatten sie miteinander gelacht! Er unterdrückte ein unwillkürliches Lächeln. Während er das Leben genossen hatte, waren die Angehörigen seines Volkes aus ihren Wohnstätten vertrieben worden. In den Städten anderer Länder lagen sie tot auf den Straßen. Von Schuld getrieben stand er auf und nahm sich vor, seine Mutter zu suchen, um ihr zu sagen, daß er heute mit ihr in die Synagoge gehen wolle. Das würde sie nach dem gestrigen Tag trösten.

Nachdem er sich gewaschen und angezogen hatte, führte ihn sein Weg am Pfirsichgarten vorbei, wo sich die blütenbedeckten Bäume im stillen Teich spiegelten. Es war ein strahlender Morgen, die Luft war warm, und trotz seinem Wunsch nach Traurigkeit fühlte er, wie ihn eine Freudenwelle durchrieselte.

„Peony!" rief er leise.

Es kam keine Antwort. Aber oft antwortete sie ihm nicht, wenn sie im Garten stand. Sie war ein übermütiges kleines Ding und neckte ihn gern. Er lächelte und trat in den Garten. Es war noch zu früh für die Synagoge, und er hatte keine Lust, zu seiner Mutter zu gehen.

Madame Ezra hatte vor Glück kaum geschlafen. Ihr Herz, das sich in diesem Haus so oft einsam fühlte, war heute zufrieden. Leah war es, hatte sie sich nachts gesagt, Leah war es, die Davids schlummernden Geist geweckt hatte, wenn auch nur für einen Augenblick. Er würde von neuem aufwachen — ja, und auch Ezra. Nein, es war mehr als Leah, es war die geheimnisvolle Fügung Jehovas, die alles zur bestimmten Stunde hatte zusammentreffen lassen. Die Karawane war an demselben Tag wie Leah gekommen. Wie blind und kleinmütig war sie gewesen, daß sie über diesen Zufall geklagt hatte! Gott hat es so geplant, Kao Lien sollte die Nachricht über die neuerlichen Verfolgungen bringen. Leah sollte die Halle in dem Augenblick betreten, da Davids Herz von Kummer erschüttert war, Leah sollte den Glauben und die Eingebung haben, aus seinem Kummer eine Waffe zu machen, die ins Gewissen traf — wer außer Gott selbst hätte das alles lenken können?

Als Ezra am vergangenen Abend in ihr Zimmer gekommen war, hatte er sich nicht neben sie gelegt, sondern sich an ihr Bett gesetzt und ihre Hand gehalten, und sie hatten tief und vernünftig miteinander gesprochen, als jüdisches Ehepaar.

„Naomi, ich bin jetzt damit einverstanden, daß David

über die Gesetze und die Propheten unterrichtet wird", hatte Ezra gesagt.

„Danke, Ezra", hatte sie erwidert und ihre Freude verheimlicht.

„Wir können nichts für unsere Leute im Ausland tun", hatte Ezra dann gesagt. „Das einzig Vernünftige ist, hierzubleiben, wo wenigstens wir in Sicherheit sind."

„Bis zu der Zeit, da ein Prophet auftritt und uns heimführt", hatte Madame Ezra sanft geantwortet.

Ezra hatte gehustet. „Ja, meine Liebe", hatte er gesagt und ihre Hand getätschelt. „Manchmal frage ich mich allerdings, warum wir China jemals verlassen sollten. Seit vier Generationen leben wir jetzt hier, Naomi, und Davids Kinder werden die fünfte sein. Die Chinesen sind sehr freundlich zu uns."

„Ich habe Angst vor dieser Freundlichkeit", hatte sie entgegnet. Sie hatte ihm ihre Hand entzogen und sie dann, weil sie fürchtete, daß er sein Versprechen bereuen könnte, wieder zwischen seine Hände geschoben. Weiter hatten sie nichts mehr gesprochen, und nach einer Weile war er in seine Gemächer zurückgegangen.

Madame Ezra wandte sich impulsiv zu Wang Ma, die hereingekommen war um ihr beim Ankleiden zu helfen. „Geh und hole die liebe Leah!" befahl sie. „Ich muß sie segnen."

Wang Ma warf ihr einen schlauen Blick zu und wollte sich wortlos entfernen. Aber Madame Ezra rief sie zurück. „Nein", sagte sie. „Ich will zu ihr gehen und sie selbst sehen."

Wang Ma zuckte mit ihren kräftigen Schultern und trat beiseite, um ihre Gebieterin vorbeigehen zu lassen.

So kam es, daß Leah an diesem Sabbathmorgen Madame Ezra auf ihre Türe zukommen sah. Das junge Mädchen hatte die Nacht in gesundem Schlaf verbracht.

Ihr Gemüt war ruhig, sie hatte dem Willen Gottes gehorcht. Als sie gestern allein geblieben war, hatte sie plötzlich gefühlt, daß sie das Zimmer verlassen und die andern aufsuchen sollte. Sie war durch Gänge und Höfe gegangen und ihre Schritte waren gelenkt worden. Sie hatte die große Halle genau in dem Augenblick erreicht, als Davids Herz in Aufruhr war und Gottes Zorn seine Seele erfüllte. Als sie den Türvorhang zur Seite zog, hatte sie ihn wie vor einem Altar stehen sehen, mit einem silbernen Schwert in den Händen. Er hatte seine Augen auf sie gerichtet, und Gott hatte ihr Worte eingegeben, die sie aussprach. Als sie nachts aufwachte, sah sie Davids ihr zugewandtes Gesicht vor sich und seinen Blick auf sich ruhen. So war sie wieder eingeschlafen und hatte noch im Schlaf gelächelt.

Am Morgen sagte sie einige Thoraverse auf und fragte sich, wie es ihrem Vater gehen möge, wie Aaron sich benehme und ob Rahel mit ihm fertig werde. Dann erwog sie befangen, ob David zu ihr kommen oder sie vielleicht rufen lassen werde, oder ob Madame Ezra beabsichtige, sie beide zusammenzubringen. Während der gestrigen Abendmahlzeit war er sehr schweigsam gewesen, aber das war nur natürlich — auch sie hatte kaum etwas gesagt. Was immer geschehen mochte, sie empfand keine Furcht mehr. Gott war bei ihr.

Von solcherlei träumerischen Gedanken erfüllt, ging sie hin und her, blieb lächelnd stehen und schaute in den leeren Raum. Sie ging in ihren kleinen Garten, kehrte in die Zimmer zurück, setzte sich und war in einer so glücklichen, hoffnungsvollen Stimmung, daß sie nun Madame Ezra entgegenging, als sie sie kommen sah.

„Ah, liebe Tante“, murmelte Leah.

„Liebes Kind“, antwortete Madame Ezra, von Leahs Wärme ergriffen. „Du siehst heute glücklich aus.“

Leah blickte auf. „Ich bin glücklicher als je in meinem

Leben", erklärte sie. Hand in Hand gingen sie ins Haus, und als Madame Ezra sich gesetzt hatte, zog Leah einen Schemel in ihre Nähe und setzte sich ebenfalls, worauf sie sich wieder bei den Händen hielten. Leah schaute vertrauensvoll zu Madame Ezra auf. Ihr Blick rührte Madame Ezra so sehr, daß ihre Kehle sich zuschnürte. Aus tiefstem Herzen fühlte sie eine Ekstase aufsteigen und ihren Geist durchdringen.

„Beuge dein Haupt, Kind", murmelte sie. „Wir wollen Gott danken."

Auch sie selbst neigte den Kopf und begann die Worte eines Psalmes zu flüstern. Leah sprach mit. Als sie den Psalm gebetet hatten, schwieg Madame Ezra eine Weile, dann blickte sie auf und begegnete Leahs Augen.

„Jehovas Segen ist mit uns", sagte sie mild. „Ich fühle es. Nun brauchen wir nur Schritt für Schritt dem Pfad zu folgen, den Gott uns führt. Mein liebes Kind, der Vater meines Sohnes ist aus eigenem Antrieb bereit, den Rabbi zu bitten, daß er David wieder unterrichtet! Ich habe mir überlegt, wie sich das am besten anfangen ließe, und nun weiß ich es. Der Rabbi soll hierher in unser Haus kommen — wir müssen alle beisammen sein."

„Aber was soll mit Aaron geschehen?" fragte Leah ängstlich.

„Auch Aaron wird zu uns kommen", bestimmte Madame Ezra. „Sie können beide im kleinen Westflügel wohnen."

„Könnte ich nicht bei ihnen wohnen?" fragte Leah.

„Nein, du sollst hier bleiben", erwiderte Madame Ezra. Tatsächlich hatte sie erst in den letzten Minuten über alles nachgedacht. Aber es stand klar vor ihr und schien so einfach zu sein, daß sie es mit aller Gewißheit als Gottes Fügung empfand.

„Ich werde mit deinem Vater sprechen, bevor wir mit

dem Gottesdienst beginnen", fuhr sie fort. „Aber du sollst es David jetzt sagen. Nein, ich will es ihm selbst sagen, und du kommst mit, und dann könnt ihr beide miteinander sprechen. Gestern war gestern und heute ist heute, jeder Tag muß einzeln genommen werden, damit wir ans Ziel gelangen."

Sie drückte Leahs Hand und stand auf.

„Was ist das Ziel, liebe Tante?" fragte Leah beklommen.

„Davids Heirat — und deine", erwiderte Madame Ezra feierlich. „Jetzt ist der richtige Zeitpunkt. Ich habe ihn noch nie so bewegt gesehen wie gestern."

„Jetzt, liebe Tante?" wiederholte Leah erschrocken.

„Ja, gewiß", bestätigte Madame Ezra.

Damit ging sie zur Türe. Sie wollte nicht näher darüber sprechen, was Leah tun könnte oder sollte. Laß die beiden jungen Menschen beisammen sein, Gott wird das Seinige tun, dachte sie.

An der Türe blieb sie stehen und wandte sich nach Leah um. Das junge Mädchen hatte sich nicht gerührt. Sie saß mit sorgenvollem Gesicht da und hielt ihre langen, kräftigen Hände zwischen den Knien zusammengepreßt. „Sprich mit David über Gott", sagte Madame Ezra unvermittelt und entfernte sich.

Noch ehe Leah über diese Worte lange hatte nachdenken können, erschien Wang Ma in der Türe.

„Unsere Herrin bittet dich, in den Pfirsichgarten zu kommen", sagte sie und wartete, bis Leah sich erhob, um sie zu begleiten.

Der Pfirsichgarten war Davids Lieblingsort, Madame Ezra wußte dies und hatte sich dorthin begeben, als sie Leah verließ. Sie sah ihn mit einem verwirrten Ausdruck auf dem Gesicht unter einem blühenden Pfirsichbaum stehen.

„David, mein Sohn", sagte sie zärtlich.

„Ja, Mutter?" Er antwortete sofort, aber seine Gedanken waren abwesend.

„Dein Vater und ich haben beschlossen, daß du das Studium der Thora beginnen sollst, mein Sohn", sagte seine Mutter.

Sie hatte das schon oft gesagt, und jedesmal hatte er entgegnet, daß er genug anderes zu tun habe. Jetzt aber widersprach er nicht.

„Ich bin einverstanden, Mutter", sagte er. Im geheimen war er überrascht, fast erschüttert, daß seine Eltern diesen Entschluß in demselben Augenblick wie er selbst gefaßt hatten, aber das verschwieg er seiner Mutter.

„Ich will heute, wenn wir aus der Synagoge kommen, den Rabbi auffordern, daß er für einige Zeit bei uns wohnen möge", fuhr sie fort. „Das wird es dir erleichtern. Seine Pflichten kann er ebensogut von hier aus erfüllen." Sie sah zu den blühenden Bäumen auf. „Wie schön sie sind!" rief sie. „Leah hat sie besonders gern. Ich will sie rufen lassen."

Sie wollte hinzufügen, daß David hier warten solle, aber dann unterließ sie es. Gott mochte die beiden zusammenbringen! Sie flehte innerlich: laß meinen Sohn hier warten, Gott!

David erfaßte ihre Bitte auch ohne Worte. Seine Feinfühligkeit ließ ihn unter den Pfirsichbäumen stehen bleiben, während seine Mutter ihm zulächelte und sich entfernte, um Wang Ma zu Leah zu schicken. Als Leah mit ihren großen, beschwingten Schritten durch das Gartentor kam, stand er noch immer dort, als wären seine Füße im Boden festgewurzelt.

„Leah!" sagte er und ging ihr langsam entgegen. Der Morgen ließ den gestrigen Zauber von neuem aufleben. Die Sonne schien auf sie, ihre klare, blasse Haut schimmerte makellos und ihre Augen waren dunkel. Sie trug ein weißes, chinesisches Leinenkleid, das ihr bis zu den

Füßen reichte, einen goldenen Gürtel und ein ebensolches Band im Haar. Sie war bezaubernd, schöner als eine Lilie. Bei diesem Vergleich fiel ihm das unvollendete Gedicht wieder ein.

Leah kam auf ihn zu und streckte die Hände aus. Er nahm sie beide und sagte: „Du siehst aus wie der Morgen selbst."

Sie schlug die Augen zu ihm auf, und ihr Herz flog wie ein Vogel aus ihrer Brust und nistete sich bei ihm ein. Von diesem Augenblick an liebte sie ihn ausschließlich und mit ganzer Seele.

Er sah die Liebe in ihren Augen und empfand es als ein überwältigendes Geschenk, wie ihr Herz in ihn eindrang. Selbst wenn sie eine Fremde gewesen wäre, hätte ihr Anblick ihn ergriffen, wieviel stärker noch, da sie keine Fremde war, sondern seiner eigenen Rasse angehörte!

David schwankte zwischen einer fernen, ihm unbekannten Vergangenheit und der fröhlichen Kindheit, die er erlebt hatte. Aber er war kein Kind mehr. Die ferne Vergangenheit teilte er mit Leah. Sie waren durch das Band ihres Volkes verknüpft. Er ließ ihre Hände los und gab der Regung seines Herzens nach, indem er die Arme um sie legte und sie an sich drückte.

Sie lehnte sich an ihn, bettete ihren Kopf an seine Brust und schloß die Augen. Gott hat mich erhört, dachte sie dankbar.

Er blickte auf ihre dunklen, gebogenen Wimpern und fragte sich, was er an diesem Sabbath getan habe. Hatte er sich zu einer Wahl entschlossen? Irgendwie war es wohl so, doch er wußte nicht, was sie bedeutete.

Gleich darauf hörte er die Stimme seiner Mutter. „Kinder!" rief sie.

Bei ihrem Erscheinen fuhren sie auseinander. „Kommt und eßt, bevor wir in die Synagoge gehen, es ist Zeit.

David – ich habe deine Kleider für den Gottesdienst auf dein Bett gelegt."

Sie folgten ihr schweigend ins Haus, und zu seiner Verwunderung war er froh, daß seine Mutter gekommen war, froh darüber, daß der Augenblick, in dem er Leah in den Armen gehalten hatte, unterbrochen worden war. Den fragenden, heiteren Blick seiner Mutter erwiderte er mit einem Lächeln und verstand nicht, warum er sich wie ein Lügner vorkam.

Während David in der Synagoge war, führte Peony in Kungs Haus ein ernstes Gespräch mit Chu Ma und suchte mit geschickten Angriffen auf Eifersucht und Zorn den Stolz der alten Kinderfrau zu erwecken.

Sie hatte sich nachts zu diesem Besuch entschlossen. Über dem Abendessen vor dem Sabbath hatte eine seltsame Stimmung gelegen, alle waren schweigsam und offensichtlich von Gefühlen erfüllt, an denen Peony keinen Teil hatte. Selbst Ezra war still gewesen und hatte die Gerichte verzehrt, als ob er sich nichts daraus machte, was man ihm vorsetzte. David und Leah aßen wenig, nur Madame Ezra war bei Appetit. Doch hatte auch sie kaum gesprochen, obwohl ihre Blicke häufig auf David und Leah ruhten.

Peony hatte sich ausgeschlossen gefühlt und war bald in ihr Zimmer gegangen, wo sie den Abend damit verbrachte, das neue Gedicht zu verbessern und abzuschreiben. Sie wollte es am nächsten Tag in Kungs Haus mitnehmen, um es bei ihren Verhandlungen als Angebot zu verwenden. Nun saß sie dort im Hofe der Dienstboten auf einem Schemel unter einem Zimtbaum und sprach mit Chu Ma.

„Ich bitte um Verzeihung", begann sie liebenswürdig. Dann glättete sie mit ihren feinen Fingern ihre Stirnfransen, die der Wind zerzaust hatte.

Chu Ma, die einen kleinen Seidenschuh bestickte, schaute von ihrer Arbeit auf. „Was für ein Unrecht hast du getan?" fragte sie lächelnd.

„Ich konnte gestern nicht mehr kommen, wie ich gehofft hatte", sagte Peony. „Aber höre dir meine Entschuldigung an, Gute Mutter, und vergib mir dann."

Nach dieser Einführung erzählte sie Chu Ma, wie die Karawane eingetroffen sei und damit auch die schlimmen Nachrichten, daß in fernen Ländern die Glaubensbrüder ihres Herrn getötet würden, wie das ganze Haus von Trauer erfüllt gewesen sei, und daß sie dem Hause Kung Unglück zu bringen fürchtete, weil sie aus einem trauernden Hause komme.

Peony blickte bekümmert vor sich hin, senkte ihre schimmernden Lider und fuhr in dem Bewußtsein fort, daß Chu Mas scharfe Augen sie beobachteten:

„Und ich fürchte, daß ich gestern voreilig gesprochen habe. Ich fürchte, ich habe das Herz meines jungen Gebieters nicht richtig verstanden."

Sie seufzte, und Chu Ma antwortete steif: „Ich kann mich nicht erinnern, was du gesagt hast."

Peony wußte genau, daß Chu Ma sich erinnerte. „Ich sagte, daß mein junger Gebieter nur an deine junge Herrin denke", sagte sie. „Ich brachte ihr sein Gedicht — erinnerst du dich daran? Aber jetzt haben sie die Tochter des Rabbiners in unser Haus eingeladen, und ich fürchte, sie haben Zauberei angewendet, so daß mein junger Herr sogar seine Liebe vergessen hat."

Chu Ma schnupfte und stand auf. Sie war sehr beleibt, und als sie sich mühsam erhob, fielen ihr Schere, Fingerhut und Seidengarn auf den Boden. Peony hob sie behende auf.

„Laß nur", sagte Chu Ma unwillig. „Begleite mich lieber und mach den Schaden gut, den du angerichtet hast."

Sie ging voraus und machte Peony mit dem Kinn ein

Zeichen, ihr zu folgen. Peony gehorchte und hatte die Empfindung, ein Labyrinth zu betreten, aus dem sie keinen Ausweg wußte.

Kungs Haus war größer als Ezras Haus und es wohnten mehrere Generationen von Männern, Frauen und Kindern darin, die alle von derselben Quelle lebten. Die Frauen beobachteten Peony aus den Augenwinkeln, während die Kinder sie unverhohlen anstarrten. Mit bescheiden gesenktem Kopf ging sie an allen vorbei. So kam sie zu dem Hof, wo die Töchter Kung Chens wohnten. Er hatte vier Töchter, aber zwei waren schon verheiratet und fortgezogen, Kueilan war die dritte, und nach ihr kam ein Kind, das nicht dieselbe Mutter hatte wie sie, sondern die Tochter einer jungen Konkubine war. Kung Chen hatte sich diese Konkubine genommen und es bald bereut, weil sie sich in seinen Diener verliebte. Nach langem Kummer hatte er beide aus dem Haus gewiesen und nur seine Tochter behalten.

Als Chu Ma mit Peony eintrat, spielte Kueilan gerade mit ihrer kleinen Schwester. Peony hatte sie noch nie gesehen, sondern nur durch Davids Beschreibung ein Bild von ihr gewonnen. Aber ein einziger Blick auf das junge Mädchen ließ sie erfassen, daß alles, was David gesagt hatte, zu wenig war und hier tatsächlich das schönste weibliche Wesen vor ihr stand, das sich ein Mensch vorstellen konnte. Kueilan wirkte noch kindlich und war nur wenig größer als ihre jüngste Schwester, die Chu Ma nun fortschickte.

„Warum schickst du Lili weg?“ fragte Kueilan, und Peony hörte, daß sie neben all ihren sonstigen Vorzügen auch eine süße Stimme besaß.

Chu Ma empfand weder Furcht noch Respekt vor ihrer kleinen Gebieterin und erwiderte mit lauter Stimme, ohne die Frage zu beachten: „Was hast du mit dem Brief getan, den ich dir gestern gegeben habe?“

„Hier ist er", antwortete Kueilan, indem sie Davids Gedicht aus ihrem weiten Ärmel zog.

Chu Ma heftete einen vorwurfsvollen Blick auf Peony. „Da siehst du, was du angerichtet hast!" verkündete sie. „Das Kind trägt seinen Brief Tag und Nacht bei sich." Sie wandte sich wieder an Kueilan. „Gib ihn mir, Kind", befahl sie. „Er ist wertlos. Ich will ihn wegwerfen."

Peonys flinke Gedanken waren unterdessen nicht untätig gewesen, und sie erkannte deutlich, daß sich in diesem lieblichen Mädchen eine Freundin und Verbündete gewinnen ließe, um Davids Herz zu erobern. Kueilan hatte nichts Starkes und Unerschrockenes an sich. Nein, sie war ein Kätzchen, auch ihr kleines Gesicht sah dem eines Kätzchens ähnlich, die großen Augen blickten fragend und verrieten eine Neigung zu Schabernack, der Mund war ständig bereit zu lachen. Jetzt schaute sie gerade etwas ängstlich auf Chu Ma. Sie umklammerte das Blatt und schüttelte den Kopf.

„Ich möchte es behalten", sagte sie eigensinnig. „Ich will nicht – ich will nicht!"

Chu Ma hob die Augen zum Himmel, und da Peony erfaßte, daß sie im Begriffe war, zornig zu werden, mischte sie sich sofort ein. „Junge Herrin, beunruhige dich nicht. Ich bin nur gekommen deine Antwort entgegenzunehmen." Und zu Chu Ma sagte sie leise: „Ich sehe, wie es hier steht. Sei nicht böse, Gute Mutter. Ich werde den Schaden irgendwie gutmachen."

Chu Ma begnügte sich mit schweigendem Schmollen, während Peony näher trat und Kueilan schmeichelnd fragte: „Hast du eine Antwort geschrieben, Kleine Herrin?" Kueilan schlug die Augen nieder und schüttelte den Kopf.

„Soll ich dir helfen?" schlug Peony vor.

Kueilan fragte überrascht: „Kannst du schreiben?"

„Allerdings", erwiderte Peony lächelnd. „Wenn du

mir sagst, was du antworten möchtest, kann ich es für dich aufschreiben."

„Ich kann schreiben — aber ich weiß nicht, was ich sagen soll", gestand Kueilan unsicher.

„Unsere junge Herrin hat noch nie an einen Mann geschrieben", erklärte Chu Ma tugendhaft.

Peony entfaltete ihre ganze Freundlichkeit. „Du brauchst dich nicht vor meinem jungen Herrn zu fürchten", redete sie ihr zu. „Er ist wirklich der gütigste und beste junge Mann, den es gibt. Er tut niemandem etwas zuleide. Ich bin mein ganzes Leben seine Sklavin gewesen, und nie hat er mich geschlagen oder andern erlaubt, mich zu schlagen."

Kueilan sah sie erstaunt an. „Auch nicht, wenn er zornig ist?"

„Er ist nie zornig", erwiderte Peony lächelnd.

„Ach!" seufzte Kueilan.

Daraufhin zog Peony das Gedicht aus ihrem Kleid und las es mit sanfter, wohlklingender Stimme vor.

„In einer Lotosknospe lag ein Perlchen Tau.
Des Morgens fand es dort ein Sonnenstrahl.
Er hob es auf und hieß es neben sich
Als Königin das Himmelreich regieren."

„Gib es mir!" rief Kueilan. Ihr Gesichtchen strahlte vor Entzücken, während sie mit ihrem winzigen Zeigefinger die vier Zeilen entlangfuhr. „Ich wollte, ich hätte das geschrieben", sagte sie bekümmert.

„Ich gebe es dir", sagte Peony. „Es gehört dir, als ob du es selbst gedichtet hättest."

„Wirst du ihm nie verraten, daß ich es nicht gedichtet habe?" fragte das verwöhnte Kind.

„Nie", versprach Peony. „Aber schreib es lieber in deiner eigenen Handschrift ab."

„Chu Ma, bring mir Pinsel und Tusche und Papier", befahl Kueilan.

Sie blieb wie eine kleine gebietende Königin sitzen, während Peony vor ihr stand. Als Chu Ma die Sachen gebracht hatte, setzte sie sich umständlich zurecht und begann, das Gedicht abzuschreiben, wobei ihre rosige Zungenspitze hervorschaute. Dann faltete sie das Blatt kunstvoll und überreichte es Peony.

„Bring ihm das", befahl sie und verabschiedete Peony mit einer graziösen Handbewegung.

Peony verneigte sich, wechselte einen Blick mit Chu Ma und verließ das Zimmer.

Da sie den Rückweg nun kannte, hätte sie durch das Haus gehen können, ohne von jemand bemerkt zu werden. Aber sie war nicht nur schlau, sondern auch neugierig, und schlug daher einen anderen Weg ein, um sich das Haus näher zu betrachten und vor allem den großen Lotosteich zu sehen, der sich im Haupthof befinden sollte.

Schließlich sah sie ein rundes Tor, das sie für den Eingang zum Haupthof hielt. Auf den Zehenspitzen trippelte sie näher, und als sie hineinschaute, lag ein zauberhaft schöner Garten vor ihr. Der Boden war mit grünen Fliesen belegt, und in der Mitte befand sich ein länglicher Teich, aus dem die spitzen Knospen von Lotosblättern ragten.

Sie vergaß alles um sich her, schritt behutsam zum Wasser und blickte hinein. Es war von durchsichtiger Klarheit und zwischen den Lotospflanzen spielten Gold- und Silberfische. Mitten in ihrer Verzückung vernahm sie eine Männerstimme:

„Kleine Schwester, woher kommst du?"

Peony schaute erschreckt auf und erkannte Kung Chen, den Hausherrn selbst. Nun mußte sie den Grund ihres Besuches erklären. Sie lächelte, so daß die beiden Grübchen auf ihren Wangen erschienen, und sagte: „Man hat mich von Ezras Haus hierhergeschickt, um ein

Stickmuster zu holen, und schlecht wie ich bin, konnte ich der Versuchung nicht widerstehen, mir diesen Hof anzuschauen, von dem ich so viel gehört habe. Jedermann hat ja schon davon gehört. Bitte verzeih mir, Herr."

Kung Chen strich sich lächelnd das Kinn. Er hatte ein rundes, gutmütiges Gesicht und wohlwollende Augen. Seine Lippen waren dick und friedfertig, die Nase breit und plattgedrückt. An diesem Frühlingstag trug er ein graues Gewand aus Seidenbrokat, und da er bei sich zu Hause war, hatte er weder Jacke noch Hut. Seine Füße steckten in weißen seidenen Socken und schwarzen Samtschuhen. Beide Daumen waren mit schweren Jaderingen geschmückt; in der linken Hand hielt er eine silberne Wasserpfeife. Sein Gesicht, unter spärlichen Augenbrauen, war glatt rasiert, und durch diese Glätte wurde sein offener Ausdruck unterstrichen.

„Es gibt nichts zu verzeihen", sagte er freundlich. „Genieße den Garten und den Teich, solange du willst. Ich komme jeden Tag um diese Zeit hierher, nachdem ich gegessen habe, und schaue mir meine Fische an."

Mit dem Mundstück seiner Pfeife deutete er auf das Wasser, und auch Peony schaute wieder in die kristallklare Tiefe, wo die Fische friedlich und sorglos herumschwammen.

„Wie gut sie es haben!" sagte sie wehmütig. „In deinem Haus sind sogar die Fische glücklich und wohlgenährt."

„Habt ihr auch Fische?" fragte er.

Das schien eine unnötige Frage zu sein, aber Peony erfaßte, daß damit andere Fragen eingeleitet werden sollten.

„Oh ja", antwortete sie sofort, „wir haben Teiche und Fische und füttern sie gut. Wir haben auch eine Pekinesenhündin."

Kung Chen stopfte seine Pfeife und rauchte zwei

Züge. „Vögel sind das beste", murmelte er. „Sie sind ein schöner Anblick und singen angenehm, und wenn man sie in den Bambus setzt, locken sie andere Vögel an. Jeden Tag trage ich bei Sonnenuntergang meine Singdrossel zu den Bambusstauden und gebe ihr frisches Fleisch. Dann singt sie, und viele andere Vögel lassen sich auf dem Netz nieder. Ich sitze so still dabei, daß sie mich für einen Stein halten."

„Wie schön!" sagte Peony.

„Solche Augenblicke sind das Beste im Leben", erwiderte er einfach.

Peony wartete. Sie waren durch den Unterschied ihres Geschlechtes, ihres Alters und ihres Standes getrennt, aber sie empfanden keine Verlegenheit. Peony fühlte seine zeitlose Einfachheit und seine umfassende, nüchterne Weisheit, und plötzlich vertraute sie ihm. Ohne den Blick vom Wasser zu wenden, gestand sie: „Ich habe dir nicht die Wahrheit gesagt."

Seine kleinen Augen blitzten belustigt. „Das weiß ich wohl", antwortete er.

Sie warf ihm einen Blick zu und lachte ihn an.

„Sage es mir nur", ermunterte er sie. „Schließlich — sind wir nicht beide Chinesen?"

Sie konnte nicht sofort die ganze Wahrheit sagen. „Hast du eine Abneigung gegen die Ausländer?"

Er riß die Augen auf. „Warum sollte ich etwas gegen irgend jemand haben?" fragte er verwundert. Dann fuhr er wohlwollend fort: „Wenn man andere Menschen haßt, hat man einen Wurm in sich, der die Lebenskraft verzehrt."

„Ich möchte dich noch etwas fragen", sagte Peony.

„Warum nicht?" erwiderte er mit unveränderter Freundlichkeit.

„Würdest du deine Tochter in ein ausländisches Haus geben?"

„Ha!" sagte Kung Chen und rauchte wieder zwei Züge. „Warum nicht?" fragte er abermals. Er klopfte die Asche von seiner Pfeife ab. „Ich will für dich weitersprechen. In deinem Haus ist ein junger Sohn, und ich habe viele Töchter. Die dritte paßt im Alter am besten zu ihm. Ich mache gute Geschäfte mit Ezra. Er verschafft mir Waren aus dem Ausland, die den andern nicht zugänglich sind. Bald werde ich einen ausschließenden Vertrag unterschreiben — für den ich einen hohen Preis zahle. Wenn wir durch meine Tochter näher verknüpft würden, wäre das sehr günstig. Aber ich bin kein Mann, der seine Tochter für geschäftliche Vorteile opfern würde. Laß uns über Vernunft und Philosophie sprechen. Wenn Fremde in ein Land kommen, so ist der beste Weg, dafür zu sorgen, daß sie keine Fremden mehr sind. Das heißt also, unsere jungen Leute sollten heiraten und Kinder haben. Krieg ist teuer, Liebe ist billig."

Peony ließ alle Scheu fallen. Was Kung Chen gesagt hatte, war weise und gut. So fuhr sie fort: „Mein junger Herr hat deine dritte Tochter vor einigen Tagen gesehen und konnte seither weder essen noch schlafen."

„Gut", erwiderte Kung Chen ungezwungen.

„Er hat ihr ein Gedicht geschrieben", erklärte Peony.

„Natürlich", sagte Kung Chen.

„Sie hat ihm auch ein Gedicht geschrieben."

Nun sah Kung Chen überrascht aus. „Mein drittes Töchterchen kann keine Gedichte schreiben", erklärte er. „Als ich den Lehrer bat, sie mit den andern in dieser Kunst zu unterrichten, klagte er darüber, daß ihr Geist nur ein Schmetterling sei."

Peony errötete. „Ich habe ihr geholfen", gestand sie.

Kung Chen lachte. „Aha!" rief er aus. „Hast du das Gedicht bei dir?"

Darauf hin zog sie das Blatt heraus, und er faltete es auf seiner dicken, weichen Handfläche auseinander und las es mit singendem Tonfall vor. „Ausgezeichnet – für diesen Zweck“, lobte er. „Aber du hast nicht das richtige Zeichen für das Wort ‚regieren‘ geschrieben“, fügte er hinzu, indem er mit dem Pfeifenstiel darauf deutete.

„Verzeih mir“, erwiderte Peony sanft.

„Laß es nur so“, bestimmte er. „Wenn es zu vollkommen ist, schöpft er Verdacht. Jetzt solltest du es ihm aber bringen. In der Liebe muß man die Flut ausnützen, bevor die Ebbe kommt.“ So nahm Peony das Gedicht an sich, machte ihre kleine Verbeugung und ging fort.

Sie war viel glücklicher als auf dem Hinweg, und als sie über den Grund nachdachte, wurde ihr bewußt, daß es deshalb war, weil Kung Chen sie eine Art Verbundenheit mit ihm und allen Chinesen hatte fühlen lassen. Sie war nicht einsam und allein. In der großen Masse ihres Volkes war sie nur ein einzelner Mensch, aber sie gehörte zu diesem Volk, und ihr Leben war nicht von dem der andern getrennt.

„Ach, wenn sich nur David zu uns gesellen wollte!“ dachte sie. Ihre Gedanken gewannen Klarheit. Sie wollte ihn von den dunklen, sorgenschweren Menschen, unter denen er auf die Welt gekommen war, wegholen und ihn in den hellen Sonnenschein führen, in dem ihr Volk lebte. Er würde den Tod vergessen und das Leben lieben lernen.

Der Tag verstrich, und Peony war bestrebt, nicht zu bemerken, wie oft David mit Leah sprach und wie er sie, auch wenn er schwieg, lange und nachdenklich anschaute. Als der Abend kam, führte ihn Leah in den Hof, um die drei ersten Sterne am Himmel zu suchen, und er bat Leah, zu verkünden, daß der Sabbath vorüber sei.

Peony eilte fort, um die Kerzen und Laternen anzuzünden, und noch nie hatte sie mit solcher Erleichterung gehört, wie der neue Tag begrüßt wurde — ein guter Tag, sagte sie zu sich selbst, ein angenehmer Alltag, der den Menschen gehörte und nicht einem fremden Gott. Während des ganzen Sabbaths hatte sie mit David kein Wort gewechselt, aber das bedrückte sie nicht. Sie konnte warten.

## V

Kung Chens Leben war inmitten seines vielköpfigen Haushaltes von vielerlei Sorgen und Verantwortung erfüllt, und sein Garten bedeutete eine Friedensinsel für ihn. Aber er war mit allem, so wie es war, zufrieden und betrachtete sich mit Recht als einen glücklichen Mann. Auf der Erde wünschte er sich Wohlstand, die Achtung seiner Nebenmenschen, Befriedigung durch Frauen und genügend Söhne, um beim Gedanken, daß einer oder zwei sterben könnten, ohne Sorge zu sein. Das alles war ihm zuteil geworden.

Vom Himmel forderte er nichts. Er glaubte nicht an Götter und fühlte sich wohl dabei, doch wußte er, daß er über nichts erstaunt sein würde, was sich nach dem Tod als Wahrheit herausstellen könnte. So empfand er die Unsterblichkeit zwar nicht als etwas Wünschenswertes, aber wenn sich die Seele der Menschen als unsterblich erweisen sollte, würde er der Zukunft begegnen wie der Gegenwart, mit der Gewißheit, daß er als guter Mensch weder Gott noch Teufel zu fürchten habe, falls sie existierten. Ezra hatte ihn einmal gefragt, ob er an Gott glaube, worauf Kung Chen gelassen erwidert hatte: „Wenn es einen Gott gibt, der so ist, wie du es behauptest, dann wird er zu vernünftig sein, um von mir zu verlangen, daß ich an etwas glaube, das ich nicht gesehen habe."

Während er allein im Garten saß und alles ringsum genoß, die Schönheit des Morgens, die Klarheit des Wassers und die Farben der aufblitzenden Fische, pflegte er alle Gedanken ruhen zu lassen und sich zu entspannen. Heute aber drängte sich ihm immer wieder die Notwendigkeit auf, über das Schicksal seiner dritten Tochter zu entscheiden. Falls sie wirklich begonnen hatte, an den jungen Mann zu denken, den einzigen Sohn im Hause Ezras, duldete die Angelegenheit keinen Aufschub. In erster Linie mußte er sich darüber klarwerden, ob er selbst zu einer solchen Verbindung geneigt war. Es bedeutete einen schwerwiegenden Entschluß, seine Tochter mit einer Familie zu verheiraten, die nicht seinem eigenen Volke angehörte und deren Namen nicht zu den hundert ältesten Namen zählte. Kung Chen, der sich in der Geschichte seines Volkes auskannte, wußte jedoch, daß auch schon andere vor ihm dies getan hatten, in der Überzeugung, daß sich auf diese Weise alle Rassen verschmelzen ließen, und er hielt dies für richtig. Er war indessen auch seinen Töchtern ein liebevoller Vater und beabsichtigte nicht, der kleinen Drittgeborenen ein allzuschweres Los aufzubürden.

Sie würde in dem fremden Haushalt glücklicher sein, wenn Peony, ein junges Chinesenmädchen, ihr Gesellschaft leistete. Er mußte mit Kueilan darüber sprechen, ob man die Heirat ins Auge fassen sollte. Aber zuerst wollte er mit ihrer Mutter sprechen.

Kung Chen erhob sich widerwillig und schlenderte zum Hof seiner Frau, wo er an der Türe in die Hände klatschte. Eine Dienerin eilte herbei und bat ihn einzutreten.

„Hat die Mutter meines Sohnes Zeit?" fragte er.

„Meine Herrin sitzt in der Sonne und tut nichts", antwortete die Dienerin.

So trat Kung Chen ein und sah eine dicke Frau in einem großen Korbstuhl sitzen, während vor ihren Füßen eine schildpattfarbene Katze mit einer soeben gefangenen Maus spielte. Beim Klang seiner Schritte blickte sie lächelnd auf.

„Schau die geschickte Katze an!" rief sie. „Sie hat heute zwei Mäuse gefangen."

„Ich hielt dich für eine Buddhistin", neckte er.

„Ich töte keine Mäuse", gab seine Frau zurück.

„Du bist auch keine Katze", sagte er.

„Nein", stimmte sie zu.

„Und die Katze ist keine Buddhistin", fuhr er fort.

Auf diesen Scherz erwiderte sie nichts und beobachtete wieder die Katze. Kung Chen stieß sich nicht daran. Er hatte längst erfaßt, daß sie ein heiteres kleines Gemüt hatte, nicht tiefer als eine Tasse, und es war zwecklos, viel hineingießen zu wollen. Er kannte ihre Grenzen genau, sie stritten sich nie. Er setzte sich so, daß er die Katze nicht sehen konnte, die nun zart die Knochen der Maus zu zerbeißen anfing.

„Ich bin gekommen, um deinen Rat wegen unserer kleinen Drittgeborenen einzuholen", begann er.

Seine Frau machte mit ihren schweren, ringgeschmückten Händen eine ungeduldige Bewegung. „Dieses ungezogene Mädchen!" rief sie, „Sie will nicht sticken lernen und ich bin sicher, daß Chu Ma es für sie tut."

„Die Kleine schlägt mir nach — ich habe nie gerne gestickt", sagte Kung Chen. Sein Gesicht blieb ernst, aber seine Augen zwinkerten.

Seine Frau sah ihn mit einfältigem Staunen an. „Du hast doch nie sticken gelernt!" rief sie.

„Nein", gab er zu. „Aber wenn man es mir beigebracht hätte, wäre es mir verhaßt gewesen. Sie ist meine Tochter — verzeih mir!"

Madame Kung begriff nun, daß er wieder scherzte, und versank lächelnd in Schweigen, während sie sich am Anblick der Katze ergötzte. Ihre plumpen Hände lagen wie halbgeöffnete, gelbe Lotosblüten auf der perlgrauen Seide ihres Kleides. Als junge Frau war sie so hübsch gewesen, daß Kung Chen mehrere Jahre gebraucht hatte, bis er herausfand, daß sie dumm war.

„Nun?" fragte sie nach einer langen Pause.

„Ich werde nächstens wieder einen Heiratsantrag für Kueilan bekommen", sagte Kung Chen.

„Wer möchte sie jetzt haben?" fragte sie. Um alle drei Töchter war mehrmals angehalten worden. Jede reiche Familie, die einen Sohn hatte, dachte in erster Linie an eine von Kungs Töchtern.

„Der Ausländer Ezra zieht sie für seinen Sohn David in Betracht", erklärte er.

Madame Kung machte ein mißbilligendes Gesicht. „Sollen wir darauf eingehen?"

Kung Chen erwiderte mit milder Stimme: „Ja, ich denke. Sie sind sehr reich, und Ezra und ich wollen einen neuen Vertrag abschließen. Er ist der einzige Sohn, so werden keine anderen Schwiegertöchter unserer Drittgeborenen den Rang streitig machen."

„Aber ein Ausländer!" wandte sie ein.

„Hast du sie schon einmal gesehen?"

Madame Kung schüttelte den Kopf. „Ich habe nur von ihnen gehört. Sie haben vorspringende Nasen und große Augen. Ich will keinen Enkel mit vorspringender Nase und großen Augen."

„Kueilans Nase ist fast zu klein", entgegnete Kung Chen friedfertig. „Außerdem mildert unser chinesisches Blut alle Extreme, wie du weißt. In der nächsten Generation werden die Kinder schon chinesisch aussehen."

„Die Ausländer sollen sehr ungestüm sein", warf Madame Kung ein.

„Ungestüm?" wiederholte Kung Chen.

„Sie haben ein religiöses Fieber. Sie wollen dies und das nicht essen und beten jeden Tag und haben keinen Gott, den man sehen kann, aber sie haben große Angst vor ihm und sagen, daß wir falsche Götter hätten. Das ist alles ungemütlich. Unsere Kleine müßte vielleicht sogar einen fremden Gott anbeten."

„Sie hat nie etwas getan, was sie nicht wollte", widersprach Kung Chen lächelnd.

„Warum sollten wir einen Ausländer für sie aussuchen, wenn so viele junge Männer sie haben wollen?" fragte Madame Kung.

Die Katze hatte unterdessen die Maus verzehrt, bis auf den Kopf, den sie ins Maul nahm und säuberlich hinter die Türe legte. Madame Kung wurde dadurch so abgelenkt, daß sie lachte und das Gesprächsthema vergaß.

„Abgesehen vom Geschäft", fuhr Kung Chen geduldig fort, „glaube ich nicht daran, daß man die Menschen in verschiedene Rassen aufteilen sollte. Alle Menschen haben Nasen, Arme, Beine, Herzen, Bäuche, und soviel ich bisher erfahren konnte, kommen wir alle in der gleichen Weise auf die Welt."

Dieser Punkt weckte Madame Kungs Interesse. „Ich habe gehört, daß die Ausländer ihre Bäuche öffnen und ihre Kinder aus einem Loch herausnehmen", sagte sie.

„Das stimmt nicht", erwiderte Kung Chen.

„Woher weißt du das?"

„Mein Freund Ezra besucht das gleiche Badehaus wie ich, und er ist genauso beschaffen wie ich, nur daß er viele Haare auf dem Körper hat."

Madame Kungs Interesse wurde noch lebhafter. „Ich habe gehört, daß die Ausländer so behaart sind, weil sie näher mit den Affen verwandt sind als wir." Ihr Ausdruck verfinsterte sich. „Und wenn unsere kleine Drittgeborene einen behaarten Mann nicht gern hat?"

„Unsere kleine Drittgeborene wird nie einen andern Mann sehen als den, den sie heiratet", beruhigte sie Kung Chen. „Deshalb wird sie auch nicht wissen, ob sie die Haare nicht gern hat."

Sie waren nun beim Kern der Sache angelangt und Kung Chen stellte die Hauptfrage. „Also, falls ich den Antrag bekomme —"

„Falls?" unterbrach sie ihn.

„Wenn ich den Antrag bekomme", verbesserte er sich, „soll ich ihn dann annehmen?"

Das verriet schon halbe Bereitschaft, so daß sie gleichmütig nickte. Nachgeben war leichter als ihm zu widersprechen.

„Wir haben so viele Töchter", murmelte sie gähnend, und da er fühlte, daß ihre Gedanken abschweiften, entfernte er sich. Am Tor des Hofes schaute er noch einmal zurück. Sie hatte sich zum Schlafen zurechtgesetzt und die Augen geschlossen.

Drei Tage lang bewahrte Peony das Gedicht, das Kueilan ihr für David mitgegeben hatte, in ihrer Schublade und wartete den richtigen Augenblick ab, um es ihm zu überreichen. Aber der Augenblick kam nicht, denn vom Sabbath an arbeitete er fast die ganze Zeit mit seinem Vater im Kontor. Er war nur selten zu Hause, und wenn er spät abends kam, wich er allen Frauen aus und saß lesend in seinem Zimmer. Peony wartete darauf, daß seine Stimmung vorübergehen möge, denn sie wußte, wie nutzlos es gewesen wäre, ihn seiner Einsamkeit gewaltsam zu entreißen. Bevor es jedoch so weit war, kam der Rabbi mit seinem Sohn und bezog den Hof neben Ezra.

Nun war David gänzlich von ihr abgeschnitten. Sie bediente ihn in der gewohnten Weise, nur stiller als bisher, und ihre Augen blickten nachdenklich. Er schien sie nicht zu bemerken. Die Vormittage verbrachte er mit dem Rabbi, und der alte Mann befahl auch Aaron, dabeizusein. Aaron, den das große, von Madame Ezra überwachte Haus etwas befangen machte, leistete keinen Widerstand. Peony sorgte dafür, daß ihr die Aufgabe zufiel, von Zeit zu Zeit heißen Tee zu bringen, damit sie David sehen konnte, der über aufgeschlagenen Büchern brütete, während Aaron unruhig dabeisaß und immer bereit war, aufzublicken und zur Türe hinauszuspähen. Er hatte gelernt, sich still zu verhalten, so daß sein blinder Vater nicht ahnen konnte, wie er die Augen umherschweifen ließ und gähnte. Nach einigen Tagen gesellte sich auch Leah hinzu und las mit, denn David hatte seiner Mutter erzählt, wie störend Aarons Gesellschaft sei. Daher bat sie Leah, am Unterricht teilzunehmen, und fügte hinzu, daß sie selbst kommen werde, falls Aaron sich ungehorsam zeige. Damit sollte Leah ihren Bruder einschüchtern, und tatsächlich verfehlte es seine Wirkung nicht.

Da Leah nun jeden Tag neben David saß, sah Peony ein, daß sie nicht länger auf einen günstigen Augenblick warten konnte. Eines Abends, als sie die letzte Kanne heißen Tee in Davids Wohnzimmer brachte, blieb sie stehen und hustete. Er war in seinem Schlafzimmer, und ein unbestimmtes Zartgefühl verbot ihr, mit der einstigen Unbefangenheit dort einzutreten.

Sofort erschien er an der Türe, um nach ihrem Wunsch zu fragen. Er hatte sein Obergewand ausgezogen und stand nun in weißseidener Jacke und Hose vor ihr. Seine Augen waren klar, seine Wangen rot, und bei seinem Anblick zerschmolz Peonys Herz vor Liebe.

„Ich bringe dir Tee“, sagte sie leise.

„Warum sagst du mir das?“ fragte er verwundert. „Warum bringst du ihn nicht herein, wie sonst immer?“

Daraufhin trat sie ein, und nachdem sie den Tee hingestellt hatte, zog sie das gefaltete Papier aus der Tasche und hielt es ihm hin. „Ich wollte dir das schon lange geben, aber es hat sich keine gute Gelegenheit geboten, weil du jetzt so beschäftigt bist.“

Er nahm das Blatt, setzte sich und las, während sie stehenblieb, bis er aufblickte und sagte: „Setze dich.“ Sie setzte sich, und er las das Gedicht abermals durch. Dann schaute er in ihre Augen. „Es ist sehr hübsch“, sagte er. „Hat sie es geschrieben?“

„Ich habe zugesehen, wie sie es mit ihrem eigenen Pinsel schrieb“, erwiderte Peony. Dann gestand sie: „Ich habe ihr das Gedicht gebracht — das angefangene.“

„Du hast sie gesehen?“ fragte er, scheinbar ohne sich darum zu kümmern, was Peony getan hatte.

Sie nickte.

Er beugte sich über den Tisch. „Wie sah sie aus?“

Peony schüttelte den Kopf. „Es ist besser, nicht von ihr zu sprechen.“

„Und warum?“ fragte er. Seine Augen waren undurchdringlich, während er das Blatt immer noch in der Hand hielt.

Peony machte ein betrübtes Gesicht. „Sie ist sanft, jung, hübsch — so zart — sie darf nicht zerbrochen werden.“

David errötete leicht. „Ich weiß nicht, was du damit meinst“, behauptete er.

Peony blieb unbeirrt feierlich. „Ach doch, das weißt du“, erwiderte sie. „Nachdem sie dich gesehen hat, ist sie bereit, dich zu lieben, die arme schöne Kleine, und wenn sie erfährt —“ Sie hielt inne.

„Was erfährt?“ drängte er.

Sie schüttelte wieder den Kopf. Ärgerlich warf er das Gedicht auf den Tisch. „Peony, ich befehle dir zu sagen, was du damit meinst. Wenn es etwas gibt, was ich am meisten hasse, dann ist das eine Frau, die lauter Andeutungen über etwas macht, was sie im Kopf hat und nicht sagen will."

Darüber wurde auch Peony zornig, so daß sie ihn offen ansah und leidenschaftlich antwortete: „Du darfst sie nicht sehen — das meine ich! Sie beginnt an dich zu denken, und das darf sie nicht!"

„Das geht dich nichts an", erwiderte er. „Warum willst du mich von ihr fernhalten?"

Im geheimen war David über seine Schliche erstaunt. Hatte er nicht in Leah den Glauben geweckt, daß er sie liebe? Der Augenblick im Pfirsichgarten, als er Leah in seinen Armen gehalten hatte, fiel ihm wieder ein — wie schon oft in diesen Tagen. Die Erinnerung war angenehm und unangenehm. Manchmal ließ der Gedanke an sie sein Herz rascher schlagen. Wenn er ihr ernstes, liebliches Gesicht über die Thora geneigt sah, oder wenn es bedächtig zu ihrem Vater aufschaute, war er bewegt. Und doch begann er zu verstehen, daß diese Heirat keine gewöhnliche Heirat sein konnte. Wenn er sich dazu entschloß, war es aus andern Gründen als um seinetwillen. Wie sehr er sich auch wünschte, wie andere Männer zu sein, so wußte er doch, daß dies nicht der Fall war.

„Ich denke nicht an dich", erklärte Peony, „ich denke an Kueilan."

Plötzlich ärgerte er sich über Peony. „Früher hast du immer an mich gedacht!" rief er.

„Warum sollte ich das noch tun?" fragte sie.

Ihre Stimme klang so scharf, wie er es von ihr noch nie gehört hatte, und ihr Gesicht war glatt und kalt. David erschrak. „Peony!" rief er. „Was ist mit dir geschehen?"

Sie senkte den Kopf. „Mit mir ist nichts geschehen", sagte sie. „Aber du –"

„Ich bin genau wie immer", beharrte er.

Sie schüttelte den Kopf. „Jetzt nicht mehr."

Er griff über den Tisch nach ihrer Hand, die sie ihm zu entziehen suchte.

„Laß mich!" rief sie.

„Nein!" schrie er. „Erst wenn du mir erzählt hast, wie sie aussah!" Das sagte er, um seine Verwirrung zu verbergen.

Ein langes Schweigen folgte. Er umklammerte ihre Hand, und sie bemühte sich vergeblich, ihr Zittern zu verhindern. Sie wollte ihre Hand befreien und wollte auch, daß er sie festhielte. Sie war nahe daran zu weinen und fühlte ihr Herz heftig klopfen. Dann begann sie leise, mit abgewandtem Blick:

„Sie – sie trug ein – ein farngrünes –"

„Ihr Gesicht", befahl er.

„Du weißt ja, daß sie sehr hübsch ist."

„Beschreibe mir, wie hübsch."

So begann sie wieder: „Also – also – ihr Mund ist klein, die Unterlippe ein bißchen voller als die obere, so rot wie Granatäpfel – ganz kleine weiße Zähne – eine kleine Zunge – als sie das Gedicht schrieb, konnte ich ihre Zunge sehen wie bei einem Kätzchen, das sich die Lippen leckt." Sie machte eine Pause.

„Was noch?" fragte er.

„Ihre Augen – tiefschwarz – und wie Aprikosen geformt – die Augenbrauen sind wie Weidenblätter – und das Gesicht ist vielleicht eher lang als rund – winzige blasse Öhrchen – in die Haare hatte sie eine Rose gesteckt."

„Weiter", befahl David.

„Ich beugte mich über sie, während sie schrieb – ihr Atem war süß wie Blumenduft – und ihre Hand ist noch kleiner als meine."

Er öffnete ihre Hand und legte sie auf seine. „Du hast kleine Hände", sagte er.

Sie schaute ihn an. „Du darfst nicht Liebe in ihr wekken", bat sie.

Er ließ ihre Hand fallen, so daß sie einsam auf dem Tisch liegenblieb. „Woher weißt du, daß sie an mich denkt?" fragte er.

Peony zog die Hand zurück und verschränkte beide Hände in ihren weiten Ärmeln. „Ich weiß es", antwortete sie leise und senkte den Kopf.

„Sag es mir!"

„Das kann ich nicht. Ich fühle es nur."

Wieder senkte sich Schweigen zwischen sie, bis David aufstand, vor sein Bücherbrett trat und die Titel betrachtete. Sie wußte jedoch, daß er nicht an die Bücher dachte.

„Ich möchte sie selbst wiedersehen", sagte er, ohne sich umzudrehen.

Sie verbarg ihr Lächeln hinter ihren Ärmeln. „Nein", sagte sie.

Er kam mit großen Schritten zum Tisch und schlug mit der Handfläche darauf. „Doch!" rief er.

„Du bist schlecht", erklärte sie.

„Wie kann ich wissen, was ich tun soll, wenn ich sie nicht wiedersehe?" fragte er.

Sie dachte nach. „Wenn ich für eine Begegnung sorge, versprichst du mir dann, daß du ihr nicht mehr schreiben wirst, oder nicht mehr darum bitten willst, sie zu sehen, und nichts mehr tun wirst, um ihr Herz zu brechen?"

Er zuckte mit den Lidern und lächelte. „Ich verspreche dir eins: wenn ich sie gesehen habe, will ich entscheiden, ob ich ihr schreiben oder sie wiedersehen will."

Ihre Blicke ruhten lange ineinander. Dann erhob sie sich in ihrer anmutigen Art.

„Wir wollen es so abmachen", willigte sie ein. Sie

prüfte mit der Hand, ob die Teekanne noch heiß sei, bat ihn, bald zu schlafen und entfernte sich zufrieden.

Einen Teil dessen, was in seinem Hause vorging, bemerkte Ezra selbst, das übrige erzählten ihm seine chinesischen Dienstboten. Er verhielt sich still, denn er verstand alles, da er selbst verschiedene Seiten in sich hatte. So erfuhr er durch Wang Mas scharfe Augen, daß der Rabbi einen großen Traum träumte: falls sein eigener Sohn Aaron als Oberhaupt der Juden versagte, könnte David vielleicht an seine Stelle treten. So war es tatsächlich. Der alte Mann vermochte David nicht zu sehen, aber nachdem er ihn längere Zeit unterrichtet hatte, sagte er eines Tages: „Komm her, mein Sohn, und laß mich dein Gesicht prüfen."

David trat zu ihm.

„Mein Sohn, knie nieder wie vor dem Herrn", befahl der Rabbi.

David ließ sich auf die Knie nieder und der Rabbi berührte sein junges Gesicht mit den Händen, deren Fingerspitzen so feinfühlig waren, daß es David war, als spiele ein Lichtstrahl über ihn. Daraufhin berührte der Rabbi Davids starke Schultern, seine breite Brust, seine schlanke Taille und die schmalen Hüften, bat dann den jungen Mann, sich zu erheben, und befühlte die geraden Knie, die festen Knöchel und wohlgebildeten Füße. Auch Davids Hände nahm er in die seinen und vergegenwärtigte sich ihre Form und Kraft. Endlich legte er seine Finger auf Davids Scheitel.

„Du bist größer als ich", bemerkte er verwundert.

Aaron schaute unterdessen mürrisch zu.

„Ach, wenn du mein Sohn wärest!" murmelte der Greis. „Dann würde ich Gott danken."

Bei diesen Worten empfand David Mitleid mit dem häßlichen bleichen Jüngling, der sie beobachtete. „Es kommt nicht darauf an, wie ein Mensch aussieht — jedenfalls hat mir das mein konfuzianischer Lehrer gesagt", wandte er ein.

„Ist er immer noch dein Lehrer?" fragte der Rabbi eifersüchtig.

David erwiderte zögernd: „Meine Mutter hat ihn weggeschickt, als du zu uns kamst."

Tatsächlich hatte Madame Ezra ihn eigenmächtig entlassen, aber David zögerte, weil er dem Rabbi nicht verraten wollte, daß er seinen Lehrer immer noch aufsuchte. Nur Ezra wußte es, da Wang Ma es ihm eines Abends kichernd mitgeteilt hatte.

„Der junge Herr trifft seinen alten Lehrer am Spätnachmittag in seinem Haus an der Straße der Treuen Witwe", hatte sie gesagt. Allabendlich brachte sie Ezra vor dem Schlafengehen eine Schale dünner Reisgrütze, die er langsam schlürfte, so daß sie unterdessen mit ihm schwätzen konnte. Auf diese Weise erfuhr er manches, was ihm sonst verborgen geblieben wäre. Er hatte bei Wang Mas Mitteilung etwas besorgt ausgesehen, und sie fügte eilig hinzu: „Sollte dein Sohn denn nicht auch von unserem Lehrer unterrichtet werden?"

Ezra dachte nach, während er die Schale mit beiden Händen umschloß und die heiße, duftende Suppe trank. „Ich kann das nicht entscheiden", antwortete er schließlich. „Ich glaube, er sollte es nicht tun, aus Ehrerbietung für seine Mutter, sonst könnte der konfuzianische Lehrer alles zunichte machen, was der Rabbi aufbaut."

„Warum bist du so streng?" rief Wang Ma unwillig. Die Vertraulichkeit ihrer gemeinsamen Jugendjahre ließ sie seit langem mit Ezra freier verkehren als mit allen andern.

„Unser Gott ist ein eifersüchtiger Gott", erwiderte Ezra.

„Die Götter sind so, wie die Menschen sie machen",

erklärte Wang Ma. „Die Juden selbst haben ihren Gott gemacht."

„Ich nicht", sagte Ezra und lächelte plötzlich.

„Höre", redete sie weiter auf ihn ein, „solltest du nicht wieder mit Kung Chen Geschäfte machen? Seit die Karawane kam, bist du niedergeschlagen. Du bist zu viel zu Hause. Männer sollten nicht im Haus herumlungern. Überlaß das den Frauen und Priestern. Kung Chen fragt sich sicher schon, was dir zugestoßen ist. Er möchte die neuen Waren bald auf seinen Ladentisch legen."

„Du hast recht", erklärte Ezra. „Morgen vormittag will ich gleich in sein Kontor gehen."

Er stand auf und begann seine Kleider abzulegen, während sie sich mit dem Geschirr entfernte. An der Türe rief er sie zurück.

„Was?" fragte sie.

„Lassen wir David zu seinem alten Lehrer gehen", bestimmte er.

„Warum nicht?" erwiderte Wang Ma heiter, und damit trennten sie sich.

So setzte David die heimlichen Besuche bei seinem alten Lehrer fort, womit er eines Tages begonnen hatte, als der Rabbi ihn die Verwünschungen auswendig lernen hieß, die Jehova den Propheten gegen die Heiden in den Mund gelegt hatte: „Du sollst ihn erwürgen. Deine Hand soll die erste über ihm sein, daß man ihn töte, und darnach die Hand des ganzen Volkes. Man soll ihn zu Tode steinigen, denn er hat dich wollen verführen von dem Herrn, deinem Gott."

Solche Worte mußte David lernen, und er verabscheute sie, obwohl er wußte, daß es Jehovas Worte waren. Er wagte seinen Abscheu nicht auszusprechen und verschaffte sich Erleichterung, indem er das Häuschen seines Lehrers aufsuchte und mit dem milden alten

Mann im stillen Hof saß. Dort vernahm er die Weisheiten, wie sie die sanften Chinesen jeden Tag lesen:

„Böses mit Güte zu beantworten, beweist einen guten Menschen. Ein überlegener Mensch tadelt sich selbst, ein gemeiner Mensch tadelt andere."

„Wir dienen den Menschen nicht so, wie wir sollten, wie also können wir wissen, wie man Gott dienen muß?"

„Ein Wort gibt es, das unserem Leben Richtung sein kann — es ist das Wort der Gegenseitigkeit. Tue andern Menschen nichts, was dir nicht Freude machen würde, wenn sie es dir täten."

Während der Rabbi Davids Denken schärfte, beruhigten diese Worte sein Herz, so daß er nachts den Schlaf finden konnte.

Am Morgen nach seiner Unterhaltung mit Wang Ma wachte Ezra mit neuer Energie und Lebensfreude auf. Er verhandelte gerne während eines guten Essens in liebenswürdigem und lebhaftem Gespräch, so faßte er den Entschluß, Kung Chen ins Teehaus an der Steinernen Brücke einzuladen, welches das beste in der Stadt war. Auch Kao Lien sollte dabei sein. Zu dritt wollten sie neue und bessere Geschäfte besprechen.

Ezra hatte Kung Chen von seinem Kommen benachrichtigt, so daß der chinesische Kaufmann ihn schon erwartete. Er saß in seinem geräumigen Kontor, das auf das kostbarste ausgestattet war. Alles war auf Bequemlichkeit zugeschnitten, aber Ezra wußte von früher her, daß auch alles für die Arbeit Nötige vorhanden war, nicht sichtbar und doch griffbereit.

Bei Ezras Eintreten erhob sich Kung Chen und machte eine liebenswürdige Verbeugung. „Wie lange haben wir uns nicht mehr gesehen!" sagte er freundlich. „Ich habe meinen Diener bei deinem Torhüter anfragen lassen, ob du krank seiest, aber weiter wollte ich dich nicht stören."

„Ich muß dich um Verzeihung bitten", erwiderte Ezra.

Sie setzten sich beide, worauf ein Diener Tee und Süßigkeiten der besten Sorte hereinbrachte und sich wieder entfernte.

„Hoffentlich ist in deinem Haus nichts Betrübliches geschehen", sagte Kung Chen, nachdem sie Tee getrunken und Backwerk gegessen hatten.

„Nein", antwortete Ezra zögernd. Wie konnte er diesem höflichen gutartigen Mann erklären, was in seinem Haus vor sich gegangen war? Plötzlich aber beschloß er, den Versuch zu machen und die Ansicht seines Freundes zu erfahren. War es möglich, daß die Juden in den Augen aller, nur nicht in ihren eigenen, schuldig waren? Vielleicht konnte ihm dieser gute Mann zum Verständnis helfen, warum sie in so vielen Ländern verhaßt waren, und warum man sie nicht auch hier haßte.

Ezra begann daher in seiner einfachen, schroffen Art, der einzigen, deren er fähig war: „Mein Freund, ich möchte dich etwas fragen, aber ich weiß nicht, ob ich dir begreiflich machen kann, worum es geht."

„Versuch es mit mir", antwortete Kung Chen.

Wie er in seinem hübschen Gewand aus dunkelblauer Seide dasaß, mit lächelndem, glatten Gesicht und zufriedenen Augen, sah er so weise und verständnisvoll aus, daß Ezras Herz ihm wie einem Bruder zuflog.

„Mein Vater stammte von Ausländern ab, Älterer Bruder", sagte er. „Ich verstehe sie selbst nicht ganz. Aber mit einem Teil in mir verstehe ich sie doch. Vielleicht solltest du unsere Geschichte kennen."

„Erzähle sie mir", erwiderte Kung Chen sanft.

„Ein kleines Volk, wenige unter vielen", fuhr Ezra fort. „Wir waren Sklaven in Ägypten —"

„Wann wurdet ihr Sklaven?" fragte Kung Chen.

„Was weiß ich? Die Überlieferung sagt, daß wir Jehova erzürnten — aus irgendeinem Grund."

„Jehova?"

„Den Gott der Juden."

Der Schimmer eines sanften Lächelns huschte über Kung Chens Gesicht, aber er fragte mit liebenswürdiger Ehrerbietung: „Ist das der Stammesgott eures Volkes?"

Ezra zögerte. „Mein Vater betrachtete ihn als den Gott des Weltalls — den einzigen, wahren Gott."

„Wir haben hier nie von ihm gehört", antwortete Kung Chen, „aber sprich weiter, Älterer Bruder."

„Das Volk meines Vaters wurde durch einen unserer Führer aus der Sklaverei befreit. Er versprach uns — das heißt, Gott versprach uns — daß wir in das Land unserer Vorfahren zurückkehren könnten, wenn wir ihm Gehorsam leisteten."

„Und ist dein Vater dorthin zurückgekehrt?" fragte Kung Chen aufmerksam.

„Nein, aber einige andere."

„Wie kommt es dann, daß ihr wieder über die Erde zerstreut lebt?"

„Unser Volk war Gott ungehorsam — es vermischte sich mit Heiden und so weiter." Ezra fand es schwierig, dem klardenkenden, duldsamen Chinesen das alles zu erklären. Unvermittelt gab er den Versuch auf. Es war nicht möglich. Es klang zu ungereimt.

„Aber was hat das jetzt mit dir zu tun, mein Freund?" fragte Kung Chen, als Ezra verstummte.

„Ich könnte wohl sagen, daß es nichts mit mir zu tun hat", erwiderte Ezra, „aber Kao Lien brachte schlimme Nachrichten, daß unsere Leute getötet werden — zu Tausenden, jenseits der Berge."

„Was haben eure Leute in diesen Ländern Böses getan?"

„Nichts", sagte Ezra überzeugt. Dessen war er sicher.

„Warum müssen sie dann leiden?"

„Gerade das möchte ich dich fragen", entgegnete Ezra. „Urteile nach denen von uns, die hier sind."

Kung Chen schüttelte den Kopf. „Darauf weiß ich keine Antwort. Ich habe nie so etwas gehört. Ich würde Kao Lien gerne selbst fragen."

Ezra ergriff die Gelegenheit. „Ich wollte dich gerade für heute abend zum Essen einladen", sagte er. „Kao Lien will ich mitbringen."

„Ich danke dir für deine Güte", antwortete Kung Chen.

„Bei der Steinernen Brücke?" schlug Ezra vor.

„Das wäre der beste Ort."

„Bei Mondaufgang?"

„Das wäre die beste Zeit. Aber tue mir einen großen Gefallen und laß mich der Gastgeber sein."

Nach längerem höflichen Widerstreben willigte Ezra ein, und da es unpassend gewesen wäre, vor einem Festessen Geschäfte zu besprechen, erhob er sich bald darauf und nahm mit einer Verbeugung Abschied.

Als Ezra gegangen war, ließ Kung Chen einige vertrauenswürdige Angestellte rufen und fragte sie über die kleine jüdische Gemeinde aus, die noch von früheren Zeiten her in der Stadt lebte. Zwei dieser Männer waren älter als er, der eine hatte schon bei Kungs Vater gearbeitet, war weit über siebzig und saß nur noch deshalb hinter seinem Pult, weil er sich weigerte, es zu verlassen. Sein Arbeitseifer beschämte seine Kinder sehr, aber sie vermochten ihn nicht umzustimmen. So brachte ihn sein ältester Sohn jeden Mittag schweigend und mißbilligend ins Geschäft und holte ihn vor Sonnenuntergang wieder ab, um darzutun, daß die Kinder es nicht an Achtung fehlen ließen, wie starrköpfig der Vater auch sein mochte.

Er hieß Anwei und trug den Beinamen Yang. Mit

diesem Greis sprach Kung Chen und erfuhr dabei einiges über die Juden.

Yang Anwei sagte: „Diese Leute aus dem Lande der Juden haben von Zeit zu Zeit in unserem Land Zuflucht gesucht und vor allem in dieser Stadt, weil sie am großen Fluß liegt. Mein Urgroßvater sagte, daß sie einoder zweimal zu Hunderten in die Stadt kamen, und unsere Stadtältesten versammelten sich im Tempel des Konfuzius, um zu entscheiden, ob man ihnen erlauben sollte, in so großer Zahl dazubleiben. Unsere Stadtältesten dachten, daß sie in solcher Menge unser Land verändern könnten. Aber einige dieser Juden sprachen chinesisch, weil sie früher schon als Handelsleute bei uns gewesen waren, und sie versicherten den Stadtältesten, daß ihre Leute nur still hier leben und ihre Gesetze und Überlieferungen einhalten wollten. Sie haben einen eigenen Gott, aber sie verlangen nicht, daß andere an ihn glauben, und wollen nur ihren Überlieferungen und Gesetzen treu bleiben dürfen."

„Warum verließen sie ihr Land?" fragte Kung Chen mit lebhaftem Interesse.

Darauf antwortete Yang Anwei: „Soweit ich mich erinnere — ich habe lange nicht mehr an diese Dinge gedacht — war es deshalb, weil ein kriegerisches, wildes Volk sie angriff. Einige Juden leisteten Widerstand, aber andere zogen einen Kompromiß vor." Der Alte hielt inne und schüttelte den Kopf. „An mehr kann ich mich nicht erinnern."

„Eine Frage noch", drängte Kung Chen. „Sind die Juden, die den Kompromiß vorzogen, oder die anderen in unsere Stadt gekommen?"

Aber Yang Anwei konnte darauf nicht antworten. Nach einiger Zeit sagte er jedoch mit seinem runzligen Lächeln: „Ich glaube, es waren wohl die Kompromißler, denn denke nur, wie sie sich unserem Volk angepaßt haben! Man braucht nur ihren verfallenen Tempel anzusehen. Wer geht jetzt noch an ihren Feiertagen hin, außer ein paar Leuten?"

„Die Juden werden in den Ländern jenseits der Berge wieder getötet", sagte Kung Chen.

Yang Anwei ließ seinen alten Unterkiefer hängen. „Warum denn jetzt?" fragte er.

„Das möchte ich eben wissen, und niemand kann es mir sagen", erwiderte Kung Chen. Dann fuhr er in verändertem Ton fort: „Das geht mich ja alles nichts an, nur überlege ich mir gerade, ob ich meine kleine Drittgeborene mit Ezras Familie verheiraten soll. Wenn die Juden etwas Sonderbares in sich haben, muß ich mir die Entscheidung noch einige Monate überlegen."

Der alte Yang Anwei horchte auf. „Es ist wohl etwas Sonderbares in ihnen", erklärte er. „Nicht in allen, aber in einigen doch. Ezra selbst ist ein Mann wie wir, und tatsächlich fließt unser Blut in seinen Adern. Aber manche sind anders."

„Was ist der Unterschied?" fragte Kung Chen.

Der Alte zögerte und sagte dann scharfsinnig: „Wenn sie ihren Gott anbeten, sind sie anders als wir, wenn sie ihn nicht anbeten, sind sie so wie andere Menschen. Ich habe in meinem langen Leben in dieser Stadt gesehen, daß die Leute durch das Anbeten eines besonderen Gottes besonders werden."

Kung Chen hörte in ehrerbietigem Schweigen zu. Aus diesem Greis sprach tiefe Weisheit, obwohl er vor Alter so runzlig und dürr wie eine getrocknete Frucht aussah. Sein Geist war klar, und er bestand tatsächlich nur noch aus Geist.

„Wir sollten sie also von ihrem Gott wegziehen", stellte Kung Chen fest, „damit sie so werden wie wir."

Yang Anwei lachte lautlos. „Oder ihren Gott vernichten", erwiderte er.

„Wie könnten wir das?" fragte Kung Chen. „Dieser Gott ist unsichtbar, er ist weder aus Stein noch aus Ton. Er lebt nur in ihren Gedanken."

„Dann zerstöre eben den Gott in ihren Gedanken", sagte Yang Anwei.

Die beiden Chinesen sahen sich an.

„Es ist nicht schwer, diesen Gott zu zerstören", fuhr Yang Anwei fort. „Wir brauchen nur mit Ezra freundlich zu sein, ihm alle Wünsche zu gewähren, ihn mit Gunstbeweisen zu überschütten, ihm zum Reichtum zu verhelfen, alle seine Ängste zu zerstreuen, ihn unsere Stadt mit allen Annehmlichkeiten genießen zu lassen und ihm deutlich zu machen, daß er und sein Volk hier nie etwas anderes als Wohlwollen erfahren werden, wie sehr auch an andern Orten die Juden mißhandelt werden mögen."

„Welche Weisheit!" rief Kung Chen bewundernd aus. „Ich bitte dich, Älterer Bruder, verlasse unser Haus nie."

„Ich danke dir", antwortete Yang Anwei bescheiden, indem er aufstand und an sein Pult zurückkehrte, wo er seine Tage damit verbrachte, die eintreffenden Waren in ein großes Geschäftsbuch einzutragen. Die Schriftzeichen, die er langsam mit seinem Pinsel malte, reihten sich in gleichmäßiger Vollkommenheit aneinander. Diese Tätigkeit beanspruchte nur den zehnten Teil seiner Gedanken, und mit den andern neun Zehnteln dachte er über alles nach, was er in seinem langen Leben je gehört hatte.

Kung Chen blieb reglos wie ein steinerner Löwe sitzen und überdachte lange die Worte des alten Mannes. Noch immer hätte er gern erfahren, warum die Juden getötet wurden, denn er wollte nicht, daß seine kleine Drittgeborene Gefahr lief, Witwe zu werden. Aber noch mehr wünschte er zu wissen, ob an diesen Menschen irgend etwas Hassenswertes sei — etwas, das er selbst nicht bemerkte. Er dachte an Ezra und konnte an diesem gemütvollen, gutartigen, geschickten Kaufmann nichts derartiges entdecken. Vielleicht war Ezra ein bißchen grob und nicht sehr gebildet, auch sein Lachen mochte zu laut sein, aber im übrigen war er genau wie andere Menschen und ebenso leicht zu verstehen.

Aber war Ezra so wie andere Juden? Wie verhielt es sich mit seiner Frau und seinem Sohn? Und welcher Art war der sonderbare alte Priester, der blind war und doch, wie man in der Stadt behauptete, mit den Augen seines Geistes zu sehen vermochte? Dieser Greis wohnte nun mit seinem ungeratenen Sohn in Ezras Haus. Wie würden sie Ezras Sohn beeinflussen? Manche Juden waren tatsächlich sonderbar, hatte Yang Anwei gesagt.

Kung Chen versank in eine seiner nachdenklichen Stimmungen. Wann bezeichnete man einen Menschen als sonderbar? Ein fremdartiges Tier wurde von andern Tieren gefürchtet und gehaßt. Es war ein Wesen für sich, das sich durch irgendwelche Kennzeichen von den andern unterschied. Traf das auch auf die Juden zu?

Er beschloß festzustellen, wie ein sonderbarer Jude war, der alte Rabbiner und seine Kinder, bevor er seine Tochter dem Sohn Ezras zur Frau gab. Und auch mit David selbst wollte er sprechen. Bis dahin sollte seine kleine Drittgeborene wohlbehütet zu Hause bleiben. Nur zum Vorteil seines Geschäftes wollte er sie nicht verheiraten.

An diesem Abend trafen sich Kung Chen, Ezra und Kao Lien im Teehaus zur Steinernen Brücke.

Kung Chen war zu weise, um den Abend mit ernsten Gesprächen zu beginnen. Er sprach über das Essen, lobte oder beurteilte den Geschmack der verschiedenen Gerichte und unterhielt sich über den Wein, und als vor dem Fenster die klaren, süßen Stimmen der Mädchen erklangen, hob er lächelnd die Hand und hörte mit seinen Freunden zu.

Während die Gänge des Essens aufgetragen und abgeräumt wurden und der Abend fortschritt, lenkte Kung Chen geschickt den Lauf des Gespräches. Jedesmal, wenn neue Lieder vom Kanal aufstiegen, versank er in lauschendes Schweigen, und nach jedem Liede wurde Ezra aufgeschlossener und zugänglicher für herzliche Freundschaft. Nur Kao Lien blieb immer derselbe.

Als das Essen sich seinem Ende näherte und neuer heißer Wein gebracht worden war, bat Kung Chen den Aufwärter, daß die Mädchen eine Weile still sein sollten, aber um Mitternacht könnten sie hereinkommen und ein letztes Lied singen. Er gab dem Aufwärter ein weiteres Trinkgeld für sie, dann schloß sich die Türe, und es wurde still im Raum.

Kung Chen wandte sich sofort an Kao Lien. „Wie ich höre, Älterer Bruder, hast du auf deinen Reisen in einigen Ländern des Westens Krieg vorgefunden."

Kao Lien antwortete bereitwillig mit seiner sanften, beherrschten Stimme: „Nicht Krieg, sondern nur die Verfolgung meines Volkes."

„Kannst du mir sagen, warum das geschah?" fragte Kung Chen.

Kao Lien warf Ezra einen Blick zu, und Ezra, den das gute Essen, die erlesenen Weine und die Musik in gerührte Stimmung versetzt hatten, rief: „Erzähle ihm nur alles, Bruder! Dieser gute chinesische Bruder ist unser aufrichtiger Freund."

So begann Kao Lien: „Ich kann dir nicht erklären, warum die Juden seit Jahrhunderten immer wieder getötet werden. Es muß irgend etwas Sonderbares an uns sein."

Etwas Sonderbares! Das waren dieselben Worte, die Yang Anwei gebraucht hatte.

„Kannst du dieses Sonderbare beschreiben?" fragte Kung Chen weiter.

Kao Lien schüttelte den Kopf. „Ich bin ein Kaufmann und kein Gelehrter. Wir sind ein Volk, das von Gott besessen ist."

„Kannst du diesen Gott beschreiben?"

„Manchmal frage ich mich, ob es ihn gibt", fiel Ezra ein. „Man kann ihn weder sehen noch hören —"

„Warum meinst du dann, daß er existiert?" fragte Kung Chen.

„Unser alter Rabbi sagt es", erwiderte Ezra heftig.

„Älterer Bruder!" mahnte Kao Lien gedämpft.

Ezra war schon etwas betrunken. „Laß mich reden, Bruder!" rief er. „Das ist mein bester Freund, jawohl, obwohl er Chinese ist — ach, eben weil er Chinese ist! Mit ihm zusammen bin ich glücklich und habe keine Angst — ich sage Euch, eine Frau bringt es fertig, daß sich der Mann immer für sündig hält. Sünde — Sünde — was ist Sünde, Älterer Bruder?" Der Wein war ihm zu Kopf gestiegen und seine Augen blickten glasig, als er sich mit dieser Frage an Kung Chen wandte.

Der Chinese lachte in seiner milden, behaglichen Art. „Wir kennen diese Worte nicht", erwiderte er.

Kao Lien sagte: „Für uns ist es Sünde, wenn wir unseren Gott und unsere Gesetze vergessen."

„Laßt mich so wie andere Menschen sein!" schrie Ezra. Er begann zu weinen. „Ich habe immer wie die andern sein wollen", schluchzte er. „Als ich ein kleiner Bub war, lachten sie mich aus — die andern Kinder — weil ich sonderbar war. Ich bin aber nicht sonderbar."

„Das bist du wahrhaftig nicht", suchte Kung Chen zu trösten. Er sah, daß geschäftliche Besprechungen nicht mehr möglich waren und wandte sich wieder Kao Lien zu. „Wir müssen unseren Bruder trösten. Du siehst selbst, wie der Wein uns den Kummer seiner Seele aufgedeckt hat. Sollen wir die Mädchen rufen lassen?"

„Schau ihn an", antwortete Kao Lien. Ezra, dessen Stimmungen leicht wechselten, war im Begriff einzuschlafen, sein Kopf fiel ihm auf die Schulter. Kung Chen und Kao Lien standen auf und legten Ezra gemeinsam auf ein Ruhebett, das sich im Zimmer befand. Dort versank er in tiefen Schlaf.

„Jetzt wollen wir miteinander sprechen, du und ich", sagte Kung Chen.

„Nichts was ich sage, kann verbindlich sein", erwiderte Kao Lien verwirrt.

„Das versteht sich", beruhigte Kung Chen.

Nach und nach brachte er Kao Lien geschickt zum Reden, bis er gegen Mitternacht genau verstand, was Kao Lien erlebt hatte, wie grausam die Juden behandelt wurden und wie in Ezras Haus eine Spaltung bestand, wobei der Rabbi, Leah und Madame Ezra auf einer Seite waren und Ezra auf der andern. Zwischen diesen beiden Parteien stand der unentschlossene David und in seinem Schatten war der schwache und unbrauchbare Aaron.

„Diese Gegensätze sind in unserem Volk nichts Ungewöhnliches", bemerkte Kao Lien nachdenklich. „Sie begegnen mir überall: der Jude, der seinem Bund treu ist, und der Jude, der nur menschlich und so wie alle andern Leute sein will."

„Was ist dieser Bund?" fragte Kung Chen.

„Es ist der Bund, den wir am Anfang mit Gott schlossen", erklärte Kao Lien mit leiser Trauer. „Ein Bund, daß wir Sein Volk sein wollten, wenn Er unser Gott sein wollte."

„Glaubst du an solchen Aberglauben?" fragte Kung Chen erstaunt.

„Ich glaube daran und glaube nicht daran", sagte Kao

Lien mit einem Ausdruck, als wollte er um Entschuldigung bitten. „Man hat mich das Gesetz und die Schriften der Propheten gelehrt, und es ist nicht einmal leicht, sie zu vergessen. Ich verleugne sie oft, manchmal jahrelang. Aber sie bleiben mir doch im Gedächtnis, und ich weiß, daß ich als Jude sterben werde." Er seufzte. „Laß uns die Mädchen rufen", brach er plötzlich ab. „Es ist fast Mitternacht."

In dieser und den folgenden Nächten schlief Kung Chen nicht gut. Endlich entschloß er sich, seine kleine Drittgeborene nicht in Ezras Haus ziehen zu lassen, aber er wollte sie immerhin zu sich rufen und feststellen, welchen Eindruck seine Mitteilung auf sie machte.

Als er eines Morgens sein Frühstück beendet hatte, schickte er daher einen Diener zu ihr, der bald darauf mit der Botschaft zurückkam, daß sie sofort kommen werde, sobald sie ihr Haar gebürstet habe.

Auf diese Nachricht hin richtete er sich auf eine Wartezeit von ein oder zwei Stunden ein, und gegen Mittag erschien sie in der Begleitung von Chu Ma. Er wußte wohl, daß sein drittes Töchterchen hübsch war, aber jedesmal, wenn er sie längere Zeit nicht gesehen hatte, vergaß er, wie hübsch sie war. Nun starrte er sie mit solchem Vergnügen an, daß sie in seinen Augen, obwohl er ihr Vater war, die Bewunderung aller Männer erkannte und errötete.

„Mein Vater!" rief sie von der Türe aus.

„Tritt ein, meine Kleine", antwortete er, und sie setzte sich in seine Nähe, während Chu Ma hinter ihr stehen blieb.

Er stellte seine üblichen väterlichen Fragen an sie, wie es ihr gehe und was sie tue, bewunderte ihre Seidengewänder, fragte, ob sie irgendwelche Bücher gelesen habe, ob die Vögel, die er ihr geschenkt hatte, gediehen, und was es sonst an Kleinigkeiten zu sprechen gab. Sie antwortete mit wohlklingender Stimme, scheu und lächelnd, Kind und Frau zugleich, und er dachte bei sich, daß er dieses zarte Wesen nur in das am besten gesicherte und freundlichste Haus geben dürfe.

Damit kam er auf sein Anliegen. „Meine kleine Drittgeborene“, begann er, „es ist nun an der Zeit, über deine Heirat zu sprechen. Ich muß an deine jüngste Schwester Lili denken, und vorher sollst du verlobt werden. Als guter Vater hätte ich das schon lange tun sollen, aber ich schätze diese verfrühten Verlobungen nicht. Wer weiß, wie ein Knabe sein wird, wenn er heranwächst? Deshalb habe ich alle meine Töchter spät verlobt, um meine Schwiegersöhne als Männer sehen zu können. Jetzt bist du an der Reihe.“

Bei diesen Worten stieg eine zarte Röte in Kueilans Wangen. Sie zog ihr Taschentuch aus dem Ärmel, verbarg ihr Gesicht darin und lehnte ihren Kopf an Chu Ma, um sich seinen Blicken zu entziehen. Das alles war vorschriftsmäßig.

„Herr, du bringst sie in Verlegenheit!“ rief Chu Ma. „Diese Dinge dürfen nicht vor einem jungen Mädchen erwähnt werden.“

„Ich bin sehr offenherzig, ich weiß“, gab Kung Chen lächelnd zu, „aber ich erfahre lieber von meinen Töchtern selbst, was sie fühlen. Sag mir, mein Kind“, fuhr er fort, „was für eine Art von Mann ich dir suchen soll. In Weis Haus ist ein wohlgeratener junger Mann, der genau ein Jahr älter ist als du. Ich höre viel Gutes über ihn.“

„Nein“, hauchte Kueilan.

„Nein?“ fragte Kung Chen scheinbar erstaunt. „Nun, wie ich höre, ist auch der jüngste Sohn der Familie Hu hübsch.“

„Nein, nein!“ sagte sie mutiger.

„Diese junge Dame ist schwer zufriedenzustellen!" rief Kung Chen zu Chu Ma gewandt. In ernstem Ton fuhr er fort: „Ich hoffe, daß du deine Pflicht getan hast. Du hast ihr nicht erlaubt, junge Männer zu sehen, hoffe ich."

Kueilan begann plötzlich zu schluchzen und Chu Ma machte ein entsetztes Gesicht.

„Ha — was bedeutet das?" fragte Kung Chen, indem er Ärger vortäuschte.

Chu Ma warf sich vor ihm auf die Knie, schlug mit der Stirn auf den Boden und stammelte: „Wie hätte ich es verhindern können? Der junge Mann sah sie hier im Haus. Sie sollte gerade mit unserer Herrin in den Tempel gehen und schickte mich zurück, um ihr ein Taschentuch zu holen."

„Meinen Fächer!" heulte Kueilan.

„Ihren Fächer", stotterte Chu Ma. „Und während ich fort war, kam der Sohn des Ausländers Ezra in die Halle."

„Ich blieb aber nicht stehen!" schrie Kueilan.

„Ich schwöre bei meinen Vorfahren, daß sie nicht dort blieb", bestätigte Chu Ma.

„Steh auf!" befahl Kung Chen streng. Sie erhob sich und trocknete ihre Augen. „Was hat sich ereignet?" fragte er.

„Nichts", sagte Chu Ma. Dann aber gestand sie aus Angst vor seinem Blick die Wahrheit. „Ach, nur ein oder zwei Gedichte."

Er wandte sich an seine Tochter. „Wie kannst du es wagen, an einen jungen Mann zu denken?" fragte er.

Kueilan war ein lebhaftes Temperament und hatte die Art, erst zu weinen und dann zornig zu werden. Sie stampfte mit dem Fuß und sagte: „Ich wage alles!"

„Ich will nicht, daß du einen Ausländer heiratest", entgegnete Kung Chen.

„Ich will ihn aber heiraten!“ schrie Kueilan.

„Oh still, still!“ jammerte Chu Ma. Kung Chen zündete sich die Pfeife an. „Das sagst du, weil du wütend bist“, erklärte er seiner Tochter. „Aber wenn du dir überlegst, was es bedeutet, wirst du nicht in dieses Haus ziehen wollen. Es sind fremde Leute, nicht so wie die unsrigen. Sie sind schwermütig und beten einen grausamen Gott an.“

Kueilan schmollte. „Ich fürchte mich nicht“, behauptete sie.

Kung Chen gab seinem eigenwilligen Kind keine Antwort. Er hatte erfahren, was er wissen wollte.

„Ich befehle dir, mir in einem Punkt zu gehorchen“, sagte er nach langem Schweigen. Während dieser Stille hatte Kueilans Angst ihren Zorn abgekühlt, und Chu Ma war bleich vor Entsetzen.

„Du sollst warten, bis ich selbst diesen jungen Mann gesehen habe“, sagte er zu seiner Tochter. „Wenn ich mich entschieden habe, werde ich es dir mitteilen.“ Er wandte sich an Chu Ma. „Und du, wenn du es zuläßt, daß sie mir ungehorsam ist, schicke ich dich aus dem Haus und du wirst dein Leben lang nicht mehr zurückkommen.“

Chu Ma zitterte. „Ich werde Tag und Nacht bei ihr bleiben“, versprach sie, nahm Kueilans Hand und führte sie weg.

## VI

In Ezras Haus verbrachte der Rabbi seine Tage in blinder Ekstase. Obwohl er es niemals zugegeben hätte, waren ihm das bequeme Leben, das reichliche Essen, die Geräumigkeit und Stille der Höfe angenehm und ließen ihn ein Gefühl von Sorglosigkeit empfinden.

Seine Gegenwart veranlaßte Madame Ezra, sorgsam darauf zu achten, daß alle Sabbaths- und Feiertagsriten eingehalten wurden. Auch pflegte sie hereinzukommen, wenn David beim Rabbi war, und sich zu erkundigen, ob jeder Ritus der Thora gemäß durchgeführt werde. Denn durch das jahrelange Leben in diesem heidnischen Land, so sagte sie, sei sogar sie selbst unwissend geworden. So hatten sich die Riten des Passah- und Purimfestes mit den Bräuchen der chinesischen Frühlingsfeier vermischt, und das Fest der Erstlingsfrüchte mit dem Fest des Sommermondes, und die zehn heiligen Bußtage vor Yom Kippur fielen oft auf das Fest des Neumond-Jahres, so daß selbst David allzuleicht aus der Buße in Vergnügungen entwischte.

Der Rabbi beantwortete jede Frage eifrig und gewissenhaft. Da ihm der Anblick der Menschen versagt war, nahm er sie nur durch den Schleier seiner eigenen Gefühle und Wünsche wahr. So vermeinte er im Laufe der Tage zu bemerken, daß David seine Ekstase teilte und mit ihm auf Gott zuging, während er die Bedeutung der Thora erläuterte. Wohl fühlte er etwas Brennendes und Starkes in ihm, eine Geistesart, die er selbst kaum verstand. Aber was konnte das anderes sein als der allgegenwärtige Geist des Herrn? Er konnte nicht ahnen, daß die Spannung, die er im Raum fühlte, wenn er David, Leah und Aaron unterrichtete, aus ihnen selbst entsprang. Der Rabbi war an die Blindheit seiner Augen gewöhnt und verfügte über andere Wahrnehmungsmöglichkeiten. Er war sich bewußt, daß das Zimmer von Frieden erfüllt war, wenn die drei jungen Leute nicht bei ihm waren, und daß der Friede bei ihrem Eintreten verschwand, ob sie nun still oder lachend kamen.

Die Spannung zwischen David, Leah und Aaron hatte folgenden Grund. Als der Rabbi bemerkte, daß Davids Verständnis zunahm, schob er seinen eigenen Sohn beiseite, ohne sich dessen bewußt zu sein. Anfänglich hatte er sich jeden Morgen erkundigt, ob Aaron im Zimmer sei, aber bald fragte er nicht mehr danach. Wenn David eintrat, wandte er sich ausschließlich ihm zu und streckte unruhig und zitternd die Hände aus, bis er seinen Händedruck fühlte und Davids Kopf, Wangen und Stirn berührt hatte. David mußte immer so nahe bei ihm sitzen, daß er ihn berühren konnte. Aaron wurde über diese Vernachlässigung mißgelaunt, und da er sich nicht bei seinem Vater zu beschweren wagte, ließ er seinen Unmut an Leah aus.

Als David nun bemerkte, daß Aaron seine Schwester heimlich quälte, hielt er Leah eines Morgens vor dem Unterrichtszimmer an und fragte: „Warum weinst du, wenn Aaron dir dumme Grimassen schneidet?"

„Weil ich weiß, was er dabei denkt", artwortete Leah.

Sie standen in der Sonne, und es fiel David auf, wie weich ihre blasse Haut war und wie schön ihr dunkles Haar glänzte. Seit dem Morgen im Pfirsichgarten hatte er ihr seine Liebe nicht mehr bezeugt, denn sein Gemüt war von Tag zu Tag verwirrter geworden. Nun steigerten ihre warmen, liebevollen Augen seine Verwirrung noch, so daß er nur zu stammeln vermochte: „Was denkt Aaron denn?"

„Ich schäme mich, dir das zu sagen", erwiderte sie ehrlich.

Sogar Leah übersah der Rabbi. Jeden Morgen trat sie

still ein, und wenn der Rabbi sie nicht hörte, begrüßte sie ihn, worauf er so geistesabwesend antwortete, als habe er sie kaum bemerkt. Er dachte nur an David. Nachts verbrachte er viele Stunden im Gebet und wachte nach kurzem Schlaf fiebernd vor Eifer auf. Er sagte sich, daß er nicht schlafen könne, ehe David sich zu Gott bekannt habe. Er sehnte sich danach, ihm die entscheidende Frage zu stellen, und wagte es doch nicht. Wenn er zwei oder drei Stunden lang die Thora ausgelegt hatte, drängte sich ihm die Frage auf die Lippen: „David, willst du mein Nachfolger sein? Höre auf das Wort des Herrn, oh mein Sohn David!" Er hörte sich schon, wie er Aaron und Leah bat, das Zimmer zu verlassen, damit er mit David sprechen könne, und doch beschloß er zu schweigen, bis er Gottes Befehl deutlich vernähme.

An einem Spätsommertag glaubte der Rabbi, nicht mehr warten zu können, bis dieser Befehl käme. Es war der achte Monat des Jahres, die stürmischste Zeit. Die Morgenluft war drückend heiß und lastete mit dem Gewicht nassen Nebels auf dem blinden Greis. Er fühlte sich von Unrast ergriffen. Seine alten Glieder zitterten, und das Blut kreiste so rasch in seinen Adern, daß ihn Schwindel befiel.

David erschien an diesem Morgen früh. Leah hatte ausrichten lassen, daß sie krank sei, und Aaron blieb aus, ohne eine Botschaft zu schicken. Als der Rabbi mit David allein war, fühlte er sein Herz erbeben. War das nicht der ersehnte Tag? Er machte sich mit liebevoller Sorgfalt an die Erläuterung der Thora und suchte seinen Eifer auf den jungen Mann zu übertragen. Auch David war durch die Hitze ruhelos und konnte den Geruch von Alter und Verfall nicht ertragen, den der alte Mann ausströmte. Nach einiger Zeit hörte der Rabbi erschrocken, wie David aufstand und seufzend herumging. Warum sprach Gott nicht? Er hob lauschend den Kopf, aber ringsum herrschte Stille. In seiner Angst versuchte er mit aller Kraft, gelassen zu bleiben.

„Mein Sohn", sagte er, als er Davids Zerstreutheit fühlte, „laß uns in Gottes Haus gehen. Es ist eigentümlich heiß heute, aber in der schattigen Synagoge wird es kühl sein."

„Wie du willst, Vater", erwiderte David.

„Laß mich die Hand auf deinen Arm legen", sagte der Rabbi. „Wir wollen zu Fuß gehen."

Die Synagoge war nicht weit entfernt. Sie brauchten nur durch einige Straßen gehen, um in die enge Straße der Ausgezogenen Sehne, wie die Chinesen sie nannten, zu gelangen. Der Weg war David altvertraut, ebenso die Synagoge, und doch hatte er die seltsame Empfindung, daß er zum erstenmal hier eintrete.

Sie durchschritten nun das Tor, das in die Vorhöfe der Synagoge führte. Wenn der Rabbi allein war, pflegte er sofort in die inneren Höfe an der Rückseite des Gebäudes weiterzugehen, in deren Nähe sein eigenes Häuschen stand, aber heute wollte er David durch das große Haupttor führen, das ein alter Mann ihnen öffnete. Das Tor schaute gen Osten und unmittelbar dahinter befand sich ein alter, prachtvoller Torbogen. Dann folgte ein zweiter Durchgang und dahinter abermals ein Torbogen. Zu beiden Seiten standen zwei Steintafeln, deren Sockel in Form von Lotosblättern gemeißelt waren. Auf diesen Tafeln war in altertümlichen Lettern die Geschichte der Juden und der Vertreibung aus ihrem Land zu lesen. Hinter den Tafeln befand sich der weite Platz, auf dem beim Laubhüttenfest das große Zelt errichtet wurde, und noch weiter hinten die Bundeslade im Allerheiligsten, dem innersten Teil der Synagoge.

Das alles war David wohlbekannt, und doch erfaßte er heute zum erstenmal die Bedeutung dieses Ortes, der inmitten der heidnischen Stadt und ihrer zahlreichen

Tempel, die andern Göttern geweiht waren, als Gottes Palast errichtet worden war. Die Luft war hier kühler als draußen. Die Höfe waren von Olivenbäumen umrahmt und strömten tiefe Stille aus. Die Synagoge war menschenleer, aber von himmlischem Geist erfüllt. Eine Tafel über dem Hauptbogen trug die Worte: „Der Tempel der Reinheit und des Friedens." So war es tatsächlich.

Sie überschritten die hohe Schwelle zum dämmerigen innersten Teil der Synagoge und gingen über die glattgetretenen Fliesen auf die Bundeslade zu. Ein Tisch stand davor, und darüber wölbte sich ein dreiteiliger Bogen, der die Inschrift trug:

„Gott sei gelobt,
Der Gott der Götter, der Herr der Herren,
Der große, der mächtige und furchtbare Gott."

Der Rabbi las diese Worte mit tiefer Stimme vor, und plötzlich dröhnte ein Donnergrollen wie eine Antwort des Himmels durch die Synagoge. Der Rabbi stand reglos mit hocherhobenem Haupt da. Als es wieder still wurde, schlug er die Vorhänge auseinander, so daß David die Schreine sehen konnte, in denen die Thorarollen lagen. Sie waren goldlackiert und mit vergoldetem Metall beschlagen, und die Deckel trugen flammenförmige Knöpfe.

„Das sind die heiligen Bücher Mose", erklärte der Rabbi mit seiner feierlichen Stimme. „Zwölf sind für die zwölf Stämme unseres Volkes, und das dreizehnte ist für Moses."

Während er sprach, ergriff er den dreizehnten Behälter, der ebenso wie die andern zylinderförmig war, und legte ihn auf einen hohen, geschnitzten Stuhl, den Stuhl Mose. Dann öffnete er ihn und nahm die Schrift heraus.

„Strecke deine Hände aus“, befahl er.

David streckte die Hände aus und der Rabbi überreichte ihm die alte Schrift, die wie eine Rolle dicken Papiers aussah.

„Öffne sie“, befahl er, und David öffnete sie.

„Kannst du das lesen?“ fragte der Rabbi.

„Nein“, erwiderte David. „Du weißt, daß die Schrift hebräisch ist.“

„Ich will sie dir beibringen“, erklärte der Rabbi. „Dich, meinen wahren Sohn, will ich die Geheimnisse der Sprache lehren, in der Gott Mose das Gesetz gab, der es vom Berg unserem im Tal wartenden Volk brachte.“

Abermals grollte der Donner, und der Rabbi neigte das Haupt. Als es still war, sprach er weiter: „Du bist es, der zu unserem Volk in den Worten des Gesetzes sprechen wird, als zweiter Moses, mein Sohn.“

Dann blickte er empor, erhob die Hände und rief die Worte, die beim Beten in der Synagoge üblich waren:

„Höre, o Israel! Der Herr unser Gott, der Herr ist einig-einzig!“

Seine mächtige Stimme dehnte das feierliche Wort „einzig“ in einem langen Klageton aus, und wieder donnerte es.

Wer vermöchte zu sagen, wie dieser Donner, der auf die Stimme des Rabbis antwortete, Davids Seele entscheidend hätte beeinflussen können? Aber gerade, als seine Seele erbebte, als er darauf wartete, daß Gottes leise Stimme aus dem Sturm vernehmlich würde, fiel sein Blick auf die Inschrift einer kleinen Tafel. Im Lauf der Jahrhunderte hatten viele Juden im Bestreben, etwas in der Synagoge zu hinterlassen, solche Tafeln gestiftet. Diese kleine Tafel war dürftiger als alle andern, ein staubiges Stück Marmor ohne jede Verzierung. Aber irgendein Jude, der inzwischen längst gestorben und vergessen war, hatte diesen Ausdruck seiner selbst in den Worten festgehalten, auf die nun Davids Blick fiel:

> „Gottesdienst heißt den Himmel ehren, und
> Rechtlichkeit heißt den Vorfahren nachleben.
> Doch der menschliche Geist hat von jeher
> bestanden, noch ehe es Gottesdienst und
> Rechtlichkeit gab."

Das Boshafte des letzten Satzes berührte David, als hätte er an diesem heiligen Ort Gelächter vernommen. Irgendein alter Jude, in dessen Adern zuviel chinesisches Blut floß, hatte diese Worte geschrieben, sie in Stein meißeln und sogar in der Synagoge aufstellen lassen! David brach in lautes Lachen aus und war nicht imstande, es zu unterdrücken.

Der Rabbi hörte es mit Entsetzen. „Warum lachst du?" fragte er scharf.

„Vater", gestand David ehrlich, „ich muß über etwas lachen, was ich sehe."

„Gib mir die Thora zurück!" befahl der Rabbi zornig.

„Verzeih mir", bat David.

„Möge Gott dir verzeihen!" grollte der Rabbi. Er nahm die Thora an sich, steckte sie in ihre Hülle und legte sie wieder in die Lade. Er war verstört und verletzt. Seine Ekstase war unterbrochen worden, er fühlte sich schwindlig und stützte sich auf den Stuhl.

„Laß mich allein", sagte er kurz. „Ich möchte eine Weile beten."

„Soll ich nicht auf dich warten?" fragte David beschämt, aber noch immer lächelnd.

„Ich finde den Weg auch allein", antwortete der Rabbi mit so strengem Ausdruck, daß David sich entfernte.

Ein frischer, kühler Wind wehte durch die Synagoge, und David atmete tief ein. Die plötzliche Veränderung in der Luft und in ihm selbst verwirrte ihn, so daß er kaum wußte, was geschehen war. *Der menschliche Geist hat von jeher bestanden, noch ehe es Gottesdienst und Rechtlichkeit gab* — der menschliche Geist, sein eigener Geist! Am Tor der Synagoge blieb er auf der obersten Treppenstufe stehen, und seine Seele, die seit so vielen Tagen angespannt war, bewegte sich plötzlich frei, so wie ein Stein aus einer Schlinge fliegt. Das Gewitter hatte sich gelegt, die Luft war kühl und strahlend, die Sonne schien auf die nassen Dächer und Straßen und die Leute waren fröhlich und geschäftig.

Auf einmal erblickte er Kung Chen. Der Regen hatte den Kaufmann länger als gewöhnlich im Teehaus zurückgehalten, und nun ging er über das nasse Pflaster in sein Kontor zurück. Wie immer sah er ruhig und selbstzufrieden aus. In der ganzen Stadt hätte man keinen Mann seines Alters finden können, der einen gewinnenderen und erfreulicheren Anblick geboten hätte. Seine scharfen Augen, denen nichts entging, entdeckten David, worauf er stehenblieb und ihn anrief.

„Wie geht es meinem älteren Bruder, deinem Vater", fragte er.

„Ich habe meinen Vater heute morgen noch nicht gesehen", erwiderte David. Er sprang die Treppe hinunter, denn er fühlte sich zu Kung Chen so unwiderstehlich hingezogen wie ein Kind zu einem lächelnden und heiteren Erwachsenen. Ja, es war eine Wohltat, sich vor diesem bedeutenden und doch gütigen Mann jung und sogar kindlich zu fühlen. In den Tagen seiner engen Bindung an den Rabbi war mehr von ihm gefordert worden, als es dem Grad seiner Reife entsprach.

„Hast du zu deinem Gott gebetet?" fragte Kung Chen in demselben Ton, in dem er auch hätte fragen können, ob David im Theater gewesen sei.

„Der Rabbi hat mich unterrichtet", erklärte David.

Kung Chen zögerte. Dann aber sagte er neugierig: „Ich hätte schon immer gern einen Blick in euren Tempel geworfen, aber vermutlich ist das nicht erlaubt."

„Warum nicht?" erwiderte David. „Wenn du es gerne möchtest, dann sieh ihn dir jetzt an."

Er hatte keine Lust, in die Synagoge zurückzukehren, aber er begrüßte die Gelegenheit, mit Kung Chen zusammenzusein, und führte ihn daher mit einer Art Stolz die Treppe hinauf. Der alte Pförtner betrachtete sie zweifelnd, öffnete jedoch die breiten Türflügel und ließ die beiden ein.

Wie anders wirkte die Synagoge jetzt! Das Sonnenlicht durchströmte sie hell, und Kung Chen empfand weder Furcht noch Ehrfurcht, sondern nur höfliche Aufmerksamkeit.

Seite an Seite durchwanderten David und der große Chinese die Synagoge und jeder hing seinen eigenen Gedanken nach. Kung Chen sagte sich, daß er keine Bedenken zu hegen brauche, seine Tochter in ein Haus zu geben, wo die Weisheit derjenigen der chinesischen Weise so ähnlich war, und David fühlte, daß das Gewicht, das seit Kao Liens Rückkehr auf seiner Seele gelastet hatte, irgendwie verschwunden war. Schon die bloße Anwesenheit Kung Chens war ermutigend und erhebend, so daß sich die Fesseln lockerten. Dieser gute Mann konnte sich gewiß nicht gänzlich im Irrtum befinden, und vielleicht hatte der Rabbi nicht in allem recht. Kleine, tröstliche Hoffnungsschimmer begannen in Davids Gemüt zu dringen, und nach den langen, freudearmen Tagen sehnte er sich wieder nach Heiterkeit. Er sehnte sich plötzlich danach, in die sonnigen Straßen hinauszugehen, wo der Regen den Staub weggewaschen hatte, und in seiner einstigen müßigen Art herumzustreifen. Es war ihm, als sei er von einer Reise in ein dunkles Land nach Hause zurückgekehrt. Und er war sich bewußt, daß es Kung Chen war, dieser beleibte, bedächtige, gutmütige Mann, der dieses Gefühl in ihm hervorgerufen hatte.

Während sie weitergingen, bewunderte Kung Chen alles, die Steinfiguren und Gedächtnisbögen, die großen, wie Lotosblüten geformten Steinschalen in den Höfen, das Bad und das Schlachthaus. Über die beiden letzteren erkundigte er sich näher, da ihr Vorhandensein in einem Tempel ihn verwunderte. Als er erfuhr, daß die Juden glaubten, der Körper müsse gereinigt sein, bevor die Riten begännen, nickte er beifällig, aber er fand es sonderbar, daß ihrem Glauben gemäß die Sehnen aus einem Opfertier entfernt werden mußten, und fragte nach dem Grund. Als er die Geschichte eines Mannes namens Jakob vernahm, der mit einem Engel gerungen hatte, lächelte er ungläubig. „Ich persönlich", erklärte er, „bin gegen das Töten, selbst für den Gottesdienst." Dann lachte er laut. „So spreche ich, aber wenn man mir zartes Schweinefleisch vorsetzt, esse ich es doch genauso gern wie jeder andere! Wir alle sind Menschen."

Allmählich beunruhigte David der Gedanke, daß der Rabbi das Allerheiligste vielleicht noch nicht verlassen habe. Was würde geschehen, wenn er noch dort war und es vielleicht mißbilligte, daß David mit einem Chinesen zurückkam? Er ging langsam und suchte überall möglichst lange stehenzubleiben, aber schließlich erreichten sie doch die Türe zum Allerheiligsten, und dort betete der Rabbi tatsächlich vor der Bundeslade. Zu seiner Beschämung war David in diesem Augenblick froh, daß der alte Mann blind war, so daß er sie nicht sehen konnte, falls er den Kopf hob. Kung Chen blieb auf der Schwelle stehen und schaute David an.

„Der alte Lehrer!" flüsterte er.

„Er betet", erwiderte David ebenso leise.

Gerade als sie sich zurückziehen wollten, hob der

Rabbi den Kopf. Die Schritte und flüsternden Stimmen waren seinem scharfen Gehör nicht entgangen.

„David, mein Sohn", rief er mit lauter Stimme, „du bist zurückgekommen!"

Er hatte seinen Zorn bereut und zu Gott gebetet, daß David wiederkommen möge, und nun glaubte er, daß seine Bitte erhört worden sei. Mit ausgestreckten Händen ging er auf die Türe zu. David wäre gern entflohen, aber Kung Chen trat mit seiner immer bereiten Güte vor.

„Alter Lehrer, bitte sei vorsichtig", sagte er.

Der Rabbi blieb stehen und ließ die Hände sinken. „Wer ist da?" fragte er.

Kung Chen war sich keines Unrechts bewußt und antwortete sofort: „Ich bin es, der Kaufmann Kung Chen. Ich sah den Sohn meines Freundes Ezra am Tor, und da ich wißbegierig bin, bat ich ihn, mich in euren Tempel zu führen."

Bei diesen Worten wurde der Rabbi plötzlich von Wut gepackt. Er schrie zu David gewendet: „Wie kannst du einen Fremden hierher bringen?"

Kung Chen hätte dies als Aberglauben eines alten Priesters hinnehmen können, aber er fühlte sich zu Davids Verteidigung verpflichtet und erklärte daher liebenswürdig: „Beruhige dich, alter Lehrer. Nicht er hat mich dazu aufgefordert. Mir gebührt der Tadel."

„Du bist ein Sohn Adams", erwiderte der Rabbi streng, „aber er ist ein Sohn Gottes. Die Schuld fällt auf ihn."

Kung Chen war sehr erstaunt. „Ich bin kein Sohn Adams", berichtigte er. „Unter meinen Vorfahren befindet sich keiner dieses Namens."

„Alle Heiden sind Adams Söhne", antwortete der greise Rabbi.

Nun fühlte auch Kung Chen Zorn in sich aufsteigen.

„Ich will nicht als Sohn eines Mannes bezeichnet werden, von dem ich nie gehört habe", erklärte er. Seine Stimme blieb milde, denn er hätte es als unter der Würde eines überlegenen Mannes betrachtet, seinen Ärger zu verraten, vor allem einem alten Manne gegenüber. Aber der Zorn kochte in ihm, und nur mit Mühe verbarg er ihn, während er fortfuhr: „Außerdem höre ich es nicht gern, wenn ein Mensch nur sich und sein Volk für die Söhne Gottes hält. Es mag sein, daß ihr die Söhne eures Gottes seid, aber es gibt viele Götter."

„Es gibt nur einen wahren Gott, und sein Name ist Jehova", widersprach der Rabbi, am ganzen Körper zitternd.

„So behaupten es die Anhänger Mohammeds in unserer Stadt", sagte Kung Chen ernst, „aber sie nennen ihn Allah. Ist das derselbe wie euer Jehova?"

„Es gibt keinen Gott außer unserem Gott", erwiderte der Rabbi mit erhobener Stimme. „Es ist der einzige wahre Gott!"

Kung Chen starrte ihn an. Dann wandte er sich zu David. „Dieser alte Lehrer ist verwirrt", stellte er fest. „Wir müssen ihn bemitleiden. Das geschieht oft, wenn die Menschen zu viel über Götter und Feen und Geister und alle diese eingebildeten Wesen nachdenken. Über diese Erde hinaus vermögen wir nichts zu wissen."

Der Rabbi aber wollte sein Mitleid nicht. „Wir vermögen über diese Erde hinaus zu erkennen!" rief er mit lauter, fester Simme. „Zu diesem Zweck hat Gott mein Volk auserwählt, damit wir die Menschheit auf ewig an Ihn, den alleinigen Herrscher, erinnern. Wir sind Stechfliegen für die Seele des Menschen. Wir sollen nicht ruhen, ehe die Menschheit an den wahren Gott glaubt."

Aller Ärger wich aus Kung Chens Herz, und er sagte mit der gütigsten Stimme: „Gott — falls es einen Gott gibt – würde keinen Menschen einem andern vorziehen und kein Volk einem andern. Vor dem Himmel sind wir alle eine einzige Familie."

Diese Auffassung war dem Rabbi unerträglich. Er erhob die Hände und flehte seinen Gott an: „Oh Gott, höre die Lästerung dieses heidnischen Menschen!"

Während der Auseinandersetzung der beiden Männer hatte David mit zusammengepreßten Händen und gesenktem Kopf dagestanden und geschwiegen. Seine Seele flatterte zwischen beiden hin und her.

Nun wandte sich Kung Chen abermals an ihn. „Lassen wir den alten Lehrer so beten, wenn es ihn erleichtert. Ich glaube an keine Götter, und deshalb kann niemand mich oder meinen Gott verletzen ... Ich nehme von euch beiden Abschied."

Er schritt mit großer Würde zur Tür und dem Ausgang der Synagoge zu. David schwankte zwischen Mitleid und Beschämung, dann aber lief er Kung Chen nach und holte ihn am Ausgang ein.

„Ich bitte dich um Verzeihung", sagte er.

Kung Chen wandte ihm sein wohlwollendes Gesicht zu. Es war keine Spur von Verstimmung mehr in ihm. Er sagte sehr ernst: „Ich empfinde kein Unrecht, und es ist nichts zu verzeihen. Aber zu deinem Nutzen will ich dir etwas sagen. Niemand auf der Welt vermag sie zu lieben, die sich als die einzigen Söhne Gottes bezeichnen."

Damit setzte er seinen Weg fort. David blieb zaudernd auf der Schwelle stehen, und die Worte brannten sich in seine Seele ein. Um keinen Preis hätte er zum Rabbi zurückkehren können. Aber auch der Wunsch nach unbeschwertem Vergnügen war verflogen. Das Gewicht seines Volkes legte sich wieder mit der Last von Jahrtausenden auf ihn.

Er fühlte in seiner Kehle ein Schluchzen aufsteigen

und trat in die Synagoge zurück, wo er sich in einem Torbogen verbarg und bitterlich weinte.

Peonys geschickte Finger verstanden sich darauf, seelische oder körperliche Schmerzen zu lindern. Wang Ma hatte es sie gelehrt und ihr die Schmerzzentren des Körpers und die Linien der Nerven und Adern gezeigt. Manchmal brachte Peony einen Schmerz Madame Ezras zum Verschwinden, und oft gelang es ihr auch bei David. Zu ihrer Verwunderung schickte Ezra an diesem heißen Tag nach ihr, um sich Schläfen und Füße behandeln zu lassen, obwohl das Gewitter die Luft abgekühlt hatte. Noch nie hatte sie erlebt, daß ihr kräftiger, gesunder Gebieter über irgendwelche Schmerzen klagte. An diesem Abend jedoch saß er in seinem Stuhl, und als sie hinter ihn trat und sich an ihre Aufgabe machte, fühlte sie den Blutandrang in seinen Schläfen und den harten, schmerzenden Knoten über seinem Genick.

„Dein Geist ist bedrückt, Herr", murmelte sie. Sie konnte die verschiedenen Arten von Schmerz unterscheiden, manche entsprangen dem Körper, andere dem Geist und wieder andere dem Gemüt.

„Ja, ich bin bedrückt", erwiderte Ezra. Er lehnte den Kopf zurück, schloß die Augen und überließ sich Peonys Händen.

Eine geraume Weile schwiegen beide, während sie die Nerven massierte und die Adern drückte, um das gestaute Blut zu verteilen.

Plötzlich sagte er: „Was für eine sanfte Macht deine Hände haben! Wer hat dich diese Weisheit gelehrt?"

„Zum Teil Wang Ma, aber zum Teil weiß ich es von mir selbst", antwortete sie.

„Weißt du was?" fragte er. Seine Augen waren noch immer geschlossen, aber seine Lippen lächelten etwas.

„Ich bin manchmal auch bedrückt", erwiderte sie mit ihrem heiteren Stimmchen.

„Ei, ei", scherzte er. „Du, in diesem Haus, wo alle freundlich zu dir sind?"

„Du bist freundlich", sagte sie, „aber ich weiß doch, daß ich hier nicht zu Hause bin. Ich bin nicht hier geboren und gehöre auch nicht zu deiner Sippe."

„Aber ich habe dich gekauft, Peony", erwiderte er mild.

„Ja, du hast für mich bezahlt", bestätigte sie, „aber das macht mich nicht zu deinem Eigentum. Ein menschliches Wesen kann man nicht ganz kaufen."

Darüber schien er einige Zeit nachzusinnen, während sie seine starken Nackenmuskeln massierte. Dann bückte sie sich, zog ihm die Schuhe aus und rieb seine Füße.

„Und doch bist du wie meine eigene Tochter", sagte er schließlich. „Siehst du, eigentlich sollte ich mir von dir nicht die Füße behandeln lassen. Deine Landsleute würden das sonderbar finden. Aber im Land meines Volkes darf eine Tochter das tun. Ja, und in Indien auch. Als ich einmal mit der Karawane durch Indien reiste, habe ich diese Fußbehandlung gesehen."

„Die Füße tragen die Last des Körpers, der Kopf die Last des Gemütes und das Herz die Last des Geistes", antwortete Peony liebenswürdig. „Und es hat nichts zu bedeuten, was meine Landsleute sagen. Was würden sie denn sagen? Höchstens, daß es eine fremdländische Sitte sei. Du weißt, wie freundlich mein Volk ist. Es gestattet alles."

„Ja, ich weiß", stimmte Ezra zu. „Es ist das freundlichste Volk auf der Welt, und für uns das beste."

Dabei seufzte er so tief, daß Peony seine Gedanken erriet. Trotzdem fragte sie: „Warum seufzest du, Herr?"

„Weil ich nicht weiß, was richtig ist", antwortete er.

Sie lachte leise. „Du sprichst immer von richtig und

unrichtig." Sie rieb gerade seine Fußsohlen, die hart und breit, aber geschmeidig waren. In ihrer heiteren Art fuhr sie fort: „Aber was wäre richtig, außer dem, was glücklich macht, und was wäre unrichtig, außer dem, was Kummer macht?"

„Du kannst also reden, weil du nicht zwischen Himmel und Erde hin und her gerissen wirst", sagte er.

„Ich weiß, daß ich auf die Erde gehöre", erwiderte sie einfach.

„Ach, aber wir gehören dem Himmel", seufzte er.

Sie hatte ihre Tätigkeit beendet und zog ihm die Schuhe wieder an. „Wir beide sprechen von Himmel und Erde", sagte sie, „aber wir denken an etwas anderes."

„Woran?" fragte er, obwohl er es wußte.

Sie kauerte auf dem Boden und sah zu ihm auf. „Wir denken an David", erklärte sie sanft.

„Du denkst also auch an ihn", sagte Ezra.

„Ich denke immer an ihn", erwiderte sie. Während sie ihn ansah, beschloß sie, ihm alles zu sagen. „Ich weiß, daß es töricht von mir ist, aber ich liebe ihn", gestand sie.

„Natürlich liebst du ihn", sagte Ezra mit seiner üblichen vergnügten Stimme. „Ihr seid als Geschwister aufgewachsen."

„Ja, aber wir sind nicht Geschwister. Ich liebe ihn nicht auf diese Art."

Ezra sah beunruhigt aus. Wenn er sich damit beschäftigt hätte, hätte er wissen müssen, daß ein liebliches, seelenvolles junges Mädchen nicht neben David leben und ihm dienen konnte, ohne ihn zu lieben. Seine eigene Jugend fiel ihm ein, in der eine Neigung für Wang Ma in ihm erwacht war. Der Gedanke daran ließ ihn erröten, denn sie war seit so langer Zeit nur noch eine Dienerin. Aber er erinnerte sich sehr gut daran, wie sie beide ungefähr sechzehnjährig gewesen waren und sie so schön ausgesehen hatte, daß er seinem Vater erklärte, er wolle keine andere Frau haben. Jadeblume hatte sie geheißen. Jadeblume! Als ihm dieser Name einfiel, regte sich etwas längst Erloschenes in ihm. Sie war noch viel hübscher als Peony gewesen, mit hellerer Haut, und größer gewachsen, auch eine geradere Nase und feinere Lippen als Peony hatte sie gehabt.

Sein Vater hatte damals laut gelacht. „Aber das Mädchen ist ja eine Leibeigene!" hatte er gerufen. „Mein Sohn kann doch keine Dienerin heiraten!"

„Wenn ich sie zur Frau nehme, ist sie keine Dienerin mehr", hatte der junge Ezra heftig erklärt.

Plötzlich hatte sein Vater aufgehört zu lachen. „Sei kein Narr", hatte er seinen Sohn zurechtgewiesen. „Was du mit einer Sklavin tust, geht mich nichts an, solange ich nichts davon erfahre. Aber deine Frau wird Naomi sein, die Tochter von Juda ben Isaak."

Ezra war sprachlos gewesen. Naomi war bei den jungen Männern ihrer Gemeinde als die schönste Jüdin der Stadt bekannt. Er war damals so beeinflußbar und eitel gewesen, daß er sich vorstellte, wie neidisch seine Freunde bei dieser Nachricht sein würden. Und Juda ben Isaak gehörte einer außerordentlich reichen Familie an, durch deren Mittel die Synagoge nach dem großen Hochwasser im vergangenen Jahrhundert wieder aufgebaut worden war. Die Familie trug zwar den chinesischen Beinamen Shid, aber Juda erklärte, daß dies lediglich Geschäftszwecken diene.

Ezra sagte zu Peony, die immer noch knieend zu ihm aufblickte: „Behalte deine Liebe für dich, mein Kind, verursache keine Verwirrung im Haus. Immer nur eine Sache auf einmal, bitte."

So wiederholte er auf seine Art, was ihm sein Vater früher gesagt hatte. Peony gegenüber wäre es töricht gewesen, das Wort ‚Konkubine‘ zu erwähnen, denn Madame Ezra hätte ihrem Sohn niemals eine Konkubine erlaubt. Aber Peony verstand ihn genau und blieb reglos wie eine kleine Statue sitzen, während sie ihn mit ihren klaren Augen ansah, die so fröhlich sein konnten und nun so traurig blickten.

„David wird sehr unglücklich, wenn er Leah heiratet“, sagte sie leise.

Ezra zuckte mit den Schultern und streckte abwehrend die Hände aus. „Du wirst mir wieder Kopfweh machen“, klagte er. „Geh, gutes Kind, und laß mich allein.“

Ezra blieb in unerfreuliche Gedanken versunken zurück. Mehrmals seufzte er schwer und unruhig. Er war so unvorsichtig gewesen, Kung Chen gegenüber schon einige scherzhafte Anspielungen auf Kueilan und David zu machen. Ohne ihren Namen respektlos zu erwähnen, hatte er gesagt: „Dein Haus und mein Haus — was, Älterer Bruder? Was ist ein Geschäftsvertrag im Vergleich zu Kindern und Enkeln, die aus doppelten Wurzeln hervorgehen?“

Kung Chen hatte gelächelt und wortlos genickt. Jetzt war alles durcheinander, dachte Ezra. Er fragte sich oft, warum er so häufig in eine Lage geraten mußte, aus der für niemand, und für ihn selbst am allerwenigsten, Glück entstehen konnte, obwohl er doch ein Mensch war, der für alle, sich selbst inbegriffen, nur Glück anstrebte. So fand er es höchst ungemütlich, den Rabbi zu Gast zu haben; er war ein guter Mensch, gewiß, aber er dachte an nichts als an die alte Thora. Die Beschäftigung mit der Thora gehörte sich für einen Rabbiner, aber in einem Haushalt stiftete sie Verwirrung. Niemand konnte sich wohlfühlen, wenn er ständig an die Vergangenheit erinnert wurde. Deshalb war es sogar Ezra selbst in seinem eigenen Haus ungemütlich, wenn er dem blinden

Greis begegnete, der sich durch die Gänge tastete. Er suchte ihm auszuweichen, und wenn er den Rabbi allein traf, blieb er reglos stehen und schwieg, um so die Blindheit des alten Mannes auszunützen.

Auch über Leah dachte er eine Weile nach. Sie war schöner und bescheidener, als Naomi früher gewesen war. Er sprach kaum mit ihr, aber manchmal war sie abends im Pfirsichgarten. Dort ging sie unter den Bäumen auf und ab, und manchmal sah er, wie sie einen Pfirsich pflückte. Es war ein gutes Obstjahr. Sie drängte sich nie in den Vordergrund, wie das Naomi schon als junges Mädchen getan hatte. Vielleicht konnte David mit ihr glücklich werden. David war stärker, als Ezra es in seiner Jugend gewesen war, und besser geeignet, mit eigenwilligen Frauen fertig zu werden. Plötzlich fiel es Ezra auf, daß er ihn in letzter Zeit sehr selten sah. Seit der Rabbi ihn unterrichtete, hatte er David oft tagelang nur bei den Mahlzeiten begrüßt. In seiner ungestümen Art stand er auf und beschloß, seinen Sohn trotz der vorgerückten Stunde unverzüglich aufzusuchen.

Dann dachte er an Peony. Wußte David, was in ihrem Herzen vorging? In seiner Jugendzeit war er anders gewesen. Er hatte seinem Vater eröffnet, daß er Wang Ma liebe. Jetzt war es das Mädchen Peony, das zuerst sprach. Dadurch hatte die Sache noch weniger Gewicht. Rasch ging er durch die kühlen, mondbeschienenen Gänge zu Davids Zimmer.

Als David an diesem Morgen die Synagoge ohne den Rabbi verließ, weinte er einige Minuten lang. Dann schaute er um sich. Es war niemand in der Nähe, niemand hatte ihn weinen gesehen. Die kurze Entspannung hatte ihm gut getan. Traurig war er immer noch, aber er fühlte sich erleichtert. Er hatte sich zu nichts verpflichtet — Gott hatte nicht zu ihm gesprochen.

Während er an alle Menschen dachte, die er kannte, und keinen zu sehen wünschte, dachte er im Laufe des Tages plötzlich auch an Kao Lien und hatte Lust, ihn aufzusuchen und mit ihm zu sprechen. Kao Lien war im Geschäft seines Vaters zu finden, aber wahrscheinlich war sein Vater selbst nicht dort, denn er hatte die Gewohnheit, frühmorgens ins Geschäft zu gehen und es früh wieder zu verlassen, während Kao Lien nicht gerne vor Mittag aufstand und daher bis zum späten Abend dort blieb. Ihn beschloß David also zu besuchen.

Ezras Geschäft war sehr groß. Es hatte mehrere Ausgänge auf die Straße, über den Türen flatterten lange Seidenfahnen im Wind, auf denen in chinesischen Zeichen stand, daß im Geschäft ausländische Waren aller Art sowohl en gros wie en détail verkauft wurden.

Bei Davids Eintreten verneigten sich alle Angestellten, und als er nach Kao Lien fragte, führte man ihn sofort nach hinten. Dort saß Kao Lien in einem geräumigen, kühlen Zimmer an einem hohen Pult und trug mit dem Pinsel chinesische Zeichen in ein Hauptbuch ein. Als er David sah, erhob er sich, und da David noch nie allein ins Geschäft gekommen war, konnte er ein etwas ängstliches Staunen nicht verbergen. „Geht es deinem Vater nicht gut?" fragte er. „Ich habe ihn vor einer Stunde noch gesehen."

„Ich habe ihn heute noch gar nicht gesehen", erwiderte David. „Ich muß mit dir sprechen, wenn es dir recht ist, Onkel."

„Setze dich", sagte Kao Lien feierlich. Beide nahmen Platz und Kao Lien schaute David an und wartete so freundlich schweigend, daß David sofort mit seinem Anliegen begann.

„Seit du mir erzählt hast, daß man unsere Leute tötet, bin ich elend", erklärte er. „Ich habe das Gefühl, daß ich etwas tun sollte — daß ich irgendwie ein anderer

Mensch sein sollte, als ich bin. Es scheint mir, daß ich kein Recht habe, hier einfach glücklich zu sein und das Leben zu genießen."

„Meinst du, daß du unglücklich sein solltest?" erkundigte sich Kao Lien mit schiefem Lächeln.

„Ich weiß wohl, daß es keinen Sinn hätte", sagte David ehrlich. „Aber ich glaube, daß es unrecht von mir wäre, wenn ich weiterlebte, als ob unsere Leute nicht so umkämen, wie du es geschildert hast."

„Der Rabbi hat dich ja auch unterrichtet", antwortete Kao Lien ruhig, „und deine Mutter hat dir gesagt, daß du Leah heiraten sollst."

„Dann bist du gekommen und hast uns die schlimmen Nachrichten gebracht", fuhr David fort, „und seither habe ich das Gefühl, daß ich auf den Rabbi und meine Mutter hören sollte."

„Und kannst du mit diesem Gehorsam den Tod unserer Leute sühnen?" fragte Kao Lien.

„Nein, nein", erwiderte David. Dann schlug er sich mit beiden Fäusten an die Brust. „Aber hier kann ich mir Erleichterung verschaffen!"

„Ah", stellte Kao Lien fest, „dann wirst du also deinetwegen dem Rabbi gehorchen und Leah heiraten. Nun, warum nicht?"

„Weil ich auch nicht sicher bin, ob ich das wirklich will!" rief David. „Ich möchte so sein, wie ich vorher war — als ich noch nichts von diesen Vorgängen wußte."

David saß auf einem mit Kissen belegten Hocker, der niedriger war als Kao Liens Stuhl, und als Kao Lien auf dieses junge Gesicht herabblickte, war er bewegt. „Ja, aber du weißt doch davon", sagte er, „und du mußt davon wissen. Wer von uns kann sich der Wahrheit entziehen?"

„Was ist die Wahrheit?" fragte David.

Kao Lien kannte das Haus, in dem David aufgewachsen war, sehr gut. Er wußte, was für ein warmherziger, heißblütiger, lebensfreudiger Vater Ezra war, in dessen Adern auch chinesisches Blut floß, so wie in seinen eigenen. Er kannte Madame Ezra, die Mutter, die auf ihre Reinrassigkeit stolz war und alle alten Traditionen eines freien Volkes fortführte, das einmal mächtig gewesen war und ein eigenes Land besessen hatte, jetzt aber nicht mehr frei war und sich in jedem Land, wo es heimatlos lebte, anpassen mußte. Ihren ganzen Stolz setzte Madame Ezra in ihren Sohn und wachte eifersüchtig über seine Seele.

„Das ist die Wahrheit", sagte Kao Lien. „Du selbst mußt entscheiden, was du sein möchtest. Deine Mutter betrachtet die ganze Welt von ihrem Standpunkt aus."

„Aber sie will nur, daß ich die Thora vom Rabbi lerne", unterbrach ihn David.

Kao Lien fuhr fort: „Dann wirst du die ganze Welt und die gesamte Menschheit durch dieses enge Fenster betrachten."

David bewegte sich unruhig. „Kao Lien, du bist doch auch ein Jude!"

„Teilweise", entgegnete Kao Lien trocken. Ein humorvoller Ausdruck lag auf seinem langen Gesicht. Dann wurde er wieder ernst. „Ich bin tatsächlich bis ins Mark erstarrt, als ich in den Städten des Westens die Toten auf den Straßen liegen sah. Aber das war deshalb, weil sie tot waren, nicht nur, weil es Juden waren. Ich sagte mir: warum müssen diese oder irgendwelche Menschen auf solche Art sterben? Warum haßt man sie?"

„Ja — warum?" wiederholte David. „Das frage ich mich fortwährend. Wenn ich das wüßte, dann wüßte ich alles, scheint mir."

Kao Liens kleine Augen nahmen einen scharfen Ausdruck an. „Ich will dir etwas sagen, was ich keinem andern Menschen zu sagen wage. Aber du bist jung — du hast das Recht, es zu wissen. Man haßt sie, weil sie sich von den andern Menschen absonderten. Sie bezeichneten sich als von Gott auserwählt. Ich weiß, wie das ist. Ich komme aus einer großen Familie, und einer von uns, mein dritter Bruder, bezeichnete sich als Liebling meiner Eltern. Damit prahlte er vor uns — ‚ich bin der Bevorzugte', behauptete er. Und wir haßten ihn." Kao Liens schmale Lippen wurden noch schmaler. „Ich hasse ihn heute noch. Ich würde mich freuen, wenn er stürbe. Nein, töten würde ich ihn nicht. Ich bin zivilisiert — ich töte nicht. Aber wenn er stürbe, würde ich nicht trauern."

In dem großen, schattigen Raum starrte David mit Entsetzen auf Kao Lien. „Sind wir nicht Gottes Auserwählte?" fragte er unsicher.

„Wer außer uns selbst sagt das?" gab Kao Lien zurück.

„Aber die Thora —" wandte David zögernd ein.

„Sie wurde von Juden geschrieben, die durch ihre Niederlage verbittert waren. Das ist die Wahrheit — ich will sie dir offen sagen. Wir sind ein stolzes Volk. Wir haben unser Land verloren. Unsere Hoffnung auf die Rückkehr bestand darin, daß wir uns als Volk erhielten. Unsere einzige Hoffnung, uns als Volk zu erhalten, bestand darin, daß wir unseren gemeinsamen Glauben an einen Gott, an einen eigenen Gott, bewahrten. Dieser Gott war unsere Heimat und unser Volk. Im Kummer und im Wehklagen um alles Verlorene waren wir verbunden. Und unsere Rabbis haben es uns Generationen um Generationen so gelehrt."

„Nichts als das?" fragte David. Seine Stimme klang verändert.

„Viele sind bereit, dafür zu sterben", erwiderte Kao Lien mit Nachdruck.

„Du auch?"

„Nein."

David schwieg. Seine Kindheit stürzte wie eine Ruine vor ihm zusammen, während einzelne Erlebnisse durch sein Gedächtnis zogen: seine Mutter, die am Vorabend des Sabbath die Kerzen anzündete; das liebliche Lichterfest Chanukka; der schöne Menorah, der mit acht Kerzen am Fenster stand, in Erinnerung an den großen Tag, an dem die Juden trotz ihrer Niederlage damit gesiegt hatten, ihre eigene Religion unter den syrischen Eroberern aufrechtzuerhalten; Purim, der Tag, an dem die Juden ihren Kampf gegen den einstigen Tyrannen Haman feierten. Und vor allem erinnerte er sich an den wichtigen Tag seines eigenen Lebens, als er ein Sohn des Bundes wurde.

„Sollen wir alles vergessen, was wir sind?" fragte er schließlich in feierlichem Ton.

„Nein", erwiderte Kao Lien. „Aber wir sollen die Vergangenheit vergessen und uns nicht mehr absondern. Wir müssen jetzt leben, wo immer wir sind, und die Kraft unserer Seelen für die Völker der Welt einsetzen."

Er legte seine lange, schmale, dünne Hand über die Augen, als ob er betete. Eine Weile schwiegen sie, und dann machte er David ein Zeichen, ihn allein zu lassen. David erhob sich und ging zur Türe. Dort hielt ihn Kao Liens Stimme zurück. „Ich weiß nicht, ob ich unrecht getan habe", sagte er. „Aber was für eine Wahrheit könnte ich sagen als die, die ich selbst als Wahrheit empfinde? Wenn du willst, kannst du es deinen Eltern sagen. Ich verlange nicht, daß es geheimgehalten wird."

„Ich habe dich um die Wahrheit gebeten", erwiderte David, „und ich danke dir."

Als Peony den Pfirsichgarten verließ, sah sie David durch den vordersten Hof heimkommen und folgte ihm in sein Zimmer, um ihn zu fragen, ob er gegessen habe und noch irgend etwas wünsche. Das war ihre Pflicht, und mehr wollte sie nicht.

„Ja, ich habe gegessen", sagte er. Dann zog er sein Käppchen aus seinem Gewand. „Leg das für mich weg", bat er.

Als sie seinen Wunsch ausgeführt hatte und wieder in sein Zimmer kam, saß er mit aufgestützten Armen am Tisch und schaute ins Leere.

„Kann ich sonst nichts für dich tun?" fragte sie liebevoll.

„Nichts – nur mich allein lassen, bis ich dich rufe", antwortete er.

Er sah so verschlossen und ernst aus, daß sie nicht weiter in ihn zu dringen wagte. Um ihn herum lagen Bücher, die er auf dem Tisch aufgeschlagen und auf den Boden fallen gelassen hatte. Als sie sich danach bückte, sagte er scharf: „Laß sie liegen – ich habe sie hinuntergeworfen."

Es blieb ihr nichts übrig, als sich zu entfernen, aber sie war verzweifelt. Noch nie hatte er ihr einen Kummer verschwiegen. Aber was konnte sie anderes tun, als ihn weiter lieben? Einen Augenblick noch blieb sie stehen und zögerte, ob sie gehen oder bei ihm bleiben sollte. Irgendein Kampf, den sie noch nicht verstand, spielte sich in ihm ab.

Ich muß verstehen, sagte sie sich. Aber es ließ sich nichts erzwingen. Sie konnte nur die Ereignisse ausnützen.

„Auf morgen –", sagte sie sanft, und als er schwieg, ging sie in ihr Zimmer und machte sich für die Nachtruhe bereit.

Wenigstens haben wir dasselbe Dach über uns, dachte sie, als sie in ihrem schmalen Bett lag. „Alter Chang, schenk mir meine Träume!" bat sie den Mond. Zum

Träumen bereit schloß sie die Augen und schlummerte ein.

Als Ezra sich dem Zimmer seines Sohnes näherte, sah er, daß nur eine einzige Kerze brannte, und schaute durch das Fenstergitter, ohne sich bemerkbar zu machen. Der Anblick, der sich ihm bot, erschütterte ihn. David saß in Gedanken versunken da, und sein junges Gesicht war so blaß und traurig, daß Ezra erschrak. Das kam davon, wenn man alte Männer und alte Frauen gewähren ließ! Was sollte geschehen, wenn er sein geliebtes Kind verlor, seinen einzigen Sohn, die Freude seines Herzens, die Hoffnung seines Lebens und seines Geschäftes?

Wie ein Bär stürzte er sich in Davids Zimmer. Peony hatte ihm die Haare nicht gebürstet, nachdem sie ihm den Kopf gerieben hatte, und er hatte vergessen, sein Käppchen aufzusetzen. Seine lockigen Haare standen in die Höhe, und während seiner Grübeleien hatte er an seinem Bart gezerrt, bis er wie ein Besen aussah. Auch seine Kleider waren in Unordnung, denn er hatte die Gewohnheit, sich beim Nachdenken überall zu kratzen. David sah ihn erstaunt an.

Ezra hatte jedoch schon einen Entschluß gefaßt. „In einer solchen Nacht, bei solchem Mondschein kann ich nicht schlafen", erklärte er. „Ich will den alten Wang zu Kung Chen schicken, damit er sich erkundigt, ob er wach ist und auch nicht schlafen kann. Wir wollen ihn mit seinen Söhnen einladen, uns auf dem See zu treffen. Ich bin ihm ein Festmahl schuldig, und ich will die Schuld heute begleichen. Der alte Wang soll ein Boot mieten und wir wollen Wein, Essen und Musikanten bestellen. Komm – komm – du – ich –"

Er faßte David an der Hand und schaute ihn durch seinen wirren Bart und die fliegenden Haare und buschigen Augenbrauen mit strahlendem Lächeln an. Als er

Davids Zaudern bemerkte, schlang er seine Arme um ihn. „Komm, mein lieber Sohn", murmelte er. „Du bist noch jung — du bist noch jung — wenn du alt bist, ist immer noch Zeit zur Trübsal."

## VII

Der Rabbi kehrte nicht in Ezras Haus zurück. Nachdem David ihn verlassen hatte und er in der Synagoge allein geblieben war, begab er sich in sein Haus. Beim Klang seiner Schritte kam Rahel überrascht aus der Küche.

„Du, alter Lehrer!" rief sie.

„Ich möchte allein sein", sagte er. „Benachrichtige Madame Ezra, daß ich nicht zurückkehren werde. Und bitte meinen Sohn, heimzukommen."

„Und Leah?" fragte Rahel.

Der Rabbi überlegte. „Sie soll dort bleiben, wo sie ist", bestimmte er.

Rahel starrte ihn an. Er sah gänzlich erschöpft aus. Sein Gesicht war weiß und sein Bart ungekämmt. Seine Hände zitterten und Rahel bemerkte an seiner Kopfhaltung eine leichte Lähmung, die ihr bisher nie aufgefallen war. Beunruhigt packte sie ihn am Ärmel. „Bevor ich gehe, koche ich dir eine heiße Hirsesuppe, die mußt du essen und dich ausruhen."

Sie führte den Rabbi in sein Zimmer, das sie ständig für sein Kommen bereitgehalten hatte. Der Greis fügte sich und ließ seinen Stock fallen und fuhr sich mit dem Ärmel über seine blinden Augen. „Ah, hier ist es gut", seufzte er. „Ich war in den Hallen der Reichen nicht glücklich."

„Du bist nicht glücklich, wenn du nicht elend bist, so ist es mit dir", sagte Rahel heiter. „Leg dich hin, alter Mann, und ruh dich aus."

Gegen Mittag, als Rahel wußte, daß Madame Ezra Besuche empfangen würde, machte sie sich mit der Botschaft auf den Weg. Madame Ezra überwachte gerade die Reinigung eines Fischteiches bei der Küche. Die verstörten Fische schossen in Zubern hin und her, während zwei Männer den schlammigen Grund aufkratzten. Madame Ezra schimpfte auf die Fische und die Arbeiter und war in keiner guten Laune, um Rahels Nachricht entgegenzunehmen.

„Was ist denn jetzt passiert?" schrie sie, als Rahel innehielt, um Atem zu schöpfen. „Gestern war noch alles in Ordnung — warum hat er mein Haus verlassen?"

„Ich weiß nichts, als daß der alte Mann gestern allein von der Synagoge heimkam", antwortete Rahel.

Madame Ezra ließ Wang Ma und Peony rufen. Wang Ma wußte nichts und Peony vermochte nur mitzuteilen, daß David gestern abend mit seinem Vater spät nach Hause gekommen sei.

„Du hättest zu mir kommen und es mir sagen sollen", tadelte Madame Ezra.

„Herrin, ich dachte, du wüßtest alles", erwiderte Peony.

Daraufhin entließ Madame Ezra alle, nur Peony hielt sie noch einen Augenblick zurück, um ihr einen Auftrag zu geben.

„Geh, hole mir Leah. Ich gehe unterdessen in mein Zimmer und wasche mich."

So ging Peony zu Leah, während Madame Ezra den beiden Arbeitern die letzten Anweisungen gab und in ihren Hof ging.

Peony benahm sich ganz als Dienerin und hüstelte vor Leahs Türe, und als Leahs sanfte Stimme „Herein" rief, trat sie ein, verneigte sich und sagte nur: „Meine Herrin bittet dich, zu ihr zu kommen." Dann verneigte sie sich wieder und ging in ihr eigenes Zimmer zurück, wo sie eine Weile nachdachte. Was war zwischen dem Rabbi und David vorgefallen? Hatte Leah etwas damit zu tun?

Das Warten wurde ihr unerträglich. Sie machte sich auf den Weg, um sich auf irgendeine Weise Klarheit zu verschaffen. Auf leisen Sohlen eilte sie durch die Gänge und versteckte sich hinter einer großen Akazie in Madame Ezras Hof. Der Baum stand vor einem Fenster, das der Hitze wegen geöffnet war. Von ihrem Versteck aus hörte sie, wie Madame Ezra deutlich und mit Nachdruck zu Leah sagte:

„Wie kannst du sagen, daß zwischen dir und David nichts vorgefallen ist? Ich habe euch einmal mit meinen eigenen Augen im Pfirsichgarten gesehen. Da habt ihr jedenfalls sehr nahe beieinander gestanden."

Leahs Stimme erwiderte sanft, aber voller Erregung: „Was kann ich dafür, Tante, wenn — wenn — sonst nichts geschehen ist? Das eine Mal — ja, da standen wir nahe beieinander."

„Die ganze letzte Zeit habt ihr mitsammen über der Thora gesessen!" rief Madame Ezra.

„Er hat fast nie mit mir gesprochen." Leahs Stimme erlosch bei diesem Geständnis.

Plötzlich geriet Madame Ezra in Zorn. „Das ist dein Fehler, Leah! Du versuchst nie etwas — du wartest nur ab."

„Was kann ich tun als warten?"

Peony horchte mit blitzenden schwarzen Augen und angespannten roten Lippen. Ach, dann war es also noch nicht entschieden! David liebte Leah nicht! Aber wie, wenn er sie doch liebte? Sie huschte aus ihrem Versteck und lief in Davids Hof. Das Wohnzimmer war leer. Sie hob den Vorhang zur Seite und schaute in sein Schlafzimmer. Er lag noch schlafend im Bett. Die Mittagssonne schien hell herein. Sie selbst hatte gestern abend die Vorhänge an seinem Bett zugezogen, als sie das Zimmer für die Nacht herrichtete, aber er hatte sie wieder zurückgeschlagen und an den schweren silbernen Haken befestigt. Da lag er mit ausgebreiteten Armen in seinem weißen Nachtgewand und hatte das Gesicht ihr zugedreht.

Ihr Herz klopfte vor Freude. Es war noch nicht zu spät. Der Rabbi war fort, und es hatte keine Verlobung stattgefunden. Die Freude rieselte durch ihre Adern, glänzte in ihren Augen und tanzte in ihrem Körper. Es war nie zu spät für das Glück.

Leise durchschritt sie das Zimmer und kniete vor seinem Bett nieder. „David!“ flüsterte sie. „David!“

Er wachte auf, lächelte, streckte die Arme aus und faßte sie an den Schultern. „Was fällt dir ein, mich zu wecken?“ fragte er schlaftrunken.

„Es ist Mittag“, flüsterte sie. „Ich wollte dir etwas sagen — etwas Wunderschönes!“

„Was?“

Aus reinem Übermut verzögerte sie die Antwort. „Die Sonne scheint in deine Augen“, sagte sie. „Sie sind nicht schwarz — es ist Gold darin.“

„Ist das wunderschön?“ fragte er laut lachend und wurde durch sein Lachen wach.

„Die Sonne scheint in deinen Mund“, fuhr sie fort, „und er ist so süß wie ein Granatapfel.“

„Deshalb weckst du mich?“ fragte er, indem er sich hellwach aufrichtete.

„Nein“, flüsterte sie. „David, hör mir zu!“

Sie nahm seine Hand und drückte sie an ihre Brust. „David, mittags geht *sie* zum buddhistischen Tempel, um zu beten und Dank zu sagen. Sie ist krank gewesen.“

Sie fühlte, wie seine Hand sich anspannte. „Davon hast du mir nichts gesagt", antwortete er.

„Ich wollte es dir nicht sagen", erklärte sie. „Sie ist wieder gesund — wirklich, David, du kannst sie selbst anschauen."

Seine Augen hefteten sich auf sie, und sie sprach hastig weiter: „Wenn du jetzt aufstehst, bringe ich dir etwas zu essen, und dann kannst du durch das Seitentor des Tempels gehen und sie sehen, wenn sie zum Silbernen Kwanyin im Südtempel geht."

„Aber sie wird merken, daß ich gekommen bin, um sie zu sehen", wandte er zaghaft ein.

Peony lachte. „Wie sie das freuen wird!" sagte sie spitzbübisch. Sie ließ seine Hand los, stand auf und legte einen Finger auf die Lippen. „Ich komme gleich wieder mit deinem Frühstück."

Sie lief hinaus. Jetzt galt es rasch zu handeln! Nur einen Augenblick hielt sie sich auf, um ihren Geldbeutel zu suchen, und dann rannte sie durch die Pforte der Friedlichen Flucht und die Straße hinunter in Kungs Haus, wo sie nach Chu Ma fragte und sie beim Mittagessen vorfand. Die dicke alte Chinesin hielt eine gewaltige Schale vor dem Mund und schob den mit Fleisch vermischten Reis in sich hinein, während sie Peony zuhörte.

„Du mußt sie überreden, dort zu sein, hörst du, im Hof des Silbernen Kwanyin, und er wird sich in einer Stunde dort einfinden", sagte Peony in einem Atemzug.

„Aber wenn ihre Mutter es verbietet?" fragte Chu Ma.

„Sag deiner jungen Herrin, daß sie weinen soll, oder schreien, oder mit irgendetwas drohen — sag ihr, daß sie behaupten soll, sie habe Schmerzen in der Brust und wolle beten. Das läßt er dir schicken."

Sie schüttete Chu Ma den Inhalt ihrer Börse in die Hände und zog hastig ihre Ohrringe aus Jade ab. „Ich gebe dir diese Ringe."

Chu Ma stellte ihre Schale auf den Tisch und nickte, während Peony schon wieder davonstob. Wenige Minuten später kam sie mit einer Porzellanschüssel voll heißer Reissuppe, die immer auf dem Herd bereitstand, aus der Küche, und hinter ihr trug ein Diener die Fleischspeisen und gesalzenen Gerichte für Davids Frühstück. Sie vermutete, daß David sich noch langsamer als gewöhnlich angekleidet habe, und so war es tatsächlich. Als sie sein Wohnzimmer betrat, war er noch nicht dort.

„Junger Gebieter!" rief sie.

„Soll ich Rot oder Blau anziehen?" rief er zurück.

„Das Weinrote!" erwiderte sie. Blau war die Farbe, die er in der Synagoge trug, und nichts sollte ihn jetzt daran erinnern. Sie kannte die feinen Einflüsse der Farben: Grau konnte den Geist eines Menschen dämpfen, Blau erhob ihn und ließ ihn umherwandern, und Rot, Weinrot, hielt ihn auf der Erde fest.

Kurz darauf erschien er und sah so schön aus, daß sie hätte weinen können. Sein dunkles Haar war unbedeckt, über dem weißen Kragensaum seines Gewandes hob sich sein Gesicht bräunlich und gesund ab.

Aber sie beherrschte sich. „Komm, die Zeit ist zu knapp", drängte sie, während sie die Schüsseln aufdeckte. Er setzte sich, aß schweigend und dachte nach. Ohne die gestrigen Erlebnisse hätte er Peony jetzt nicht nachgeben können. Denn er verspürte keine übermächtige Sehnsucht, Kueilan wiederzusehen. Er erinnerte sich mit warmem Wohlgefallen, aber nicht mit Leidenschaft an das hübsche chinesische Mädchen. Nein, er wollte sie heute nur aus Gründen der Selbstverteidigung sehen. Er wußte, daß Leah da war, und meinte, daß auch der Rabbi noch da sei, und war sich bewußt, daß seine Mutter so stark war wie nur je. Er brauchte einen Zeitgewinn gegen sie alle, Zeit, um sich klar zu werden, und vor allem um sich selbst wiederzufinden. Die vergangene

Nacht auf dem See hatte ihn beruhigt und seine verwundete Seele geheilt. An diesem Morgen fühlte er sich ausgeruht und stark und allein.

Nachdem er gegessen hatte, wusch er sich die Hände in einem mit parfümiertem Wasser gefüllten Becken und bürstete sich gemächlich die Haare. Peony geriet über seine Langsamkeit fast außer sich. „Sie wird schon wieder fort sein, du wirst sie noch verfehlen!" jammerte sie. „Ach, wann wird sich wieder eine so gute Gelegenheit bieten!"

Eine Weile neckte er sie mit seiner Ruhe und behauptete, noch immer hungrig zu sein, bis sie schließlich die Schüsseln wegzog und ihm nichts mehr geben wollte. Es bereitete ihm ein solches Vergnügen, wieder zu lachen und Unfug zu treiben, daß er sich endlich in bester Laune auf den Weg machte, während Peony das Essen wegtrug.

Die Liebe war bisher für Peony Grund genug gewesen, das alles zu tun, was sie getan hatte, aber die nächsten Ereignisse brachten auch Haß für sie ins Spiel.

Nach ihrem Gespräch mit Madame Ezra ließ sich Rahel von den Dienstboten das Zimmer zeigen, das der Rabbi bisher bewohnt hatte. Sie ging hinein und fand Aaron darin vor, der sein Bett gerade erst verlassen hatte und noch schlaftrunken war. Sie richtete ihm aus, daß sein Vater ihn bitte, sofort nach Haus zu kommen, und während sie sprach, dachte sie bei sich, was für eine Schande es sei, daß dieser krummbeinige Bursche mit dem langen, schmalen Kopf, dem hageren, schiefen Gesicht und den gemeinen, gelblichen Augen der einzige Sohn des Rabbis war.

Aaron war zu feige, um sich dem Befehl seines Vaters zu widersetzen. So fragte er nur: „Geht Leah auch nach Hause?"

„Heute noch nicht", erwiderte Rahel.

Das ärgerte ihn; er murmelte, daß sein Vater Leah immer begünstige, und schrie dann Rahel an: „Mach, daß du fortkommst, du alte Hexe! Was stehst du da und glotzest mich an?"

Darüber geriet Rahel in Wut und sagte unverblümt: „Was mich betrifft, so hoffe ich, daß du nicht heimkommst. Es ist ein schweres Stück Arbeit, Essen zu kochen, um dich am Leben zu erhalten."

Damit ging sie fort, und als Aaron allein war, begann er sich zu bemitleiden und weinte ein bißchen. Er hatte nicht die geringste Lust, aus diesem reichen Haus auszuziehen, wo ihm seines Vaters wegen das beste Essen vorgesetzt worden war und kein Diener ihm irgendeinen Wunsch abschlug. Der Gedanke, in sein enges Leben und sein einsames Zimmer zurückzukehren, war ihm verhaßt. Er liebte weder seinen Vater noch Leah, aber er fürchtete sie, weil sie gut waren und er nicht.

In dieser weinerlichen und erbitterten Stimmung zog er sich mürrisch an und ging dann in die Halle, wo die Dienstboten aßen, um nach seinem Frühstück zu sehen. Der Zufall wollte es, daß er im Hof, in dem sich der Fischteich befand, Peony begegnete. Er sah sie, bevor sie ihn bemerkte, und sie bot in der Morgensonne einen hübschen Anblick. Ihre schwarzen Haare glänzten und die Wangen schimmerten rosig. Sie war in blaßgelbe Seide gekleidet und hatte sich eine weiße Gardenie ins Haar gesteckt.

Er schaute sich nach links und rechts um. Kein Mensch war in der Nähe. Sie hielt den Kopf gesenkt und lächelte im Gehen. Dann fühlte sie plötzlich seine Gegenwart, so wie sie eine Schlange neben ihrem Fuß bemerkt hätte. Erschreckt blickte sie auf, und in diesem Augenblick stürzte er auf sie zu, schlang die Arme um sie und preßte seinen Mund auf den ihren.

Noch nie hatte jemand ihre Lippen berührt. Nun

fühlte sie Aarons widerlichen, bebenden, heißen Mund und wurde von Schwäche und Übelkeit befallen. Der Kopf schwindelte ihr und sie schrie auf, aber sie war so schwach, daß niemand ihren Ruf hätte hören können. Dann fühlte sie seine Hand an ihrer Brust. Der Schwächeanfall verflog, die Empörung gab ihr Kraft und sie fiel mit der ganzen Wut ihres Wesens über ihn her. Sie kratzte ihn, riß ihn an den Haaren, ohrfeigte ihn und versetzte ihm Fußtritte, als er zu fliehen versuchte, hielt ihn dann mit einer Hand an den Haaren fest, während sie mit der andern Faust sein Gesicht bearbeitete, und die ganze Zeit war nur ihr stoßweiser Atem zu hören. Niemand sollte wissen, daß sie die Schande seiner Berührung erfahren hatte.

Als sie endlich völlig erschöpft war, fuhr sie ihn an: „Wage es nur, mich noch einmal anzurühren, du verfluchter Sohn eines Hasen, dann töte ich dich mit dem Schwert, so daß du wie deine Schildkröten-Vorfahren umkommst!"

Peony meinte das Schwert, das David sich bei der Ankunft der Karawane ausgesucht und in seinem Zimmer an die Wand gehängt hatte. Dieses Schwert hatte eine äußerst scharfe Schneide, und Aaron glaubte sofort daran, daß Peony imstande sein würde, ihre Worte wahr zu machen. Sie hätte keine wirksamere Drohung wählen können. Die ganze Furcht und Schwäche, die ihm seine Vorfahren vererbt hatten, und die sogar in der Thora selbst enthalten war, überkam ihn nun. Der alte Rabbi war ein starker Mensch und konnte die Donnerworte Jehovas genießen, aber Aaron war ein schwacher Wurm und hatte Jehova seit seiner bemitleidenswerten, schwächlichen Kindheit gefürchtet und gehaßt. Er wünschte sich jedes andere Schicksal außer dem, der Sohn des Rabbi zu sein. Als Peony seine Vorfahren erwähnte, raffte er sein Gewand zusammen und entwischte.

Peony warf ihm einen langen, empörten Blick nach. Dann ging sie mit raschen, festen Schritten in ihr Zimmer, wo sie sich von Kopf bis Fuß gründlich wusch, ihre Kleider wechselte, die Haare bürstete und sich parfümierte. Schließlich legte sie ihren schönsten Schmuck an und steckte sich eine frische Blume ins Haar. Aber der Zorn brannte immer noch in ihr. Jetzt war sie fest entschlossen, Aarons ganze Familie aus dem Haus zu vertreiben. Als sie sich gesäubert hatte, ging sie in Davids Zimmer und wartete dort, indem sie putzte und abstaubte und einen Fächer aus Sandelholz ausbesserte, den er zerbrochen hatte.

Ihre Wangen waren noch immer von Zorn gerötet, als David nach ein oder zwei Stunden zurückkam. Sie saß am Tisch und flickte den feinen Fächer mit einer in Leim getauchten Feder. Der erste Blick auf David verriet ihr, daß er Kueilan gesehen habe. Er kam gutgelaunt und selbstzufrieden herein. Wie eingebildet ein Mann aussieht, dachte sie, der sich geliebt weiß! Doch wußte sie genau, daß dieser Gedanke ihrer eigenen, verborgenen Liebe entsprang, und schob ihn beiseite. Sie legte den Fächer behutsam hin, nahm einen demütigen Ausdruck an und stand auf. Seine Augen begegneten den ihren mit der alten Fröhlichkeit, die sie so lange vermißt hatte.

„Erzähl mir", bat sie schmeichelnd, obwohl sie sicher war, daß er ihr alles erzählen wollte.

„Was?" scherzte er.

„Hast du sie gesehen?"

„Hast du mir nicht gesagt, daß sie dort sein werde?" entgegnete er.

„War sie also dort?"

„Und wenn sie nicht dort war?"

Zu seiner Überraschung begann Peony plötzlich zu schluchzen.

„Was ist denn jetzt mit dir?" fragte er.

Sie schüttelte den Kopf und konnte nicht sprechen.

Er trat näher zu ihr. „Sag", drängte er. „Hat dir jemand etwas getan?"

Sie nickte schluchzend und wischte sich mit dem Ärmel die Tränen ab.

„Meine Mutter?" fragte er aufgebracht.

„Es war — es war — oh, ich kann seinen Namen nicht sagen!" Sie schüttelte den Kopf und schluchzte herzzerbrechend.

„Ein Mann!" rief David.

Sie nickte. „Der Sohn des Rabbi", flüsterte sie.

David starrte sie eine Sekunde lang an. Dann drehte er sich auf dem Absatz um und ging mit großen Schritten zur Türe. Peony aber lief ihm nach. „Nein, nein!" schrie sie. „Er soll nie erfahren, daß du es weißt. Die Schande ist zu groß für mich."

„Was hat er getan?" fragte David.

„Ich — ich kann es dir nicht sagen", stammelte sie.

„Er hat doch nicht —", begann David, und nun glühten auch seine Wangen.

„Oh nein, oh nein!" rief sie. Dann lachte sie unter Tränen, damit er sich den Vorfall nicht schlimmer denke, als er gewesen war. „Ich habe ihn geschlagen", gestand sie. „Ich habe ihn an den Haaren gepackt und — ihn geohrfeigt."

David lachte mit wilder Freude. „Ich wollte, ich hätte euch gesehen! Hast du ihm blaue Flecken beigebracht, Peony? Laß mich gehen und nachschauen!"

„Nein, warte", bat sie. „Glaub mir, was ich gesagt habe, ist wirklich wahr. Er hat — er hat seinen Mund auf meinen gedrückt —"

„Seine Mutter soll verflucht sein!" sagte David plötzlich. Peony legte das Zeigefingerchen ihrer rechten Hand auf seine Lippen und ihre schönen Augen schwammen in Tränen. „Ich bin entehrt", flüsterte sie.

Wie hätte David ihr Trost verweigern können? Er legte die Hände auf ihre Schultern und blickte auf ihre weichen roten Lippen, und sie zog ihren Finger weg und sagte mit der sanftesten Stimme: „Berühre meine Lippen — und mach sie sauber!“

Sie neigte sich ihm entgegen, während er sich herabbeugte und zu lachen und eine Spielerei daraus zu machen suchte, und dann beugte er den Kopf noch tiefer, bis seine Lippen wirklich auf den ihren lagen. Noch nie hatten seine Lippen den Mund einer Frau berührt. Es war nur Peony, dieselbe kleine Peony, die er so gut kannte, aber auf einmal waren ihre Lippen süß und fremd.

Sie wich zurück und ihre Stimme klang hastig und klar. „Danke“, sagte sie anmutig. „Jetzt kann ich es vergessen. Sag mir, Junger Gebieter, hast du die hübsche dritte Tochter von Kung wirklich gesehen?“

Ihre Veränderung ging so rasch vor sich, daß er kaum sprechen konnte. Er war zutiefst verwirrt. Die süße neue Wärme, die Peony in ihm wachgerufen hatte, lenkte sie nun rasch auf eine andere. Ohne zu ahnen, daß Peony seine Ergriffenheit geschickt benützte, um ihn auf die gewünschte Bahn zu schieben, ließ er seine Gedanken zum Tempel zurückschweifen und erlebte den Augenblick wieder, als er sich hinter dem großen Schutzgott des Westens verborgen hatte. Er sah vor sich, wie Kueilan eintrat und der bestickte Saum ihres apfelgrünen Seidenkleides über die Fliesen streifte. Eine alte Dienerin hielt sie an der Hand, und neben der gedrungenen kräftigen Gestalt wirkte das junge Mädchen wie ein Weidenbäumchen im Frühling. Dann fiel ihm ihr Gesicht ein.

„Ja“, erwiderte er langsam, „ich habe sie gesehen. Ich hatte vergessen, wie schön sie ist.“

„Ist sie zu klein?“ stichelte Peony.

„Ein kleines Ding, nicht größer als du. Aber ich habe kleine Frauen gern."

„Und ihre Augen — sind sie so groß wie meine?"

Das Schönste an Peony waren ihre Augen. Sie hatten die Form von Aprikosen, die Wimpern waren gerade, weich und lang, und dahinter leuchtete die Iris in tiefem, warmem Braun, nicht ganz schwarz. Während David in diese Augen blickte, war er gezwungen, an Kueilans Augen zu denken, und da er ganz dicht an ihr vorbeigegangen war, sagte er: „Sie hat die schönsten Augen, die ich je gesehen habe."

In Peonys Wangen erschienen Grübchen und sie hielt sich ihr Taschentuch vor das Gesicht, um ihr aufzuckendes Lächeln zu verbergen — und ihre Tränen. „Hast du mit ihr gesprochen?" fragte sie weiter.

„Ja", antwortete David. „Als sie in den inneren Tempel weitergehen wollte, hat sie mich gesehen."

„Und was hast du gesagt?"

„Nur, daß ich hoffe, sie werde mir verzeihen, daß ich ihretwegen gekommen sei."

Das sagte er mit großer Erregung, während er sich an den Tisch setzte und allen Übermut fallenließ. „Peony", fuhr er ernst fort, „du weißt, daß ich nicht heiraten kann wie andere Männer. Wenn ich sie anstatt Leah zur Braut nehme, verletze ich meine Mutter und den Rabbi und vielleicht sogar meinen Vater damit."

„Dein Vater denkt nur an dich", warf Peony ein.

„Ach, aber in unserem Volk sind die Frauen stärker als die Männer, und ich weiß nicht, was meine Mutter tun würde."

„Weiß Leah — von dieser andern?" fragte Peony.

„Nein." Er sah schuldbewußt aus. „Und ich habe ihr Anlaß gegeben zu glauben —" Er schüttelte den Kopf.

Peony, die bisher gestanden hatte, setzte sich nun ihm gegenüber an den Tisch.

„Du hast bei Leah den Eindruck erweckt, daß du – sie liebst?" fragte sie leise und ängstlich. Dann fuhr sie hastig fort: „Wie ist das möglich? Du hast ja nicht mit ihr gesprochen, während du das Buch studiert hast. Der alte Lehrer hat zwischen euch gesessen."

„Einmal im Pfirsichgarten —", begann David, indem er heftig errötete.

„Im Pfirsichgarten?" wiederholte Peony. „Was hast du da getan?"

„Es war am Tag, nachdem die Karawane angekommen war", erklärte David widerstrebend. „Wir waren alle etwas aufgeregt."

„Ist sie zu dir in den Pfirsichgarten gekommen?" rief Peony. Ihre Vermutungen eilten voraus. „Und glaubst du, sie wäre so kühn, aus eigenem Antrieb zu dir zu kommen? Sicher hat deine Mutter sie hingeschickt."

David starrte sie an und hielt es auf einmal für möglich, daß sie recht habe. „Wenn meine Mutter —" Er schlug mit den Fäusten auf den Tisch, so daß Peony aufschrie und den Fächer wegzog.

David lehnte sich mit zornerfüllten Augen zurück. „Ich werde meiner Mutter sagen —"

Peony aber schaute ihn über den geschnitzten Fächer hinweg an, den sie vor ihr Gesicht hielt, weil sie den Geruch des Sandelholzes liebte. „Warum brauchst du deiner Mutter etwas zu sagen?" besänftigte sie ihn schmeichelnd. „Ich will zu deinem Vater gehen und ihm sagen, wie dir zumute ist. Komm, ich will die Heiratsvermittlerin für dich machen!"

David schüttelte jedoch wieder den Kopf. „Es ist trotzdem nicht anständig von mir, wenn ich Leah im unklaren lasse", erklärte er. „Ich muß mir überlegen, was ich ihr sagen soll."

„Sag ihr nichts", bat Peony. „Was nicht gesagt wurde, braucht man nicht zurückzunehmen. Wenn man es in

Worten ausdrückt, ist alles hart und festgelegt. Ach, und sie wird sehr bitter gegen dich werden."

„Leah bitter?" wiederholte er. „Nein, da irrst du dich sehr! Gerade das tut mir weh. Sie ist so gut. Ihretwegen – nicht meiner Mutter wegen – wünschte ich von ganzem Herzen, daß ich sie lieben könnte."

Er brach ab, zögerte und fügte dann wie zu sich selbst sprechend hinzu: „Ich hätte sie lieben können, vielleicht – wenn sie einfach eine Frau gewesen wäre. Aber sie ist viel mehr."

Er glaubte, daß Peony zu kindlich sei, um ihn zu verstehen, aber sie verstand ihn vollkommen und war klug genug, nichts darauf zu erwidern. Leah war mehr als eine Frau – sie stellte ein Volk und eine Tradition und eine Vergangenheit dar, und falls David sie heiratete, so verband er sich mit diesem Ganzen und mußte sich wieder dazu bekennen. Er konnte nicht er selbst sein oder frei bleiben, denn er mußte ein Teil des überlieferten Ganzen werden und die Last des alten Kummers auf sich nehmen. Aber das sagte Peony nicht. Sie wippte statt dessen mit den Füßen, klatschte in die Hände und gab sich den üblichen kindlichen Anschein.

„Laß mich zu deinem Vater gehen!" bettelte sie.

Und David, dessen junges Gesicht von unbestimmtem Kummer überschattet war, lächelte bedrückt. „Was kann mein Vater für mich tun?" fragte er. „Er wurde genauso eingefangen wie ich jetzt."

„Ach, aber es war niemand zu seiner Rettung da", erwiderte Peony sanft. „In seiner Jugend gab es keine Orchidee. Denk an die Kleine, die jetzt an dich denkt. Weißt du, daß sie an dich denkt? Ja, ja, du weißt es! Laß mich zu deinem Vater gehen!"

Auf ihr sanftes Zureden hin nickte er endlich, und sie lief schnell hinaus, damit er sie nicht wieder zurückrufen könne. Natürlich ging sie sofort zu Ezra, der mit ausgestreckten Beinen und einem Fächer auf dem Bauch in seinem roten Stuhl schlief. Er schnarchte, und es gelang ihr nicht sofort, ihn zu wecken. Sie hustete, sie sang und rief ihn leise an, immer darauf bedacht, ihn nicht plötzlich zu wecken, damit seine wandernde Seele den Rückweg in seinen Körper nicht verfehle. Endlich entdeckte sie eine Grille auf dem Boden, hob sie auf und setzte sie in Ezras Bart. Dort fürchtete sich das Tierchen so sehr, daß es kläglich zu zirpen begann, worauf Ezra aufwachte, den Kopf hin und her warf und sich dann durch den Bart fuhr, die Grille fand und in weitem Bogen wegschleuderte.

„Ich habe das freche kleine Ding in deinen Bart springen sehen, Herr", sagte Peony liebenswürdig, „aber ich hatte Angst, dich zu wecken."

„Das ist mir noch nie vorgekommen", staunte Ezra. Er setzte sich auf, streckte sich, gähnte und schüttelte den Kopf, um richtig wach zu werden. „Bedeutet das etwas? Ich muß einen Wissenschaftler fragen."

„Es bedeutet Glück, Herr", erwiderte Peony. „Grillen kommen nur in behütete, reiche Häuser."

Aus einer auf dem Tisch stehenden Kanne schenkte sie eine Schale Tee ein und hielt sie ihm mit beiden Händen hin, hob dann den zu Boden gefallenen Fächer auf und begann, ihn zu fächeln. Als er wieder bei sich zu sein schien, fing sie mit ihren Neuigkeiten an.

„Herr, ich muß einen Fehler beichten."

„Noch einen?" fragte er. Er gähnte und rieb sich lächelnd den Kopf.

„Mein junger Gebieter — dein Sohn, Herr —" sie hielt inne.

Ezra war sofort beunruhigt. Sie sah zu glücklich aus. War es möglich, daß David so töricht gewesen war, ihre Liebe zu erwidern? Das würde das ganze Haus in Aufruhr bringen. Eine Leibeigene! Was würde Madame Ezra tun?

Peony bemerkte die Angst in seinen Augen und versuchte zu lächeln. Sie wußte nur zu gut, woran er dachte, und ihr Herz zitterte. Kein Mensch, nicht einmal dieser gute Gebieter, den sie als ihren einzigen Vater liebte, sah etwas anderes in ihr als eine angenehme Sklavin, die zu Dienstleistungen und zum Vergnügen taugte, aber sonst zu nichts.

„Sei ohne Sorge", beruhigte sie ihn liebevoll. „Ich bin nicht diejenige, die dein Sohn liebt."

Das sagte sie, und wußte dabei ganz genau, daß es in ihrer Hand lag, in David Liebe zu wecken. Sein Herz hatte Leah abgelehnt und Kueilan noch nicht angenommen, in diese Leere hätte sie eintreten und vielleicht den Sieg erringen können. Aber sie war zu klug dazu. Niemals würde man ihr den Platz einer Gattin eingeräumt haben, und selbst wenn eine solche Aussicht bestanden hätte, konnte David auf diese Weise keinen Frieden finden. Sie liebte ihn zu sehr, als daß sie ihn hätte unglücklich wissen wollen, und sie war zum Gehorsam gegenüber den Vorgesetzten erzogen worden. Niemand konnte glücklich sein, wenn die richtige Ordnung mißachtet wurde. Ihr Schicksal hatte sie nicht zur Schwiegertochter in diesem Hause bestimmt. Nein, sie war wie das Mäuschen, das aus seinem Versteck trippelte und einsam in der Sonne tanzte. Sie mußte ihre Freude für sich allein finden, unter dem mächtigen Dach geborgen.

„Wen liebt mein Sohn denn?" fragte Ezra steif.

Peony hob den Kopf und sah ihn offen mit ihren sanften Augen an, die so ehrlich wie Kinderaugen wirkten, wenn sie diesen Ausdruck hineinlegte.

„Er liebt das dritte Töchterchen in Kungs Haus", sagte sie.

Ezra wandte den Blick ab und schwieg. Er zupfte an seinem Bart, seufzte und fingerte an seinen Lippen herum und schickte seine Gedanken in alle möglichen Richtungen, ohne irgendwo einen Lichtblick zu finden. Er fühlte nur den sehnlichen Wunsch, daß sein Sohn die Frau heiraten möge, die ihm gefiel und mit der er glücklich werden konnte.

‚Bin ich mit meiner Naomi nicht glücklich gewesen?' prüfte er sein Herz.

Er war glücklich gewesen. Wenn er Naomi vielleicht nicht geliebt hatte, als sie heirateten, so hatte er doch auch keine andere Frau besonders geliebt. Nein, er hatte die Jadeblume nicht geliebt — nicht genug, um sich ihretwegen die Gunst seines Vaters zu verwirken. Wenn David erklärt hätte, daß er Peony liebe, so hätte Ezra geschimpft und seine Zustimmung verweigert, so wie es sein Vater damals getan hatte. Aber eine Tochter aus dem großen chinesischen Hause Kungs konnte man nicht geringschätzen. Sie war David in allem ebenbürtig — nur im Glauben nicht. Und doch hatten viele Juden Chinesinnen geheiratet und dabei ihr Judentum nicht vollständig aufgegeben. So wollte er es Naomi darlegen.

Ezra war ein Mann, der jedes Vorhaben sofort ausführen mußte, und so vergaß er Peony, sprang lebhaft auf und begab sich zur Mutter seines Sohnes, während Peony stehenblieb und zu erraten suchte, wieviel sie erreicht habe. Sie folgte ihm in geringem Abstand und bezog ihren Posten hinter der Akazie. Ezra fand seine Frau in ihren Gemächern vor. Sie war immer noch äußerst mißgelaunt. Schon an der Türe bemerkte er ihre Verstimmung, die er jedoch irgendeinem Haushaltsärger zuschrieb. Madame Ezra war eine sehr umsichtige, gewissenhafte Hausfrau und konnte über ein gestohlenes Ei oder eine zerschlagene Schüssel in Aufregung geraten. Sie empfing Ezra mit kaltem Blick.

„Du bist heute nicht ins Geschäft gegangen", stellte sie fest.

Er versuchte zu lächeln und setzte sich ihr gegenüber an den Tisch. „Nein, denn ich bin gestern abend sehr spät nach Hause gekommen", gestand er. „Kung Chen hatte mich eingeladen, mit ihm den Mond anzusehen. Er brachte seine beiden Söhne mit, und David begleitete mich."

„Wie du aussiehst!" rief sie. „Du bist schwefelgelb!"

„Na, na", knurrte er. „So schlimm ist es nicht."

„Mit glasigen Augen", fuhr sie streng fort, „und deine Haare sind ein Krähennest! Hat David zu viel getrunken?"

„Ich habe ihn heute morgen noch nicht gesehen."

Sie warf die Lippen auf. „Ich habe mit Leah gesprochen."

Unter seinen buschigen Brauen richtete er einen schlauen, zärtlichen Blick auf sie. „Ach, Naomi", seufzte er, „warum läßt man den Jungen nicht in Ruhe?"

„Ich weiß nicht, was das heißen soll", erwiderte sie ärgerlich.

„Er liebt Leah nicht. Falls er sie heiratet, tut er das nur dir zuliebe, und wie können die beiden damit glücklich werden?"

Madame Ezras hübsches Gesicht rötete sich. „David versteht nichts von Frauen", erklärte sie. „Er ist genauso töricht wie du es warst, als ich dich heiratete."

„Ich war noch viel dümmer", antwortete Ezra sanft. „Ich war Lehm in deinen Händen, meine Liebe."

Sie war nicht geneigt, sich zu besänftigen. „Außerdem liebt ihn Leah", beharrte sie.

„Dann tut sie mir leid."

„Warum?" Sie wandte rasch den Kopf und schaute ihn an. „Warum sollte sie dir leid tun?"

Ezra antwortete: „Ich — liebte eigentlich keine andere Frau."

Ihre Augen begegneten sich und beide schauten auf

die Seite. Vor Jahren, als sie eine stolze, junge Frau war, außerordentlich schön und strenggläubig, hatte sie ihm einmal in eben diesem Raum vorgeworfen, daß er sich zu einer Leibeigenen ins Zimmer schleiche. Beide hatten wohl behauptet, daß sie es vergessen hätten, aber beide erinnerten sich daran.

„Wenn du Peony meinst –", sagte Madame Ezra mit Betonung.

Ezra schüttelte den Kopf. „Nein, ich meine nicht die Leibeigene. Ich meine Kung Chens Tochter."

Madame Ezra erhob sich in derselben Art wie vor vielen Jahren und schaute auf ihn hinunter. „Nein!" schrie sie. „Niemals! Ich lasse es nicht zu. Warum sprichst du wieder von ihr?"

Aber Ezra war nicht mehr der friedliebende, umgängliche junge Mann von damals. Er war stattlich und kräftig geworden, und nach dem jahrelangen Zusammenleben mit ihr, in dem er sie schließlich lieben gelernt hatte, konnte er seine Sache verteidigen.

„Ach, Naomi", sagte er milde und grausam, „wann wirst du wohl einsehen, daß das Leben nicht deine Erlaubnis abwartet?"

Mit diesen Worten stand er auf und ging hinaus. Peony dachte hinter der Akazie darüber nach, was sie gehört hatte. Sollte sie wieder zu David gehen und ihn davon unterrichten? Aber was hatte sie eigentlich anderes gehört, als den alten Streit zwischen den Eltern? Es war wohl besser zu warten, bis der Streit seine Lösung gefunden hatte, so wie es der Himmel bestimmte.

Sie schlüpfte aus ihrem Versteck und kehrte in ihr Zimmer zurück.

Madame Ezra hatte Leah zur Verzweiflung getrieben. Sie hatte nichts Derartiges beabsichtigt, aber in der Ratlosigkeit ihrer eigenen Angst hatte sie getobt, geschmäht und gehetzt, bis Leah außer sich geriet. Dieses Haus, das so große Geborgenheit versprochen hatte, war kein sicherer Boden — nach all ihren Hoffnungen! Die Freundin ihrer Mutter, die nächste Vertraute ihrer Mutter war über sie verstimmt. Was sollte aus ihr werden, wenn Madame Ezra sie fortschickte? Sie sah die endlose Trübsal ihres Lebens im väterlichen Haus vor sich. Wenn ihr Vater starb, würde sie allein sein und nur noch Madame Ezras ärgerliche Wohltätigkeit haben. Nein, sie würde nicht nur allein sein, viel schlimmer noch, Aaron würde bei ihr sein. In Angst und Verzweiflung gab sie jeden Verteidigungsversuch auf und versank in Schweigen. Sie antwortete auf nichts, was Madame Ezra sagte. Mit gesenktem Kopf stand sie da, während Madame Ezra unaufhörlich weitersprach. Ihre zusammengepreßten Hände waren so kalt, daß sie aneinander festgefroren schienen. Sie fühlte sich am ganzen Körper zerschlagen und bleiern und ihr ganzes Denken war betäubt.

Als Madame Ezra sie schließlich anschrie: „Geh jetzt — und zeige dich eine Weile nicht mehr bei mir!" drehte sich Leah um und ging hinaus, ohne zu wissen, wohin sie ging.

Sie fühlte keinen Groll gegen Madame Ezra. Sie verstand die Seelenqualen zu gut, die diese warmherzige Frau in solche Wut versetzt hatten. Auch Madame Ezra war verzweifelt. Nur Verzweiflung war es, was sie so grausam machte — Verzweiflung und Liebe. Madame Ezra liebte David mehr als alle andern Menschen, sogar mehr als Gott, und aus diesem Grund wollte sie ihren Sohn festhalten, im Glauben ihres Volkes festhalten. In diesem heidnischen Land mußte David für sie verloren sein, wenn er nicht in ihrem Glauben festgehalten wurde. In ihren Träumen war er der Anführer, der sie vielleicht eines Tages alle in die Heimat zurückführen würde. Das alles war Leah bewußt, sie sah deutlich in

Madame Ezras Herz, und nichts, was sie sah, erfüllte sie mit Groll, denn sie verstand alles.

Nein, nicht Madame Ezra hatte einen Fehler begangen, sondern sie selbst hatte versagt. Es war ihr nicht gelungen, in David Liebe und den Wunsch zu erwecken, daß sie seine Frau werden möge. Wie, fragte sie sich demütig, konnte sie David einen Vorwurf daraus machen? Sie hatte in ihrem bisherigen Leben nichts getan, als für zwei Männer hauszuhalten. Sie hielt ihre Hände in die Höhe und betrachtete sie. Wang Ma hatte sie gelehrt, die Hände mit Öl einzureiben, und sie hatte den Rat auch getreulich befolgt, aber durch Arbeit und Armut waren sie groß geworden, das ließ sich jetzt nicht mehr ändern. Sie hatte versucht, die Thora zu lernen, aber ihre Gedanken und Träumereien kreisten immer nur um David, der neben ihr saß. Kein einziges Mal hatte er sie angesehen oder irgendein Zeichen gegeben, daß er sich an den einen Tag erinnerte, an dem sie sein Herz bewegt hatte, den Tag, an dem die Karawane kam, an dem Gott ihr beistand. Aber danach hatte sie nichts mehr getan — nicht einmal Gottes Hilfe gesucht. Stattdessen hatte sie die Tage verträumt, in törichter Zuversicht. Während sie nun blind durch Gänge und Veranden und Höfe ging und nichts beachtete, fing sie halblaut zu beten an: „Oh, Jehova, unser Gott, einig-einziger Gott, erhöre mich — und steh mir bei."

Und als sie blind und betend entlang ging, glaubte sie Gottes Stimme zu vernehmen, die ihr befahl, David aufzusuchen und ihm ihr Herz zu öffnen. Sie hob den Kopf, und die Tränen liefen ihr über die Wangen. Wenn Gott ihr wieder half, dann würde alles so enden, wie Madame Ezra es wollte — ja, und wie auch sie selbst es wollte. Sie liebte David. Mit welcher Freude wollte sie seine Gattin werden!

Ihre Füße begannen, über Wege dahinzueilen, die sie

seit ihrer Kindheit nicht mehr gegangen war. Vor langer Zeit, als David sieben Jahre alt war, hatte man ihn aus dem Hof seiner Mutter genommen und ihm zwei Zimmer neben seinem Vater eingerichtet. Das kleine Mädchen Leah hatte ihn eines Tages begleitet, um die Zimmer anzusehen, und dann hatte Madame Ezra es erfahren und verboten. Außer den Dienerinnen durften keine Frauen die Zimmer der männlichen Hausbewohner betreten.

Nun fanden Leahs Füße den vergessenen Weg, und da es um die Zeit war, in der die Dienstboten das Essen zubereiteten, wurde sie von niemand gesehen. So kam sie unangemeldet an Davids Türe.

David saß immer noch an seinem Tisch, seit Peony ihn verlassen hatte. Einmal war er aufgestanden, um ein Buch zu holen, dann hatte er doch nicht darin gelesen. Er konnte seine Gedanken nicht auf Worte konzentrieren, obwohl er nach Worten zu suchen geglaubt hatte, denn bei Kueilans Anblick waren ihm einige formlose Worte eingefallen. Es war kein gewöhnliches Liebesgedicht. Es waren ernste Zeilen über die Wahl, die ein Mann zwischen Liebe und Pflicht treffen mußte.

Und doch, dachte er, noch ehe er das Buch aufschlug, in Wahrheit traf er keine Wahl zwischen Liebe und Pflicht. Seine Wahl lag auf dem Gebiet der Pflicht allein. Er konnte die hübsche kleine Chinesin immer noch beiseite schieben, denn er liebte sie nicht so sehr, sondern war sich nur bewußt, daß er sie würde lieben können, falls er die Wahl träfe, die ihm dies gestattete. Nein, wenn er im Mikrokosmos seines eigenen Wesens zu entscheiden hatte, war es dieselbe Entscheidung, vor die sein ganzes Volk gestellt war. Wollte er sich absondern, sich zu einem Glauben bekennen, der ihn unter allen Menschen einsam machte, wo immer er lebte, oder wollte er den Strom seines Lebens in das große Meer des gesamten menschlichen Lebens um ihn her fließen lassen? Konnte er es wagen, sich in diesem Meer zu verlieren? Aber würde er sich denn verlieren? Nichts ging jemals verloren. Was er war, die Vorfahren in ihm, und die Kinder, die er einmal haben würde, das alles konnte das Meer vertiefen, aber nicht darin untergehen.

In diesem Augenblick vor der Entscheidung, mitten in seiner Versunkenheit, sah er plötzlich Leah an der Türschwelle stehen. Überrascht stand er auf.

„Bist du — hast du mich gesucht?" stammelte er.

Bei seinem Anblick kam Gewißheit über sie. Es durfte keine Unklarheit zwischen ihnen bestehen. Sie mußten sich von Seele zu Seele begegnen.

„Ja", antwortete sie. „Deine Mutter ließ mich heute morgen rufen und machte mit Vorwürfe deinetwegen."

„Das war nicht recht von ihr", erwiderte er freundlich. Aber er war ratlos. Was bedeutete es, daß sie in diesem Augenblick erschien? Hatte Gott selbst sie gesandt?

Sie trat ins Zimmer und setzte sich auf den Stuhl, auf dem noch vor kurzem Peony gesessen hatte. Auch David setzte sich wieder. Er sah, daß Leah geweint hatte, aber irgend etwas hatte ihre Tränen versiegen lassen. Ihre großen Augen waren leuchtend klar und ihre Wangen leicht gerötet. Sie war so schön, daß er sich wunderte, warum er sie nicht von ganzem Herzen und mit ganzer Seele liebe. Sein Herz schwieg. Er konnte niemanden lieben, bevor seine Seele ihre Wahl getroffen hatte. — In diesem Augenblick sah er die Tafel in der Synagoge vor sich, deren Worte sich ihm eingeprägt hatten:

> „Gottesdienst heißt den Himmel ehren, und Rechtlichkeit heißt den Vorfahren nachleben. *Aber der menschliche Geist hat von jeher bestanden, noch ehe es Gottesdienst und Rechtlichkeit gab.*"

Diese kühnen, eigensinnigen Worte eines unbekannten Menschen stärkten jetzt Davids Gemüt und machten ihn halsstarrig gegen Gott und die Menschen.

„Du sollst dich durch meine Mutter nicht bedrücken lassen", sagte er unvermittelt. „Sie hat mir früher viel Kummer verursacht. Als ich noch klein war, schien ich ihr nie etwas recht zu machen. Ich war nie gut genug." Er lächelte ein bißchen traurig. „Sie ist so gut — so von Eifer erfüllt."

„Deine Mutter hat recht", entgegnete Leah fest. „Ich habe unrecht — und du. Ja, du auch, David!"

„Habe ich unrecht getan?" Er versuchte zu scherzen, denn er fürchtete sich vor dem, was er in ihr fühlte und was sich gegen seinen Entschluß, frei zu sein, richtete.

„Wenn es nicht solche Frauen wie deine Mutter und Männer wie meinen Vater gäbe", sagte Leah ernst, „wäre unser Volk schon lange untergegangen. Wir alle wären so wie andere Menschen geworden und wüßten nichts vom einzigen wahren Gott. Sie aber sind die Getreuen, die uns als lebendiges und in sich geschlossenes Volk erhalten haben."

Davids Blick fiel auf ihre kräftigen jungen Hände, die verschränkt auf dem Tisch lagen. Er schwieg eine Weile. Dann sagte er sehr ruhig: „Und doch frage ich mich, ob nicht sie es sind, die die andern gegen uns aufbringen — immer noch."

Leah schaute ihn mit halbgeöffneten Lippen an. Er sah, daß sie ihn nicht verstand. „Es muß den Leuten schwerfallen zu glauben, daß wir besser sind als sie", fuhr er fort. „Und inwiefern sind wir eigentlich besser, Leah? Wir sind gute Kaufleute, wir werden reich, wir sind gescheit, wir können Musik machen und Bilder malen und feine Stoffe weben, und wo immer wir sind, haben wir Erfolg — und dann erregen wir Haß und werden getötet. Warum? Das frage ich mich Tag und Nacht, und ich glaube, daß ich den Grund allmählich errate."

Leah konnte das nicht hinnehmen. „Die Menschen hassen uns, weil sie auf uns neidisch sind", erklärte sie. „Sie wollen Gott nicht anerkennen. Sie sind schlecht und wollen nicht gut sein."

David schüttelte den Kopf. „Wir behaupten, daß sie schlecht sind. Wir selbst behaupten, daß wir gut sind."

Leah entsetzte sich über diese Worte. „David, wie kannst du den Sinn der Thora absichtlich so mißverstehen?" rief sie. Aus dem Ernst ihrer Stimme und ihres Blickes sprach ihr ganzes jugendliches Feuer. „Hat mein Vater es dir denn nicht erklärt? Es ist nicht so, daß wir gut sind. Gott hat uns dazu auserwählt, seinen Willen zu verkünden — durch unsere Thora. Wenn wir untergehen, wer soll dann für das Gute sorgen? Soll das Böse über die Welt herrschen?"

Darauf erwiderte nun auch David leidenschaftlich: „Ich kenne keinen schlechten Menschen." Er ärgerte sich über Leah, weil auch sie starrköpfig war, und fügte plötzlich hinzu: „Wenn ich den Namen eines schlechten Menschen nennen sollte, dann würde ich sagen, daß es dein Bruder Aaron sei."

Mit diesen Worten traf er sie ins Herz.

„Du — du wagst so etwas zu sagen!" schrie sie. „Du solltest dich schämen, David!"

„Weil er dein Bruder ist?" fragte David.

„Nein — weil er — weil er — einer der unsrigen ist!" rief sie.

David lachte hart auf. „So, das ist gerade ein Beweis für das, was ich sage! Du bist nicht gerecht, Leah, genauso wenig wie meine Mutter. Für mich ist ein Mensch gut oder schlecht, ob er nun Jude ist oder nicht."

Sein Zorn machte Leah unsicher. „Was hat Aaron getan?"

David stand auf und stellte sich von ihr abgewandt an die offene Türe. „Ich kann dir nicht sagen, was er getan hat", erwiderte er hochmütig. „Es eignet sich nicht für deine Ohren." Er starrte in den schattigen Hof hinaus.

„Mein Bruder tut nichts, was ich nicht wissen dürfte", behauptete Leah.

„Dann sollst du es wissen. Er hat sich ungehörig gegen eine Frau benommen."

Leah schwieg einen Augenblick. Ihre innere Stimme riet ihr, nichts mehr zu sagen, aber sie war von Erbitterung gegen David erfüllt. Er war ihr wieder entschlüpft, und Ärger und Furcht ließen sie jede Vorsicht vergessen.

„Was für eine Frau?" fragte sie.

„Das sage ich dir nicht." Er drehte ihr noch immer den Rücken zu und blickte in den Hof hinaus.

In diesem Augenblick erschien die kleine Pekinesenhündin im gegenüberliegenden Tor. Sie blieb auf der Schwelle stehen, schaute ihn mit traurigen runden Augen an und ließ die rote Zunge seitlich aus dem Maul hängen. Sie pflegte Peony überallhin nachzulaufen, aber da sie träge und schwerfällig war, folgte sie immer nur in großem Abstand. Sie suchte Peony mit der Nase, nicht mit den Augen.

Leah wußte jedoch, daß die Hündin immer hinter Peony herlief, und erfaßte blitzartig den Zusammenhang. „Ich weiß, welche Frau es war!" sagte sie. „Es war Peony!"

Im geheimen verfluchte David das Hündchen, aber was konnte er darauf erwidern? Er drehte sich um, setzte sich wieder und schlug mit der flachen Hand auf den Tisch. „Es war Peony!" schrie er. „Eine Sklavin im Hause seiner Gastgeber!"

Ihre Blicke maßen sich in gemeinsamer Wut und beide wollten nicht nachgeben.

„Wenn es irgendeine andere Frau gewesen wäre, hättest du dir nichts daraus gemacht!“ rief Leah heftig. Sie hatte jetzt nur noch den einen Wunsch, David mit aller Kraft zu verletzen, und suchte nach den wirksamsten Worten. „Ich weiß, warum du nichts für mich übrig hast!“ schrie sie. „Peony hat dich verdorben und verwöhnt und dich bis in die Knochen zu einem Schwächling gemacht. Sie hat deine Seele gestohlen.“ Sie war nicht imstande weiterzusprechen. Sie bemühte sich, nicht zu weinen, aber sie brach in lautes Schluchzen aus und verachtete sich wegen ihres Zusammenbruchs.

Davids Wut legte sich plötzlich. Das schöne, verzweifelte Gesicht erfüllte ihn mit Zärtlichkeit und Mitleid. „Ich liebe nicht Peony“, sagte er. „Ein anderes Mädchen – vielleicht – das du überhaupt noch nicht gesehen hast.“ So traf sein Herz endlich die Wahl und seine Seele schwieg.

Leah hörte auf zu weinen. Sie starrte ihn mit ausdruckslosen Augen und zitternden Lippen an, während die Bedeutung dieser Mitteilung in sie eindrang. Seine Worte dröhnten in ihrem Herzen und senkten sich wie Gift in ihr Blut. Finsternis umfing ihre Seele. Sie sprang auf und riß das Schwert herunter, das in der Reichweite ihrer rechten Hand an der Wand hing. Sie packte es und schwang es über den Tisch. Die scharfe, gebogene Klinge traf David am Kopf. Seine Hand fuhr in die Höhe. Er fühlte das Blut herausströmen und sank mit glasigen Augen zu Boden. Leah starrte auf ihn hinunter und hielt das Schwert noch immer in der Hand.

In diesem Augenblick trippelte die kleine Hündin, die alles beobachtet hatte, auf David zu und beschnüffelte ihren Herrn. Sie berührte mit der Zungenspitze sein Blut und begann dann mit hocherhobenem Kopf zu heulen.

Als Leah die Klagelaute hörte, ließ sie das Schwert

fallen. Mit einem Schlag kam sie wieder zu Bewußtsein. Sie warf sich auf die Knie und preßte ihren Ärmel an Davids Kopf. „Oh, Gott“, flüsterte sie. „Wie konnte ich nur? Ach, was soll ich tun?“ stöhnte sie fassungslos.

Die Hündin heulte unablässig.

Peony war gewöhnt, auf ihre Stimme zu achten, und wenn die Hündin nicht kam, suchte sie nach ihr. Sie hörte das hohe Gewinsel durch die offenen Hoftüren, stand schnell auf und ging dem Ton bis zu Davids Hof nach. Hinter der geöffneten Türe sah sie Leah weinend am Boden knien und neben ihr lag das Schwert.

„Um Himmels willen — wie hat er sich verletzt?“ schrie Peony und stürzte ins Zimmer.

Da stand Leah auf und alles Blut stieg ihr ins Gesicht. „Ich habe es getan“, sagte sie mit zugeschnürter Kehle.

„Du!“ flüsterte Peony. Sie warf Leah einen furchtbaren Blick zu.

„Hilf mir, ihn aufs Bett zu legen! Und dann rufe seine Mutter!“ Sie gab Befehle, als wäre Leah die Dienerin und sie selbst die Herrin, und Leah gehorchte zitternd. Gemeinsam hoben sie David auf und trugen ihn ins andere Zimmer, wo sie ihn auf sein Bett legten. Sein Kopf sank zurück und das Blut strömte über das Kissen.

„Er ist tot!“ schrie Leah.

„Nein, er ist nicht tot“, erwiderte Peony schroff. „Überlaß ihn mir. Geh und sag es seiner Mutter.“

„Ich kann nicht, ich kann nicht!“ klagte Leah.

Peony drehte sich heftig zu ihr. „Soll ich ihn hier sterben lassen, während ich weg bin?“ fragte sie.

Was gab es darauf zu erwidern? Laut schluchzend lief Leah hinaus und blieb dann ratlos stehen. Da war das Schwert. Es lag auf dem Boden neben der Hündin, die es wie ein Beweisstück bewachte. Leah blieb vor dem Schwert stehen. Dann bückte sie sich und hob es auf. Die Hündin knurrte. Aber Leah achtete nicht darauf. Sie erhob das Schwert und zog die scharfe Schneide über ihre Kehle. Sie sank zu Boden, das Schwert klirrte auf den Fliesen und die kleine Hündin begann wütend zu bellen.

Peony hörte im andern Zimmer, daß Leah stehenblieb. Sie fühlte Davids Herz unter ihrer Hand klopfen und stand lauschend da. Alles blieb still, dann hörte sie den Hund knurren. Wieder wartete sie. Im nächsten Augenblick hörte sie das Klirren und lief auf lautlosen Sohlen an den Türvorhang. Da lag Leah mit durchschnittenem Hals, und ihre Haare waren schon blutdurchtränkt. Neben ihr lag das Schwert, und die Hündin bellte heftig.

„Still", sagte Peony, „still, kleiner Hund."

Wie von Gespenstern gejagt stob sie davon. Zwar hatte sie Leah gebeten, Madame Ezra zu holen, aber in diesem furchtbaren Augenblick fehlte ihr selbst der Mut dazu. Statt dessen eilte sie zu Wang Ma und vermied jedes Geräusch, damit niemand vorzeitig das Unglück erführe.

Bevor sie Wang Ma fand, stieß sie auf den alten Wang. Er hatte die heiße Mittagsstunde, in der alle schliefen, dazu benützt, eine Wassermelone aus dem Nordbrunnen zu ziehen. Diese Frucht hatte er zerteilt und genoß nun ihre goldene Frische in einem stillen, kaum benützten Gang beim Küchenhof. Bei Peonys unerwartetem Auftauchen fürchtete er zuerst, daß sie die gestohlene Melone entdecken werde, dann aber sah er, daß sie ihn gar nicht beachtete.

„Wo ist Wang Ma?" fragte sie.

„Sie schläft drüben unterm Bambus." Er deutete mit dem Kinn hinüber.

Peony eilte weiter und fand gleich darauf Wang Ma, die mit dem Kopf auf den Knien auf einem Schemel sitzend schlief.

„Wang Ma!" rief sie laut.

Wang Ma wachte sofort aus dem leichten Schlaf des wachsamen Dienstboten auf. Sie starrte Peony benommen an, und Peony schüttelte sie an der Schulter.

„Wang Ma — der Tod ist im Haus! Die Jüdin und unser junger Herr haben sich gestritten. Sie hat ihn mit dem Schwert am Kopf getroffen."

„Oh, Himmel", stammelte Wang Ma und sprang auf. „Wo?" schrie sie.

„In seinem Hof. Warte! Wang Ma, sie hat das Schwert gegen sich selbst gerichtet."

„Beide — tot?" flüsterte Wang Ma, stimmlos vor Entsetzen.

„Nein — nur sie."

„Wissen es die Alten?"

„Soll ich es ihnen sagen, oder willst du?"

Die beiden Frauen sahen sich an. Beide überlegten fieberhaft.

„Ich will hingehen und vorbereiten, was die Alten sehen dürfen", entschied Wang Ma. „Geh du und sag es ihnen."

Damit trennten sie sich und Peony ging zu Madame Ezra. Es war besser, sie als erste zu benachrichtigen, dachte sie, aber als sie zur Türe kam, war auch Ezra im Zimmer, und so blieb ihr nichts übrig, als es beiden zu sagen.

Bei ihrem Anblick schrien sie auf. „Was ist mit dir los?" rief Madame Ezra.

„Ruhig, Naomi!" befahl Ezra. Er stand auf, aber Peony winkte mit beiden Händen. Sie brachte die Nachricht doch nicht über die Lippen. Die beiden mußten selbst hingehen. „Kommt — kommt — beide! Oh — oh!"

Sie begann zu weinen und wieder zurückzulaufen, und die beiden schauten sich an und eilten ihr wortlos nach.

Mit angsterfülltem Herzen folgten ihr die Eltern, als

sie die Richtung zu Davids Hof einschlug. Sie sprachen kein Wort, sondern beschleunigten nur ihre Schritte, und Madame Ezra lief Ezra voraus.

An der Tür blieb Peony stehen. „Ich muß euch sagen . . .", begann sie.

Aber Madame Ezra schob sie weg und drängte sich an ihr vorbei.

Ezra zögerte. „Ist David —?" fragte er mit trockenen Lippen.

„Nein", antwortete Peony. „Nicht er — aber — oh, Herr, bereite dich vor — Leah hat sich das Leben genommen — mit dem Schwert!"

Ezra schrie auf und drängte sich nun auch an ihr vorbei und folgte Madame Ezra, während Peony hinter ihm herging. Aber der Raum, in dem Leah gelegen hatte, war leer. Wang Ma hatte den alten Wang im Vorbeigehen am Kragen gepackt und ihn mitgezogen. Gemeinsam hatten sie Leah vom Boden aufgehoben und sie in das Zimmer des benachbarten Hofes getragen, wo der Rabbi David unterrichtet hatte. Dort hatten sie sie auf ein Ruhebett gelegt, und Wang Ma hatte den Vorhang von einer Türe gerissen und sie damit bedeckt. Unterdessen ging der alte Wang zurück, zog seine Jacke aus, trocknete damit das Blut auf, holte Wasser im Weiher und wischte den Fußboden sauber.

Als Madame Ezra nun ins Zimmer schaute, war nichts mehr darin zu sehen. Sie eilte in Davids Schlafzimmer weiter, und dort lag er auf seinem Bett. Peony hatte ihm ihren weißen Seidengürtel um den Kopf gebunden. Er lag da, als ob er schliefe, aber sein Atem ging rasch und stoßweise. Madame Ezra war außer sich vor Angst. Sie schrie seinen Namen, und als er nicht antwortete, begann sie Peony zu schmähen.

„Warte, Naomi", befahl Ezra. „Wir müssen den Arzt rufen."

„Warum hast du mir nicht gesagt, daß er sich verletzt hat?" schrie Madame Ezra Peony an, packte sie an den Schultern und schüttelte sie, so daß Ezra dazwischentreten mußte. Peony sagte kein Wort, denn sie verübelte ihrer Herrin die Aufregung nicht. Sie verstand, daß Madame Ezra vor Kummer verstört war und eine Erleichterung darin fand, ihren Zorn an ihr auszulassen. In diesem Augenblick kam der alte Wang mit Wang Ma herein. Ezra schickte ihn sofort zum Arzt und befahl Wang Ma, einen Kräutertrank zu bereiten.

Peony blieb mit den Eltern allein und konnte nun den Hergang des Unglücks erzählen. Sie tat es mit wenigen, schlichten Worten. Ezra und seine Frau hörten mit klopfenden Herzen und geweiteten Augen zu, und Madame Ezra setzte sich an Davids Bett und begann schweigend seine Hände zu reiben.

„Aber warum haben sie sich gestritten?" fragte Ezra mit trauriger Verwunderung.

„Ich weiß es nicht", erwiderte Peony. „Ich dachte nur an ihn, als ich ihn da liegen sah, und während ich ihm den Kopf verband, hat sie —"

Madame Ezra brach plötzlich in lautes Schluchzen aus. „Oh, dieses böse, böse Mädchen — und ich habe sie wie meine eigene Tochter behandelt! Vielleicht hat sie meinen Sohn getötet!"

„Leah war nicht böse", sagte Ezra bekümmert. „Sie hat wegen irgend etwas den Verstand verloren — aber jetzt werden wir nie mehr erfahren, was es war."

Madame Ezra hörte plötzlich zu weinen auf. „Ich werde ihr nie verzeihen", sagte sie.

„Auch nicht, wenn David am Leben bleibt?"

„Sie hat ihn zu töten versucht", erwiderte sie.

In diesem Augenblick bewegte sich David, schlug die Augen auf und blickte von einem zum andern.

„Leah?" hauchte er.

„Still!“ sagte Madame Ezra.

„Aber sie — wollte nicht . . .“, seine Stimme erstarb.

„Still!“ wiederholte Madame Ezra heftig.

„Sprich nicht, mein Sohn“, sagte Ezra. Er trat zum Bett und nahm Davids Hand. So warteten die beiden Eltern. David schloß die Augen wieder und sagte nichts mehr. Wang Ma brachte eine Schale Kräutertee mit einem Löffel, und Peony flößte David das Getränk langsam ein, bis endlich der Arzt kam. Er war ein kleiner, gebeugter, stiller Mann mit einer großen Hornbrille, der nach Ingwer und getrockneten Knochen roch.

Als er eintrat, erhoben sich alle und warteten gespannt, während er die Wunde untersuchte, den Puls fühlte und eine Weile nachdachte.

„Wird mein Sohn am Leben bleiben?“ fragte Ezra schließlich.

„Ja“, antwortete der Arzt, „aber sein Leben wird lange in Gefahr bleiben. Es ist nicht nur eine Fleischwunde. Sein Geist ist verletzt worden.“

„Was sollen wir tun?“ flehte Madame Ezra.

„Gebt ihm in allem nach“, antwortete der Arzt.

## VIII

David erwachte. Er lag in seinem Bett. Es war Nacht und nur eine kleine, mit Öl gefüllte Lampe schimmerte durch die Vorhänge seines Bettes. Nacht? Aber die Sonne hatte doch geschienen!

„Leah“, rief er leise.

Peony hörte ihn sofort. Sie saß absichtlich auf einem harten, unbequemen Schemel, um nicht einzunicken und schon die geringste Veränderung seines Atems zu bemerken. Nun trat sie auf Zehenspitzen ans Bett, schlug die Vorhänge zurück und schaute ihn an. Seine wachen Augen blickten zu ihr auf.

„Leah", flüsterte er wieder.

„Leah schläft", sagte sie.

Mit ihrem weichen, seidenen Taschentuch fuhr sie ihm über Wangen und Lippen.

„Ich fühle mich — schwach", murmelte er.

„Du mußt essen", antwortete sie. „Bewege dich nicht." Sie ließ die Vorhänge fallen und ging zu einem kleinen Kohlenbecken, das sie auf einen Tisch gestellt hatte. Dann hob sie den Deckel von einem Topf, der auf den Kohlen stand, und schöpfte mit einem langstieligen Löffel Reissuppe und roten Zucker in eine Schale. Ihre Bewegungen waren ruhig und behutsam.

„Ich will dich füttern", sagte sie liebevoll, als sie wieder an sein Bett trat.

Sie fürchtete, daß David fragen werde, wie er dazu gekommen sei, im Bett zu liegen. Aber er fragte nichts. Löffelweise trank er langsam die warme, süße Flüssigkeit. Roter Zucker war blutbildend. Dann hatte er also viel Blut verloren. Deshalb fühlte er sich schwach. Der Kopf schmerzte ihn heftig. Es fiel ihm ein, warum das so war. Leah hatte ihm einen Schwerthieb versetzt. Er sah ihr wildes, schönes Gesicht vor sich, wie sie mit den Händen das erhobene Schwert hielt. Sein Leben lang würde er sich daran erinnern. Nichts, was sie sagte oder tat, konnte ihn das vergessen lassen. Und sie schlief!

„Der Kopf tut mir weh", murmelte er.

„Ich will dir ein bißchen Opium geben", sagte Peony und ging wieder zum Tisch hinüber. Sie machte die Opiumpfeife bereit, indem sie das Opiumkügelchen erwärmte, bis es weich war, kehrte damit zum Bett zurück und setzte das Mundstück an Davids Lippen.

„Atme es, Junger Gebieter", sagte sie.

Er zog mehrmals den Atem ein, und der Rauch schlang sich um seine Gehirnwindungen. Der Schmerz ließ nach, und während die Erleichterung zunahm, sah er Peonys von Licht umstrahltes Gesicht.

„Wie freundlich — wie — wie gut — wie gut —", lallte er.

Sie legte ihm die Hand auf die Lippen. „Ich liebe dich", sagte sie deutlich. „Ich könnte dir nie weh tun — ich liebe dich. Hörst du mich?"

Er lächelte in seliger Benommenheit und vermochte nichts zu antworten. Er versank in samtene Weichheit, atmete Duft ein, hörte Musik, sah Peonys Gesicht wieder und wieder, von Liebe verklärt, und die Augen fielen ihm zu.

Am nächsten und übernächsten Tag jedoch, während er sich kräftigte, drangen verschiedene Geräusche an sein Ohr. Verstohlene Schritte kamen und gingen, und einmal hörte er den Rabbi einen Schrei ausstoßen. Gegen Abend vernahm er Hammerschläge. Seine Eltern saßen bei ihm, und Peony machte auf dem Kohlenbecken Wasser heiß.

„Mutter", sagte David.

Madame Ezra erhob sich von ihrem Stuhl und trat an sein Bett. „Ja, mein Sohn?" Ihre Stimme klang so traurig und ihre ganze Art war so gedrückt, daß sie verändert wirkte.

„Wo ist Leah?" fragte er deutlich.

Madame Ezra wandte sich um und schaute Ezra an, der am Tisch saß und langsam die Daumen drehte. „Wir sollten es ihm lieber sagen, Naomi", rief er zögernd.

„Habt ihr Leah bestraft, Mutter?" schrie David. „Ach, das ist nicht recht."

„Gott hat sie gestraft, mein Sohn", sagte Madame Ezra. Plötzlich begann sie zu weinen. Die große, starke, gesunde Frau, die ihr ganzes Leben lang ihre eigenen Wege gegangen war, wurde von fassungslosem Schluchzen gepackt. Sie war außerstande, ein Wort hervorzubringen, und stürzte aus dem Zimmer. Ezra ging ihr nach. Peony, die allein zurückblieb, fiel die Aufgabe zu, David eine Erklärung zu geben. Sie trat an sein Bett und erzählte ihm sanft und rasch, was sich ereignet hatte.

„Leah ging allein ins andere Zimmer, während ich hier mit meinem Gürtel das Blut stillte. Sie nahm das Schwert und schnitt sich die Kehle durch — und ihr Leben verließ sie."

Er schloß die Augen. Diese Klinge, mit der er die grobe Umhüllung der Warenballen zerschnitten hatte! Er sah sie in Leahs Hals einsinken. Plötzlich wurde ihm übel, und Peony schrie auf und hielt ihm ein Kissen unter den Mund.

„Sogar als Tote fügt sie dir noch Schaden zu!" jammerte sie.

David sank erschöpft in die Kissen. „Schweig!" ächzte er. „Du kannst — das nie verstehen!"

Seine Worte fielen wie Steine in Peonys weiches Herz. Sie erwiderte nichts darauf, sie war keiner Antwort fähig. Sie trug das Kissen fort, um es reinigen zu lassen, und bevor sie zu David zurückkehren konnte, blieb sie hinter einer Türe stehen und wischte sich mit dem Ärmel die Tränen ab. Dann ging sie in das Zimmer, wo der Schreiner seine Arbeit beendet hatte. Der schwere Sarg aus Kampferholz war fertig gezimmert, und der Deckel lehnte an der Wand. Die Dienstboten hatten Leah schon in den Sarg gebettet. Sie hatten ihre Aufgabe ohne Peonys oder Wang Mas Hilfe ausgeführt. Eine junge Dienerin stand noch da, glättete Leahs Gewand und steckte ihr eine Kerze in die gefalteten Hände, um ihrer Seele den Weg zu beleuchten.

„Ich habe ihren Hals zugedeckt", flüsterte die Dienerin. Sie hatte ein Seidentuch über die Wunde gelegt.

Peony trat näher und schaute Leah an. Ihr blutleeres Gesicht sah dünn und unwirklich aus, als wäre es aus durchsichtigem Wachs. Die Augen waren eingesunken, und die langen, dunklen Wimpern lagen wie tiefe Schatten auf den Wangen. Ihr schönes schwarzes Haar ließ die bleiche Stirne frei und die Lippen waren hart und starr.

Madame Ezras Gemüt war vom Kummer angegriffen und durch das Scheitern all ihrer Pläne und Hoffnungen verstört. Sie war geschwächt, wenigstens für den Augenblick.

„Ezra", klagte sie, als er sie in ihr Zimmer gebracht und in einen Stuhl gesetzt hatte, „was sollen wir mit unserem Sohn tun?" Das war die Frage, mit der sie sich seit Leahs Tod abquälte.

Ezra stand vor seiner weinenden Frau, und zum erstenmal in ihrem gemeinsamen Leben fühlte er sich dieser Frau überlegen, die er auf seine Art geliebt hatte und nun wirklich liebte — dessen war er gewiß. Er nahm ihre schwere Hand zwischen seine beiden Hände und streichelte sie. „Laß uns nur an sein Glück denken, meine Liebe", schmeichelte er. „Wir wollen die Hochzeit so bald wie möglich festsetzen."

Sie schlug ihre tränennassen, demütigen Augen zu ihm auf. „Meinst du —", begann sie zögernd.

Er nickte. „Ich meine, das hübsche Kind, das er liebt, die Tochter von Kung Chen. Ich will den Vater besuchen und mit ihm den Tag bestimmen, dann wird wieder Freude ins Haus kommen."

„Aber Leah —", wandte Madame Ezra ein.

Ezra sprach rasch weiter, als habe er schon alles entschieden. „Sie wird morgen beerdigt, und dann wollen wir eine Trauerzeit von einem Monat einhalten. Bis dahin ist David wieder gesund."

Madame Ezra konnte nichts darauf erwidern. In einem Monat! Sie senkte den Kopf und entzog ihm ihre Hand.

Ezra blieb noch einen Augenblick wartend stehen. „Bist du einverstanden, Naomi?" fragte er mit starker, volltönender Stimme.

Madame Ezra nickte. „Ja, ich bin einverstanden", sagte sie müde. Sie hatte den Widerstand aufgegeben. Ezra beugte sich zu ihr herab, küßte sie auf die Wange und verließ sie, ohne ein weiteres Wort zu sagen.

## IX

Im neunten Monat des Jahres, als die Hitze vorüber und die Kälte noch nicht eingetreten war, wurde Davids Hochzeitstag bestimmt. Es war der dreiunddreißigste Tag nach Leahs Tod, und der Rasen auf ihrem Grab war immer noch grün.

So fand David ihre Ruhestätte vor, als er sie zum erstenmal aufsuchte. Er hatte sich wortlos gefügt, als sein Vater ihm mitteilte, daß die Heirat beschlossen sei, und auch, als er erfuhr, daß der Austausch der Geschenke stattgefunden habe, hatte er geschwiegen.

„Macht dir das Freude, mein Sohn?" hatte Ezra ihn schließlich gefragt.

„Ja, Vater, wenn es dir und meiner Mutter Freude macht", hatte David erwidert. Er war von seiner Verletzung genesen, aber die Wunde hatte auf seiner Stirn eine Narbe hinterlassen, die dort bleiben mußte, bis sein Schädel zu Staub zerfiel. Trotz der körperlichen Genesung hatte er sich geistig noch nicht erholt. Viele Stunden am Tag war er teilnahmslos, nachts schlief er schlecht, und auch seine einstige Eßlust hatte sich noch nicht wieder eingestellt. Peony bemerkte das alles, aber sie sagte nichts darüber. Sie umsorgte ihn nun wieder wie in alten Zeiten, als er noch ein Kind war, und Madame Ezra erhob keinen Einspruch mehr dagegen.

„Sag mir, was dich freuen würde, mein Sohn", bat Ezra beunruhigt. Er legte seine große, heiße Hand auf Davids abgemagerte Finger, und David zuckte unter der Berührung zurück. Er empfand seinen Vater als zu eifrig und drängend, als überängstlich und allzu gesund. Seine Kräfte waren der Liebe seines Vaters nicht gewachsen.

„Ich muß heiraten, ich weiß", sagte David.

„Du mußt nicht — du mußt nicht", erwiderte Ezra. Aber er ließ das Gesicht hängen.

„Doch, ich muß", beharrte David.

„Nicht, wenn du Kungs Tochter nicht liebst", versicherte Ezra.

„Ich liebe noch niemand — vielleicht", antwortete David mit schwachem Lächeln. — Ezra war ernstlich besorgt. Er lehnte sich zurück und legte die Hände auf die Knie. „Ich dachte, du hättest ihr Gedichte geschrieben!" rief er.

„Ja, aber —"

„Hast du damit aufgehört, bevor —" Ezra brachte Leahs Namen nicht über die Lippen.

„Bevor Leah starb?" sagte David für ihn. „Nein — doch, ich ließ ein angefangenes Gedicht liegen. Das war, weil ich Leah begegnete — im Pfirsichgarten."

„Trauerst du um sie?" fragte Ezra.

David dachte lange nach, bevor er antwortete. Sie saßen in Ezras Zimmer, denn sein Vater hatte ihn rufen lassen, um ihm die vollzogene Verlobung mitzuteilen.

„Nein", sagte er endlich. „Ich trauere nicht. Ich wollte, sie wäre nicht gestorben — nicht auf diese Art. Wenn sie am Leben geblieben wäre —" Er brach wieder ab.

Ezras Haare sträubten sich und er fühlte ein Prickeln auf Armen und Beinen. „Hättest du sie geheiratet?" fragte er, als David gar zu lange schwieg.

David schüttelte langsam den Kopf. Die Narbe auf seinem Kopf schmerzte bei dieser Bewegung. „Nein", sagte er und wiederholte dann entschiedener: „Nein, Vater, sicher nicht. Aber wenn Leah am Leben geblieben wäre, hätte ich diese andere mit größerer Freude geheiratet. Kannst du das verstehen?" — Ezra ließ den Kiefer hängen und starrte seinen Sohn kopfschüttelnd an. Das überstieg sein Verständnis.

„Armer Vater", sagte David zärtlich. „Warum sollte ich dich damit behelligen? Ich werde heiraten und Söhne und Töchter haben und etwas Gutes aus meinem Leben machen. Nach der Hochzeit komme ich wieder ins Geschäft und alles wird weitergehen wie vorher — nur besser — viel besser."

Er stand auf und brachte ein Lächeln zustande, verneigte sich vor seinem Vater und ging fort. Ezra blieb gedankenschwer sitzen und seufzte, dann ging er ins Geschäft, und für den Rest des Tages blieb seine Unterlippe vorgeschoben und seine Stimmung schlecht.

David seinerseits war von Unrast erfüllt und zeigte sich Peony gegenüber so reizbar, daß sie jeden Versuch, ihn zufriedenzustellen, aufgab und still über ihrer Näharbeit saß. Meist stickte sie irgend etwas, heute jedoch hatte sie keinen Seidenstoff in der Hand, sondern feines weißes Leinen in der Form einer Fußsohle.

David sah zu, wie ihre Fingerchen die Nadel auf und ab führten, und erkundigte sich schließlich, was sie nähe.

„Deine Füße sind vom Liegen empfindlich geworden",

erklärte sie ruhig. „Ich weiß, daß die Socken, die die Nähmädchen machen, dir weh tun. Diese hier nähe ich mit flachen Nähten, damit sie dir die Haut nicht aufreiben."

Er antwortete nichts darauf und schaute ihr von seinem bequemen Stuhl aus weiter müßig zu. „Ich soll heiraten, Peony", sagte er unvermittelt.

Sie sah ihn an und senkte dann die Lider wieder über ihre Näharbeit. „Ich weiß", sagte sie.

„Bist du jetzt mit mir zufrieden?" fragte er.

„Es kommt mir nicht zu, zufrieden oder unzufrieden zu sein", erwiderte sie sanft.

„Du sollst hierbleiben, Peony, genau wie von jeher", fuhr er fort.

„Danke", sagte sie. Dann fügte sie hinzu: „Junger Gebieter."

Er achtete nicht darauf. „Wahrscheinlich willst du eines Tages auch heiraten", sagte er plötzlich.

„Wenn ich das will, werde ich es dir sagen", antwortete sie. Ihre Finger arbeiteten emsig. Er dachte nicht an sie, aber das wußte sie wohl. Seine Gedanken drehten sich um ihn selbst. Aber auf das, was er nun sagte, war sie nicht vorbereitet.

„Ich möchte ausgehen und sehen, wo Leah begraben ist", erklärte er.

Sie legte das Leinen auf ihre Knie und sah ihn liebevoll mißbilligend an. „Und warum willst du gerade heute dorthin gehen? Es bringt Unglück, wenn man den Tod mit dem Leben verbindet."

„Wenn ich ihr Grab sehe, weiß ich, daß sie tot ist", sagte er rätselhaft.

Peony betrachtete ihn bestürzt. „Aber du weißt doch, daß Leah tot ist", redete sie ihm zu.

„Ich sehe sie fortwährend vor mir."

Sie saßen in dem Zimmer, wo Leah gestorben war;

Peony dachte daran, aber sie wollte ihn nicht daran erinnern. Schon oft hatte sie gedacht, daß Davids Zimmer in einen anderen Teil des Hauses gelegt werden sollten, aber zuerst war er für einen Umzug zu schwach gewesen, und später hatte er ihren Vorschlag abgewiesen, indem er erklärte, daß er diese Zimmer seit seiner Kindheit bewohnt habe und sie allen andern vorziehe. Im geheimen aber faßte Peony nun den Entschluß, Madame Ezra davon zu überzeugen, daß er nach seiner Heirat in anderen Räumen, in größeren Höfen wohnen müßte und daß man seine jetzigen Zimmer abschließen oder für Gäste verwenden sollte.

Sie faltete das Leinenstück zusammen und legte es in eine mit Elfenbein eingelegte Schachtel, worin sie ihre Näharbeiten aufzubewahren pflegte. „Wenn du ausgehen und das Grab sehen möchtest, begleite ich dich", sagte sie.

„Jetzt?"

„Jetzt", willigte sie ein.

So kam es, daß David an diesem milden, stillen Herbsttag in seinem Maultierwagen zum Friedhof außerhalb der Stadt fuhr, wo Leah begraben war. Es war ein ruhiger Ort, nicht weit vom Flußufer, und auch die Synagoge war nicht weit entfernt. David kannte ihn gut, denn auch seine Vorfahren ruhten hier zwischen all den Juden, die in dieser Stadt gestorben waren. Die Gräber waren hoch, wie chinesische Gräber, und die Gedenksteine waren klein.

Peony führte ihn zu Leahs Grab, denn sie wußte, wo es lag. An der Beerdigung hatte sie nicht teilgenommen, da sie mit David im Hause geblieben war, aber Wang Ma hatte ihr gesagt, daß es sich auf der östlichen Seite neben dem Grab ihrer Mutter befinde.

David setzte sich auf den Mantel, den Peony auf dem Gras ausbreitete. Es herrschte tiefe Stille, der Himmel war bedeckt und die Luft feucht und kühl. David starrte nur auf Leahs Grab. Die Erde war frisch, so daß die daraufgelegten Rasenstücke rasch Wurzeln geschlagen hatten. Einige wilde Astern von blaßroter Farbe blühten im Gras.

„Ich kann nichts davon fühlen, daß sie in diesem Grab ist", sagte David schließlich.

„Sie ist darin", erklärte Peony entschieden.

„Glaubst du an den Geist?" fragte er.

„Ich denke nicht über Geister nach", erwiderte Peony. Sie stand neben ihm, aber während sie sprach, bückte sie sich und legte ihre Hand an seine Wange. „Frierst du?" fragte sie.

Er schüttelte den Kopf. „Laß mich eine Weile allein", befahl er.

„Das tue ich nicht. Ich habe die Pflicht, bei dir zu bleiben, sonst gibt man mir die Schuld, wenn du dir schadest."

So blieb sie klein und aufrecht neben ihm stehen, dem Grab zugewendet. Aber ihre Augen blickten in die Ferne. Über die niedrige Mauer hinweg sah sie Felder und Dörfer, dahinter den hellen Fluß und ein Segel, das an einem Mast hing. Sie wußte nicht, was in David vorging, aber sie war entschlossen, ihn Leahs Geist nicht zu überlassen. Sie glaubte fest an Geister und wußte, daß der Geist der Verstorbenen sich immer an die Lebenden klammert. Mit der ganzen Kraft ihres Wesens leistete sie Leahs Geist Widerstand.

Bleib in deinem Grab, dachte sie und kämpfte mit ihrem Willen gegen Leahs Willen. Du hast ihn verloren und sollst ihm keinen Schaden mehr zufügen.

So hielt sie alles, was Leah bedeutet hatte, und jede Erinnerung an sie fern, bis David endlich seufzend aufstand.

„Sie ist tot", sagte er traurig.

„Laß mich dir den Mantel anziehen", bat Peony. „Du frierst."

Er schauderte. „Ja, ich friere — wir wollen schnell nach Hause gehen."

„Ja — ja", stimmte sie zu und führte ihn eilig zum Maultierwagen, und als sie über das holperige Pflaster zum Tor gelangten, half sie ihm rasch beim Aussteigen, hieß ihn sofort zu Bett gehen, holte heiße Suppe und einen heißen Stein für seine Füße und blieb bei ihm sitzen, bis er einschlief. Dann ging sie zu Madame Ezra und erzählte ihr getreulich, was geschehen war. Madame Ezra hörte zu, während sie ihre dunklen, gramerfüllten Augen auf Peony heftete, und Peony bereitete sich tapfer auf einen Wutausbruch vor. Aber Madame Ezra wurde nicht böse. Sie seufzte nur und sagte dann ruhig: „Da er jetzt das Grab gesehen hat, wollen wir das Vergangene vergessen und uns mit der Zukunft befassen."

Peony vernahm zum erstenmal in ihrem Leben einen solchen Satz von Madame Ezra, für die das Vergangene immer etwas Kostbares gewesen war, und sie fühlte Mitleid und eine neue Liebe. „Meine liebe Herrin", erwiderte sie sanft, „ich verspreche dir, daß die Zukunft auch für dich glücklich sein wird."

Madame Ezra schüttelte den Kopf, während zwei Tränen aus ihren Augen fielen. „Wenn Gott es will", murmelte sie.

Peony verneigte sich wortlos, aber als sie kurz darauf selbst zu Bett ging, dachte sie bei sich, daß die Götter wahrhaftig wenig mit dem irdischen Glück zu tun hätten.

Davids Hochzeitsmorgen zog klar und kalt herauf. Der Tag stand allein im Kalender der ersten Winterhälfte. Es waren keine Feiertage in der Nähe und keine Erinnerungen knüpften sich daran. Es war einfach ein Tag, den der Sterndeuter unter Kung Chens Leitung gewählt hatte, ein günstiger Tag, an dem sich die Horoskope von Mann und Frau unter einem guten Stern trafen.

Da David noch jung war, da er seine Kraft und Gesundheit vollständig wiedergewonnen hatte, da sein Herz ruhelos war und er sich darauf freute, weiterzuleben, stand er mit einiger Erregung und sogar mit Freude auf. Er hatte sich allmählich von dem Gedanken an das hübsche Mädchen, das nun seine Frau werden sollte, beherrschen lassen. Es war unumgänglich, sagte er sich. Selbst wenn Madame Ezra eine andere Tochter ihres Volkes an Leahs Stelle hätte setzen wollen, wäre keine zu finden gewesen. Die armen Juden waren viel zahlreicher als die wohlhabenden, es gab keine Familie, die zu Ezras Haus gepaßt hätte. Trotz ihres Glaubenseifers wäre seine Mutter zu vernünftig gewesen, eine Schwiegertochter mit vielen armen und gierigen Verwandten ins Haus zu bringen. Wenn es keine Leah sein konnte, warum dann nicht das hübsche Mädchen, das er gesehen hatte und von dem er wußte, daß er es würde lieben können?

Mit diesen Überlegungen befreite David sein Herz von den bisherigen Fesseln und hieß seinen Hochzeitstag willkommen.

Noch nie hatte Peony ihn so launenhaft und eigenwillig erlebt. Er stand früh auf, nahm drei Bäder, wovon das letzte parfümiert war, und fand die Art, wie sich seine Haare lockten, nicht zufriedenstellend, so daß Peony sie mit wohlriechendem Öl so straff wie möglich glattbürsten mußte. Er hatte auf neuen Kleidern bestanden, und diese Kleider waren aus hellgelber Seide angefertigt worden, nun wollte er blaßgrüne Seide. Gelb, sagte er, lasse ihn zu dunkel wirken.

Endlich riß Peony die Geduld. „Aber du selbst hast ja Gelb bestellt!" schrie sie.

„Du hättest mir davon abraten sollen“, sagte er mißgelaunt.

„Sei ruhig“, tadelte sie. „Es ist jetzt zu spät, um es noch zu ändern.“

So zog er die gelben Kleider an und war schließlich doch damit zufrieden, denn seine chinesischen Übergewänder waren leuchtend blau, so daß die gelbe Seide darunter sehr hübsch aussah. Über dem blauen Brokat trug er eine schwarze Samtjacke, die vorne mit Knöpfen aus Jade geschlossen war. Um seine kleine Braut nicht zu erschrecken, hatte David beschlossen, sich an diesem Tag ganz chinesisch zu kleiden. Als Kopfbedeckung trug er ein schwarzes, rundes Seidenkäppchen, das oben mit einem roten Knopf verziert war.

Als er bereit war, stellte er sich vor Peony, um sich von ihr begutachten zu lassen, und wie sie ihn so groß und lächelnd, mit hocherhobenem Kopf, vor sich stehen sah, füllten sich ihre Augen mit Tränen.

Rasch trat er dicht zu ihr und umarmte sie. „Peony!“ rief er zärtlich. „Warum weinst du?“

Einen Augenblick lang legte sie ihre Wange an seine. Dann lachte sie und entwand sich seinem Arm. „Du bist zu schön!“ erklärte sie. Sie stürzte sich in emsige Tätigkeit. „Laß mich deinen Kragen geradeziehen. Hast du dir die Handflächen mit Moschus eingerieben, wie ich dich gebeten habe? David, du wirst sehr glücklich sein — ich weiß es —, ich fühle es in meinem Herzen!“

„Aber bist du glücklich?“ beharrte er.

Sie wurde ernst, nahm seine Hand und legte sie an ihre Wange. „Ich bin glücklich“, sagte sie sanft. „Ich weiß jetzt, daß ich in diesem Haus bleiben werde — in alle Ewigkeit, bis ich sterbe.“

Genau zur Mittagsstunde erschien am großen Tor die mit roten Seidenvorhängen verdeckte Sänfte der Braut und eine kleine Sänfte für Chu Ma, während die Familienangehörigen nebst ihren Begleitpersonen in geschmückten Maultierwagen saßen. Die Sänften wurden durch die Höfe getragen und von dort in den Raum, wo Peony und Wang Ma warteten. Chu Ma stieg als erste aus. Peony öffnete jedoch selbst die Vorhänge von Kueilans Sänfte und bot ihr den Arm.

Ringsum wurden Seufzer und Ausrufe vernehmlich.

„Ah, sie ist wunderschön!"

„Ah, es ist wirklich wahr!"

„Schaut ihre großen Augen an!"

„Die kleinen Füße —"

Vielleicht hörte die Braut diese Ausrufe, aber sie gab kein Zeichen. Auf Peony und Chu Mas Arm gestützt, schritt sie anmutig durch die Türe.

„Vorsichtig, meine Gebieterin!" mahnte Chu Ma laut. Sie ließ sich nicht dazu herab, die anderen Dienstboten zu beachten, und eilte voraus, um das Kissen auf dem für die Braut bestimmten Stuhl zu glätten und sich zu vergewissern, ob es weich genug sei, worauf sie gebieterisch rief: „Wo ist der Tee? Ist es der beste? Meine Herrin trinkt nur Tee aus Blättern, die vor der Regenzeit gepflückt wurden!"

Peony aber hatte für alles gesorgt, und nachdem die kleine Braut eine Weile still dagesessen hatte, wurde sie neugierig und schlug ihre Schleier zurück, da sie nur von Frauen umgeben war. Sie ließ ihre großen schwarzen Augen durch den Raum wandern. „Wird das mein Zimmer sein?" fragte sie mit ihrem hohen, süßen Stimmchen.

„Sst!" tadelte Chu Ma. „Eine Braut darf nicht sprechen — ich habe es dir doch gesagt, du unartiges Kind!"

„Ich will aber sprechen", erwiderte die kleine Braut eigenwillig. „Übrigens hast du gesagt, ich müßte nur schweigen, wenn ein Mann im Zimmer sei."

Alle lachten darüber und auch sie stimmte ein. Dann

bemerkte sie Peony in ihrer Nähe. „Ich bin froh, daß du im Haus bist!" rief sie. „Du bist nicht älter als ich, nicht wahr?"

„Ich bin achtzehn, Herrin", sagte Peony.

„Ich auch", antwortete die Braut und klatschte in die Hände, worauf wieder jedermann lachte. Sie beugte sich zu Peony vor. „Sag mir — ist seine Mutter sehr sonderbar?"

Peony schüttelte den Kopf und hielt die Hand vor den Mund, um ihr Lächeln zu verbergen.

„Aber sie ist ausländisch?" beharrte Kueilan.

„Ja — aber nicht mehr so wie früher", erwiderte Peony.

Tatsächlich hatte sich Madame Ezra sehr verändert. Sie war schweigsam geworden und bestand nicht immer auf ihrem Willen. Mit Leahs Tod war auch in ihr selbst etwas gestorben. Alle hatten das bemerkt, ohne zu verstehen, was es war, aber Peony wußte es.

Schritte näherten sich dem Hof. Die Frauen schauten auf und erblickten David. Es entstand große Verwirrung, denn er hätte noch nicht erscheinen sollen. — Chu Ma schrie entsetzt: „Dein Schleier, Kleine!"

Aber Kueilan griff nicht nach ihrem Schleier. Sie schaute auf David und er auf sie. Alle Anwesenden waren sprachlos über diesen Vorfall und legten ihn als fremdländischen Brauch aus.

„Ich weiß, daß ich etwas tue, das als ungehörig gelten kann", sagte David sanft zu Kueilan. Er betrachtete sie unbefangen und mit größtem Wohlgefallen. Sie antwortete nicht, aber sie starrte ihn ihrerseits an, als hätte sie vergessen, daß sie ihre Augen niederschlagen sollte. So sahen sie einander an, und dann sagte sie mit atemloser Stimme: „Ich glaube nicht, daß es ungehörig ist!"

„Dann denken wir dasselbe", erwiderte David, warf noch einmal einen langen Blick auf sie und ging fort.

Als er verschwunden war, lächelte Kueilan wie eine Göttin und achtete weder auf Chu Mas Vorwürfe noch auf das unterdrückte Lachen ringsum. Sie ließ sich von Chu Ma den Schleier herunterziehen und blieb dahinter mit strahlenden Augen und sittsamem Ausdruck sitzen.

Madame Kung war in heiterer Stimmung, sie versank nie in Sorgen oder übermäßige Grübeleien. Ihr Kind sah so aus, wie es sich gehörte, und sie dachte, daß diese Heirat für eine drittgeborene Tochter gut genug sei, obwohl sie im geheimen stolz darauf war, daß die beiden älteren Mädchen in wohlhabende chinesische Familien geheiratet hatten. Sie unterdrückte ein Gähnen, betrachtete Madame Ezra und bemitleidete sie wegen ihrer großen Gestalt und ihrer vorspringenden Nase.

Nur Kung Chen empfand die Gefühle von Liebe und Zweifel und Zärtlichkeit, die ihn zu einem Vater machten. Seine kleine Drittgeborene! Sie war in seinem Hause aufgewachsen, und er hatte ihr keine größere Aufmerksamkeit als seinen andern Töchtern geschenkt, aber während sie nun mit winzigen, gemessenen Schrittchen hereintrippelte, erinnerte er sich daran, wie rosig und vergnügt sie als kleines Kind gewesen war, wie selten sie geschrien hatte, wie sie, als sie gehen lernte, gewaltige kleine Wutanfälle bekam, so daß sie stampfte und die Fäuste ballte, und wie er sie dann immer ausgelacht hatte, bis ihr Zorn sich verflüchtigte.

Ein kleines, liebenswertes Ding, ein Schmetterlingsverstand und ein Katzenseelchen, aber ihr schlanker, sanft gerundeter Körper war wirklich schön. Er hoffte, daß der junge Mann gut und geduldig sein würde, und betrachtete ihn verstohlen. David stand nun mit vorschriftsmäßig von der Braut abgewandtem Blick da und Kung Chen prüfte sein Gesicht. Hübsch, hochgemut, gescheit — ja, und für einen jungen Mann vielleicht sehr gütig, dachte er. Dann seufzte er. Hoffentlich wurden ihm Schmetterlinge und Katzen nicht langweilig! Kung dachte an seinen eigenen Hochzeitstag zurück, an die Freuden und Hoffnungen und die lange Enttäuschung, die sich allmählich eingestellt hatte. Aber es waren ihm Kinder geboren worden, und er hatte einsehen gelernt, daß das Leben aus allem besteht, nicht nur aus einer großen Liebe. Vielleicht genügte es, wenn der Mann gut war und die Frau hübsch.

Als gemeinsamer Freund, der die Hochzeit leiten sollte, trat nun Kao Lien vor und gab dem jungen Paar seine Anweisungen. Auf sein Geheiß verneigten sich die beiden erst vor ihren Familien, dann vor der Schriftrolle an der Wand, die in diesem Haus den Platz von Ahnentafeln einnahm. Hierauf tranken sie den gemischten Wein und brachen den Laib Brot. Die Riten waren halb jüdisch, halb chinesisch.

Nach dieser bald beendeten Zeremonie wurde die Braut zu ihrem Stuhl geleitet, wo sie alle sehen konnten, während sie selbst weder aufblicken noch sprechen noch irgend jemand beachten durfte. Auch David sollte sie der Vorschrift entsprechend nicht ansehen, aber er betrachtete sie heimlich und sein Herz begann rascher zu schlagen. Sie war tatsächlich überaus schön. Hinter dem Schleier waren ihre weichen, lieblichen Züge und ihr roter Mund zu sehen. Er bedauerte sie, weil sie lange unter dem schweren, mit goldenen und silbernen Verzierungen beladenen Kopfputz sitzen mußte. Heute abend, wenn er ihr den Kopfputz abnahm, wollte er sie streicheln und fragen, ob sie Kopfweh habe. Dann aber bemerkten die andern seine Blicke und begannen ihn wegen seiner Ungeduld zu necken, so daß er sich schämte und sich wegführen ließ, um Wein zu trinken und viele Leckerbissen zu essen.

Als die Nacht kam und das Brautpaar zu seinem Gemach begleitet worden war und sich alle voneinander verabschiedet hatten, wurde es wieder still im Haus. Die Dienstboten waren erschöpft und mit üppigem Essen angefüllt und schliefen rasch ein.

In Peonys Zimmer war es sehr still. Sie hatte die Gesellschaft früh verlassen und sich in das Brautgemach begeben. Dort hatte sie für alles gesorgt: für Blumen in den Vasen, für neue Kerzen und die silbernen Wasserpfeifen, für eine Schale mit kleinem Gebäck, für heißen Tee und einen Teller mit späten Pfirsichen, die rosiggelblich leuchteten. Die Bettvorhänge hatte sie mit Moschus parfümiert und auf den Schemel vor dem hohen Bett einen Samtteppich gelegt. Als ihr nichts mehr einfiel, zündete sie die Kerzen an und schaute im Zimmer herum. In ihrem Herzen regte sich keine Klage. Nein, sie kannte ihr Schicksal und wußte, mit welcher Bestimmung sie auf die Welt gekommen war, und sie war dankbar dafür, daß sie hier leben und jeden Tag in dieses Zimmer kommen durfte, auch wenn sie es nur betrat, um zu dienen.

Nachdem sie fortgegangen war, senkte sich Stille über den Raum. Chu Ma brach die Stille einige Minuten lang, als sie kurzatmig und aufgeregt mit der kleinen Braut hereinkam. Aber es geziemte sich nicht für sie, darin zu bleiben, denn der Bräutigam sollte bald erscheinen.

Still war es im Zimmer, als David eintrat. Er wartete, bis das letzte Lachen hinter der geschlossenen Türe verklungen war. Dann wandte er sich zu seiner kleinen Braut. Sie saß zwischen den zurückgeschlagenen Vorhängen auf dem Bett, hatte die Füße auf den Schemel gestellt und die Hände im Schoß verschränkt, und der Schleier bedeckte noch immer ihr Gesicht. Langsam und schweigend durchquerte er das Zimmer, nahm ihr den Kopfputz ab und legte ihn auf den Tisch. Dann stand er zögernd neben ihr und sein Herz klopfte heftig.

„Tut dir der Kopf weh?" fragte er sanft.

Sie hob den Kopf nicht. „Ja — ein bißchen." Ihre Stimme war beklommen und lieblich.

Er stand neben ihr und sie wartete, indem sie unverwandt auf seine Füße schaute. Da sie jetzt allein mit ihm war, fürchtete sie sich letzten Endes doch und hielt sich sorgfältig an Chu Mas Vorschriften. Aber falls er sie nicht anrührte oder sie nicht bat, ihn anzusehen, würde sie dann von sich aus soviel Mut haben, den Kopf zu heben? Und falls sie das über sich brächte, wann sollte sie ihn dann ansehen?

Noch ehe sie eine Antwort darauf fand, beugte er sich herab und nahm ihr Gesicht zwischen seine Hände.

„Wir wollen heute abend nicht sprechen", sagte er. „Morgen haben wir Zeit zum Sprechen — und an all den Tagen, die vor uns liegen."

„Ja", murmelte sie. Er fühlte, wie ihre Wangen zwischen seinen Händen warm wurden.

„Wir werden glücklich sein", flüsterte er.

„Wir werden glücklich sein", wiederholte sie.

In Peonys Zimmer war es am stillsten. Als sie sich in ihr Bett legte, wußte sie, daß sie nicht würde schlafen können. Sie würde die ganze Hochzeitsnacht hindurch wach bleiben und in Gedanken im andern Zimmer sein, in Davids Nähe. Aber sie traf ihre üblichen Vorbereitungen für die Nacht, wusch sich sorgfältig, parfümierte sich, putzte die Zähne, bürstete ihre Haare und zog frische Nachtkleider an. Sie hatte den ganzen Tag nichts essen können und hatte so getan, als ob ihr keine Zeit dafür bliebe. Als sie jetzt auf ihrem seidenen Kissen lag, rief sie sich jede Einzelheit zurück. Es fiel ihr nichts ein, was mißglückt war, und darauf war sie sehr stolz. Alle Gerichte waren ihrer Art entsprechend heiß oder kalt gewesen und die Weine auf den richtigen Grad erwärmt. Silber und Zinn hatten geglänzt, das Elfenbein war hell gewesen und das Holz poliert und hinter keiner Türe hatte Staub gelegen. Als sie bemerkt hatte, daß die kleine Braut müde war, hatte sie ihr heimlich eine Schale mit heißer Reissuppe gebracht und dafür gesorgt, daß niemand sie essen sah. Eins war klar: ihr Glück hing davon ab, ob sie das Herz von Davids Frau gewann. Ihre neue Herrin mußte lernen, sie zu lieben und sich auf sie zu stützen. Ja, noch mehr, sie mußte zwischen Mann und Frau stehen und sie zusammenbringen. Mit keinem Wort und durch keine Tat durfte sie die beiden trennen, denn im Glück des Paares lag ihre eigene Sicherheit — in seinem Glück und auch darin, daß sie unentbehrlich war. Peony war zu klug, um nicht klar zu überblicken, wie sich die Zukunft gestalten mußte. Sie kannte den Rahmen der Frau, wie hoch, wie breit, wie klein er war, und David war ihr anvertraut wie ihre eigene Seele. Die beiden würden sie oft nötig haben, um das Gewebe ihrer Ehe zu flicken, aber sie durfte nie verraten, daß sie sich dessen bewußt war.

So dachte sie nach, während die Stunden verstrichen, dachte nach und versuchte, das andere Zimmer, wo die beiden glücklich waren, nicht vor sich zu sehen. Nicht um diese Nacht handelte es sich für sie, sagte sie sich — nicht um diese Nacht oder die vielen kommenden Nächte, nicht um ein Geschehen oder viele Geschehen, sondern um das Ganze, um das Leben aller in Verbindung mit dem einen Leben, das ihrem Herzen teuer war.

Viele Stunden lang vermochte sie sich dies zu sagen, während sie in ihrem Bett lag und unentwegt ins Dunkle starrte. Dann hörte sie plötzlich den Hahn krähen. Die Nacht war vorüber und der Tag begann. Ihr Herz entspannte sich, und sie seufzte. Unter ihren Lidern sammelten sich Tränen und ihre Kehle war beengt, aber sie erlaubte sich nicht zu weinen.

Es ist vorbei, sagte sie sich. Jetzt kann ich schlafen.

# X

Anfänglich vermochte sich Peony nicht vorzustellen, daß nach der Hochzeit irgend etwas im Haus unverändert bleiben könnte. Mit jedem Tag jedoch erkannte sie ihren Irrtum deutlicher, sie sah, daß die ältere Generation das bisherige Leben fortsetzte, und dann, daß auch David dies tat. Das Gespräch, das er an seinem Hochzeitsabend aufgeschoben hatte, fand nie statt. Nach wenigen Tagen schon hatte er bemerkt, daß seine hübsche Frau über nichts als ihre alltäglichen Wünsche sprechen konnte. Aber sie lachte gern und kannte viele Spiele, die glücklichsten Stunden verbrachten sie mit diesen Spielen, die sie ihn mit viel Gelächter lehrte. Wenn sie gewann, geriet sie in kindliche Aufregung, klatschte in die Hände und trippelte auf ihren eingebundenen Füßchen im Zimmer herum. Diesen Füßen galt Davids ganzes Mitleid. Er hatte noch nie geschnürte Mädchenfüße gesehen, denn in diesem jüdischen Haus hatte man Peonys Füße unbehindert wachsen lassen. Kueilans winzige Füßchen, die in Seidenschuhen steckten, konnte er mit einer Hand umfassen, und eines Abends tat er dies mit Worten des Bedauerns.

„Kleines Ding", sagte er, denn so nannte er seine Frau jetzt, „wie konntest du dich so verstümmeln lassen?"

Zu seiner Verwunderung begann sie zu weinen, halb aus Ärger und halb wegen seines Mitleids, während sie die Füße zurückzog und unter ihrem Rock verbarg. „Sie gefallen dir nicht!" jammerte sie.

„Sie machen mich traurig", erwiderte er sanft. „Wie müssen sie dir weh getan haben!"

„Jetzt tun sie mir nicht mehr weh", erklärte sie.

„Warum wickelst du sie nicht aus?" fragte er.

„Ich will nicht, daß sie groß werden“, schmollte sie. „Warum sollte die ganze Mühe umsonst gewesen sein?“

„Laß mich sehen, was sich tun läßt“, bat er, da er ihren Stolz und ihre Scheu erriet.

„Nein — nein — nein!“ schrie sie, verfiel dann aber wieder in heftiges Schluchzen und rief so laut nach Peony, daß diese herbeieilte.

Bei ihrem Anblick streckte Kueilan mit tränenüberströmtem Gesicht die Hände aus. „Er will meine Füße sehen“, schluchzte sie und beruhigte sich erst, als Peony sich zu ihr aufs Bett setzte, ihre Hände streichelte und die Daunendecke über ihre Füße zog.

„Still — still —, er hat es nicht so gemeint“, tröstete Peony.

David stand am Bett und betrachtete die beiden. „Erkläre ihr, daß ich nur helfen will“, sagte er zu Peony. „Und es ist wahr, daß ich solche verkrüppelten Füße nicht gern habe.“ Damit verließ er das Zimmer, während Kueilan sich an Peony klammerte und herzzerbrechend weinte. Peony ließ sie weinen. Als ihr Schluchzen sich beruhigte, redete sie ihr mit sanfter Eindringlichkeit zu.

„Ich will meinem jungen Gebieter erklären, warum in unserem Volk den Mädchen die Füße eingebunden werden. Du darfst ihm keinen Vorwurf daraus machen, daß er es nicht weiß. Sein Volk läßt die Füße wachsen. Ja, sogar ihre Frauen tragen Sandalen an den nackten Füßen.“

„Wie Bauernfrauen!“ schrie Kueilan unter Tränen.

„Manchmal sind die Sandalen aus Gold und Silber und mit Juwelen besetzt“, fuhr Peony fort. „Hör jetzt auf zu weinen, Kleine Herrin. Er ist gut und freundlich, und sobald er einmal versteht —“

„Aber es gibt zu viel, was er nicht versteht!“ klagte die junge Frau.

Peony hatte viel Geduld. „Jedesmal, wenn er etwas nicht versteht, kannst du mich rufen lassen, und dann erkläre ich ihm, wie du es empfindest."

So tröstete sie Kueilan beruhigend und schmeichelnd, und als sich die Verzweiflung gelegt hatte, sagte sie: „Eine Frau muß ihrem Mann gefallen, Kleine Herrin. Welcher andre Mann sieht dich denn außer ihm? Laß mich also deine Füße behandeln. Ich will die Bänder jeden Tag ein klein bißchen lockern, so daß du es gar nicht fühlst, und wenn er sieht, daß du ihm gehorchst, wird er sich freuen. Wie glücklich wirst du sein, wenn er zufrieden ist!"

Kueilan machte ein zweifelndes Gesicht. Sie schlug ihre nassen Wimpern auf und sah Peony an. „Ich bin jetzt schon ganz glücklich", behauptete sie.

„Du wirst dein Glück verlieren, Herrin, wenn du deinem Mann nicht gefällst", beharrte Peony. — Die langen Wimpern senkten sich wieder und Kueilan sagte mit zaghaftem Stimmchen: „Aber ich habe fünfzig Paar neue Schuhe — und die sind so hübsch!"

Peony lachte. „Herrin, wenn das deine ganze Sorge ist, will ich jedes Paar nachmachen und deinen Füßen anpassen."

Kueilan schwieg eine Weile und Peony wartete. „Soll ich ihm das nicht sagen?" fragte sie und lächelte, als ermuntere sie ein Kind.

Schließlich nickte Kueilan langsam, während ihre Tränen wieder zu fließen begannen. Aber sie erhob keinen Widerspruch, als Peony ein Becken mit heißem Wasser holte und ihr erst die winzigen geschnürten Schuhe, dann die engen weißen Strümpfe auszog und endlich die langen Bänder aufwickelte. Selbst Peony war traurig, als die schmalen Füße nackt in ihren Händen lagen. Sie stellte sorgfältig fest, wie groß der Schaden war. Chu Ma hatte ihre Aufgabe, für eine gute Heirat zu sorgen, gewissenhaft und eifrig erfüllt und hatte dem Kind schon früh die Füße eingebunden. Die Knochen waren verkrümmt, aber nicht gebrochen. Diese Füße konnten zwar niemals gesund werden, aber wenigstens frei. Man mußte behutsam vorgehen, Tag für Tag nur ein wenig lockern, sonst wurde die Freiheit ebenso schmerzhaft, wie es das Einbinden gewesen war.

Als Peony die Füße aufgeweicht und um eine Kleinigkeit lockerer eingebunden hatte, unterhielt sie ihre Herrin mit einem Spiel, und als Kueilan schließlich gähnte, brachte sie sie zu Bett und wartete, bis sie einschlief. Dann erst suchte sie David auf. Er hatte sich Madame Ezras Anordnung, die Peony ihr heimlich eingeredet hatte, gefügt und war vor seinem Hochzeitstag in einen geräumigeren Hof umgezogen. Nun saß er in Gedanken versunken in seiner Bibliothek.

Sein Verstand sagte ihm, daß Kueilans Verstand kindlich sei und ihre Seele noch schlafe, aber sein Herz genoß ihren Anblick. Die runden Linien ihres weichen Körpers, die zierlichen Knochen, die so zart umkleidet waren, ihre schlanke Taille und die schmalen Handgelenke, die entzückende Reinheit von Hals und Brust, der Duft ihrer Haut und ihres Atems, die immer gleiche Anmut ihrer Bewegungen — das alles war ihm kostbar. Das Rührende ihrer kleinen Händchen und verkrüppelten Füßchen fesselte ihn ebenso unwiderstehlich wie ihre Augen, ihr Lachen und ihr hingebender Körper. Liebe war es nicht — wie bald erkannte er, daß es nicht Liebe war! Aber irgend etwas war es doch, und es war süß und beglückend.

Während er darüber nachsann, trat Peony ein. Sie erfaßte seine Stimmung und gab sich den Anschein, daß sie gekommen sei, um die Teekanne nachzufüllen und ihre Wärme zu prüfen. „Ich muß dir frischen Tee bringen — er ist schon kalt“, sagte sie, so wie sie es während seines ganzen Lebens allabendlich gesagt hatte. Er hörte kaum auf sie und gab keine Antwort.

Sie schaute ihn an und fuhr fort: „Meine kleine Herrin bittet mich, dir zu erklären, warum ihre Füße eingebunden sind."

„Ich weiß, es ist ein chinesischer Brauch", erwiderte er ohne aufzublicken.

„Ein törichter Brauch", gab sie zu. „Ich weiß nicht, wie er entstanden ist. Ich habe einmal gelesen, daß ein Kaiser über die kleinen Füße seiner Frau, die er liebte, entzückt war, und daraufhin begannen alle Frauen, die davon erfuhren, ihre Füße einzubinden. Und ich habe gehört, daß es vor langer Zeit anfing, als die Männer ihre Frauen im Haus halten wollten. Wer weiß? Aber jetzt ist es ein Brauch, und kleine Füße werden durch vorteilhafte Heiraten belohnt. Wir können es meiner kleinen Herrin nicht zum Vorwurf machen, daß sie den Erwachsenen nachgab."

„Ich werfe es ihr nicht vor", erwiderte er.

„Sie läßt dir sagen, es tue ihr leid, daß sie geweint habe, und sie wolle sich die Füße jeden Tag ein bißchen lockerer einbinden lassen, bis sie so frei sind, wie es noch möglich ist."

Jetzt blickte er auf. „Peony, das ist dein Entschluß, nicht ihrer."

„Sie war damit einverstanden", antwortete Peony und schaute weg.

„Ach, Peony!" sagte David. „Ach, Peony!" Er fühlte sich sonderbar einsam und faßte nach Peonys Hand, die sie ihm einen Augenblick überließ. Dann drehte sie den Kopf und begegnete seinem tiefen, warmen Blick. Sie zog ihre Hand sanft zurück, während sie mit der andern nach der Teekanne griff.

„Ich will heißen Tee holen, Junger Gebieter", sagte sie mit ihrer wohlklingenden, ruhigen Stimme und ging hinaus.

Er blieb sitzen, wartete auf ihre Rückkehr und wunderte sich, warum er nicht so glücklich war, wie er es gern gewesen wäre. Peony konnte ihm helfen, so wie sie ihm von jeher geholfen hatte, und doch wußte er nicht, was er eigentlich von ihr wollte. Wie konnte er ihr seine Traurigkeit mit Worten ausdrücken und ihr dabei verständlich machen, daß seine kleine Frau ihm auch eine Kostbarkeit war? Seine Gedanken wurden durch den alten Wang unterbrochen, der mit der Teekanne hereinkam.

„Peony hat mich gebeten, den Tee zu bringen, Junger Gebieter", sagte er, indem er die Kanne auf den Tisch stellte. „Soll ich dir eine Schale einschenken?"

„Laß nur", antwortete David. „Ich schenke mir selbst ein, wenn ich Durst habe." Er sah dem alten Diener nach und blieb nachdenklich sitzen. Warum war Peony nicht selbst zurückgekommen? Sicher nicht deshalb, weil er ihre Hand genommen hatte. Er hatte schon oft ihre Hand gehalten. Als nach einer Weile weder seine Traurigkeit verflog noch sein unbestimmtes Gefühl von Einsamkeit nachließ, stand er seufzend auf und ging ins Schlafzimmer, wo seine kleine Kostbarkeit war.

Ezras Haushalt paßte sich allmählich dem neuen Leben an. Man hätte meinen können, daß eine kleine Frau im Haus das Gesetz der Generationen nicht verändern würde, aber unzweifelhaft fand eine Veränderung statt. Madame Ezra, die sich fest vornahm, nichts Tadelnswertes an der Frau ihres Sohnes zu finden, fand auch an ihrem Sohn selbst nichts zu tadeln. David wußte jedoch, daß seine Mutter alle bisherigen Grundsätze beibehielt. An Feiertagen glitt das Haus sachte in die Vergangenheit zurück. Die alten Riten wurden befolgt, die traditionellen Gerichte zubereitet und verzehrt. Aber niemand ging mehr in die Synagoge. Die Tore waren verschlossen und niemand fand sich davor ein. Madame Ezra ertrug es nicht, allein hinzugehen, und Ezra war zu beschäftigt. Sein Vertrag mit Kung Chen war unterzeichnet, und ihre Namen standen in riesigen samtenen Schriftzeichen auf den roten Seidenfahnen, die über den Türen seines Geschäftes hingen.

Der Karawane, die Kao Lien alljährlich nach dem Westen führte, war eine zweite hinzugefügt worden, und außerdem kaufte Ezra Schiffsladungen von Baumwolle und Elfenbein, Silber und Juwelen aus Indien und transportierte sie vom Süden her über Land. Im Austausch schickte er Chinaseide aus Kung Chens Geschäften nach Indien, wo die Gazestoffe, die bei den Inderinnen beliebt waren und die auf keinen Webstühlen hergestellt werden konnten, daraus gewoben wurden.

Die Tore der Synagoge waren nicht einmal mehr bewacht. Der Türhüter Eli sorgte für den lächelnden, seit Leahs Tod geistesgestörten Rabbi, der auf keinen andern Menschen hörte. Eli war Tag und Nacht bei ihm, denn wenn man dem Rabbi erlaubt hätte, allein das Haus zu durchstreifen, hätte er die Dienstboten erschreckt.

Die restliche jüdische Bevölkerung in der Stadt, die aus kaum zweihundert Seelen bestand, ging ihren Geschäften nach und vergaß ihre Abstammung. In ihrem eigenen Haus jedoch hielt Madame Ezra die jüdischen Feiertage ein. Es war ein einsames Feiern, da nur Ezra und David zur Passahzeit das ungesäuerte Brot aßen.

Am ersten Passahfest nach der Hochzeit ihres Sohnes hatte sie auch für seine Frau einen Platz an der Festtafel decken lassen. Als David allein erschien, schaute ihn seine Mutter mit einem Anflug ihrer einstigen herrischen Art an.

„Kommt meine Schwiegertochter nicht?" fragte sie.

David nahm mit großer Gelassenheit seinen Platz ein. „Sie sagt, daß sie Angst habe", antwortete er.

„Angst?" rief Madame Ezra. „Was ist das für Unsinn?"

„Sie fürchtet, daß unsere geweihten Speisen ihre Seele verhexen", erklärte David und fügte dann rätselhaft hinzu: „Ich will sie nicht zwingen, Mutter. Vielleicht hat sie recht."

Etwas in seinem düsteren, unbewegten Blick ließ Madame Ezras Herz erstarren, so daß sie nichts mehr darauf erwiderte. Sie senkte ihr stolzes Haupt und wischte sich die Tränen ab, aber sie ließ keine Klage laut werden. Wie tief war ihr Volk gesunken! dachte sie bei sich. Vielleicht beteten auch noch einige andere Familien in ihren Häusern zu Jehova und würden ein paar weitere Jahre dabei bleiben, aber die meisten, das wußte sie wohl, hatten sogar den äußeren Schein aufgegeben und ließen die Feiertage mit Arbeit und Vergnügen vorübergehen.

Solange seine Mutter lebte, verriet David nach außen keine Unzufriedenheit mit seinem Leben. Sein erster Sohn kam ein Jahr nach seinem Hochzeitstag zur Welt. Kueilan, die vorher etwas mißgelaunt war, gebar ihn mühelos, wenn auch mit viel Gejammer und Geschrei. Als sie sah, daß es ein Knabe war, hörte sie mit dem Lärm auf und verlangte ihre sämtlichen Lieblingsgerichte. Aber sie wollte nicht selbst stillen, und man mußte eine Amme suchen. Darüber war Madame Ezra zuerst empört.

„Muß dieser Enkel chinesische Milch trinken?" fragte sie Ezra.

Ezra lächelte bedauernd. „Die Milch seiner Mutter wäre ja auch chinesisch, meine Liebe", sagte er.

Madame Ezra erkannte ihre Torheit und schwieg, und Ezra brachte es nicht übers Herz, sie daran zu erinnern, daß auch er selbst chinesische Milch getrunken hatte. Bald merkte er, daß Madame Ezra ihrem Enkel keine

Liebe entgegenbrachte, und als Kueilan im folgenden Jahr einen zweiten Sohn gebar, nahm sie die Nachricht nur mit einem Nicken entgegen.

Tatsächlich hing Madame Ezra nicht mehr am Leben. Alle bemerkten dies und jeder war in seiner Art darüber bekümmert. Diese starke, gute Frau war die Stütze des Hauses, und nun bröckelte diese Stütze ab. Sie verlor allmählich die Freude am Essen und klagte über schlechten Schlaf. Wenn sie mit Ezra allein war, fragte sie ihn oft, was sie denn in ihrem Leben falsch gemacht habe, daß es nun nicht so ende, wie sie gehofft hatte.

„Du hast nichts falsch gemacht, meine liebe Naomi", erklärte ihr Ezra. „Vielleicht hast du nur falsch geträumt."

„Ich habe immer dem Willen Gottes gehorcht", erwiderte sie bedrückt.

Ezra brachte es nicht über sich, ihr darauf zu antworten, wie oft ihr eigener Wille Gottes Wille gewesen sei, und so sagte er nur: „Ach, wer könnte beurteilen, was Gottes Wille ist?"

Während Madame Ezras Kräfte nachließen, starb der alte Rabbi plötzlich. Sein geistiger Verfall bewirkte, daß er zuerst auf die Stufe eines Kindes zurückfiel und dann sogar unter diese Stufe sank, und wenn Eli ihn nicht ständig beaufsichtigte, hob er alles vom Boden auf, was er finden konnte, und verzehrte es. So aß er eines Tages irgend etwas Verdorbenes — nicht aus Hunger, denn Ezra ließ ihn gut ernähren und sorgte dafür, daß er es im Winter warm hatte und im Sommer kühl, sondern aus alten Erinnerungen an früheren Hunger. Damit vergiftete er sich, erkrankte an Cholera und starb innerhalb eines Tages, während er, von Schmerzen verstört, um die Gnade Madame Ezras flehte, die er nun als das mächtigste ihm bekannte Wesen fürchtete.

Nach der Beerdigung fühlte sich Madame Ezra einsam

und traurig. Daß sie selbst bald sterben werde, war ihr zur Gewißheit geworden. In ihrer rechten Brustseite nahm eine Verhärtung zu, von der ziehende Schmerzen in Lunge, Rippen und Schulter ausstrahlten. Schon lange hatte sie das bemerkt. Jetzt zehrte dieses Leiden an ihr und von Tag zu Tag magerte sie ab. Sie seufzte im Dunkeln und ließ ihr Vorhaben fallen, vor ihrem Tode noch ins „verheißene Land" zu reisen. Was lag jetzt noch daran? Die Synagoge war zerstört, und was nützte eine alte Frau, die sich in ihre Heimat schleppte, um zu sterben? Ihre Kinder konnte sie ja nicht mitbringen.

Im Laufe des Jahres ergab sie sich dem Feind in ihrem Innern und starb unter großen Schmerzen in ihrem Bett.

Ezra fühlte sich im tiefsten Herzen betroffen und veranstaltete ein großartiges Begräbnis, wie es die Stadt noch nie erlebt hatte. Im langen Trauerzug schritten alle gläubigen Juden in Sackleinwand gekleidet, und Kung Chen hatte wohlhabende Chinesen dazu überredet, daß sie in Maultierwagen, die mit weißem Tuch bedeckt waren, mitfuhren, und Ezra ging neben David an der Spitze, beide von Kopf bis Fuß in Weiß, und ihnen folgten Davids Frau und Kinder, sogar das neugeborene dritte Söhnchen, das von Peony getragen wurde. Den Schluß bildeten alle Dienstboten unter Wang Mas Führung. Die Bevölkerung stand dicht gedrängt am Straßenrand, und alle waren sich einig, daß sie noch nie ein so schönes Begräbnis gesehen hätten, nur fehlten die Papierbilder von Haus, Sänfte und Dienstboten, die für die Geisterwelt hätten verbrannt werden sollen. Dann sagten einige: „Diese Leute glauben nicht an Bilder. Nicht einmal in ihrem Tempel sind Bilder."

Das mußten alle zugeben. Die Westmauer des Tempels war bei einem Sturm, der aus dem Süden kam, eingestürzt, und Neugierige hatten sich daraufhin den fremden Tempel von innen betrachtet, was bisher verboten gewesen war. Tatsächlich befanden sich keine Bilder darin.

Der Trauerzug bewegte sich langsam zum Stadttor, durchschritt es und gelangte zum jüdischen Friedhof. Dort hielt er an, und David und Ezra stellten sich ans Grab. Hinter David stand Kueilan und neben ihr Peony mit dem Drittgeborenen auf dem Arm, der unablässig schrie, bis die Bestattung vorüber war.

So wurde Madame Ezra begraben, und niemand las ein Gebet an ihrer Ruhestatt.

## XI

Peony wußte nicht, wie sie ohne ihre alte Herrin in Ezras Haus leben sollte. Sie kam von der Beerdigung zurück, wärmte den schreienden Säugling und übergab ihn seiner Amme, und ihr erster Gedanke galt David und seinem Vater. Kueilan war müde und klagte über Fußschmerzen, Hunger und Erschöpfung, während die beiden kleinen Knaben vor Hunger weinten. Aber Peony bat die andern Dienerinnen, sich um all das zu kümmern, und widmete sich mit Wang Ma den beiden Männern.

Beide hatten sich in ihre Zimmer zurückgezogen. Peony schickte Wang Ma zu Ezra und begab sich selbst zu David. Sie ahnte nicht, wie sie ihn vorfinden würde, ob in Tränen oder gefaßt, aber die Ruhe, mit der er sie auf ihr Hüsteln hin eintreten hieß, hatte sie nicht erwartet. Er stand da und zog das Überkleid aus, das er für die Beerdigung getragen hatte, und darunter kamen seine gewöhnlichen Seidenkleider zum Vorschein. Sie waren heute dunkelblau, um die Bedeutung des Tages zu würdigen. Als er sich umwandte, sah sie, daß er ernst war, aber nicht weinte.

„Komm herein, Peony", sagte er ruhig. „Ich wollte dich gerade holen lassen."

Er setzte sich und sah sie mit großer Freundlichkeit an. „Warte nicht, bis ich dich bitte, Platz zu nehmen", sagte er. „Du weißt, wieviel du diesem Haus bedeutest." Sie setzte sich und wartete.

„Wenn ich wüßte, wie ich ohne dich auskommen könnte, würde ich mich nicht mit meinem schlechten Gewissen quälen", fuhr er fort. „Ich sollte dir einen Mann suchen, Peony. Wir benehmen uns alle selbstsüchtig dir gegenüber. Aber die Wahrheit ist eben, daß wir ohne dich wie ein Boot ohne Ruder wären. Da meine Mutter jetzt gestorben ist —" Er hielt inne und preßte die Lippen zusammen.

„Ich habe nicht den Wunsch zu heiraten, Junger Gebieter", antwortete Peony.

„Das sagst du immer", erwiderte David, „aber das enthebt mich meiner Pflicht nicht."

Peony schob die Angelegenheit beiseite. „Was wolltest du mir sagen?" fragte sie.

David stand plötzlich auf, ging zur Tür und schaute hinaus. Es war schon fast Frühling. Die Luft an diesem Nachmittag war mild und die Türe zum Hof stand offen. „Ich möchte eine Reise machen", sagte er.

„Eine Reise?" wiederholte Peony. „Wohin?"

„Du weißt, daß meine Mutter und ich die Reise nach Westen ins Land unserer Vorfahren geplant hatten. Diese Reise möchte ich jetzt allein machen." Wieder hielt er inne und fügte dann hastig hinzu. „Ich habe eine Unrast in mir."

„Du hast eine Unrast in dir", wiederholte Peony. Sie

war ratlos vor Überraschung und wußte doch, daß sie gerade jetzt ihre ganze Geistesgegenwart brauchte.

„Ich fühle eine verborgene Schuld", fuhr David fort. „Ich habe dieses Schuldgefühl seit Leahs Tod. Nun ist auch meine Mutter gestorben. Diese Reise würde irgendwie für beide sein."

„Würdest du deinen Vater allein lassen?" Peony versagte der Atem, aber sie zwang sich zur Ruhe.

„Er braucht mich nicht", sagte David. „Er hat seine Freunde — und seine Enkel. Manchmal denke ich, daß sie ihm näherstehen als ich. Und du würdest ja hier sein, Peony — und Wang Ma auch."

„Aber deine Kinder — und ihre Mutter!" wandte Peony ein. „Wie kann ich diese Verantwortung auf mich nehmen?"

„Du nimmst sie ohnedies auf dich, ob ich hier bin oder nicht", erwiderte er.

Nun konnte sie ihre Angst nicht mehr verbergen. „Und wenn du auf der Reise umkommst?" schrie sie. „Wenn du — getötet wirst?" Sie dachte an das Schwert mit der dünnen Klinge, das in andern Ländern solches Unheil unter seinem Volk angerichtet und auch über dieses Haus Unheil gebracht hatte, aber sie vermochte nicht davon zu sprechen. Der alte Wang hatte es zum Fluß getragen und es so weit, wie seine Kraft nur reichte, in die gelben Wirbel geworfen.

„Viele sind getötet worden", entgegnete David gelassen. „Es gibt keinen Grund, weshalb ich nicht der gleichen Gefahr ins Auge sehen sollte."

Was konnte Peony darauf antworten? Sie hätte ihn gerne angefleht, um ihrer selbst willen dazubleiben, denn er bedeutete das Leben für sie, und wenn er nicht zurückkehrte, würde auch sie nicht mehr leben können. Seine Gedanken weilten in weiter Ferne. Sie empfand eine seltsame Eifersucht, die sie seit Leahs Tod nicht mehr gefühlt hatte. Monatelang, sogar jahrelang hatte sie Leah vergessen, jetzt aber stand Leah wieder in ihrer ganzen Schönheit vor ihr. Erinnerte er sich an diese Schönheit? Sie erwog, ob sie Leah erwähnen solle, und entschied sich dagegen. Falls er an Leah dachte, würde ein Gespräch ihren Geist in diesem Zimmer, wo sie jetzt allein waren, erscheinen lassen. Es war besser, sie unter den Toten ruhen zu lassen. Aber was für eine Macht war es, die über das Grab hinaus von ihr ausging? Was sprach das Gewissen in ihm? Sie fand keine Antwort auf ihre Frage und stand anmutig auf, trotz ihrer Bewegtheit mit scheinbarer Ruhe. „Entscheide das alles, wie du willst, Junger Gebieter", sagte sie.

Zu ihrer Verwunderung fuhr David sie zornig an. „Nenne mich nicht so, Peony!" rief er ungeduldig. „Wenigstens, wenn wir allein sind, sollst du mich mit meinem Namen anreden. Sind wir denn nicht unser ganzes Leben lang Geschwister gewesen?"

Welche Worte hätten sie tiefer verletzen können? Aber sie verriet ihren Schmerz nicht und antwortete freundlich: „Ich will versuchen, daran zu denken. Unternimm die Reise nicht, wenn du nicht mußt. Aber wenn du es tun mußt, will ich versuchen, alles zu sein, was ich in deiner Abwesenheit sein soll."

Sie ging in ihr Zimmer und dachte lange nach, was sie weiter tun sollte. Sie hörte, daß ihr Name gerufen wurde, und ging in ihr Schlafzimmer und verbarg sich hinter den Bettvorhängen. Nach einer Weile gewann sie Klarheit. Sie wollte zu Kung Chen gehen, er würde ihr helfen. Sicher würde er nicht zulassen, daß sein Schwiegersohn in den Westen reiste und erst in einem Jahr oder vielleicht sogar überhaupt nicht zurückkam. Wie einstmals schlüpfte sie wieder zur Pforte der Friedlichen Flucht hinaus, die sie seit Davids Hochzeitstag nicht mehr benützt hatte.

Kung Chen war zu Hause, da ihn die langen Beisetzungsfeierlichkeiten ermüdet hatten. Er saß in seinem Zimmer, trank heißen Wein und schaute in ein kleines Kohlenbecken, das er sich mehr zu seinem Vergnügen als der Wärme wegen hatte bringen lassen. Peony wurde sofort zu ihm geführt, denn jedermann wußte, daß sie seine Tochter bediente.

„Geehrter Herr", sagte Peony mit leiser, lieblicher Stimme.

Er betrachtete wohlwollend ihre schlanke, graugekleidete Gestalt und erinnerte sich, daß er sie mit dem schreienden Kind auf dem Arm neben seiner Tochter hatte stehen sehen. „Bleib nicht vor mir stehen", befahl er. „Wir sind alte Bekannte. Erinnerst du dich an den Morgen beim Fischteich?" Er sagte ihr nicht, was er dachte: daß sie seit jenem Morgen außerordentlich schön geworden sei. Damals war sie ein rosiges Mädchen gewesen, aber jetzt war sie eine anmutige und selbstsichere Frau. Wenn das frühere lustige Blitzen ihrer Augen sich verloren hatte, so war eine liebliche Ruhe an seine Stelle getreten. Niemand hätte ahnen können, daß sie eine Leibeigene war. Sie hatte sich weit über diesen Rang hinaus entwickelt.

„Was hast du mir zu sagen?" fragte er.

Peony setzte sich anmutig hin und faltete die Hände. Sie sagte ihm nicht, was sie dachte: daß er seit jenem Morgen am Fischteich sehr gealtert sei. Sie hatte ihn seit damals nur von weitem gesehen. Jetzt bemerkte sie, daß er viel magerer war als früher. Sein volles Gesicht war erschlafft, und der kurze Bart, den er sich hatte wachsen lassen, wurde allmählich weiß. Aber seine Größe blieb dieselbe und seine Schultern waren noch ebenso breit. Sie wußte, daß seine sämtlichen Kinder verheiratet waren, obwohl er für Lili, das Kind seiner Konkubine, nur den Sohn eines Eisenhändlers hatte finden können. Die begüterten Familien wollten ihre Söhne nicht mit der Tochter einer Konkubine, die mit einem Diener davongelaufen war, verheiraten. Das hatte Kung Chen Kummer bereitet, denn die kleine Lili war sein Lieblingskind.

„Herr ich komme wegen meiner jungen Gebieterin", sagte Peony. „Als wir heute von der Beerdigung zurückkamen, brachte ich meinem jungen Gebieter warmes Essen, wie es meine Pflicht ist, und ich fand ihn betrübt vor, und auf meine Frage sagte er mir, daß er jetzt allein die Reise ins Land seiner Vorfahren machen möchte, die er mit seiner Mutter hatte unternehmen wollen. Ich sagte nichts darauf, aber ich bin gekommen, um es dir mitzuteilen. Herr, diese Reise würde ein ganzes Jahr dauern, aber das ist nicht das Schlimmste. Die Moslems sind sehr gefährlich, das hat Kao Lien meiner alten Herrin gesagt, bevor sie starb. Mein junger Gebieter setzt sein Leben aufs Spiel, wenn er fortgeht. Ich denke an unsere Herrin, deine Tochter, und an die Kinder."

Kung Chen nahm die Nachricht mit großer Verwunderung auf. „Wie kann der Sohn eine Pilgerfahrt machen wollen, wenn sein Vater es nicht tut?" fragte er. „Sieht das nicht nach einem Mangel an Ehrerbietung aus? Würde sich sein Vater nicht vor dem Himmel getadelt fühlen?"

Peony nahm allen Mut zusammen. „Herr, unser junger Herr ist der Sohn unserer alten Herrin. Unser alter Herr ist ein Sohn unseres Volkes. Die Seele der Mutter ist im Sohn."

Kung Chen begann zu verstehen. Er nickte langsam und strich sich den Bart. „Weiter", sagte er.

Peony senkte bescheiden den Kopf. Das Netz war gut begonnen, aber noch nicht beendet. „Herr, es ist noch mehr darüber zu sagen. Ich möchte niemand kränken —

aber vielleicht erinnerst du dich an die junge Dame, mit der unser junger Herr einmal verlobt war — oder doch beinahe."

„Die —" Kung Chen fuhr sich mit seinem langen Zeigefinger über die Kehle.

„Ja, diese", bestätigte Peony.

„Hat er — eh — sie geliebt?" fragte Kung Chen weiter. Er fühlte eine leise Eifersucht wegen seiner Tochter, aber er sprach das nicht aus.

Peony erriet seine Eifersucht sofort. „Ich möchte nicht sagen, daß er sie geliebt hat", sagte sie zögernd. „Ich möchte sogar sagen, daß er sie nicht liebte, denn gerade damals liebte er unsere junge Herrin — deine Tochter, Herr. Aber auf irgendeine seltsame Weise bekämpften sich diese beiden jungen Mädchen in seinem Herzen. So hinderte ihn die Fremde daran, unsere Herrin, die jetzt die Mutter seiner Söhne ist, ganz zu lieben, und unsere Herrin machte ihn unfähig, die Fremde zu lieben, die seine Mutter als Schwiegertochter haben wollte. Die beiden schadeten sich gegenseitig bei ihm."

Kung Chen sann eine Weile darüber nach. „War die andere schöner als meine Tochter?" fragte er dann.

Peony überlegte. „Nein", entschied sie, und fügte hinzu: „Aber sie hatte eine geheime Macht über ihn. Es war dieselbe Macht, die seine Mutter hatte, und er liebte und haßte diese Macht zugleich. Solange seine Mutter lebte, lehnte er sich dagegen auf und behauptete sich. Aber seit sie jetzt gestorben ist, erinnerte er sich auch an die andere, und er fühlt, daß irgendeine unerfüllte Pflicht auf ihn wartet und ist ruhelos."

„Was hat die Reise mit dem allem zu tun?" fragte Kung Chen.

„Beide wollten unser Land verlassen und dorthin gehen, wo ihre Vorfahren waren", erklärte Peony.

Kung Chen brütete wieder eine Weile. Er erinnerte

sich an alles, was er über die Juden und den Glauben gehört hatte, der sie wie ein Magnet in das unfruchtbare Land, das einst ihre Heimat gewesen war, zurückzog. Seine kleine Drittgeborene durfte nicht darunter leiden und auf dem Höhepunkt ihrer Blüte vielleicht als Witwe mit vielen Kindern zurückbleiben. Er rückte zur Verteidigung seines Kindes vor.

„Der junge Mann ist ruhelos", sagte er, indem er sich den Bart strich. „Das ist verständlich. Er ist noch nie gereist. Die Männer werden nach den ersten Ehejahren oft ruhelos. Alles, was sie haben, kennen sie, und so denken sie an neue Erlebnisse. Nun gut, er soll reisen, und meine Tochter und die Kinder und du müssen ihn begleiten. Ich stelle euch meine eigenen Maultierwagen und Maultiertreiber zur Verfügung, wenn ihr den Fluß verlaßt, und meine Köche werden euch begleiten, und ihr könnt alle in die nördliche Hauptstadt reisen. Außerdem bitte ich den Gouverneur unserer Provinz, euch ein paar Leute von seiner eigenen Wache mitzugeben, als Schutz gegen Räuber und Flußpiraten. Es ist schon fast Frühling, es wird eine lange angenehme Reise sein. Ich werde seinen Vater bitten, ihm zu sagen, daß die Reise aus Geschäftsgründen nötig sei, und das ist auch tatsächlich ganz gut möglich."

Kung Chen wiegte zufrieden den Kopf. Seine Gedanken eilten voraus. „Ja, ich will für ein schönes Geschenk sorgen, das man den beiden neuen Kaiserinnen in meinem Auftrag überbringen kann, und ich werde meine Freunde benachrichtigen, damit sie für meinen Schwiegersohn Feste geben, und ich werde das Birnengarten-Theater beauftragen, Stücke für ihn und seine Freunde aufzuführen. Wem gefiele die nördliche Hauptstadt nicht? Es ist die schönste Stadt auf der Welt." Kung Chens Phantasie belebte sich. Er rieb sich über dem Kohlenbecken die Hände. „Alles trifft sich ausgezeichnet", sagte er. „Der kaiserliche Hof ist jetzt aus dem Exil zurückgekehrt – er ist von Jehol wieder nach Peking gekommen – und die Hauptstadt ist mit Jubel erfüllt. Wegen des Opiums aus Indien wurde mit den Weißen ein Waffenstillstand abgeschlossen, und die aufständischen Christen sind in den östlichen Provinzen geschlagen worden. Es ist wieder Zeit für Vergnügen und Handel."

Er klatschte mit den Händen auf die Knie und sah so strahlend aus, daß Peony entzückt war. Sie stand mit ebenso strahlendem Gesicht auf. „Das ist ein himmlischer Plan", erklärte sie. „Ich werde also abwarten, Herr, bis ich weitere Befehle erhalte." Mit einer Verbeugung verabschiedete sie sich und trat den Heimweg an.

Kung Chen blieb allein, strich sich den Bart und schaute stirnrunzelnd in die Kohlenglut. War seine kleine Drittgeborene glücklich? Er hatte es mit Gewißheit angenommen, da sie jedes Jahr einen Sohn zur Welt brachte. Ein paarmal hatte er ihre Mutter gefragt, was sie darüber denke, aber Madame Kung dachte selten über eine Tochter nach, die das Haus verlassen hatte, um einer andern Familie anzugehören.

Er dachte dankbar an Peony. Wo sie war, mußte sicherlich alles gut werden.

So kam es, daß David, von Peony überredet, an einem schönen Tag im Spätfrühling die Reise nach Norden antrat. Mit seiner Frau, den Kindern und Peony begab er sich an Bord einer großen Flußdschonke und segelte nach der nördlichen Hauptstadt. Ihre Begleitung bestand aus Dienern, Dienerinnen und zwei Köchen, die Kung Chen ausgewählt hatte, weil sie aus dem Norden stammten und um die Gelegenheit, ihre alte Heimat wiederzusehen, gebeten hatten. Auf einem kleineren Boot fuhren die Wachen voraus.

Es war wirklich ein schönes Land. Am Flußufer lagen die grünen Reisfelder, und bei jedem Dörfchen standen die Pfirsichbäume in voller Blüte, tagsüber rosa und nachts wie Perlen schimmernd. In der Ferne hoben sich Hügel vom Himmel ab, und das Wasser floß golden unter dem Mond dahin. Ein gutes Land, und auch seine Bewohner waren gut. Zwar gab es Räuber und Flußpiraten, aber sie beraubten jedermann, welcher Rasse und welchem Stand er auch angehören mochte. Im Schutz der Wachen war die Familie sicher, und der Gouverneur hatte dem Bootsbesitzer eine Fahne mitgegeben, um kenntlich zu machen, daß diese Leute Geschenke zum kaiserlichen Hof brachten. Niemand würde sie zu überfallen wagen.

So gelangten sie von einer Provinz in die andere und kamen endlich in die Nähe des Hafens, wo der Fluß in den Großen Kanal mündet. Sie wollten weder das Meer erreichen noch in die kleinen Kanalboote übersiedeln. An einer verabredeten Stelle verließen sie daher das Schiff, das ihnen zum Heim geworden war, und wurden von den Maultieren erwartet, die sie weiter nach Norden bringen sollten.

Endlich jedoch erreichten sie Peking. Auch die Kinder wurden still, während sie staunend die großen Mauern betrachteten, die grau und hoch aus der Ebene emporragten. Alle hatten schon von den Wundern dieser Hauptstadt gehört, aber selbst David war nicht auf einen so gewaltigen Anblick gefaßt. Sie fuhren durch das Stadttor, und die Mauern waren so dick, daß dahinter trotz der Sonne Zwielicht herrschte. Kung Chen hatte seine Geschäftsleute angewiesen, für Ezras Sohn und dessen Familie ein Haus zu besorgen, und auf dem Weg dorthin kamen sie durch so breite, ganz mit Steinen gepflasterte Straßen, daß auch Peony nur sprachlos staunen konnte.

Sie gelangten zu einem Tor in einer Mauer, und als sie eintraten, wurden sie von Kung Chens Leuten erwartet. David blieb mit ihnen in der für Gäste bestimmten Halle, während Peony sich mit der Familie in ihre Höfe begab. Die Dienstboten arbeiteten gut, so daß bald alles geordnet war.

Den kleinen Knaben gefiel alles Neue, und Kueilan ging durch die Gärten und stieß entzückte Rufe über die Felsgärten und die Zwergpflaumenbäume aus. So nahmen die Ferien ihren Anfang. Peony jedoch dachte vor allem an David. Würde es auch für ihn eine Ferienzeit sein? Sie war beruhigt, als er seine Familie aufsuchte, nachdem er seine Gäste weggeschickt hatte, und sie feststellen konnte, daß sein Gesicht vergnügt war und seine Augen vor Aufregung strahlten.

„Hier wollen wir lange bleiben, was, Mutter meiner Söhne?" sagte er zu seiner Frau, und sie lächelte ihn von seiner Freude mitgerissen an. Plötzlich wurde er zärtlich. „Du Kleine!" rief er. „Du siehst genauso aus wie beim ersten Mal, als ich dich sah!"

Als Peony diese Worte hörte, stahl sie sich fort, um durch ihre Gegenwart das Aufleben ihrer Liebe nicht zu hindern. Ihr Herz war von der alten, tiefen Traurigkeit erfüllt, und sie war sich dessen bewußt, aber sie ließ sich nicht darin versinken. Über dem dunklen, schweren Grund eines Sees blühten Lotosblumen, und diese Blumen wollte sie pflücken.

Peking zeigte sich in diesem Frühling von seiner besten Seite. Die von den Ängsten und Entbehrungen des Krieges erlöste Bevölkerung freute sich über die Rückkehr des kaiserlichen Hofes. Die beiden Kaiserinnen, die ältere Kaiserin des Ostens und die jüngere Kaiserin des Westens, herrschten als Regentinnen für den jungen Kaiser, der noch ein Kind war. Beide waren schön, aber die Kaiserin des Westens liebte das Leben und die Macht in besonderem Maße, und es war leicht zu erkennen, daß unter ihrer Hand das Land gedeihen und jede Art von Kunst und Handel sich entwickeln würde.

Diese Atmosphäre gefiel David außerordentlich. Die einstige Niedergeschlagenheit fiel von ihm ab und der Ausdruck seiner Augen veränderte sich. Die leise Schwermut, die ein Teil seines Wesens geworden war, verschwand, und die Lebhaftigkeit, die bisher nur Auflehnung als Ursprung gehabt hatte, wurde nun sein täglicher Antrieb.

„Ich liebe diese Stadt", sagte er eines Tages zu Peony. „Sieh dir nur die Leute an — die Männer sind groß — die Frauen hübsch. Peony, du wirkst hier wie ein Kind."

Peony war nicht davon überzeugt, daß dieser Vergleich ihr behagte. Tatsächlich waren die meisten Frauen größer als sie und hatten starke Backenknochen und einen kräftigen Gliederbau. Sie schnitt ein schmollendes Gesicht, und David lachte. „Sprechen wir also von etwas anderem! Die breiten Straßen — ich habe alles Weite gern."

Damit konnte Peony sich einverstanden erklären. Überall war Platz genug, auf den Straßen konnten zehn Wagen nebeneinander zwischen den Geschäften durchfahren, die eine Unmenge feiner Waren feilboten. Die Menschen waren mehr als gutaussehend — sie waren freundlich und von nobler Gesinnung. Nirgends gab es etwas Kleinliches. Man fühlte die Großzügigkeit des Nordens in dieser Stadt, wo die Leute zum Fleisch Weizenbrot anstatt Reis aßen. Viele Menschen kamen hier zusammen, und es machte David Vergnügen, mit den Freunden, für die Kung Chen gesorgt hatte, in den feinen Gasthäusern Feste zu feiern.

Während David auf eine Audienz bei den Kaiserinnen

wartete, entspannte er sein Gemüt und genoß jedes Vergnügen, das die Stadt nur bieten konnte. Von einer baldigen Rückkehr in die alte Heimat wurde nie gesprochen. Erstens verzögerte sich die Überreichung der Geschenke für die Kaiserinnen, bis sie bereit waren, David zu empfangen, und dieser Aufschub zog sich lange hin, weil sie mit den notwendigen Ausbesserungsarbeiten im Palast beschäftigt waren. Während der Hof im Exil weilte, war vieles verfallen, und das alles mußte wieder instand gesetzt werden. Aber vor allem hatte die Kaiserin des Westens große Pläne für einen neuen Palast und zusätzliche Höfe und Weiher und Brücken und Felsengärten und Parkanlagen. Die kaiserliche Schatzkammer war durch Kriege gegen die Weißen und durch den Aufstand der Christen im Süden verarmt. Deshalb führte die Kaiserin des Westens neue Steuern und Abgaben ein, insbesondere für den Bau des Sommerpalastes und die Verschönerung des dortigen Sees. Sie träumte davon, ein Marmorboot in den See setzen zu lassen, das so groß sein sollte, daß ihre sämtlichen Palastdamen darauf essen und danach ein Schauspiel von nahezu hundert Mitwirkenden ansehen könnten. Ihre Minister klagten über dieses kostspielige Vorhaben, und in der Stadt liefen Gerüchte über den Ehrgeiz und die Launen der Kaiserin um. Die Minister beschworen sie, zu bedenken, daß die Kriege mit den Weißen infolge einer unzureichenden Armee verloren worden waren, und daß Schwerter heutzutage nicht genügten, da andere Völker Schießpulver besaßen. Die Kaiserin antwortete jedoch hochfahrend: „Wenn der kaiserliche Hof glänzend ist, hat das Land an seinem Glanz teil", und auch darüber gingen in der Stadt Gerüchte um.

Aber die Bevölkerung lachte über den Stolz und die Willenskraft der jungen Kaiserin und nahm es als gutes Zeichen. Schwäche und Entschlußlosigkeit eines Herrschers waren unbeliebt, davon war bei der Kaiserin keine Spur vorhanden. Sogar die Gerüchte über ihre Streitigkeiten mit der Kaiserin des Ostens lieferten den Stoff für Scherze und Lieder, und das Volk wurde von Wagemut und Willenskraft durchdrungen, weil die junge Kaiserin diese Eigenschaften besaß.

Zu Anfang des Sommers erhielt David endlich die Einladung zur Audienz, die kurz nach Tagesanbruch stattfinden sollte, wenn die Audienz der Minister vorüber war und die Kaiserinnen zur Entgegennahme von Geschenken und Vorschlägen für neue Staatseinkünfte bereit waren.

Peony stand in aller Frühe auf, half David beim Ankleiden und sorgte dafür, daß er sein Essen bekam und alles bereit war. Sie begleitete ihn bis zum Tor. Hinter ihr standen die Dienstboten, die der Gedanke, daß ihr Herr bei Hof empfangen werde, mit Ehrfurcht erfüllte. In neuen Gewändern aus blauer Seide und schwarzem Samt, mit einer Quastenkappe auf dem Kopf und Jaderingen an den Daumen sah David sehr vornehm aus, als er seine große Sänfte bestieg.

Peony schaute ihm nach, bis die Sänfte verschwand, und ging dann wieder zu Bett. Sie konnte nicht schlafen — das wäre ihr nicht möglich gewesen — und in ein oder zwei Stunden mußte sie aufstehen und dafür sorgen, daß die Kinder zu essen bekamen und zufrieden waren, und später mußte sie die Vorbereitungen für das Festessen überwachen, das ihre Herrin für den Abend bestimmt hatte, da die Damen zum Mah-jongg kommen sollten. Sie wußte nicht, wann David zurückkehren würde, aber auch dafür mußte Peony sorgen, daß Kueilan bis dahin angekleidet und bereit war, seine Erzählung anzuhören. Denn Peony achtete immer sorgsam darauf, daß Kueilan ihre Pflichten als Gattin erfüllte. Sie erlaubte ihr nicht, sich ihrem Mann mit ungekämmten

Haaren oder zerknittertem Kleid zu zeigen. Kueilan beschwerte sich oft und sagte: „Ich bin jetzt eine alte verheiratete Frau, Peony, soll ich denn immer noch nicht in Frieden leben? Zuerst waren es meine Füße, die ich dir zuliebe aufgebunden habe, und jetzt soll ich mit meinen Haaren Mühe haben und wieder meine Augenbrauen auszupfen lassen und meine Nägel malen, und du willst mich wie ein Blumenmädchen parfümieren. Wann läßt man mich endlich in Ruhe?"

Darauf lächelte Peony nur und erwiderte: „Es macht deinem Herrn Freude, nicht wahr, meine Gebieterin?"

Eines Tages warf ihr Kueilan auf diese Antwort hin einen schlauen Blick zu und sagte: „Es ist also nur, um ihm Vergnügen zu machen? Ich selbst bin dir gleichgültig."

Peony fühlte, wie ihr Herzschlag aussetzte. Dann aber sagte sie liebenswürdig: „Ich denke, was ihm Freude macht, macht auch dir die größte Freude, aber wenn ich mich irre, Herrin, so belehre mich bitte."

Das versetzte Kueilan in Schwierigkeiten, denn wie hätte sie behaupten können, daß sie nicht den Wunsch habe, ihrem Gatten Freude zu machen? Sie schwieg, aber Peony erwähnte David von da an nicht mehr vor ihr. Sie nahm an Weisheit zu, und ihre Seele wurde tief wie das Leben selbst.

Als David im Lauf des Vormittags mit müdem, aber triumphierendem Gesicht heimkam, wartete das ganze Haus auf ihn. Seine Frau war angezogen und hübsch, die Kinder sauber und lebhaft und die Dienstboten bei aller Neugier ehrerbietig.

Peony empfing ihn am Tor. „Ist es zuviel, wenn wir dich bitten, uns zu erzählen, wie es war? Wir alle warten darauf."

„Zuerst laß mich essen und trinken, mir ist ganz schwach", erwiderte David. „Wir durften uns nicht setzen, und ich mußte so lange knien, bis meine Knie wund waren."

Sie folgte ihm ins Haus und in sein Zimmer, nahm ihm die schwere Kopfbedeckung ab und half ihm, das steife Brokatgewand und die hohen Samtstiefel ausziehen. Dann holte sie seine bequemen seidenen Sommerkleider und die Seidenschuhe, und er aß und trank, was sie ihm bringen ließ, und schlief eine Stunde und war dann bereit.

Peony versammelte alle in der großen Halle, und David nahm im höchsten Stuhl Platz und schaute auf seine Familie und die Dienstboten. Es war ein schöner Sommertag, die Sonne schien in den Hof und durch die weitgeöffneten Türen, und er dachte bei sich, daß dies alles, was er besaß, einen Mann mit Stolz erfüllen konnte. Seine Frau saß ihm gegenüber am Tisch. Sie trug ein weites, grünes Seidenkleid, ihre Ohren, ihr Haarknoten, Finger und Handgelenke waren mit Ringen und Nadeln aus Jade und Gold geschmückt. Sie war noch immer so hübsch wie das junge Mädchen, das er in Kung Chens Halle kennengelernt hatte. Neben ihr standen ihre beiden hübschen Söhnchen, die wie kleine Herren lange Seidengewänder trugen und deren Haare in Zöpfe geflochten und mit roten Seidenschnüren zusammengebunden waren. Der dritte Sohn fing nun schon zu gehen an und seine Wärterin hielt ihn an einem breiten Seidengürtel, während er überall herumstolperte. Peony saß an der Türe, ihr ruhiges, schönes Gesicht war ihm altvertraut. Die Dienstboten standen sauber und erwartungsvoll beisammen. Er nahm seine Teeschale, trank einen Schluck, stellte sie wieder hin und begann:

„Ihr müßt euch vorstellen, daß es keine einfache Sache ist, vor den Kaiserinnen zu erscheinen. Über zwei Stunden wartete ich mit andern, denen heute ebenfalls eine Audienz gewährt worden war, in einem Vorraum, und man bot uns weder Stühle noch Tee an. Ein Eunuch führte uns in diesen Raum und hieß uns warten, bis der Oberhofmeister selbst uns riefe. Aber als er kam, mußte er uns erst unterrichten, was wir zu erwarten und wie wir uns zu benehmen hätten. Die Kaiserin des Ostens, so sagte er, sei heute krank, und daher werde uns nur die Kaiserin des Westens empfangen. Wir dürften nicht auf den kaiserlichen Wandschirm schauen, hinter dem wir sitzen würden —"

An dieser Stelle schrie Davids ältester Sohn: „Hast du sie nicht gesehen?"

David schüttelte den Kopf. „Niemand darf sie sehen, mein Sohn. Sie ist Kaiserin, aber sie ist auch eine Frau — eine sehr schöne Frau — und Witwe. Ihre Haltung ist korrekt. Also, wir gingen alle hinein, und ich bekam den dritten Platz —"

„Warum den dritten Platz, Vater?" fragte sein Sohn wieder.

Davids Ausdruck verriet Ungeduld, und Peony stand leise auf, führte den Knaben zu ihrem Platz und schlang einen Arm um ihn. David fuhr fort. „Ich war der Dritte, weil ich keinen offiziellen Rang habe, während zwei andere vor mir öffentliche Ämter bekleideten. Von denen, die keinen Rang hatten, war ich der Erste, weil Kung Chen in unserer Provinz besondere Gunst genießt und durch unseren Gouverneur bei Hof erwähnt worden war."

David erzählte weiter, wie er eintrat und sich bis auf den Boden verbeugte und in dieser Stellung verharren mußte, bis sein Name ausgerufen wurde, wie er dann mit geneigtem Kopf dastand und seine Geschenke darbot, die man ihm bei seinem Eintritt an der Türe abgenommen hatte. Er erklärte, daß diese Geschenke aus Europa stammten, daß sie zwar nicht so wertvoll seien wie die anderen, hier schon vorhandenen Dinge, aber daß er doch zu hoffen wage, Ihre Majestät werde einen Augenblick an ihrer Seltsamkeit Vergnügen finden. Dann sprach er von Ezras Haus und dessen Verträgen mit Kung Chens Haus und dankte der Kaiserin, daß seine Familie hier in Frieden habe leben dürfen, obwohl seine Vorfahren aus fremden Ländern eingewandert seien.

Hier hielt David inne und blickte stolz um sich. „Als ich das sagte, richtete die Kaiserin das Wort an mich."

„Was hat sie gesagt?" fragte Kueilan.

„Sie fragte mich, ob auch du fremder Abstammung seist, was ich verneinte. Dann fragte sie, ob ich Kinder habe, und ich sagte: ‚Ja, drei Söhne.' Und jetzt hört: sie befahl mir, meine Söhne zu ihr zu bringen, weil sie noch keine Kinder fremder Abstammung gesehen habe."

Welcher Stolz, welche Überraschung bemächtigte sich nun seiner Familie!

„Hat sie einen Tag bestimmt?" rief Kueilan.

„Morgen um vier Uhr nachmittags sollen wir alle hingehen. Ich soll im Vorzimmer warten, aber du und die Kinder und ihre Wärterinnen sollen sich in den Garten begeben, wo die Hofdamen Blumen pflücken werden. Der Oberhofmeister wird euch hinführen, und ihr sollt nur so lange bleiben, wie er es angibt, und dann zurückkommen."

„Peony muß mich begleiten", sagte Kueilan sofort.

„Oh, nein!" rief Peony.

„Doch, du mußt mit", bestimmte David mit Autorität. „Nur du kannst ein Kind am Schreien hindern."

Damit war es entschieden. Für einmal war Kueilan zu zerstreut, um gut Mah-jongg zu spielen, und als Peony sie zu Bett brachte, war sie verstimmt, weil sie so viel Geld verspielt hatte.

„Dein Herr ist reich und großzügig", redete ihr Peony zu. „Er wird dir keine Vorwürfe machen, Herrin."

Aber Kueilan wollte sich nicht trösten lassen und blieb mißgelaunt, bis Peony sie allein ließ und zu David ging, um ihm zu sagen, daß seine Frau für die Nacht bereit sei.

Er saß in einem Bambusstuhl im Garten und schien sehr nachdenklich zu sein. Auf Peonys Mitteilung hin nickte er, ohne sich zu erheben. Peony wartete, ob er den Wunsch hätte, ihr seine Gedanken auszusprechen. Als er schwieg, stellte sie eine Frage, um ihr Verweilen zu begründen.

„Welchen Eindruck hat dir die Stimme der Kaiserin gemacht?"

„Stark und frisch, aber ohne Wärme", erwiderte er.

Dann kam er auf seine Gedanken zu sprechen. „Peony, die kaiserliche Huld meinem Volk gegenüber ist mir noch nie so klar geworden. Sie wußte, daß ich ein Fremder war, sie hörte mich danken — und alles, was sie wollte, war, meine Kinder sehen."

„Weibliche Neugier in einer Kaiserin", sagte Peony lächelnd.

„Aber keine Abneigung!" rief er.

„Warum sollte eine Abneigung vorhanden sein, wenn deine Landsleute hier nie Krieg geführt und sich an Land und Gut nie etwas angeeignet haben, das ihnen nicht gehörte?" fragte Peony lebhaft. „Ihr seid gute Leute gewesen, und du und dein Vater seid gute Menschen."

David schaute sie mit sonderbarem Ausdruck an. „Unser Gutsein hat uns in anderen Ländern nicht gerettet."

„Diese andern Völker im Ausland sind unvernünftig", erwiderte Peony. „Wir haben schon mit der Muttermilch Vernunft aufgenommen."

Kueilan verbrachte den ganzen Tag mit Baden und Anziehen, und der Haaransatz auf ihrer Stirn mußte verschönert werden, indem jedes Härchen, das nicht ganz flach lag, ausgezupft wurde, und nur Peony konnte das auf schmerzlose Weise tun. An ihrem rechten Mittelfinger brach der lange Nagel ab und ließ sie wütende Tränen vergießen.

„Wie soll ich das verstecken?" fragte sie Peony und streckte ihr Händchen aus, das immer noch wie eine Lotosknospe aussah.

„Wir werden ja doch das silberne Fingerschild anstecken", tröstete Peony. „Wer kann wissen, daß der Nagel darunter abgebrochen ist? Bitte bleib ruhig sitzen, Herrin, und laß dich bedienen, sonst brichst du dir noch einen Nagel ab."

Nun waren es die Füße, über die Kueilan verzweifelte. Sie blickte äußerst unzufrieden auf ihre Schuhe, die jetzt so viel größer sein mußten als früher. „Ich schäme mich, mit diesen riesigen Bäuerinnenfüßen zu erscheinen", klagte sie. „Hätte ich nur nie auf deinen Rat gehört!"

„Dein Herr war sehr froh darüber", erinnerte sie Peony, die vergaß, daß sie ihn nicht mehr erwähnen wollte.

„Nur ein paar Tage lang", schmollte Kueilan. „Jetzt sieht er meine Füße nie mehr an. Er hat meine ganzen Leiden vergessen. Aber ich muß meine Füße jeden Tag sehen, und jetzt werden sie mir vor den Kaiserinnen Schande machen. Sicher haben sie selbst ganz winzige Füße!"

In diesem Augenblick fiel Peony ein, was sie gelesen hatte. „Nein, Herrin, du irrst dich. Die Kaiserinnen sind mandschurischer Herkunft, nicht Chinesinnen, ihre Füße sind nie eingebunden worden und deshalb viel größer als deine!"

Kueilan stieß verwunderte Rufe darüber aus, aber sie war nun beruhigt, und zu guter Letzt war sie fertig angezogen und saß unbeweglich in ihrem Stuhl, um ihre Schönheit nicht wieder zu zerstören, während Peony vor ihren Augen das Ankleiden der Kinder überwachte. Auch diese Aufgabe erforderte viel Geduld, denn Kueilan mißbilligte das Gewand ihres ältesten Sohnes, und als endlich alle bereit waren, wurde es dem Jüngsten von all dem Lärm und der Aufregung übel, so daß er seinen Anzug verdarb und wieder umgezogen werden mußte.

„Ich wollte, es wäre schon alles vorbei und ich läge im Bett!" rief Kueilan, als sie zum Tor gingen, wo die Sänften warteten.

„Herrin, du wirst noch deinen Enkeln von diesem Erlebnis erzählen", sagte Peony lächelnd, um sie zu trösten.

So traten sie den Weg an, David an der Spitze und hinter ihm seine Familie, und näherten sich den großen Mauern, die den Palast rechteckig umschlossen. Am Tor gab es einen Aufenthalt, bis die Wachen ihr Trinkgeld bekommen hatten, dann gewährte man den Sänftenträgern Einlaß. Die Tore schlossen sich hinter ihnen, die Sänften wurden abgesetzt, und David stieg als erster aus und wartete, bis alle die Sänften verlassen hatten. Der Anblick seiner hübschen Frau und der gesunden Kinder erfüllte ihn mit Stolz. Dann aber wandte er sich besorgt an Peony.

„Bleib immer dicht bei ihnen, Peony! Laß die Kleinen nicht überall herumlaufen — und hilf ihrer Mutter mit den Antworten, wenn man sie anspricht."

„Sei ohne Sorge", erwiderte Peony, aber sie selbst war weit von Sorglosigkeit entfernt.

David blieb zurück, und ein Eunuch führte sie an ein weiter innen gelegenes Tor, wo der Oberhofmeister sie in Empfang nahm. Er war hochgewachsen und kräftig, ein Eunuch, wie alle Männer in diesem Palast — mit

Ausnahme des Kaisers —, und Peony fühlte sofort eine Abneigung gegen ihn. Er sah so vorteilhaft aus, mit vollem, glattem Gesicht und einer hohen, weichen, aber kalten Stimme. Seine Augen jedoch waren nicht die eines Eunuchen. Er starrte Peony mit frecher Bewunderung an, und sie wandte den Blick ab. Sie errötete gegen ihren Willen und zwang sich dann zu kühler Ruhe. Wie, wenn er ihr Erröten dafür auslegte, daß sie seinen Blick fühlte? Sie hielt sich dicht bei ihrer Herrin und nahm einen der Knaben an jede Hand, und so folgten sie dem Oberhofmeister zu den Gärten. Am Parktor blieb er stehen und heftete seinen unverschämten Blick wieder auf Peony, während er mit seiner hohen, grausamen Stimme Anweisungen gab.

„Die Kaiserlichen Majestäten betrachten jetzt die Wasserlilien", erklärte er. „Ihr müßt bei der großen Föhre hinter dem Tor warten. Wenn Ihre Kaiserlichen Majestäten vorbeigehen, müßt ihr euch alle verbeugen, auch die Kinder. Sprecht nicht, bevor Ihre Majestäten das Wort an euch richten. Wenn sie schweigend weitergehen, führe ich euch wieder hinaus. Wenn euch eine Frage gestellt wird, wiederhole ich sie, und ihr antwortet mir, und ich wiederhole die Antwort für Ihre Majestäten."

Daraufhin ließ er sie eintreten und wartete mit ihnen bei einer großen Föhre. Von weitem konnten sie im Sonnenschein zwischen Blumen die Kaiserinnen sehen, denen über ein Dutzend Hofdamen in prächtigen Kleidern folgten. Es war ein hübscher Anblick, und Peony hätte ihn gern genossen, aber der Oberhofmeister hinderte sie daran. Er hielt es offenbar für nötig, sich unmittelbar hinter sie zu stellen, so dicht, daß sie seinen heißen Atem im Nacken fühlte, und sie wußte, daß er ihr Haar, ihren Hals und ihre Schultern betrachtete. Sie trat einen Schritt vor, er tat dasselbe, und plötzlich überkam sie ein Ohnmachtsgefühl. Das sonnige Bild vor ihren Augen verschwamm im Nebel, und all die leuchtenden Farben vermischten sich zu einem dunstigen Regenbogen. Ihrer Herrin wegen durfte sie nicht noch weiter nach vorn gehen, und doch war ihr die entsetzliche Nähe dieses Mannes unerträglich. Während sie zauderte, fühlte sie, wie er sich noch näher heranschob und zum Vorwand mit gedämpfter Stimme erklärte: „Die größere ist die Kaiserin des Westens. Wenn eine von beiden spricht, wird sie es sein, denn die Kaiserin des Ostens spricht nie in ihrer Gegenwart."

Im Sprechen blickte er über Peonys Kopf hinweg und drückte seinen mächtigen Körper widerlich an sie. Das war mehr, als sie ertragen konnte, sie schlüpfte auf die Seite und schob die Wärterin des Jüngsten an ihren Platz. Peony blickte dabei nicht auf, aber er tadelte sie: „Mach keine Unnruhe, Weib. Ihre Majestäten nähern sich."

„Still, Peony", flüsterte Kueilan vernehmlich.

Was blieb Peony anderes übrig? Sie fühlte, wie sie wieder errötete, und die ganze Freude war ihr verdorben. Sie hörte kaum, was weiter geschah, und vermochte ihre Tränen kaum zurückzuhalten.

Die Kaiserin des Westens war stehengeblieben, und die Kaiserin des Ostens und alle Hofdamen folgten ihrem Beispiel.

„Wer ist das?" fragte die Kaiserin des Westens den Oberhofmeister.

Er antwortete, und die Kaiserin prüfte die Gruppe. Peony blickte nicht auf, da dies verboten war, aber sie sah die Hände der Kaiserin: eine hielt einen Fächer aus Jade und die andere hing leer herunter. Es waren für eine kleine Frau kräftige Hände, nicht klein, aber auffallend schön geformt. Jeder Finger war von einem gewölbten, mit Juwelen besetzten, goldenen Nagelschild bedeckt.

Die Füße unter dem langen Gewand waren mit bestickten Schuhen bekleidet, deren seidene Sohlen zwölf Zentimeter hoch wattiert waren, um die Kaiserin größer erscheinen zu lassen.

Die Kaiserin des Ostens schwieg, während die Kaiserin des Westens sich die Kinder eingehend betrachtete. „Sie sehen tatsächlich fremdländisch aus“, sagte sie zu den Hofdamen. „Schwarze Haare, aber nicht glatte. Die Augen sind rund und die Nasen lang. Aber sie sind hübsch und scheinen gesund zu sein. Ich wollte, unser königlicher Sohn sähe so gesund aus.“

Sie seufzte und befahl Süßigkeiten für alle, und Peony dankte dem Himmel, daß der Kleinste nicht schrie. Dann hörte sie, wie die Kaiserin noch eine Frage stellte: „Wer ist dieses hübsche Mädchen?“ Sie wußte, daß sie damit gemeint war, und senkte den Kopf noch tiefer.

„Sie ist unsere Leibeigene“, sagte Kueilan zum Oberhofmeister, worauf er rief: „Eine Leibeigene, Majestät!“

„Zu hübsch für eine Leibeigene“, bemerkte die Kaiserin kühl.

Das war alles. Die Kaiserin des Westens rauschte weiter und mit ihr die Kaiserin des Ostens und alle Hofdamen, und der Oberhofmeister führte sie wieder hinaus. Er war jetzt sehr liebenswürdig, überschüttete die Kinder mit Süßigkeiten und zog Geld aus seiner Brusttasche.

„Da ist etwas für dich“, sagte er zu Peony. „Ihre Majestät beachtet nie eine andere Frau, es war höchst ungewöhnlich, daß sie dich erwähnte. Auf ein Wort von mir kannst du hier bei Hof angenommen werden und alles haben, was du zum Leben brauchst.“

Während er sprach, hielt er ihr das Geld auf seiner großen Handfläche hin, aber Peony nahm es nicht. Sie zog die Kinder hastig mit sich weiter und schüttelte den Kopf und war keiner Worte fähig. Noch nie war sie über Davids Anblick so froh gewesen wie diesmal. Er kam ihnen entgegen, und sie antwortete rasch auf seine Fragen:

„Ja, die Kinder waren brav. Unsere Herrin war wunderschön. Ihre Majestät sprach über das gesunde Aussehen der Kinder."

Dabei beeilte sie sich, hinter die Vorhänge ihrer Sänfte zu kommen, denn der Oberhofmeister stand da und starrte sie an. Als die Vorhänge zugezogen waren und die Sänfte auf die Schultern der Träger gehoben wurde, zog sie ihr Taschentuch heraus und weinte aus tiefster Seele. Sie hatte große Angst empfunden und war nun in Sicherheit. Nie mehr bis zur Heimreise wollte sie das Haus verlassen. Ein so mächtiger Mann wie der Oberhofmeister des kaiserlichen Palastes brauchte nur die Hand auszustrecken und sie irgendwo auf der Straße aufzugreifen. Sie wollte David bitten, die Heimreise sobald wie möglich anzutreten. Aber wie konnte sie ihm das sagen?

Auf dem ganzen Rückweg weinte sie und trocknete sich die Augen erst, als sie vor dem Tor anlangten. Im Haus machte sie sich mit abgewandtem Gesicht emsig zu schaffen und blieb in der allgemeinen Erschöpfung, Kueilans Klagen und dem Kindergeschrei unbeachtet, denn David zog sich in seine Zimmer zurück, wie er das immer zu tun pflegte, wenn die Kinder lästig waren. So endete dieser Tag, und als sich alle zur Ruhe begeben hatten, ging auch Peony zu Bett, ohne David gesehen zu haben. Dort weinte sie wieder und überlegte sich, ob sie es David erzählen müsse, aber da sie nach all der Angst und Aufregung erschöpft war, schlief sie ein, noch ehe sie eine Antwort gefunden hatte.

David erfuhr am nächsten Morgen von ihren Seelenqualen, bevor Peony ihn überhaupt zu Gesicht bekam. Er hatte soeben gefrühstückt und war im Begriff, ein neues Geschäft im südlichen Stadtteil aufzusuchen, wo Wolldecken mit neuartigen Mustern gewebt wurden, als am Tor ein Bote in den gelben Kleidern erschien, die ihn als Bediensteten des kaiserlichen Palastes kennzeichneten. Er schüchterte den Torhüter durch sein hochfahrendes Benehmen und seine laute Stimme ein und sagte, er überbringe ein Schreiben an „den Fremden des Namens Chao aus der Stadt K'aifeng, jetzt wohnhaft im Haus zum Silbernen Pferd."

Chao war der chinesische Übername von Ezras Familie, und das Schreiben war an David gerichtet. Der Türhüter nahm es entgegen, bat den Boten, Platz zu nehmen, und eilte damit zum ersten Diener, der es David in dem Augenblick aushändigte, als er gerade sein Zimmer verlassen wollte.

„Herr — vom Palast!" stieß der Diener hervor.

David nahm das Schreiben und öffnete es voll Verwunderung. Sein Ausdruck veränderte sich, als er den Inhalt las. Er sah erst ungläubig und dann düster aus.

„Wartet der Bote noch?" fragte er.

„Am Tor, Herr", erwiderte der Diener.

„Bezahle ihn reichlich und sage ihm, daß ich Antwort geben werde, wenn ich den Vorschlag erwogen habe."

Der Diener entfernte sich, bezahlte den Boten und verbreitete dann im ganzen Haus das Gerücht, daß man dem Herrn einen hohen Posten bei Hof angeboten habe. Auch zu Peony drang dieses Gerücht und stürzte sie in Angst. Falls David sich tatsächlich von einem solchen Angebot verlocken ließ, wie konnte sie dann bei ihm bleiben? Sie würde nie vor diesem furchtbaren Eunuchen sicher sein. Sie fühlte ihr Leben zusammenbrechen und wurde von solcher Schwäche befallen, daß sie ihre Tätigkeit, Lilien in eine Vase zu ordnen, kaum fortsetzen konnte. Sofort mußte sie David jetzt von ihrem Erlebnis unterrichten.

David jedoch ließ sie rufen, noch ehe sie ihn aufsuchen konnte. Er pflegte sie sonst nicht rufen zu lassen, sondern im Haus herumzugehen, bis er sie fand, wenn er irgend etwas zu sagen hatte. Peony wußte deshalb, daß er sie unter vier Augen zu sprechen wünschte. Sie neigte den Kopf, als der Diener sie rief, stellte die Blumen ins Wasser und ging sofort zu ihm.

David stand mitten in seinem Wohnzimmer und hielt einen großen gelben Briefumschlag in der Hand. Als er Peony sah, hielt er ihr den Brief hin. „Was bedeutet das?" fragte er.

Sie nahm den Brief und las ihn. Der Oberhofmeister bot darin an, sie als Dienerin für eine der Hofdamen zu kaufen. In seiner anmaßenden Ausdrucksweise kam das Schreiben einem Befehl gleich. Sie faltete es zusammen, steckte es hastig in den Umschlag und sah David sprachlos an. Ihre Augen füllten sich wieder mit Tränen.

David setzte sich. „Setze dich, Peony", sagte er.

Mit gesenktem Kopf nahm sie Platz und trocknete sich mit dem Ärmel die Augen.

„Ist dir der Grund hierfür bekannt?" fragte er freundlich.

Zu ihrem Kummer bemerkte sie, daß er glaubte, sie habe von diesem Vorschlag gewußt. Sie schüttelte den Kopf und konnte vor Weinen nicht sprechen.

„Komm, Peony", sagte er schließlich ungehalten. „Hab den Mut, es mir zu sagen, wenn du mein Haus verlassen willst!"

Sein Ärger ließ ihre Tränen augenblicklich versiegen. „Untersteh dich zu behaupten, daß ich keinen Mut Habe!" erwiderte sie heftig.

„Das sieht dir schon ähnlicher", sagte er. „Und jetzt erzähle mir alles."

So teilte ihm Peony die Geschehnisse des gestrigen Tages mit, und je mehr David erfuhr, umso zorniger und bekümmerter wurde er.

„So ein Mißgeschick!" rief er. „Wir können nicht mehr hierbleiben, sonst macht uns der Oberhofmeister das Leben sauer. Ein Wort von ihm genügt, daß sich sogar die Kaufleute davor fürchten werden, mit uns Geschäfte abzuschließen!"

„Alles meinetwegen", klagte Peony verzweifelt. „Laß mich gehen."

„Dich verkaufen?" rief David so leidenschaftlich, daß Peony sich ein Herz faßte.

„Ich könnte davonlaufen."

„Du könntest davonlaufen!" wiederholte er. „Und was soll dann aus mir werden, Peony? Könnte ich mir das jemals verzeihen?"

„Wenn ich davonliefe, könnte ich vielleicht den Weg zu dir wieder finden", schlug Peony zögernd vor.

Sie sahen sich an, es war ein sonderbarer, langer Blick. Peony war demütig und zitterte vor Angst, und David fürchtete sich nicht nur vor dem, was er in ihrem Gesicht las, sondern auch davor, was er jetzt in seinem eigenen Herzen wahrnahm. Er konnte sie nicht fortlassen. Er war eifersüchtig, daß der Oberhofmeister sie überhaupt gesehen hatte, und machte sich selbst Vorwürfe.

„Wie kann ich es wagen, dich zu meinem Tor hinauszulassen?" stammelte er.

Peony schlug die Augen nieder und schwieg. Er sah ihre langen, geraden Wimpern auf ihren Wangen liegen und stand plötzlich auf.

„Bereite alles vor", befahl er. „Wir fahren heute abend nach Hause."

Sie stand langsam auf und schaute ihn an.

„David“, flüsterte sie und bemerkte nicht, daß sie seinen Namen aussprach. „Denk nicht an mich!“

„Doch, ich denke an dich“, sagte er kurz. „Gehorche mir, Peony! Ich gebe dir den Befehl.“

„Ich gehorche dir, David.“ Ihre Stimme war ein sanfter Hauch.

Kurz nach Mitternacht verließen David und seine Familie die Stadt in gemieteten Maultierwagen. Einem Freund, der Kung Chens Geschäfte in Peking leitete, erklärte er wahrheitsgetreu den Grund seiner Abreise. „Die junge Frau ist seit langem für meine Frau eher eine Schwester als eine Leibeigene, und wir können so etwas nicht zulassen“, sagte er.

„Dieser Oberhofmeister ist ein wahrer Teufel“, bestätigte der Kaufmann. „Wieviele Familien in dieser Stadt haben seinetwegen den Verlust ihrer Töchter hinnehmen müssen! Du hast recht, daß du fliehst.“

Auch seiner Frau sagte er mit wenigen einfachen Worten die Wahrheit, sie war halb ängstlich, halb jedoch nicht gewillt, der Angst nachzugeben. „Es könnte sehr nützlich sein, wenn Peony im Palast wäre“, wandte sie ein. „Wir hätten dann eine Freundin dort, und sie ist so klug – wer weiß, sie könnte sogar eine Dienerin der Kaiserin werden!“

Davon wollte David nichts wissen. „Peony ist von jeher in unserem Hause gewesen, und es wäre nicht recht von mir, sie wie eine Sklavin zu verkaufen.“ Vielleicht sah ihn Kueilan argwöhnisch an, aber er achtete absichtlich nicht darauf. „Komm“, sagte er. „Eil dich, kleines Ding! Wir reisen heute nacht, ob du bereit bist oder nicht.“

Es war ein stiller Abschied. Das Stadttor war geschlossen und David mußte den Wachen ein reichliches Trinkgeld geben, bevor sie das große Schloß öffneten. Dann aber fuhren die Wagen rasch hindurch und hatten bei Tagesanbruch schon eine gute Strecke Wegs zum Kanal zurückgelegt.

## XII

Auf dieser Heimreise verhielt sich David allen gegenüber sehr schweigsam. Von der Freude, die er auf dem Hinweg über die neue Landschaft empfunden hatte, fühlte er nicht mehr viel. Die Gegend war ebenso schön wie zuvor, vielleicht sogar noch schöner, da alle Bäume und Felder sich im reifsten Wachstum befanden. Der Weizen war abgeerntet, und das Zuckerrohr im Norden stand hoch. Es war die günstigste Jahreszeit für die Straßenräuber, denn in den Kornfeldern konnten sie sich leicht verbergen, und David war unruhig, bis sie den Kanal erreichten. Aber sie hatten Glück, obwohl sie gehört hatten, daß Banditen die Gegend unsicher machten, kamen in diesen Tagen keine in Sicht.

Die Reise ging langsam vonstatten, denn im Hochsommer sind die Winde schwach und mild, und sie fuhren nun gegen den Strom. David hatte reichlich Zeit für seine Gedanken und stand oft allein an Deck und starrte auf die langsam dahingleitenden Ufer. Die Sonne war heiß, und die Schiffer zogen ein breites Sonnenzelt auf, unter dem er auf Kissen saß — körperlich bequem, aber im Gemüt bedrückt. Seine Sorgen machten ihn sanft mit Frau und Kindern, er beachtete sie mehr als sonst, hörte ihrem Geplauder zu und ging auf jede Laune Kueilans liebenswürdig ein. Im Laufe der Jahre hatte er sich eine ungeduldige Haltung angewöhnt, aber jetzt kämpfte er dagegen an und antwortete ihr freundlich, auch wenn ihre Äußerungen töricht waren. Seinen Söhnen gab er ausführliche Erklärungen auf ihre zahllosen Fragen und hielt manchmal sogar das Ende der Schärpe, die um den Jüngsten gebunden war, so daß er nicht ins Wasser fallen konnte. Er war gänzlich verändert.

Peony merkte das alles und stellte dann schmerzlich fest, daß diese neue Freundlichkeit ihr selbst nicht geschenkt wurde. David wich ihr aus. Mit jedem Tag des aufgezwungenen engen Zusammenlebens auf der Dschonke wurde sie sich dessen deutlicher bewußt. Er vermied jedes Alleinsein mit ihr, und wenn sie abends an Deck kam, nachdem sie ihre Schützlinge zu Bett gebracht hatte, war David nie mehr dort, so strahlend der Mond auch scheinen mochte. Tag um Tag verging, ohne daß David mit ihr allein sprach, und auch sonst sagte er selten etwas zu ihr, außer wenn er einen Befehl in bezug auf seine Söhne oder ihre Mutter gab. Anfänglich war Peony zutiefst verwundet und erklärte sich diese Veränderung damit, daß er ihretwegen die Hauptstadt hatte verlassen müssen, obwohl er gerne noch dort geblieben wäre. Sie seufzte bei den Gedanken, daß er darin wie andere Männer sei — daß er diejenige am wenigsten liebe, für die er Opfer bringen mußte. Sie begann sich vorzuwerfen, daß sie ihn ihretwegen auf etwas hatte verzichten lassen, und in ihre Verzweiflung mischte sich Stolz, sie nahm sich vor, sich ganz auf sich zurückzuziehen, falls diese Veränderung in ihm anhielte, und vielleicht sogar sein Haus zu verlassen. Wo aber sollte sie hingehen? Darauf wußte sie keine Antwort. Ich muß doch weiter in seinem Haus verborgen leben, wie die Mäuse und Grillen, dachte sie.

Vielleicht bemerkte David Peonys Schweigen und Stolz, aber er verriet nichts darüber.

Gegen Ende des zehnten Tages tauchten die Stadtmauern über der Ebene auf. Alle waren glücklich über den Anblick der altbekannten Ufer, und Ezra empfing sie mit Kung Chen und dessen Söhnen, und auch Maultierwagen, Sänften und Träger warteten schon.

„So, mein Sohn!" rief Ezra voll Freude. Er umarmte ihn und drückte seine Wange an die Schulter des großen Sohnes. „Ich hatte dich erst in einem halben Jahr erwartet, aber wie herzlich heiße ich dich willkommen!"

Wie glücklich war Peony, wieder hinter diesen Mauern geborgen zu sein! „Alles ist noch beim alten", murmelte sie, als sie neben Wang Ma in den Hof trat.

Als sie für ihre Herrin und die Kinder gesorgt hatte, ging sie in ihren eigenen kleinen Hof. Die Stille dort schien ihr bedrückend und unerträglich. Sie fühlte sich von allen ausgeschlossen und setzte sich hin, weinte leise und seufzte dazwischen.

„Ich bin eine Närrin", murmelte sie und verwünschte die Engheit ihres Herzens, die sie an David fesselte, während eine andere Frau ihn längst aufgegeben und sich einen guten Mann gesucht und ihre Kinder willkommen geheißen hätte und vergnügt gewesen wäre, auch wenn sie den Mann, den sie liebte, nicht haben konnte. Aber alle Verwünschungen vermochten ihr eigensinniges Herz nicht zu ändern. Ich muß mich lassen, wie ich bin, dachte sie traurig, und nachdem sie eine Weile geweint hatte, wusch sie ihr Gesicht und bürstete sich die Haare, zog sich um und machte sich an ihre Pflichten.

David blieb am Abend noch lange mit seinem Vater sitzen. Sie hatten an diesem ersten Tag allein gegessen, für den folgenden waren sie bei Kung Chen eingeladen. Beide hatten sich viel zu erzählen. Ezra behauptete, gesund zu sein, aber er war mager, und nach der langen Trennung fiel es David auf, daß sein Vater allmählich alt wurde. Seine Wangen waren von Furchen durchzogen und sein linkes Augenlid hing etwas herunter. Er klagte darüber, daß er in der linken Seite ein Gefühl von Steifheit habe und daß sein linker Fuß beim Gehen nachschleppe. Seine Augen glänzten jedoch immer noch lebhaft, und seine Stimme war so laut wie nur je.

„Ist die Steifheit langsam oder plötzlich gekommen?" erkundigte sich David.

„Vor zwei Monaten bin ich eines Morgens so aufgewacht", antwortete Ezra. „Ein paar Tage lang war meine Zunge dick und ich konnte nicht deutlich sprechen. Wang Ma holte den Arzt und er verschrieb mir einen Kräutertrank, und dann ging es mir wieder besser."

„Vater, du mußt mich dir mehr abnehmen lassen", sagte David.

Darauf erwiderte Ezra: „Das habe ich schon getan, mein Sohn. Während du fort warst, habe ich dir die Geschäftsleitung übertragen, und von jetzt an ist es deine Sache, Ja und Nein zu sagen und alles zu planen. Kung Chen hat mit seinem ältesten Sohn dasselbe getan. Ihr seid jetzt Partner, und wir beiden alten Großväter bleiben zu Hause, außer wenn wir unsern Rat geben sollen."

David war gerührt und stolz, und doch beschlich ihn eine leise Sorge. Das Leben seines Vaters ging damit seinem Ende entgegen. Während er selbst sich dem Höhepunkt näherte, mußte sein Vater den Abstieg beginnen. Das war der unabänderliche Lauf der Generationen, den niemand aufhalten konnte. Er nahm sich vor, von heute an bis zu seines Vaters Tod immer freundlich mit ihm zu sein und ihm jeden Wunsch zu erfüllen.

„Deine Mutter fehlt mir, mein Sohn", sagte Ezra plötzlich.

Er schaute David an, und seine Augen füllten sich mit Tränen, die er mit der Faust abwischte. Es war schon spät, das Haus war still, und die großen Kerzen flackerten im Sommerwind, der aus der weichen Dunkelheit durch die offenstehenden Türen hereinwehte.

„Sie fehlt uns allen", erwiderte David ruhig. „Das Haus ist nicht mehr dasselbe, seit sie fortging — für keinen von uns."

Ezra schien ihm nicht zuzuhören. Er lehnte sich zurück und umfaßte mit seinen schweren Händen die Armlehnen. „Ich denke über unser gemeinsames Leben nach, ihres und meines", fuhr er fort. „Es war keine einfache Ehe, mein Sohn. Sie war unnachgiebig — bis ich sie richtig kennenlernte. Ich konnte nie zweimal auf die gleiche Art mit ihr fertig werden. Sie hatte viele Seiten. Manchmal setzte ich Zorn gegen Zorn, und manchmal begegnete ich ihrem Zorn mit Liebe oder auch mit Lachen — ich mußte mir meine Waffe wählen. Aber unter all dem Wechselnden in ihr war eine unvergleichliche Reinheit. Sie war im tiefsten Kern gut. Ich konnte mich auf sie verlassen. Sie betrog Gott nicht, und mich konnte sie nicht betrügen. Sie war eine treue Frau."

David schwieg. Seine Eltern waren für ihn einfach Eltern gewesen, aber nun begann er, sie unbestimmt als Mann und Frau zu sehen. Es verwirrte ihn, auf diese Weise an sie zu denken — diese beiden Menschen, von denen er abstammte, als von ihm losgelöst zu betrachten, wie sie das bewegte und geheime Leben zweier Eheleute führten.

„Dumm war sie nie", fing Ezra wieder an. „Ja, es war mir manchmal zuviel, wenn ich sah, in wie mancher Hinsicht sie gescheiter war als ich! Als ich jung war, lehnte ich mich manchmal dagegen auf, aber im Älterwerden sah ich ein, was für ein Glück ich hatte. Sieh dir Kung Chen an! Ein einsamer Mensch, was, mein Sohn? Er spricht nie über die Mutter seiner Kinder mit mir, aber die wenigen Male, die ich sie gesehen habe

— ein bißchen dumm, was, David? Und er ist ein wählerischer Mann — er kann nicht ausgehen und wilde Blumen am Straßenrand pflücken. So wenig wie ich. Wenn ein Mann eine Frau wie deine Mutter gekannt hat — Körper und Seele —", Ezra brach ab, seufzte und fuhr fort: „Als du fort warst, mein Sohn, und Kao Lien mit den Karawanen nach Westen zog, hatte ich Zeit für mich, und da habe ich über mein ganzes Leben mit deiner Mutter nachgedacht. Viel Angenehmes ist mit ihr verschwunden, und etwas ist sonderbar: ich bin nie fromm gewesen, wie du weißt, aber solange sie da war, hatte ich das Gefühl, daß alles in meinem Haus vor Gott richtig sei. Sie war mein Gewissen — es stach mich manchmal, und ich wehrte mich dagegen, aber es war mir kostbar. Jetzt fühle ich mich verlassen. Gott ist fern von mir — falls es einen Gott gibt?"

Das sagte er in fragendem Ton, und David wußte nichts darauf zu erwidern. So verharrte er in seinem Schweigen.

Da er nichts sagte, sprach Ezra weiter: „Wir beide können diese Frage nicht beantworten. Deshalb sind wir keine Juden mehr, mein Sohn. Ich habe meine Wahl getroffen und du die deinige. Würde ich zurückwollen? Ach, ich bin, wie ich bin, und wenn ich noch einmal zurück könnte, würde ich die gleiche Wahl treffen — und du auch."

„Ich bin davon nicht so überzeugt, wie du", sagte David nun.

„Ich hätte so oder anders werden können. Wenn Leah am Leben geblieben wäre —"

„Wenn Leah am Leben geblieben wäre", wiederholte Ezra. Er dachte darüber nach. „Dann würde vielleicht auch deine Mutter noch leben. Alles wäre anders geworden. Aber vor allem hätten wir selbst anders sein müssen."

„Hier wäre das nicht möglich gewesen", sagte David.

Ezra schaute erstaunt zu ihm hinüber. „Meinst du —"

„Wir können nicht hier unter diesen Leuten leben und abgesondert bleiben, Vater", erklärte David. „In den europäischen Ländern, ja, weil uns dort die Völker mit ihren Verfolgungen dazu zwingen. Dort klammern wir uns an die eigenen Leute, weil alle andern uns nicht aufnehmen wollen, und wir werden verfolgt und durch unser Märtyrertum verklärt. Wir haben keine andere Heimat als das Leiden. Aber hier, wo alle wie Freunde sind und sich gerne durch Heiraten mit uns verbinden, was hätte hier die Absonderung für einen Sinn?"

„Ja — ja, genauso ist es", bestätigte Ezra. „Alles, was wir erlebt haben, war unvermeidlich."

„Unvermeidlich", bekräftigte David.

„Und deine Söhne, meine Enkel, werden die Vermischung noch weiter fortsetzen", fuhr Ezra fort.

„Ja, so wird es sein", sagte David.

Ezra dachte nach. „Werden wir also verschwinden?"

David antwortete nicht. Es war unvermeidlich, wie er selbst gesagt hatte, daß die Trennungswände fielen und alle eine Menschheit wurden, wenn die Leute freundlich und gerecht miteinander waren. Und doch konnte er sich die ferne Zukunft nicht vorstellen — in der seine Nachkommen nichts mehr von ihm wußten, in der sie vielleicht sogar den Namen Ezra vergessen hatten und nur noch eine Handvoll Sand in der Wüste oder ein Glas Wasser im Meer waren. Er überblickte die lange Reihe seiner Kinder und Kindeskinder. Er sah ihre ihm zugewandten Gesichter, und es waren die Gesichter von Chinesen.

„Wir werden zu schwermütig", sagte Ezra plötzlich. „Was gewesen ist, ist gewesen und läßt sich nicht ändern. Erzähle mir von deiner Reise, mein Sohn."

David rüttelte sich auf und erzählte seinem Vater von

allem, von der Schönheit der großen Hauptstadt, wie ihre Bewohner aussähen und wie vornehm ihre Art sei, was er gegessen und getrunken habe, welche Vergnügungen es dort gebe und wie ihm eine Audienz bei Hof gewährt worden sei. Auch die Gerüchte über die Kaiserin des Westens erwähnte er und kam damit schließlich auf den Grund seiner überstürzten nächtlichen Abreise zu sprechen, die er Peonys wegen beschlossen hatte.

Ezra hörte aufmerksam zu, oft mit Lachen und oft mit glänzenden Augen, und dann wieder schlau und angespannt, wenn David Geschäfte erwähnte. Als er von Peony hörte, wurde er sehr ernst. „Was für ein Unglück!" rief er. „Der lange Arm des Oberhofmeisters kann überall hinreichen, wir müssen Kung Chen morgen davon unterrichten."

„Ich hätte nicht anders handeln können", sagte David.

„Nein — nein." Er zögerte und wiederholte dann entschiedener:

„Nein, mein Sohn, nein! Natürlich, wenn sie so wie andere Frauen wäre und die Gelegenheit begrüßt hätte, in den Palast zu kommen — ja — hm — dann — ja, das wäre für unser Haus günstig gewesen. Wir hätten eine Freundin an höchster Stelle gehabt. Aber so, wie sie ist — nein, gewiß nicht. Aber wir müssen alles tun, um schlimme Folgen zu verhüten. Es wäre ein großes Opfer, nur wegen einer Frau, wenn unser Geschäft durch Ungnade bei Hof geschädigt würde. Deine Mutter sagte immer, daß wir zuviel auf Peony achteten."

David fühlte eine Art Hitzewelle und auch Zorn in sich aufsteigen und verteidigte sich mit erzwungener Ruhe: „Nun, mein Vater, wenn ich unklug gehandelt habe, muß ich es auf irgendeine andre Art gutmachen, denn Peony ist eine Schwester für mich, und ich könnte sie um keinen Preis diesem elenden Oberhofmeister ausliefern. Soviel weiß ich."

„Solange sie für dich nichts anderes als eine Schwester ist, will ich nichts dagegen sagen", erwiderte Ezra.

Das war so deutlich, daß David in Verlegenheit geriet. Die Worte seines Vaters prüften ihn zu tief, weit über das hinaus, was er selbst über sich wissen wollte. Er gab keine Antwort. Er schaute auf die Kerzen, sah, daß sie tropften, und benützte dies als Vorwand, um aufzustehen und die Dochte abzuschneiden.

„Es ist schon spät!" rief er. „Morgen muß ich früh im Geschäft sein, Vater, ich sage dir also gute Nacht."

David aber konnte nicht schlafen. Er ging nicht zu seiner Frau. Er blieb in seinem Schlafzimmer und fand dort lauter Zeichen von Peonys Fürsorge: die Daunendecke war zurückgeschlagen, die Vorhänge waren zugezogen, die Teekanne war heiß, seine Pfeife lag bereit und die Kerzen waren geputzt. Aber sie selbst war fortgegangen.

Er zog sich aus, löschte die Kerzen, schlug die Vorhänge auseinander und legte sich zu Bett. Aber schlafen konnte er nicht. Das Gespräch mit seinem Vater hatte alles wieder aufgewühlt, was ihn während der langen Reise beschäftigt hatte. Seine Mutter, Leah, Peony, Kueilan — diese vier Frauen, die sein Leben geformt hatten, beeinflußten ihn immer noch. Er sehnte sich danach, von ihnen allen frei zu sein, und doch wußte er, daß kein Mann jemals von den Frauen frei wird, die ihn zu dem gemacht haben, was er ist.

Auch Peony fand in dieser Nacht keine Ruhe. David war lange mit seinem Vater aufgeblieben, das wußte sie, denn Wang Ma hatte ihr gesagt, daß die beiden Stunde um Stunde ernste Gespräche führten, und wagte nicht hineinzugehen, obwohl Mitternacht schon vorüber war. Peony hatte mit Wang Ma gewartet, scheinbar um ihr Gesellschaft zu leisten, im geheimen aber, weil sie Davids Gesicht wenigstens im Vorübergehen zu sehen hoffte. Aber er hatte sie nicht bemerkt, und sie hatte ihn nicht anzurufen gewagt. Sie saß im dunklen Hof, außerhalb des milden Lichtes, das die Kerzen durch die offenen Türen warfen, und er ging so dicht an ihr vorbei, daß sie ihn hätte berühren können, aber sie streckte die Hand nicht aus. Sicherlich hatte er seinem Vater den Grund der Abreise von Peking erzählt, und vielleicht hatte Ezra ihn getadelt. Sie wußte nur zu gut, daß die vom Oberhofmeister angestiftete Verwirrung auch hier noch weiterwirken würde, und der Gedanke, daß sie die Ursache war, bedrückte sie.

Als David sich entfernt hatte, ging sie zu Bett und lag einsam in der mondlosen Sommernacht, während sie über ihr Unglück nachdachte. Die reichen Leute konnten wohlwollend sein, so wie sich Ezras Familie ihr gegenüber immer verhalten hatte, aber wenn durch einen der Untergeordneten Schwierigkeiten entstanden, konnten ihre Herzen rasch erkalten. Sie dachte daran, wie sie geglaubt hatte, daß David sie vielleicht liebe, und erinnerte sich an den Ausdruck, den seine Augen manchmal hatten. Dann rief sie sich zurück, wie kalt er in den letzten Wochen gewesen war. Ohne Zweifel bereut er schon alles, wozu ich ihn gezwungen habe, sagte sie sich.

Wieder kam ihr der Stolz zu Hilfe, und sie beschloß, bei der ersten Gelegenheit, die ihr David gab, zu ihm zu gehen und ihm zu sagen, daß sie in das buddhistische Kloster eintreten wolle, das innerhalb der Stadtmauern stand. Dort war sie vor jedem Mann sicher, und er konnte dem Oberhofmeister auf irgendeine Weise mitteilen, daß sie schon lange dazu bestimmt gewesen sei und nur noch die Rückkehr von Peking abgewartet habe, um Nonne zu werden. An diesem stillen Zufluchtsort, wo nur Frauen lebten, würde sie geborgen sein. Das war eine tröstliche Aussicht. Je länger sie über diesen Plan nachdachte, desto besser schien er ihr, und sie bewahrte ihn mehrere Tage lang in ihren Gedanken, bis der erste Ansturm von Davids Geschäftspflichten nachließ. Sie wagte nicht, zu lange zu schweigen, damit die starke Hand aus dem kaiserlichen Palast nicht neues Unheil stifte.

Am fünften Tag schien ihr, daß David nach der Mittagsmahlzeit keine Eile zeige, ins Geschäft zurückzukehren. Während die Bediensteten das Geschirr wegtrugen, gab Peony David die Zahnstocher aus Bambus und sagte: „Willst du nicht ein bißchen schlafen? Die Luft ist drückend und im Süden sind Gewitterwolken."

„Ich werde eine Stunde in meinem Hof ausruhen", erwiderte er.

Sie ging voraus und stellte einen Liegestuhl aus Bambus unter eine alte Föhre, und während sie eine weiche Decke darüberlegte, kam David herein. Er hatte das Übergewand abgelegt und trug seine Unterkleider aus blaßgrüner Seide.

„Es ist alles bereit", sagte Peony und wollte sich zurückziehen. Der Tag war so heiß, daß ihr helle kleine Schweißperlen über die Wangen liefen; sie wischte sie ab und lachte. „Ich schmelze!" rief sie.

Ohne es zu wollen, begegnete sie seinem Blick, und ihr Lachen erstarb. Noch nie hatte er sie so angeschaut. Seine Augen ruhten leidenschaftlich, ernst und warm auf ihr. Sie errötete, und ihre Knie zitterten. Gedankenlos und überstürzt begann sie auszusprechen, was sie seit Tagen auf der Seele hatte.

„Ich habe – habe – auf eine Gelegenheit gewartet – um – um etwas zu sagen", begann sie.

„Auf diese Gelegenheit", sagte David.

Sie faltete die Hände vor der Brust. „Ich – ich habe so viel geweint –"

„Warum?" fragte er.

„Wegen der Sache in der Hauptstadt." Ihre Worte jagten sich jetzt. „Ich möchte dich fragen — ich bitte dich — ich würde sterben, wenn ich dir Schaden zugefügt hätte oder auch nur eine kleine Unannehmlichkeit. Ich kann — ich will — ins buddhistische Kloster gehen. Dort bin ich in Sicherheit, und du könntest dem — dem Oberhofmeister sagen — daß ich Nonne werde."

„Du eine Nonne!" rief David mit gedämpfter Stimme. Er lachte leise, als ob er von niemand gehört werden wolle.

Aber wer hätte es hören können? Das ganze Haus schlief, und nur die heiße Mittagssonne glühte. Auch außerhalb der Mauern war alles still. Die Stadt schlief, und sogar die Grillen schwiegen. Und Peony stand vor David, als wäre sie in einem Netz gefangen. Sie versuchte nicht mehr, etwas zu sagen. Sie war nicht dazu imstande.

Sie konnte sich nicht vorstellen, was ihn so verändert hatte. Sie war verwirrt und von Angst erfüllt, und die Liebe brannte in ihren Adern und hämmerte in ihrem Herzen. Er, den sie in den letzten Wochen für so kalt gehalten hatte, stand plötzlich in Flammen.

„Peony, komm mit", befahl er.

Er ging ins Haus, sie folgte ihm in sein Wohnzimmer. Er lehnte sich an den Tisch und schaute sie voll an. „Ich sage dir eins, und es muß unser Leben lang halten. Wirst du dich daran erinnern, wenn ich es dir sage?"

„Ja", flüsterte sie und hielt seinen Blick aus.

„Ich habe mich all die Jahre hindurch belogen, wenn ich sagte, daß du mir wie eine Schwester bist", fuhr er fort. „Ich war ein Narr. Du bist mir nie wie eine Schwester gewesen. Nie hätte ich eine Schwester so lieben können, wie ich dich geliebt habe, als wir Kinder waren — und wie ich dich jetzt liebe."

Er schaute sie fest an, und sie erwiderte seinen Blick.

Das war das Geschenk, das ihr das Leben gab: dieser Augenblick, in dem er diese Worte sprach. Es wäre leicht gewesen, beide Hände auszustrecken und das Geschenk zu nehmen und alles andere zu vergessen. Aber das war Peony nicht möglich. Zu viele Jahre hatte sie ihn umsorgt und beschützt und gestärkt, für ihn geplant und ihn geliebt. Sie konnte jetzt nicht an sich selbst denken.

Sie versuchte zu lachen. „Umso mehr Grund also, ins Kloster zu gehen, scheint mir!"

Er überging ihre vorgetäuschte Heiterkeit. „Entziehe dich nicht mit Scherzen", sagte er starr. „Ich weiß ebensogut wie du, was es für mich bedeutet, daß ich — das gesagt habe. Aber ich mußte es sagen, damit du jetzt weißt, warum ich dich nicht im Palast lassen konnte. Solange ich lebe, mußt du in meinem Haus bleiben, Peony, denn ich kann ohne dich nicht leben. Jetzt endlich weiß ich es."

„Bist du deshalb auf der ganzen Reise so kalt gegen mich gewesen?" fragte sie.

„Ich war nicht kalt. Ich habe immer an dich gedacht, Tag und Nacht."

Sie konnte nicht mehr versuchen zu lachen. Er war traurig und entschlossen, und sie ertrug es nicht, daß seine Liebe zu ihr ihm Kummer bereitete. „Ich danke dir, daß du mir gesagt hast, was in deinem Herzen ist." Ihre Stimme war klar und ernst. „Ich werde deine Worte für immer in meinem Herzen bewahren. Sie sind mein Trost und meine Heimat."

Sie verschränkte die Hände, verbeugte sich und wandte sich ab, um aus dem Zimmer zu gehen.

An der Türe hielt sie seine Stimme zurück. „Weiter hinaus habe ich noch nicht gedacht. Aber was soll aus uns werden?"

Mit der Hand am Türrahmen blieb sie auf der

Schwelle stehen. „Die Zeit wird es zeigen", sagte sie sanft und eilte dann hinaus, denn sie fürchtete, daß er zu ihr treten und ihre Hand nehmen oder ihre Schulter berühren könnte, und fürchtete vor allem ihre eigene willenlose Liebe.

In dieser Nacht war es ihr unmöglich zu schlafen. Sie war froh, daß der helle Mond, der sie auf der Reise begleitet hatte, nicht mehr schien. Sie schlich durch die Dunkelheit in den Pfirsichgarten und setzte sich allein unter die Bäume. Wolken verdeckten die Sterne, und die Luft war von nahendem Regen feucht. Aber sie konnte nicht lange sitzen bleiben, denn die Mücken begannen bald um sie zu summen. Sie hob ihre weiten Ärmel und bewegte sie wie Flügel, dann stand sie auf und ging hin und her. Dieses Hinundhergehen — das hatte Leah getan, stundenlang. Als Peony daran dachte, war Leah plötzlich wieder da. Sie vermochte das Gefühl ihrer Gegenwart nicht abzuschütteln. Aber warum sollte sie sich noch vor Leah fürchten? Sie besaß nun die Waffe, mit der sie diesen Geist immer zum Schweigen bringen konnte. Wenn sie wollte, konnte sie in diesem Augenblick zu David gehen und ihre Liebe mit ihrem Körper besiegeln, und was konnte ihr Leah anhaben — Leah, deren Körper Staub war? Sie blickte zum dunklen Himmel auf und fühlte sich von Leidenschaft ergriffen. Was würde geschehen, wenn sie auf leisen Sohlen hinging, während das Haus schlief, und Davids Liebe ausnützte? Der Sieg würde ihr gehören.

Mit einem Finger an den Lippen blieb sie im Dunkeln stehen und lächelte. In ihr heimliches Leben, das sie in diesem Hause führte, würde er eintreten, und sie würde nicht mehr allein sein. Sie schüttelte den Kopf, ihre Hand sank herab und ihr Lächeln verschwand. Ihr Herz schlug heftig. Warum sollte es geheim bleiben? Kein

Gesetz verbot, daß ein Mann sich die Frau nahm, die er liebte. Alle Männer in der Stadt taten das, auch Kung Chen hatte sich sein hübsches Singmädchen genommen, das ihn später betrog. Niemand würde etwas gegen David sagen. Tatsächlich würde es ihm nur nützlich sein, denn es würde ihn seinen Freunden näherbringen. Es bedurfte keiner Zeremonie. Sie konnte ihrem Herzen nachgeben und jetzt zu ihm gehen, und morgens würde sie es Wang Ma sagen, dann würden es bald alle wissen. Ihre Herrin konnte es hinnehmen und ihr den zweiten Platz einräumen, oder sie konnte so tun, als bemerke sie nichts, und alles würde weitergehen wie zuvor.

So dachte Peonys weiches Herz. Dann aber wurde ihr Verstand, der so lange allein gewesen war, hart und klar. Ist David wie andere Männer? So fragte der Verstand ihr Herz.

In diesem Augenblick hörte sie plötzlich einen seltsamen, erstickten Schrei. Sie hob lauschend den Kopf, und ihre Gedanken setzten aus. Es folgte kein zweiter Laut, aber da sie sich immer für die Familie verantwortlich fühlte, ging sie sofort durch den dunklen Garten in die schwach erleuchtete Halle und horchte dort wieder. Ezras Zimmer grenzte an die Halle, und seine Fenster öffneten sich auf den Garten hinaus. Peony legte das Ohr an seine geschlossene Tür. Sie hörte seinen Atem als schweres, langsames Ächzen und öffnete die Tür behutsam.

„Ich bin es, Peony!" rief sie leise. „Bist du krank, Alter Gebieter?"

Er antwortete nicht, aber seine lauten Atemzüge kamen und gingen, als ziehe er sie mühsam aus der Brust. Peony lief in sein Schlafzimmer, entfachte den braunen Papierfidibus, der immer in einem Aschengefäß schwelte, zündete die Öllampe an und hielt sie mit der rechten Hand in die Höhe, während sie mit der linken die Bettvorhänge auseinanderzog. Ezra lag im Bett, hatte das Kissen weggeschoben und den Kopf so weit zurückgebogen, daß sein Bart in die Höhe stand. Seine Augen waren offen und glasig, das ganze Gesicht purpurrot und sein Rückgrat steif gewölbt. Er hörte und sah nichts von ihr, denn seine ganze Aufmerksamkeit richtete sich darauf, den Atem einzuziehen und wieder auszustoßen.

„Oh, Himmel!" rief Peony. Sie ließ den Vorhang fallen, eilte zu Davids Zimmer und schlug laut an seine Türe. Dann versuchte sie, die Türe zu öffnen. Sie war verschlossen! Mitten in ihrer Angst hielt sie inne. Warum hatte er die Türe abgeschlossen — wenn nicht ihretwegen? Oder vielleicht seinetwegen! Er hörte sie nun und antwortete: „Was ist?"

„Ich bin es, Peony!" rief sie. „Dein Vater ist krank!"

Er kam sofort in seinen hellen Nachtkleidern heraus und knotete sich den Gürtel fester, während er an ihr vorbeiging.

„Ich hörte deinen Vater schreien — und ging hinein — ich war im Pfirsichgarten", stammelte sie, indem sie hinter ihm herlief. Gemeinsam traten sie in Ezras Zimmer.

Es waren keine Atemzüge mehr zu hören. Als David die Vorhänge auseinanderschlug und Peony ihm über die Schulter schaute, sah sie den alten Mann mit ausgebreiteten Armen daliegen, als hätte er gegen den Tod gekämpft. Aber er hatte verloren. Er war tot. Sein Bart lag auf seiner Brust, und die Augen blickten streng und kalt. Peony schob David beiseite und drückte ihm die Lider zu, damit die Augen nicht in diesem Blick erstarrten, und legte seine Arme an den Körper und die Füße nebeneinander und deckte ihn zu. „Damit er aussieht, als ob er nur schliefe", murmelte sie.

David war inzwischen reglos stehen geblieben. Nun warf er sich auf die Knie und nahm die Hand seines Vaters. Es war kein Zweifel an seinem Tod möglich. Schon beim ersten Blick hatte er erfaßt, daß jeder Zweifel nutzlos war. Er mußte alle im Haus wecken, Kung Chen rufen lassen und die Nachricht in der Stadt bekanntgeben. Für alles mußte gesorgt werden, aber er verharrte in Unglauben.

„Wir haben noch vor einigen Stunden miteinander gesprochen", murmelte er.

„Es ist gut, so zu sterben", sagte Peony sanft. Aber plötzlich wurde sie von Angst gepackt. Wenn Ezra nicht mehr da war, würde dann der Inbegriff von Güte aus diesem Haus verschwunden sein? Warum — warum hatte David ihr seine Türe verschlossen? Sie kniete nieder, legte ihren Kopf auf den Bettrand und begann zu weinen. „Er war so gut!" schluchzte sie. „Er war so gut — zu mir!"

Sie wartete in ihrer Verzweiflung, ob David seinen Arm um ihre Schulter legen und sie trösten werde. Aber er tat es nicht. Statt dessen begann er sanft die Hand seines Vaters zu streicheln, als ob er noch lebte.

## XIII

So starb Ezra ben Israel und wurde neben seinem Vater begraben, etwas oberhalb der Stelle, wo sich Madame Ezras Staub mit der chinesischen Erde vermischte.

Dieser Gedanke kam David plötzlich, als er am offenen Grab seines Vaters stand. Er dachte an seine Mutter, wie stark sie gewesen war und in seinem Innern es noch immer war. Der Kampf, den sie ihr Leben lang geführt hatte, um sich und ihre Familie abgesondert zu halten, dieser Kampf war nun vorüber. Der Tod hatte sie besiegt. Die Luft des Spätnachmittags war an diesem Hügelhang milde, und David fühlte die große Menschenmenge, die in seiner Nähe stand, um der Beerdigung seines Vaters beizuwohnen. Er war beinahe dankbar, daß seine Mutter nicht mehr erleben konnte, wie das Begräbnis durch die Teilnahme von Ezras vielen Freunden dem eines chinesischen Beamten so ähnlich geworden war, daß man schwerlich irgend etwas Jüdisches daran hätte entdecken können. Nur David war sich seiner Abstammung bewußt. Er verstand jetzt zum erstenmal in seinem Leben, warum seine Mutter sich so sehr danach gesehnt hatte, in ihr Land zurückzukehren und dort begraben zu werden. Sie hatte zweifellos gewußt — so wie sie vieles gewußt hatte, ohne es auszusprechen —, daß ihr Staub, wenn sie hier stürbe, sich im Staub der fremden Erde verlieren würde. Fünf Schichten tief lagen die Toten unter dem Boden, auf dem er jetzt stand, Generation ruhte auf Generation, und kein Grab konnte so tief gegraben werden, daß es die früheren Toten nicht berührte. Seine Eltern waren dem allgemeinen menschlichen Boden unerbittlich ausgeliefert und konnten nie mehr einem besonderen Volk angehören.

Der Gesang der buddhistischen Priester traf ihn einen Augenblick ins Herz. David hätte allen Ernstes gerne abgelehnt, als der Abt vom Tempel des Goldenen Buddha kam, um dem Toten seine Ehrerbietung zu erweisen, und er versuchte, den Mut zur Mitteilung zu finden, daß sein Vater nicht dem buddhistischen Glauben gehuldigt habe. Mit aller Höflichkeit, die er aufbringen konnte, bemühte er sich, dem alten Priester verständlich zu machen, daß buddhistische Musik an diesem Grab nicht angebracht sein würde. Der Abt hatte mit großer Würde erwidert:

„Obwohl dein Vater ein Fremder war, hatte er ein

weites Herz und sonderte sich von keinem Menschen ab. Wir möchten ihn mit dem, was wir haben, ehren, und wir haben nichts als unsere Religion."

Die leisen, sanft klingenden Gesänge zogen über den Hügel und stiegen zum Himmel auf, und während David mit gesenktem Kopf und gefalteten Händen zuhörte, dachte er nach. Links und rechts neben ihm standen seine Söhne, die ebenso wie er in grobe weiße Sackleinwand gekleidet waren. Selbst der jüngste war so angezogen. Hinter ihm stand Kueilan und weinte laut, wie es ihre Pflicht war, und er wußte, daß sie sich auf Peony stützte.

Peony! Von allem, was ihm in seiner Kindheit teuer gewesen war, blieb nur sie übrig. Er dachte an jene Stunde vor drei Tagen, als er ihr gesagt hatte, daß er sie liebe. Aber er hatte ihr nicht zu sagen gewagt, wie sehr er sich danach sehnte, sie ganz zu besitzen. Sogar jetzt dachte er beunruhigt an diese Sehnsucht, weil er sich daran erinnerte, wie zornig seine Mutter jedesmal wurde, wenn sein Vater erwähnte, daß seine eigene Mutter eine Konkubine gewesen war. Und doch würde keiner seiner Freunde, keiner von all denen, die heute so warme Teilnahme zeigten, etwas gegen ihn sagen, wenn er Peony zu seiner Konkubine machte. Sie würden ihn wegen ihrer Schönheit beglückwünschen und ihn als einen der Ihrigen aufnehmen. Sogar seine Frau würde sich vielleicht nicht beklagen — sicher nicht, denn Peony war zu zartfühlend und höflich, um sie zu verletzen, und würde ihrer Herrin gegenüber nie eine andere Haltung einnehmen.

Aber in jener Nacht, als sein Herz und alle seine Sinne sich danach sehnten, Peony zu sich zu rufen, hatte er doch plötzlich seine Türe abgeschlossen. Er hatte sich gezwungen, ein Buch zu nehmen — welcher Zufall hatte ihm die Thora in die Hand gespielt? Er war darüber erschüttert gewesen und hatte Stunde um Stunde gelesen, bis Peonys Schreie ihn aufschreckten.

Seine Gedanken schweiften bis in die Zeit zurück, da Leah noch lebte und sein Herz zwischen Liebe und Furcht geschwankt hatte. Wenn er Leah später in seinem Leben begegnet wäre, als die jugendliche Auflehnung gegen seine Mutter vorüber war, hätte er Leah vielleicht geliebt. Er dachte sogar jetzt noch mit einer seltsamen Wehmut an sie, wenn er sich an ihre Schönheit, ihre Einfachheit und ihren stolzen, hochstrebenden Geist erinnerte. Ihr verzweifelter Tod — um seinetwillen — hatte ihr eine Macht verliehen, die er nicht ableugnete. Ein Stück von Leah lebte immer noch in ihm, wenn es auch nur ein nie verwirklichter Traum war.

Dennoch konnte er sich nicht vorstellen, wie sein Leben ohne Kueilan gewesen wäre, nur mit Leah — und Peony. Ach, aber Leah hätte ihm Peony nie gestattet! Kueilan war großzügiger, und das liebte er an ihr. Er wußte, daß er seiner Mutter, wenn sie jetzt noch lebte, die Enttäuschung über seine Frau nicht zugegeben hätte. Er hatte Kueilan geheiratet, weil sie ein so hübsches Gesichtchen, einen anziehenden Körper, dunkle Augen und kleine Hände hatte und ihr Herz von jeder Furcht vor Gott so frei war wie das eines Kindes. Wenn sie andere Mängel hatte —. Er hob plötzlich den Kopf und straffte die Schultern. Er wollte sich die Wahrheit gestehen: da Peony immer in seinem Haus gewesen war, hatte es ihm an nichts gefehlt. Sie brachte ihm volle Teilnahme entgegen. Mit ihr sprach er über seine Söhne, sein Geschäft und alle seine Probleme, sie hatte für sein Vergnügen und seine Bequemlichkeit gesorgt und kleinliche Sorgen von ihm ferngehalten. Sein Leben war leicht gewesen.

Die Gesänge verstummten, und er hörte die ersten Erdschollen auf den Sarg fallen. Der Magistrat hatte diesen Sarg geschenkt, er war aus einem gewaltigen Zypressenstamm gemacht, vergoldet und mit Schnitzereien verziert. Kung Chen, der in einem dunkelvioletten Gewand — der Farbe für trauernde Freunde — auf der andern Seite des Grabes stand, wischte sich die Augen. Er hatte nicht laut geweint und war auch jetzt still, obwohl ihm unaufhörlich Tränen über die Wangen liefen. Er hatte Ezra sehr gern gehabt, und die Tatsache, daß er ihm nie ganz getraut hatte, verringerte seine Liebe nicht. Kein Mensch war vollkommen, und er hatte belustigt festgestellt, daß nicht einmal die Verbindung ihrer beiden Familien ihn vor Ezras Gewinnsucht bewahren konnte. Aber auf andern Gebieten war Ezra warmherzig gewesen. Er selbst konnte der Versuchung erliegen, mich zu betrügen, aber er hätte wenigstens nie zugelassen, daß mich ein anderer betrog, dachte Kung Chen traurig und grämte sich ehrlich, daß er nie mehr das rötliche, bärtige Gesicht seines Freundes sehen sollte. Er fühlte einen Blick, schaute auf und sah David, dessen Augen sich über das Grab hinweg auf ihn hefteten.

David schlug die Augen nieder und dachte: Kung Chen steht mir nun als Vater am nächsten. Er liebte den guten chinesischen Kaufmann, aber das Bewußtsein seiner neuen Nähe erschütterte ihn. Die letzte Wurzel, die ihn mit dem Volk seiner Mutter verband, war durchschnitten. Nun war er für immer und unwiderruflich hier. Eine Erinnerung an das einstige Gewissen regte sich schmerzlich in ihm.

Als die langen Trauerfeierlichkeiten schließlich beendet waren und David nach Hause ging, quälte ihn das Gewissen immer noch. Es lag nun bei ihm allein, ob er die Überreste des alten Glaubens lebendig erhalten oder erlöschen lassen wollte.

Es war Peony gelungen, früh nach Hause zu gehen, und als David durch das Tor trat, war ihr Gesicht das erste, das er sah. Sie bemerkte seine Erleichterung.

„Ach, Peony, sorge du für den Haushalt", murmelte er. „Ich muß eine Weile allein sein."

„Überlaß mir alles", erwiderte sie ruhig.

Er dankte ihr mit einem warmen Lächeln und ging in sein Zimmer. Peony hatte genug mit den Kindern zu tun, das jüngste schrie nun laut und mußte getröstet werden. Sie nahm es der müden Wärterin ab und beruhigte es in ihren Armen.

„Geh, und zieh dich um", bat sie die Wärterin. „Wenn du die alltäglichen Kleider anhast, wird es sich nicht so fürchten."

Sie redete sanft auf den Kleinen ein. So hatte sie alle Söhne Davids getröstet und in den Armen gehalten. Jeder der drei empfand sie als etwas, das nicht ganz ihre Mutter war und doch irgendwie stärker als ihre Mutter, eine entschiedene Stimme und eine Zuflucht, wenn die Mutter böse war oder schlief. Peony war immer gleich. Kueilan konnte die Kinder mit Liebe und Zuckerzeug überschütten, sie streicheln und tätscheln und an ihren Bäckchen riechen, aber sie konnte ihnen auch Schläge geben und sie heftig schelten. Peony war immer sanft, nie zu zärtlich und niemals kalt. Sie war der Fels im Fundament ihres kindlichen Lebens. Der Kleine hörte zu schreien auf, und Peony zog ihm die Überkleider aus, sorgte dafür, daß er trocken und warm war, und gab ihm etwas heißen Tee, und als die Wärterin zurückkam, war ihr Schützling wieder vergnügt.

So ging Peony von einem zum andern und kümmerte sich darum, daß jedes Kind mit irgendeinem Spiel beschäftigt und zufrieden war. Sie hatte einen geheimen Vorrat an Spielzeug, Kleinigkeiten, die sie hier und dort zu kaufen pflegte. Jetzt brachte sie jedem etwas Neues, um die Erinnerung an den Tod zu vertreiben.

„Sehen wir den Großvater nie mehr?" fragte der Älteste.

„Sein Geist ist immer hier“, erwiderte Peony.

„Kann ich seinen Geist sehen?“ fragte das Kind wieder.

„Nicht mit den Augen“, antwortete Peony. „Aber wenn du manchmal in der Nacht an ihn denkst, fühlst du ihn bei dir. Da ist ein kleines Buch, das ich für dich aufgehoben habe — versuch einmal, ob du es lesen kannst.“

Peony hatte den Kleinen Unterricht gegeben. Nun setzte sie sich, und die beiden älteren stützten die Ellbogen auf ihre Knie und versuchten zu lesen. Peony war stolz auf ihren raschen Verstand und lobte sie, und die beiden vergaßen die Trauer im Haus. Das Buch hatte sie in Madame Ezras Zimmer gefunden. Vor langer Zeit hatte sie diese Bücher sortiert, einige in die Bibliothek gestellt und andere in die Truhe gelegt, die Madame Ezras persönliche Sachen enthielt. Aber dieses kleine Büchlein hatte Peony für sich behalten. In einfachen chinesischen Worten erzählte es die Geschichte von Madame Ezras Vorfahren: wie sie einst als Sklaven in Ägypten gelebt hatten und von einem Günstling der Königin, in dessen Adern fremdes Blut floß, befreit worden waren. Diese Geschichte lasen Davids Söhne nun mit Staunen.

„Wo ist dieses Ägypten?“ fragte der eine.

„Warum waren diese Leute Sklaven?“ wollte der Älteste wissen und fügte hinzu: „Wer war der Moses, der sie befreit hat?“

Er machte ein feierliches Gesicht, als die Geschichte zu Ende war.

„Es war nicht schön von ihrem Gott, daß er alle Erstgeborenen getötet hat. Ich bin auch ein Erstgeborener. Ich bin froh, daß dieser Gott nicht hier ist.“

Peony konnte keine dieser Fragen beantworten und sagte daher: „Es ist alles nur eine Geschichte und schon lange her.“

Als sie das Buch weggelegt und dafür gesorgt hatte,

daß die Kinder ihr Essen bekamen, dachte sie über diese Fragen nach. Irgend jemand im Haus sollte den Kindern sicher Antwort geben, sonst würden sie später, wenn sie heranwuchsen, nichts von ihren Vorfahren wissen, und das wäre nicht gut. Die Ahnen sind die Wurzeln in jedem Haus, und die Kinder sind die Blumen, die beiden dürfen nicht auseinandergeschnitten werden. Sie nahm sich vor, in Madame Ezras alten Büchern nachzusuchen, sobald sie Zeit fände, und sich für die Kinder das nötige Wissen zu verschaffen.

Nun mußte sie zu ihrer Herrin gehen und sich vergewissern, ob sie alles habe und in guter Stimmung sei. Es dämmerte schon, und die Luft war ruhig und mild, als sie durch die Höfe ging. Das Haus war sehr still und sie vermißte die beiden Toten schmerzlich. Aber die Generationen lösten sich ab, und nun war David das Oberhaupt und die älteste Generation. Plötzlich dachte sie an die verschlossene Türe. Im Grunde hatte sie fortwährend daran gedacht. Zum erstenmal in seinem Leben hatte er seine Türe vor ihr abgeschlossen. Jetzt würde sie nie zu ihm gehen. Die Türe war für immer verschlossen — es sei denn, er schlösse sie selbst auf.

Kueilan thronte in ihrem Hof. Sie war jetzt die Gebieterin, die älteste Frau der herrschenden Generation. Sie hatte sich von der unbequemen Fahrt zum Friedhof erholt, aß Süßigkeiten und trank genießerisch Tee. Ihre Augen waren schon nicht mehr vom Weinen gerötet.

Als sie Peony kommen sah, zog sie trotzdem ein klägliches Gesicht und legte das Gebäck hin, das sie gerade hatte essen wollen. „Unser lieber alter Herr wird mir fehlen", sagte sie.

„Uns allen wird er fehlen, Herrin", antwortete Peony ruhig. Sie sah, daß ihre Herrin in gesprächiger Stimmung war, und setzte sich mit gefalteten Händen auf einen Stuhl.

„Er war so gut zu mir", klagte Kueilan. „Ich habe nie etwas Hartes oder Ärgerliches in ihm gefühlt."

„Es war nichts Derartiges in ihm", bestätigte Peony.

Kueilans Augen füllten sich mit Tränen. „Er war gütiger als mein eigener Herr", erklärte sie.

„Dein Herr ist sehr gut", entgegnete Peony sanft.

Kueilans Tränen versiegten plötzlich. „Es ist etwas Hartes auf dem Grund seiner Seele", sagte sie mit Bestimmtheit. „Ich fühle es ganz genau, und du würdest es auch fühlen, Peony, wenn du ihn nicht für vollkommen hieltest. Aber du bist nicht mit ihm verheiratet wie ich. Ich sage dir, es ist etwas sehr Hartes in ihm — ich kann es manchmal in seinen Augen sehen, wenn er mich anschaut."

Peony seufzte. „Ich habe dir schon erklärt, Herrin, daß er dich immer gern frisch und hübsch sieht, und manchmal erlaubst du mir nicht, daß ich dich für seinen Empfang anziehe oder dir auch nur die Haare bürste. Und an manchen Abenden bist du müde und willst nicht, daß ich dich bade, bevor du zu Bett gehst. Und dieses Backwerk, Herrin — du weißt, daß er den Geruch von Schweinefett nicht mag, und dieses Gebäck ist damit gemacht. Warum ißt du es?"

Im Laufe der Jahre hatte Peony gelernt, mit der schönen kleinen Frau, die jetzt stirnrunzelnd vor ihr saß, sehr aufrichtig zu sprechen. Ja, Kueilan war immer noch schön, obwohl eine Schicht von weichem Fett sich über ihren zierlichen Knochenbau zu legen begann. Sie klagte darüber, daß ihre Füße schmerzten, seit Peony die Bandagen entfernt habe. Sie bewegte sich selten, wenn es nicht sein mußte, und hatte eine Vorliebe für Süßigkeiten und feine Speisen. Peony lachte über ihren unwilligen Ausdruck. „Du darfst mich nicht hassen, Herrin, ich liebe dich zu sehr."

Kueilan behielt ihr ärgerliches Gesicht bei, bis sie

selbst lachen mußte. „Du tadelst mich zu viel“, erklärte sie. „Ich sage dir, Peony, du mußt dir das abgewöhnen. Ich habe jetzt den obersten Rang, und du mußt mir gehorchen. Es gehört sich nicht mehr, daß du mir sagst, was ich tun soll.“

Das kleine Ding richtete sich hoch auf und sah Peony an, während noch etwas anderes als nur Unmut in ihren großen schwarzen Augen funkelte.

Peony bemerkte es mit Staunen und Verwunderung. Eigenwillig war ihre Herrin von jeher, aber man konnte sie immer mit Schmeicheleien und Neckereien zum Lachen bringen. Wenn sie nun stolz und hochfahrend wurde, dann war es wirklich möglich, daß David die Geduld mit ihr verlor. Es bestand nur ein körperliches Band zwischen ihnen, und das konnte leicht zerreißen. David war kein genußsüchtiger Mann. Leidenschaft war wohl in ihm, aber mit Geist und Seele vermischt, und er konnte das, was sein ganzes Wesen war, nicht in verschiedene Teile trennen. Solange seine Frau so hübsch und warmherzig und freundlich war, daß er sich nicht zurückgestoßen fühlte, solange sie sich so still verhielt, daß sie keine Verachtung in ihm hervorrief, konnte sie ihn an den Fäden halten, die zu seinem Herzen führten. Aber wenn sie ihn auf irgendeine Weise verletzte, war ihre Verbindung mit ihm zu schwach, um der Prüfung gewachsen zu sein. Sie besaß ihn nicht.

Dieser Tatsachen war sich Peony bewußt. Es blieb ihr viel Zeit zum Nachdenken, und da ihr ganzes Leben sich in diesem Hause abspielte, hatte sie über jede Seele unter seinem Dach nachgedacht, in allererster Linie über David. Sie sagte sich, daß nun alle Eifersucht oder Hoffnung hinter ihr liege und sie nur noch darauf bedacht sei, daß er aus jeder Quelle das bekomme, was zu seinem Glück und Wohlbefinden beitragen konnte.

Sie bezwang ihre Verwunderung über den neuen

Stolz, der in ihrer Herrin zutage trat. „Du weißt selbst, daß du alles für deinen Herrn tust — und gerne tust, Herrin", sagte sie ruhig. Dann ging sie ins Schlafzimmer hinüber, um es für die Nacht herzurichten. Es war ein Damenzimmer, das für die Herrin eingerichtet worden war, aber sie sah immer, wenn David darin gewesen war. Es fanden sich morgens immer Spuren seiner Anwesenheit, seine Pfeife, seine Pantoffeln, sein weißes Seidentaschentuch oder ein Buch, das er mitgenommen hatte. Diese Bücher sah sie sich oft an. Zuerst waren es Gedichtbände gewesen, aber jetzt las er immer Geschichte oder Philosophie, in so unverständlicher Form, daß er seiner Frau ganz gewiß nicht daraus vorlesen konnte. Seit der Rückkehr aus Peking waren es Bücher aus der Bibliothek seiner Mutter. Er las sie zum erstenmal. Peony wußte nicht warum und sann lange darüber nach, was für eine Veränderung sich in David vollzogen habe, daß er sich in den letzten Tagen mit seinen Vorfahren befaßte.

Sie prüfte die Lampe, staubte den Tisch ab und schüttelte die Kissen, löste dann die schweren seidenen Bettvorhänge von den silbernen Haken, schloß das Fenstergitter gegen Nachtfalter und Moskitos, zündete ein Weihrauchstäbchen an, um das Zimmer mit Duft zu erfüllen, und ging leise wieder hinaus. Ihre Herrin saß immer noch müßig am Tisch.

„Soll ich dir beim Auskleiden helfen, Herrin?" fragte Peony.

Kueilan schüttelte den Kopf. „Es ist noch zu früh zum Schlafen", erklärte sie gebieterisch. „Laß mich eine Weile allein."

Peony gehorchte und entfernte sich. Das Haus würde sich ohne Zweifel verändern, wenn ihre Herrin den Tagesablauf bestimmte. Im dritten Hof blieb sie stehen und überlegte. Sollte sie zu David gehen? Wenn sie es unterließ, mußte er es sonderbar finden. Und brauchte er sie vielleicht nicht? Sie konnte nicht hingehen. Die Erinnerung an die abgeschlossene Türe stand ihr im Weg. Sie ging statt dessen auf der Suche nach Wang Ma in einen Nebenhof und fand sie auf ihrem Bett sitzend vor, während der alte Wang auf einem Bambusstuhl daneben saß. Beide weinten.

Über all ihren Pflichten hatte Peony die beiden vergessen, denn im Laufe der Jahre war es mehr und mehr dazu gekommen, daß sie Ezra bedienten, während Peony für die junge Generation sorgte. Nun waren sie verwaist. Peony machte keinen Versuch, sie zu trösten, sondern wischte sich nur mit dem Ärmel die Augen und wartete, bis Wang Ma zu sprechen anfing.

„Schwester, ich habe eine Bitte an dich", sagte Wang Ma schluchzend.

„Sprich sie aus, Ältere Schwester", antwortete Peony.

„Ich habe keinen Mut, noch länger in diesem Haus zu bleiben, und mein alter Mann auch nicht. Wir wollen ins Dorf gehen und bei unserem ältesten Sohn und unseren Enkeln leben. Sprich für uns mit dem neuen Gebieter."

Sie waren so niedergeschlagen, daß Peony es nicht über sich brachte, die Bitte vorzubringen, die sie selbst hergeführt hatte: daß die beiden ihr ab heute die Pflicht bei David abnähmen.

„Ich will mit ihm sprechen, sobald er seinen eigenen Kummer für eine Stunde vergessen kann", versprach sie, „und seid nur ruhig, er wird euch nichts verweigern. Aber wie soll ich allein fertig werden, Ältere Schwester? Ich habe mich immer auf dich gestützt."

„Ich kann nicht mehr in diesem Haus leben", antwortete Wang Ma und begann von neuem zu weinen.

So verließ Peony sie traurigen Herzens und bat einen Diener, nachzusehen, ob der Herr etwas zu essen brauche oder sonst einen Wunsch habe. Dann ging sie in ihr Zimmer. Es war Nacht und sie war erschöpft und die Zukunft war ungewiß.

Ezra hatte keine Zeit mehr gehabt, Kung Chen über den Grund von Davids plötzlicher Abreise von Peking zu unterrichten, und David vergaß es in seinem Kummer. Doch schien der Kummer noch nicht genug zu sein, es kam die Nachricht, daß die Schiffe, die mit Waren aus Indien beladen waren, den Hafen erreicht hätten, und die Waren sollten nun durch Träger über Land gebracht werden. Da aber bis vor kurzem Kriege gewütet hatten und die Bevölkerung überall sehr arm war, gab es viele Räuber, so daß David in jeder Provinz, durch die seine Träger kamen, für Wachen und Soldaten sorgen mußte. Er hatte nicht einmal Zeit, um seinen Vater zu trauern, sondern mußte sofort wieder ins Geschäft zurückkehren. Inmitten all seiner Sorgen dachte er immer noch nicht daran, Kung Chen von den Ereignissen in Peking zu erzählen. Er hatte äußere und innere Sorgen, denn zu Hause bemerkte er bald, daß Peony sich ihm fernhielt, und das schmerzte ihn, obwohl er wußte, daß sie richtig handelte. Wenn die ganze Unruhe sich gelegt hatte, so sagte er sich, wenn die Waren unversehrt angelangt waren und der unablässige Schmerz, seinen Vater nicht mehr zu sehen, nachgelassen hatte, dann wollte er seine Gefühle prüfen und sich klar werden, was er mit Peony tun sollte.

Infolgedessen war er in keiner Weise auf Kung Chen vorbereitet, der eines Morgens mit bestürztem Gesicht zu ihm kam. David saß in seinem Privatraum im Geschäft, berechnete die Waren, die nun täglich einzutreffen begannen, und lobte die Qualität der feinen Baumwollstoffe aus Indien. Neben ihm saß sein Partner, Kung Chens ältester Sohn. Beide waren in ihre Tätigkeit vertieft und blickten erstaunt auf, als Kung Chen eintrat.

„David, komm einen Augenblick zu mir, und du auch, mein Sohn", sagte Kung Chen ernst.

Sie folgten ihm beide in einen kleinen Raum, dessen Türe Kung Chen hinter sich schloß. Sein volles Gesicht war grau und seine Lippen blaß.

„Es ist ein Bote von unseren Geschäften in Peking gekommen", sagte er fast flüsternd. „Er bringt die Nachricht, daß wir im Palast in Ungnade sind, David. Der Oberhofmeister hat das Gerücht verbreitet, daß eine deiner Leibeigenen unhöflich zu der Kaiserin des Westens war. Was soll das bedeuten?"

David erschrak. Er überlegte sofort die Zusammenhänge und erzählte den beiden Männern, die schweigend zuhörten, mühsam die ganze Geschichte.

„Der Oberhofmeister wird sicher verlangen, daß Peony unter dem Vorwand der Bestrafung geholt wird", sagte Kung Chen, als David seinen Bericht beendet hatte. „Wenn wir uns weigern, können wir nie mehr auf gute Geschäfte hoffen. Der Arm des kaiserlichen Günstlings ist lang."

„Ich will allein in die Hauptstadt zurückfahren", antwortete David. „Ich will um Audienz bei den Kaiserinnen ersuchen und ihnen die Wahrheit sagen."

Die beiden Chinesen schrien auf. „Wahnsinn—Wahnsinn!" erklärte Kung Chen. „Hast du eine Aussicht, gegen den Oberhofmeister durchzudringen? Er besitzt das kaiserliche Vertrauen, du würdest nur dein Leben verspielen. Nein, es gibt keinen andern Ausweg, als Peony hinzuschicken."

„Das kann ich nicht", sagte David.

Sie sahen ihn mit seltsamem Ausdruck an, und es kostete ihn große Mühe, ihren Augen nicht auszuweichen. Dann tauschten Vater und Sohn einen Blick. Sie erinnerten sich daran, wie schön Peony war. Tatsächlich hatte Kung Chen mehrmals zu seinem Sohn gesagt, daß es wohl jedem Mann schwerfallen müsse, einer so schönen Leibeigenen gegenüber, die außerdem noch klug und gebildet war, kalt zu bleiben.

Für David wurde die Pause unerträglich. „Ihr wundert euch über mich", sagte er steif, „aber ich versichere euch, was ihr vermutet, ist nicht möglich. Meine Religion — die Religion meines Volkes, heißt das — erlaubt einem Mann nur eine einzige Frau. Ich fühle — Dankbarkeit für die Leibeigene — die wie eine Tochter in unserem Haus gelebt hat. Ich kann sie dem — dem Eunuchen nicht ausliefern."

Kung Chen klammerte sich an eine Hoffnung: „Und wenn sie freiwillig hingehen will?"

David vermochte die Wahrheit nicht zu sagen, obwohl er selbst nicht wußte, weshalb. Diese Männer würden ihm keinen Vorwurf machen, wenn er offen zugab, daß er Peony liebe und für sich selbst haben wolle. Beide würden lachen und sich überlegen, wie man sie für ihn retten könnte. Aber er vermochte es nicht zu sagen. Er senkte den Kopf. „Wenn sie gehen will — um ihrer selbst willen", stammelte er, „dann soll sie gehen."

Daraufhin kehrten sie an ihre Arbeit zurück, und David versuchte, bei der Sache zu sein. Aber wie hätte er an Zahlen und Waren oder sogar an Gewinne denken können? Kung Chen würde Peony zu sich rufen lassen und seinen Einfluß ausüben, er würde sie zur Einsicht zwingen, welchen Schaden sie David und den beiden Häusern zufüge, und in ihrer sanften Selbstlosigkeit gab Peony vielleicht nach. Seine Gedanken verwirrten sich und er konnte nicht weiterdenken.

„Ich fühle mich nicht wohl", sagte er zu Kungs Sohn. „Ich will heimgehen und ein bißchen schlafen und morgen wiederkommen."

Sein Teilhaber schaute ihn wortlos an, aber David bemerkte die Schlauheit seiner kleinen, freundlichen Augen und eilte fort. Er konnte keinen Augenblick länger warten. Zu Hause schickte er sofort nach Peony und wartete ruhelos, bis sie hastig eintrat, indem sie sich die Hände abtrocknete.

„Ich war in der Küche", gestand sie. „Man hat mir gesagt, daß die Sojasoße nicht richtig dick werde, und da wollte ich nachsehen."

Er achtete nicht darauf, aber er sah, wie schön und stark sie war — die Säule seines Hauses. Er konnte nicht ohne sie leben. „Peony, setz dich", befahl er kurz.

Sie setzte sich auf den Rand eines Stuhles, bestürzt über sein Aussehen und den Klang seiner Stimme. „Was ist jetzt geschehen?" fragte sie.

Er erzählte ihr in raschen Worten, denn er wollte die Last loswerden und wußte, daß sie alles tragen konnte. Aber er erschrak, als er sah, wie die Farbe aus ihren Wangen und die Kraft aus ihrem Körper entwichen. „Ich habe dir ja gesagt, daß ich ins Kloster gehen muß", flüsterte sie. „Ich kann dich auf keine andere Art retten." Sie stand auf und legte ihre blaue Schürze ab, die sie in der Eile nicht ausgezogen hatte.

„Warte", befahl er. „Es gibt noch eine andere Möglichkeit, wie du bei mir bleiben könntest."

Peony verstand genau, was er meinte, aber ihr Herz hatte sich nun endlich verhärtet, und sie war nicht gewillt, ihn zu schonen.

„Was für eine Möglichkeit?" fragte sie.

„Du weißt es", sagte David leise und wollte sie nicht anschauen.

Sein Ausweichen machte sie zornig, so daß sie entschlossen statt seiner sprach.

„Du meinst — daß du mich als Konkubine nimmst?"

„Ja", sagte er und blickte immer noch zur Seite.

Sie sah sein starres, gequältes Gesicht. Keine Freude war in seinen Augen. Sie ließ die Schürze fallen. „Du hast deine Türe vor mir abgeschlossen", sagte sie. „Warum?"

„Was weiß ich?" fragte er.

„Du weißt es wohl", entgegnete sie. „Du hast dich vor eben der Sache gefürchtet, die du jetzt vorschlägst. Du hast dich vor dir selbst gefürchtet — vor dem, was immer noch in dir ist und in dir bleiben wird, solang du lebst!"

„Das ist nicht wahr!" sagte er mit lauter Stimme.

„Es läßt sich nicht ableugnen", erwiderte sie. „Du bist damit geboren worden."

Er senkte den Kopf auf seine Hände und schwieg.

So deutlich, als ob sie noch lebte, sah er Leah vor sich und hörte ihre Stimme, und ihre Stimme war die Stimme seiner Mutter und die Stimme all der Männer und Frauen, die vor ihm gelebt hatten. Es war die Stimme Jehovas selbst.

„Wenn ich dir nachgäbe", sagte Peony in ihrer sanften, raschen Art, „würde dir dein Gewissen in dem Maß teurer werden, wie du mich weniger lieben würdest. Nein, David, ich wage es nicht. Laß mich gehen. Ja, ich gehe freiwillig — aber nicht in den Palast!"

Sie rannte aus dem Zimmer, und David konnte ihr nicht nacheilen. Sie hatte die Wahrheit gesagt. Was seiner widerstrebenden Seele von seiner Mutter aufgedrängt worden war, hatte darin Wurzeln geschlagen. Er hatte es verleugnet und bekämpft, aber es war nicht tot. Es lebte noch in ihm: der Glaube seines Volkes. Dieser Geist war von den Toten auferstanden und erhob Anspruch auf ihn. Er konnte sich nicht davon befreien. Er fiel auf die Knie, verschränkte die Arme auf dem Tisch und legte den Kopf darauf. „Oh, Jehova, einig-einziger Gott, hör mich — und vergib mir!"

Peony lief zu Fuß durch die Stadt, mit gesenktem Kopf und leeren Händen. Die Klosterpforte stand offen, und sie trat ein. Die Höfe lagen in tiefem Schweigen, aber sie rief laut: „Oh Mutter Äbtissin, hier bin ich!"

Eine sanfte alte Frau in grauem Gewand erschien und streckte die Hände aus, um sie aufzunehmen. „Komm herein, arme Seele", sagte sie.

„Ich bin in Gefahr", stieß Peony hervor.

„Hier schützen uns die Götter vor allen Menschen", erwiderte die Äbtissin.

„Ach, schließe das Tor ab!" bat Peony. Entsetzen über das, was sie sich selbst zugefügt hatte, ergriff sie. Sie packte die Hand der alten Frau. „Wenn ich dich bitte, mich hinauszulassen — erlaube es mir nicht!" flehte sie.

„Ich werde es nicht erlauben", versprach die Äbtissin, indem sie die Eisenstange vor das Tor schob.

Wie konnte David glauben, daß Peony nicht mehr in sein Haus zurückkommen würde? Er wartete mehrere Stunden lang betäubt und verstört. Als seine Unruhe ihn nicht länger warten ließ, bat er Wang Ma, zum Kloster zu gehen und nachzufragen, ob Peony dort sei. Sein Blick war so düster, daß Wang Ma keine Frage zu stellen wagte und in stiller Bestürzung fortging.

Im tiefsten Herzen befürchtete David, daß Peony in den Fluß gesprungen sei, und seine Erleichterung war groß, als Wang Ma nach einer Stunde mit der Nachricht zurückkam, daß Peony sich tatsächlich im Kloster befinde. Er nahm die Mitteilung schweigend entgegen und sah dann ein, daß er Kueilan sofort davon unterrichten müsse, bevor es das ganze Haus wußte. Er wollte ihr sagen, Peony habe befürchtet, daß der Oberhofmeister seine Hand ausstrecken und sie trotz allen Widerstands in den Palast holen würde. Von der Verwirrung in seinem eigenen Herzen und von der eigentümlichen Stille, die er nun fühlte, seit sich ein Tor zwischen ihm und Peony geschlossen hatte, wollte er Kueilan nichts verraten. Es verletzte ihn, daß Peony ihn hatte verlassen können, daß sie wie eine Sklavin, die man geschlagen hatte, aus seinem Haus geflohen war, obwohl er sie seit ihrer gemeinsamen Kindheit so geliebt hatte, daß er nicht wußte, wann sich die kindliche Zuneigung in etwas Größeres verwandelt hatte. Er fürchtete sich davor, dieser Liebe ins Auge zu sehen, was immer daraus geworden war, und da er sich fürchtete, wandte er sich davon ab und klagte Peony im geheimen an. Sie hatte kein Recht, mich so plötzlich zu verlassen, sagte er zu sich selbst, und da er sich im Stich gelassen fühlte, steigerte er sich in eine Art Erbitterung und begab sich zu seiner Frau.

Zufällig war Kueilan an diesem Tag in bester Laune. Sie freute sich, daß sie die Herrin des Hauses war und ihr Gatte der Herr, und daß keine ältere Generation über ihnen stand. Alles, was hier fremd gewirkt hatte, war nun verschwunden, und sie lächelte und war geduldig mit Dienstboten und Kindern. Als David in ihren Hof trat, sah er ein Bild, das jeden Mann beglücken konnte. Die hübsche Frau, die seine Gattin war, saß inmitten ihrer spielenden Kinder. Seine Söhne hatten einen Ferientag, da Peony nicht zu ihrem Unterricht erschienen war, der älteste spielte Federball, der zweite unterhielt sich mit einer Grille, die er an eine Schnur gefesselt hatte, und der dritte saß auf Kueilans Schoß. Chrysanthemen blühten an den Mauern, und die Nachmittagssonne schien auf Blumen und Kinder. Jetzt sah David wieder, was er manchmal vergaß – wie groß Kueilans Schönheit war. Ihre rahmfarbene Haut war ebenso zart wie die des Jüngsten, die Lippen leuchteten rot und ihre Haare schimmerten nach Peonys geduldiger Pflege schwarz und ölig. Am Morgen dieses Tages hatte Peony noch Jadenadeln in den üppigen Haarknoten gesteckt, die zu den Ohrringen und der apfelgrünen Jacke paßten.

„Warum soll ich nicht glücklich sein?" fragte David sein Herz.

Er blieb am Tor stehen, bis alle ihn bemerkten. Kueilan stand auf, und die Knaben rannten zu ihrem Vater. Die Sonne warf auf David ein ebenso freundliches Licht wie auf Kueilan. In demselben Augenblick, in dem er wieder bemerkte, wie schön sie war, sah sie ihren Gatten hochgewachsen und im besten Mannesalter am Tor stehen. Er hatte seinen Bart nie zu lang werden lassen, wie das manche Ausländer taten, und sein ebenmäßiges Gesicht, die großen dunklen Augen, und vor allem seine stattliche Gestalt bewegten ihr Herz. Sie liebte ihn, aber im Laufe der Zeit hatte sie vergessen, wie sehr sie ihn liebte. Sie setzte sich neben ihn, und ihre Augen begegneten sich zärtlich. David hob seinen jüngsten Sohn aus ihren Armen. „Laß mich sehen, wie groß er schon ist", sagte er.

Kueilan schob eilig ein dickes Tuch unter das Kind. „Noch nicht groß genug, der unartige Kleine, um dich nicht naß zu machen!" rief sie.

David lachte, und die beiden älteren Söhne stützten die Ellbogen auf seine Knie. Über die drei wohlgeratenen Kinder hinweg begegneten sich die Augen der Eltern abermals und lächelten.

„Warum bist du um diese Zeit zu Hause?" fragte Kueilan.

„Es ist etwas sehr Sonderbares vorgefallen", antwortete David. „Erinnerst du dich an den Oberhofmeister, der Peony haben wollte?" Wie leichthin sagte er das zu seiner Frau! Er war über seine eigene Gelassenheit erstaunt.

„Du willst doch nicht sagen, daß er sie immer noch will!" rief Kueilan mit lebhaftem Interesse.

David nickte. „Und da Peony nicht in den Palast will, gibt es nur einen Ausweg, der unser Haus nicht in Gefahr bringt."

Kueilan betrachtete ihn gespannt. Er fühlte — ach, aber er wußte es ohnedies — daß er ihr sein Herz nicht öffnen konnte. Kannte er selbst die Tiefen seines Herzens? Wer vermochte zu sagen, was ihm am teuersten ist, wenn alles, was er hat, gewogen und gemessen wird — eine Liebe gegen die andere?

„Sie ist ins Kloster gegangen", sagte er ruhig.

„Um dort zu bleiben?" fragte Kueilan mit weit geöffneten Augen.

„Wo wäre sie sonst in Sicherheit?" erwiderte er.

Nun begannen die Kinder zu fragen. „Wird Peony nie mehr hier wohnen," fragte der Älteste.

„Wenn sie eine Nonne ist, muß sie im Tempel wohnen", antwortete Kueilan.

Der Jüngste fing an zu weinen. „Ich will Peony wiedersehen!" schluchzte er.

„Sei still!" sagte seine Mutter. „Sie kann uns besuchen — sobald sie eine richtige Nonne ist."

David saß schweigend da und spielte mit der Hand seines Jüngsten. Er legte sie auf seine Handfläche und fühlte ihre Wärme.

Kueilan nahm ihren ganzen Verstand zusammen. Auch sie wog nun Gutes und Böses gegeneinander ab. Sie würde Peony sehr vermissen — aber sie konnte ja wiederkommen, so oft sie nur wollte, sobald ihr Noviziat vorüber war. Allerdings mußte sie abends immer ins Kloster zurückkehren, aber es konnte auch ein Vorteil sein, Peony nicht ständig im Hause zu haben. Kueilan brauchte sie nicht mehr so dringend wie früher, als die Schwiegereltern noch lebten. Es war jetzt nicht mehr wichtig, ob alles den Regeln und Traditionen gemäß vor sich ging. Ja, vielleicht war es besser, Peony nicht im Haus zu haben. Manchmal war es beinahe so gewesen, als wäre sie die Herrin. Eine geheime Eifersucht, die bisher geschlummert hatte, weil Peony ihr nützlich war, regte sich nun in Kueilan. Peony war viel zu schön. Peony konnte Bücher lesen, und David unterhielt sich gerne mit ihr.

„Es ist gut, daß Peony Nonne wird", erklärte Kueilan plötzlich. „Sie wollte nicht heiraten, und was kann eine Frau dann anderes tun, als ins Kloster gehen? Ich habe ihr oft gesagt, daß wir ihr einen Mann suchen sollten, aber sie wollte nicht auf mich hören. Eine Frau wird nicht jünger. Sie hätte ohnedies jetzt allmählich ins Kloster gehen müssen — das heißt, wenn sie nicht in den Palast wollte. Wenn sie dorthin gegangen wäre, dann natürlich —"

„Das konnte sie nicht", sagte David kurz, ohne aufzublicken.

Kueilan fühlte ihre Eifersucht. „Sie hätte hingehen können, wenn sie uns so sehr geliebt hätte, wie sie immer behauptete!" rief sie. „Was hätte denn für die Familie besser sein können, als sie im kaiserlichen Palast zu haben? Vielleicht hätte sie ihren Einfluß für dich verwendet, und später hätten unsere Söhne sie besuchen können, und auch ich hätte sie besucht, und alle möglichen Vorteile hätten sich vielleicht ergeben."

David antwortete nicht darauf. Die Finger seines Jüngsten zogen sich zusammen, und er umschloß das Fäustchen mit seiner Hand. Plötzlich stand er auf, bückte sich und setzte das Kind auf Kueilans Schoß. „Es wird sonderbar sein ohne Peony", sagte er ruhig. „Aber sie hat das Richtige getan. Ich muß jetzt noch eine Stunde ins Geschäft gehen."

Er berührte Kueilans rundliche Wange mit der Hand und ging fort. In seinem Herzen war es seltsam still. Ein Teil seines Lebens war zu Ende. Er hatte eine Wahl getroffen, ohne sich selbst klar zu machen, worin diese Wahl bestand, aber er wußte nun, daß der Kampf vorüber war. Er war der Gebieter seines Herzens und seines Hauses.

Als Wang Ma nach Peony suchte, wollte die Nonne am Tor sie nicht einlassen, bevor sie die Erlaubnis der Äbtissin eingeholt hatte. Im ganzen Kloster wisperten die aufgeregten Nonnen und Novizen über die Ankunft der schönen jungen Frau aus Ezras Haus. Alle wußten, daß der alte Hausherr erst vor kurzem gestorben war, denn jedermann in der Stadt hatte von der großartigen Beerdigung in Ezras Haus gehört. Die Äbtissin bemerkte das Geflüster, aber sie hatte Peony noch nicht ausgefragt. Der Kummer brauchte seine Zeit, bis er sich beruhigte. Sie ordnete an, daß Peony ein großes, ruhiges Zimmer mit Ausblick auf eine Bambusgruppe gegeben werde. Novizen brachten ihr heißes Wasser zum Baden und legten frische Gewänder aus weichem grauen Nesseltuch auf einen Stuhl. Als die Novizen mitteilten, daß Peony gebadet und die grauen Kleider angezogen habe, ließ die Äbtissin ihre anderen Kleider in eine Truhe verschließen und befahl, daß Peony mit vegetarischen Speisen und feinstem Tee bewirtet werde.

Auf die Nachricht hin, daß eine alte Frau am Tor stehe, ging sie selbst zu Peony, die mit gefalteten Händen am Fenster saß. In den grauen Gewändern sah sie so schön aus, daß es der Äbtissin einen Stich ins Herz gab. Vor langer Zeit, als ihr junger Gatte kaum einen Monat nach ihrer Heirat gestorben war, hatte sie selbst dieses Kloster aufgesucht. Sie kannte den Blick einer Frau, die ein einsames Leben vor sich sieht.

„Am Tor steht eine alte Frau namens Wang, die dich sehen möchte, mein Kind“, sagte sie mild. „Soll ich sie hereinkommen lassen?“

Peony erhob sich und richtete ihre großen, kummervollen Augen auf das gütige Gesicht der Äbtissin. Erst wollte sie den Kopf schütteln, aber dann brachte sie es nicht über sich. Was sie getan hatte, war so schnell gegangen. Zweifellos hatte David Wang Ma nach ihr ausgeschickt.

„Es ist wohl besser, wenn sie hereinkommt", sagte Peony.

So ließ man Wang Ma eintreten, und als sie Peony in dem grauen Gewand erblickte, war sie sprachlos, und die Tränen begannen über ihre runzeligen Backen zu strömen. Sie breitete die Arme aus, und Peony vermochte nicht zu widerstehen. Sie stürzte auf Wang Ma zu, und die beiden Frauen weinten laut, während die Äbtissin mit gesenktem Kopf wartete.

Wang Ma wischte sich als erste die Tränen ab und setzte sich. „Die Beine zittern mir", murmelte sie.

Peony blieb mit tränennassem Gesicht stehen.

„Was hat er dir getan?" fragte Wang Ma.

Peony schüttelte den Kopf und trocknete sich die Wangen mit dem Ärmel. „Nichts", antwortete sie leise.

„Nichts hat er dir getan", wiederholte Wang Ma und starrte Peony weiter an.

Peony schaute zu Boden. „Dieser Eunuch hat wieder nach mir geschickt", sagte sie mit derselben gepreßten Stimme.

„Und da du weder verheiratet bist, noch eine Konkubine —", fuhr Wang Ma fort.

„Bin ich schutzlos", ergänzte Peony.

Wang Ma seufzte laut. „Ist es zu spät, um wieder zurückzukommen?" fragte sie.

„Wartet denn etwas anderes als Kummer auf mich?" erwiderte Peony.

„Wenn du es nur so gemacht hättest wie ich", jammerte Wang Ma. „Ich habe den Mann genommen, den man mir gegeben hat, und ich bin weiter bei der Familie geblieben und habe meinem Herrn gedient, bis er zu den Gelben Quellen ging. Jetzt ist sogar mein alter Mann ein Trost für mich."

Wie konnte Peony ihr erklären, daß David anders als sein Vater war und sie selbst anders als Wang Ma? Sie lächelte mit den Lippen, während sich ihre Augen von neuem mit Tränen füllten. „Erinnerst du dich noch daran, wie du mir einmal gesagt hast, daß das Leben traurig sei?"

Das sagte sie so sanft und fern, daß Wang Ma nichts mehr darauf erwiderte. Sie stöhnte ein paarmal, während sie Peony anstarrte und ihre Hände auf die Knie stemmte, und dann schaute sie die Äbtissin an. „Wird man ihr den Kopf scheren?" fragte sie.

„Ich werde mich der Vorschrift fügen", sagte Peony, noch ehe die Äbtissin antworten konnte.

Wang Ma stand seufzend auf. „Wenn du dich für den Himmel entschieden hast, hat es keinen Zweck, daß ich noch dableibe", sagte sie. „Hast du keine Botschaft für unsern Herrn?"

Die Äbtissin, die Peony beobachtete, überblickte nun den ganzen Zusammenhang. Ein tiefes, liebliches Rot stieg in Peonys Hals und Wangen. Ihre blühenden Lippen bebten und an ihren Wimpern hingen schwere Tränen. „Vielleicht sehe ich ihn nie wieder", murmelte sie.

Die Äbtissin wurde von Mitleid ergriffen. Vor langer Zeit hatte sie selbst die Nächte hindurch geweint und gedacht, daß sie nie von der Liebe und Sehnsucht in ihrem Herzen frei werden könne. Aber auf irgendeine Weise war das Herz geheilt und die Seelenqualen waren ein Stück Vergangenheit geworden. Wenn sie sich an etwas erinnerte, dann war es das Glück jener Zeit, in der ihr Mann noch gelebt hatte. Der Schmerz über ihren Verlust war verblaßt.

„Es ist nicht nötig, das jetzt schon zu sagen", antwortete sie zu Peony gewandt. „Wir wollen sehen, wie das Herz heilt."

Wang Ma nickte schlau und verabschiedete sich.

Als sie allein waren, setzte sich die Äbtissin, während Peony stehen blieb. Die Worte der Äbtissin waren sehr ruhig gesprochen worden, aber sie klangen wie Glocken in Peonys Herz nach. Sie blickte auf. „Meinst du, Mutter, daß ich aufhören werde, ihn zu lieben?"

Die Äbtissin lächelte. „Die Liebe verändert sich", erwiderte sie. „Wenn die Flamme erlischt, bleibt die Glut zurück, aber sie beschränkt sich nicht mehr auf einen einzigen Menschen und erwärmt die ganze Seele. Dann blickt die Seele mit losgelöster Liebe auf alle Menschen."

Peony hörte schweigend zu. Sie stand in ihren weiten Gewändern da, und die Äbtissin fühlte, wie ihr Mitleid die junge Frau umhüllte.

„Soll ich dir sagen, warum ich herkam?" fragte Peony nach einer Weile.

„Nur wenn es dich erleichtert", antwortete die Äbtissin.

„Besteht keine Vorschrift, daß ich sagen muß, warum ich geflohen bin?" fragte Peony wieder.

„Nein", erwiderte die Äbtissin. „Uns alle hat irgendein Kummer hergeführt. Unser bisheriges Leben wurde unhaltbar, und wir fanden Zuflucht. Das einzige, was ich wissen mußte, war, ob ein Gatte Macht über dich habe, damit ich ihn hätte bewegen können, dich freizugeben."

„Ich habe wahrheitsgetreu gesagt, daß ich keinen Gatten habe", antwortete Peony.

„Dann lebe hier im Frieden", sagte die Äbtissin. „Über uns allen ist der Himmel und unter uns die Erde."

Mit diesen Worten erhob sie sich und ging hinaus. Peony blieb noch lange stehen und fühlte weder Erschöpfung noch Schmerz. Eine tiefe Stille begann sie zu erfüllen.

Drei Jahre lang lebte Peony hinter den Klostermauern. So lange dauerte es, bis die Flamme in ihrem Herzen sich in die Glut verwandelte, von der die Äbtissin gesprochen hatte. Während dieser ganzen Zeit sah sie David nie. Kein Mann durfte das Kloster betreten, und sie ging nicht hinaus. Schon am ersten Tag nach Wang Mas Abschied nahm sie das Klosterleben auf. Nachdem sie sich in die heiligen Bücher vertieft, die Gebetsvorschriften gelernt und ihre Pflichten in Garten und Küche übernommen hatte, und die älteren Nonnen ihre langen schwarzen Haare abgeschnitten hatten, war ihr Noviziat beendet. Sie legte die Gelübde ab und wurde Nonne. Das geheime Leben ihres Herzens war vorüber. Die Äbtissin gab ihr einen neuen Namen: Ching An oder Klarer Friede.

Kueilan hatte Peony in dieser Zeit oft besucht. Im ersten Jahr kam sie nur zweimal. Peony hatte kaum ein Wort gesprochen, während Kueilan ganz wie früher plauderte, sich lebhaft und neugierig nach allem, was sie sah, erkundigte und ihr alle Neuigkeiten von zu Hause erzählte. So erfuhr Peony, daß Wang Ma und ihr Mann in ihr Dorf zurückgekehrt waren und nun dort bei ihren Söhnen lebten. So hörte sie auch, daß Aaron nach Ezras Tod in seinen alten Müßiggang verfallen sei, bis David Kao Liens Söhne gebeten hatte, ihn mit der Karawane auf die Reise zu nehmen, denn Kao Lien war nun alt geworden. Das hatten sie getan und ihn in einem Land westlich der Berge zurückgelassen, wo es Juden gab, die ihn lehren konnten, sein Gemüt zu festigen, und von da an hörte niemand mehr etwas von ihm.

Nach dem ersten Jahr kam Kueilan häufiger. Sie hatte ein viertes Kind geboren, wieder einen Sohn, und als er einen Monat alt war, brachte sie ihn mit. Kueilan war stolz darauf, daß sie so viele Söhne hatte, aber als die andern Nonnen sich entfernt hatten, machte sie vor Peony kein Hehl aus ihrer Abneigung gegen dieses vierte Kind.

„Schau ihn dir nur an!" rief sie, während die Wärterin den Kleinen im Arm wiegte. „Ist das mein Kind, Peony?" Kueilan blieb immer dabei, sie mit ihrem alten Namen anzusprechen.

„Du hast ihn geboren", antwortete Peony lächelnd. Der Himmel hatte sie nun Kueilan ebenbürtig gemacht, sie brauchte sie nicht mehr Herrin zu nennen.

Kueilan schmollte. „Er sieht seiner ausländischen Großmutter ähnlich."

Peony mußte lachen. Tatsächlich glich der Kleine Madame Ezra in auffallender Weise. Seine kräftigen, großen Züge paßten nicht in sein winziges Gesicht. Peony nahm ihn der Wärterin ab, setzte ihn auf ihren Schoß und betrachtete seine Hände und Füße. Auch sie waren groß. „Er wird groß werden", sagte sie. „Sieh nur die Ohren an, wie lang die Ohrläppchen sind — das bedeutet Kühnheit und Verstand. Dieser Sohn ist ein Glückskind."

So tröstete sie Kueilan, die daraufhin eine neue Zuneigung zu Peony fühlte und schmeichelnd bat: „Besuche uns doch wieder — warum denn nicht? Die Dienerinnen hören auf mich nicht so wie auf dich, Peony. Mein ältester Sohn ist faul beim Lernen, sein Vater hat ihn gestern deswegen geschlagen, und ich habe geschrien, und dann war er böse auf mich. Wenn du kommst, werden alle auf dich hören, Peony, so wie seit jeher."

Aber Peony schüttelte den Kopf, noch immer lächelnd, und gab der Wärterin das Kind zurück.

„Du bist noch dieselbe, Peony, auch wenn dein Kopf geschoren ist", drängte Kueilan.

Peony war betroffen. Enthüllten diese Worte ihre heimlichen Gefühle? Wollte sie David deshalb nicht wieder begegnen, weil sie eine Nonne mit abgeschnittenen Haaren war? Sie wurde ernst, und Kueilan legte ihr Schweigen als Sieg aus. Als sie nach Hause kam, sagte sie zu David, daß sie Peony überredet habe, einen Tag auf Besuch zu kommen, und auch er wurde ernst und schwieg.

In ihrer Zelle prüfte Peony unerbittlich ihr Herz. Es ist wahr, dachte sie. Ich fürchte mich davor, daß er mich sieht.

Im Kloster gab es keinen Spiegel, aber sie füllte ihr Waschbecken mit klarem Wasser und beugte sich im schwachen Schein der Abendsonne darüber, so daß sie sich undeutlich sehen konnte. Zum erstenmal sah sie sich ohne Haare und fand sich häßlich. Alles andere sah sie nicht, weder ihre dunklen, ruhigen Augen, noch die roten Lippen oder die weichen Linien ihres jungen Gesichtes. Ihre ganze Schönheit, so schien ihr, hatte in ihren Haaren gelegen, im Zopf, den sie über dem linken Ohr festzustecken pflegte, und in den Blumen, die sie gern darin getragen hatte. Einen langen Blick richtete sie auf ihr Bild. Dann nahm sie das Becken und schüttete das Wasser zum Fenster hinaus auf ein Lilienbeet an der Mauer.

Es soll meine Strafe sein, mich ihm zu zeigen, dachte sie.

Aber es verstrichen noch zwei volle Jahre. Kueilan gebar ihr fünftes Kind, diesmal eine Tochter, und erwartete das sechste, als eine Dienerin eines Tages eilig ins Kloster kam und Peony bat, in Davids Haus zu kommen, weil der älteste Sohn im Sterben liege. Sie gab Peony ein zusammengefaltetes Blatt Papier; Peony öffnete es und las Davids Bitte:

„Komm um meines Sohnes willen."

„Ich komme", antwortete sie der Dienerin und eilte zur Äbtissin, um ihre Erlaubnis zu erbitten. Die Äbtissin war in den letzten Jahren alt und hinfällig geworden und verließ ihre Zelle nicht mehr. Sie war mit allen gütig, aber für Peony hegte sie eine besondere Zuneigung, wie für eine Tochter, die ihr selbst versagt geblieben war. Nun nahm sie Peonys Hand und hielt sie einen Augenblick fest.

„Ist das Feuer in dir erloschen?" fragte sie.

„Ja, Mutter", sagte Peony.

„Dann geh, mein Kind", erwiderte die Äbtissin, „und während du fort bist, will ich für den Knaben beten."

So verließ Peony an diesem Tag die Zuflucht, die ihre Heimat geworden war, und beruhigte im Gehen ihr klopfendes Herz mit beharrlichen Gebeten, indem sie ihre Gebetskette aus braunem Atlasholz in den Fingern drehte. Als sie das altvertraute Tor durchschritt, wartete David auf sie, und ihr Herz schlug rascher, bis ihr Wille ihm Ruhe gebot. Sie schaute David furchtlos an und war fest entschlossen, daß ihrer beider Augen nur von kühler Freundschaft sprechen sollten.

„Peony!" rief David, und sie fühlte, wie sein Blick nach einer Veränderung in ihr suchte.

„Ich heiße Klarer Friede", sagte sie lächelnd. Nein, sie wollte sich nicht davor fürchten, zu lächeln.

„In meinen Gedanken bleibst du immer Peony", erwiderte David.

Sie antwortete nicht darauf. „Wo ist dein Sohn?" fragte sie.

Sie gingen nun nebeneinander her, Peony beruhigte ihr Herz und drehte unablässig die Gebetskette. Sie hatte vergessen, wie groß er war und wie stark. Die Jugend war vorüber, er war ein stattlicher, ernster Mann. Sie war stolz auf ihn, ohne es als sündhaft zu empfinden, und schaute wieder zu ihm auf, und ihre Augen begegneten sich. „Du hast dich nicht verändert“, sagte er plötzlich. „Nein — außer den Haaren.“

„Ich habe mich sehr verändert“, sagte sie heiter. „Führe mich jetzt zu deinem Kind.“

„Ach, mein Sohn“, seufzte er.

So beschleunigten sie ihre Schritte und gingen in den Hof, wo David jetzt mit seinen ältesten Söhnen wohnte. Beide Knaben hatten den Hof ihrer Mutter verlassen, als sie sieben Jahre alt wurden, und waren zu ihrem Vater gezogen. David führte Peony in sein Zimmer, wo der kranke Knabe in Davids Bett lag. Er war kein Kind mehr — das sah Peony sofort. Sein ausgestreckter Körper war groß und schlank. Er atmete mühsam, sein Gesicht war erhitzt und die Augen geschlossen.

Peony nahm sein Handgelenk und fühlte den Puls, der so rasch war, daß sie nicht mit dem Zählen folgen konnte. „Wir dürfen keine Zeit mehr verlieren!“ rief sie. „Er hat giftigen Schleim im Hals.“

Peony hatte — wie es die Pflicht aller Nonnen war — viele Kranke gepflegt und wußte, daß in diesem Jahr in der Stadt eine Krankheit umging, die von gefährlichen Winden aus dem Norden hergetragen worden war. Sie ließ eine Lampe mit starkem Docht bringen und befahl einer anderen Dienerin, ein Stück jungen, weichen Bambus abzuschneiden. Unterdessen tauchte sie Tücher in heißes Wasser und band sie dem Knaben um den Hals, damit die Muskeln geschmeidig würden. Als ihr das dünne Bambusrohr gebracht wurde, bat sie David, seinen Sohn festzuhalten, und ließ einen Diener dafür sorgen, daß er auch die Füße nicht bewegen konnte. Dann öffnete sie mit der linken Hand behutsam seinen Mund, schob ihm das Rohr in den Hals und saugte langsam daran. Der Knabe versuchte halb erstickt zu husten und wehrte sich, aber sie gab nicht nach, bis ein Schleimklumpen in das Rohr kam und er mit einem erschöpften Seufzer zurücksank.

„Verbrenne dieses Rohr", befahl sie dem Diener. „Es ist voll Gift. Und bring mir Wein für ihn."

Sie wartete reglos und aufmerksam, bis der Wein gebracht wurde. Dann flößte sie dem Knaben etwas davon ein, spülte sich hierauf selbst den Mund mit Wein aus und spuckte ihn in einen silbernen Napf, der am Bett stand.

„Es geht ihm besser!" rief David.

„Er wird am Leben bleiben", sagte Peony.

Trotzdem blieb sie bis zur Abenddämmerung am Bett sitzen, länger erlaubte ihr die Klosterregel nicht zu bleiben. Am nächsten Tag kam sie wieder, und auch an den folgenden Tagen, bis der Knabe wieder gesund war.

Unterdessen hatte sie erkannt, daß sie oft kommen müsse. David hatte sie bitter nötig, denn er war ratlos unter den heranwachsenden Kindern, den ungestümen Söhnen und vielen faulen und ungehorsamen Dienstboten, während das blühende Geschäft den größten Teil seiner Zeit in Anspruch nahm. Peony sah die kommenden Jahre deutlich vor sich, in denen Söhne und Töchter verlobt und verheiratet werden mußten und das ganze Leben eines großen Hauses für weitere Generationen fortgeführt werden sollte. Und sie konnte ohne Sorge kommen, denn David liebte seine Frau. Das bemerkte Peony mit leisem Kummer. Warum aber, fragte sie sich, sollte das eigentlich ein Kummer sein? Hatte sie nicht selbst Kueilan in dieses Haus gebracht? Und nicht Kueilan hatte sie gezwungen, es zu verlassen. Die von Peony vermittelte Heirat hatte Blüten und Früchte getragen. Zwischen David und Kueilan bestand jetzt die enge, greifbare Verbindung von Haus und Heim und Kindern und Wohlstand, und sie waren auf Lebensdauer miteinander verknüpft. War dies nicht gerade das, was sie gehofft hatte?

Die Unrast in David war verschwunden. Er hatte vergessen — so schien es ihr wenigstens — daß es in diesem Haus jemals ein anderes Leben gegeben hatte. Sogar die Dinge, die an seine Mutter erinnerten, waren entfernt worden. Statt der Schriftrolle über dem Tisch in der großen Halle hing nun dort ein Bild von Felsen und Wolken und Tannen. Peony fragte nicht, auf wessen Befehl dies geschehen sei, so war es nun und verkörperte die Veränderung im Haus — ja, und auch in David. Er war zufrieden.

Viele Jahre hindurch kam und ging Peony und begegnete David und Kueilan als Gleichgestellte, und im Lauf der Zeit wurde sie sogar etwas mehr als gleichgestellt. Sie stützten sich auf sie und warteten auf ihren Rat, und Peony genoß in ihrem Hause Autorität.

Nachdem Peony zehn Jahre lang die Nonne namens Klarer Friede gewesen war, starb die Äbtissin. Während dieser Zeit war Peony zu solchem Ansehen gelangt, daß die Nonnen sie nach dem Tod der alten Äbtissin als Nachfolgerin wählten. Von da an blieb ihr weniger freie Zeit für Davids Haus, denn sie hatte ihrem eigenen Kloster vorzustehen, was sie umsichtig tat, ohne irgendeine der Nonnen, bis zur gewöhnlichen Küchenmagd, im Geist niederzudrücken oder im Gefühl zu verletzen.

In den folgenden Jahren entwickelte sich zwischen Peony und David das vollkommenste Verständnis. Als Äbtissin konnte sie ausgehen, wann immer sie wollte, und niemand konnte ihren Ruf anfechten. Sie war auch nicht mehr jung. Die beiden ältesten Söhne Davids hatten geheiratet und lebten mit ihren Frauen und Kindern in seinem Haus, während der dritte verlobt war. Seine älteste Tochter heiratete jung in ein chinesisches Haus und auch die Frauen seiner Söhne waren Chinesinnen.

Nichts mehr verriet, daß dieses Haus nicht wirklich chinesisch war, nur Davids vierter Sohn unterschied sich im Heranwachsen so auffallend von den andern, daß er David manchmal an seine Vorfahren erinnerte. Er war heißblütig, heftig, reizbar und stark und hielt das ganze Haus in Atem. Peony lachte ihn aus und hatte ihn am liebsten, und auf geheimnisvolle Art wurde er der Sohn ihres kinderlosen Herzens.

„Überlaß ihn nur mir", sagte sie eines Tages zu David, als Vater und Sohn sich wieder gestritten hatten, wie es oft geschah. „Ich verstehe ihn besser als du — weil er dir ähnlicher ist, als du dir bewußt bist."

„Ich war nie wie dieser junge Narr!" wehrte sich David.

Peony lächelte nur dazu.

So gingen die Jahre dahin, und während Peony, David und Kueilan alt wurden, war jedes Jahr schöner als das vergangene. Von den beiden Klügeren wurde Kueilan wie ein geliebtes Kind behandelt, sie verliehen ihr große Wichtigkeit und lachten ein bißchen über sie. Kueilan ließ sich verwöhnen, schimpfte manchmal mit ihnen und schmollte, wenn sie ausgelacht wurde, aber sie stützte sich auf die Liebe der beiden.

Sie lebten im größten Wohlstand, und David war einer der angesehensten Stadtältesten, während Peony den Ruf einer weisen Frau genoß. Sanft senkte sich das Alter auf sie alle.

Die Synagoge war nun ein Haufen Staub. Die Armen der Stadt hatten die Ruine Stein um Stein abgetragen. Auch die Skulpturen waren verschwunden, es blieben nur drei große Steintafeln zurück, und bald waren es nur noch zwei. Diese beiden Tafeln standen lange Zeit unter freiem Himmel, bis ein Christ, ein Fremder, sie kaufte.

Das verursachte großen Aufruhr in der Stadt. Der Sohn von Davids viertem Sohn, Chao genannt, hatte die Tafeln verkauft. Über sein Haupt entlud sich der Zorn des Stadtgouverneurs. „Wie konntest du die Steine deiner Vorfahren einem christlichen Fremden verkaufen, du unehrerbietiger Sohn?" fragte der Gouverneur. „Er muß sie zurückerstatten, sonst führt er sie aus unserem Land fort in seine Heimat, und die Toten aus deinem Haus werden sich erheben, um uns zu strafen." Und er befahl seiner Garde, diesen Chao ins Gefängnis zu werfen.

Aber in Chao wirkte noch Madame Ezras Blut, und er rief durch die Stäbe: „Auch wenn ihr mir ein Vermögen anbietet, bitte ich diesen Christen nicht, die Steine zurückzugeben! Sie gehörten unserer Religion, die in diesem Land erloschen ist, aber seine Religion stammt von unserer ab, und er soll die Tafeln behalten."

Die ganze Sippe Chao, die von David ben Ezra abstammte, unterstützte ihn und erklärte dem Gouverneur, daß die Tafeln jahrzehntelang in Schnee und Regen und Sonne gestanden hätten, bis sie gesprungen seien, und niemand habe für ihren Schutz gesorgt. Warum sollte jetzt jemand Klage erheben, wenn sie verkauft worden seien?

Keine Seite war zum Einlenken bereit, bis man sich in der Stadt erinnerte, daß die Äbtissin die Familie gut gekannt habe, und so schickte der Gouverneur Boten zu ihr, die sie an der Klosterpforte empfing, da kein Mann die Schwelle überschreiten durfte.

Peony war sehr alt geworden, aber sie besaß einen klaren, kühlen Verstand und hörte sich die Botschaft an. Dann gab sie folgende Antwort:

„Dieser Chao war ein lebhaftes Kind und wuchs zu

dem Mann heran, den ihr kennt. Seiner Art gemäß wird er sein Leben lang im Gefängnis bleiben, wenn sich nicht ein Weg findet, wie er herauskommen kann, ohne seinen Stolz aufzugeben. Ich kannte seinen Vater und auch dessen Vater. Ich will euch den Ausweg nennen: Der Fremde soll diese heiligen Steine, die er geraubt hat, behalten, aber er soll sie nicht aus der Stadt entfernen. Er mag sie vor seinen eigenen Tempel stellen und ein Schutzdach darüber bauen, um sie für zukünftige Generationen zu erhalten."

Die Männer schauten sich an und kratzten sich am Kinn und gaben zu, daß die Äbtissin in der Tat höchst weise sei, dankten ihr und gingen fort.

Peonys Vorschlag wurde ausgeführt. Die Tafeln wurden in den neuen Tempel gestellt und stehen dort noch heute unter einem Schutzdach. Darauf stehen die alten Worte: „Der Tempel der Reinheit und Wahrheit", darunter ist die Geschichte der Juden und ihres Weges eingemeißelt, die mit den Worten schließt: „Der Weg hat weder Form noch Gestalt, er ist dem Weg zum Himmel, der über uns ist, nachgebildet."

Als Peony in ihre Zelle zurückgekehrt war, dachte sie lange nach. Sie erinnerte sich an die ganze Gesellschaft des Hauses Ezra, mit dem durch irgendeinen Zufall ihr eigenes Leben verknüpft worden war, den Grund kannte sie nicht, nur wußte sie, daß alles, was geschah, der himmlische Wille war. Diese starke und mächtige Familie, die Nachkommen von Israel und Ezra und David — sollte sie eines Tages untergehen, so wie die Synagoge verschwunden war, die ihre Vorfahren als Tempel ihres Gottes gebaut hatten? Hatte sie unrecht getan, als sie David von Leah wegzog, damit er Kueilan heirate?

Lange sann sie nach, bis sie, wie es ihr in ihrem hohen Alter oft geschah, die Antwort vernahm. Sie hatte nicht unrecht getan, denn nichts ging jemals unter.

„Nichts geht unter", wiederholte sie. „Er lebt wieder und wieder in unserem Volk", dachte sie. „Wo eine Braue kühner geschwungen ist, wo ein Auge heller glänzt, da sieht einer ihm ähnlich, wo eine klare Stimme singt, ist einer wie er, wo eine geschickte Linie gezogen wird, die ein Bild deutlich, ein Schnitzwerk stark macht, wo ein Staatsmann sich ehrenhaft verhält, ein Richter gerecht ist, wo ein Studierender über Wissen verfügt, ist einer wie er, wo eine Frau schön und weise ist, setzt die Sippe sich fort. Ihr Blut bleibt lebendig, in welcher Gestalt es auch fließen mag, und wenn die Gestalt vergeht, bereichert der Staub den immer freundlichen Boden. In jeder Generation wird ihr Geist neu geboren. Sie sind nicht mehr und leben doch unvergänglich."